ROI, DEVOIR, PASSION ET TRAHISON

Chantal GUEDON

ROI, DEVOIR, PASSION ET TRAHISON

LES ÉDITIONS LA BRUYÈRE
128, rue de Belleville
75020 PARIS

ISBN : 2-7500-0141-2
Dépôt légal : 1er trimestre 2006

Le prince Maï Yakouti
La femme de Maï : La princesse Angélina
Le père de Maï : l'Émir Khagne
L'amant de Maï : Le prince Jonathan Makassar
Le père de Jonathan : Le prince Makassar
Le roi de Sarye : Maximus de Pécen
La reine de Sarye : La reine Mathilde
La mère de Jonathan : La princesse Anne
Le roi de Coercie : Saint Hugues le Conquérant
Protecteur de Maï : Uria
L'amant de Maï pendant sa captivité : Vaudémon
Un jeune prince soldat : Le prince Mohamed
Les fermiers : Gresham et sa femme Fokine
Un garçon d'écurie : Istiqläl
Le majordome de Maï : Praïra
Le frère de Maï : Mohamed
Les enfants de Maï : Ménélik, Lomé
Ses enfants nés en captivité : Youssoufia, Rachid, Loubna
Le nouveau roi de la Sarye : Tonesco Indy dit aussi Peter
La mère de Maï : La princesse Affida
La femme du prince Makassar : La princesse Anne
La femme de Jonathan : Charlène
Les enfants de Jonathan : Josué, August, Gardhaïa, Harmony
Un général : Offset-Rungi
Le peintre du groupe : Zagra
Le chanteur du groupe : Kadéra
Un traître : Morson
Le garde du corps du groupe et de Maï : Andrieux

Maï s'étirait, les yeux encore remplis de sommeil. Sa nourrice venait de le réveiller bien qu'il soit seulement six heures du matin. C'était bien tôt pour un petit garçon de six ans, mais il se levait de bonne grâce. Tout en bâillant, il se dirigea vers son tapis de prières. Comme tous les jours, sa journée commençait ainsi, en bon musulman. Cette jeune servante entièrement à son service y veillait.

Dans ce grand palais, magnifiquement décoré, le propriétaire aimait être entouré d'objets d'art soigneusement choisis. Des œuvres de bon goût, fabriquées par les meilleurs artistes du royaume étaient partout présentes.

Seigneur puissant, craint par ses sujets, mais juste malgré une trop grande rigueur, il tenait à ce que son fils aîné Maï soit à ses côtés. Il veillait à ce que son éducation soit conforme à ses futurs devoirs. Issu d'une des plus vieilles familles de son pays, il se devait d'enseigner à son fils, dès son plus jeune âge, tout ce qu'il était indispensable de savoir pour occuper un jour un poste à haute responsabilité.

En tant que prince arabe, ami du roi, l'émir Khagne respectait ce principe très important à ses yeux. Il souhaitait adoucir les règles de vie de l'enfant qu'il aimait tant. Il savait bien qu'elles seraient encore trop strictes. Il avait lui-même choisi les meilleurs professeurs. Malgré son jeune âge, Maï apprenait déjà à lire, à écrire, à compter. Son père prince influent, non seulement était l'ami du roi, mais il était surtout son conseiller et confident. Il s'absentait souvent, très occupé par ses hautes fonctions.

Il ne manquait pas cependant de venir le plus souvent possible dans les appartements du petit prince. Il prenait l'enfant sur ses genoux et lui lisait des textes choisis, certes un peu compliqués mais que son élève très doué, comprenait. Ces textes louaient le roi, montraient la fidélité que lui témoignaient les seigneurs du royaume. Ces livres n'étaient pas très enfantins et l'émir apportait quelques explications indispensables. Maï écoutait sagement, sa mémoire était excellente. Il posait des questions à son père qui patiemment y répondait et qui toutefois, était à chaque fois surpris de l'impertinence de ses réflexions, lesquelles témoignaient de sa grande intelligence. Petit à petit, Maï était façonné et préparé à son avenir très prometteur. Ses prières terminées, la servante l'emmena dans un petit salon destiné aux repas du jeune prince. Son père était absent ce jour là et il prit son petit déjeuner rapidement. Il avait faim.

Sophia avait préparé son bain. Il s'y plongea avec délice, bien décidé à arroser celle-ci. Il voulait la taquiner car elle ne s'en fâcherait pas. Elle jouerait un peu avec lui en lui témoignant une réelle affection. La pièce où ils se tenaient, était aérée bien que chaude. Des pierres, maintenues brûlantes sur un petit foyer fermé, dégageaient des fumées odorantes lorsque la servante les arrosait. Il sortit du bain, se fit sécher. Maintenant, il était allongé sur une table confortable. Sophia le découvrit et commença à le masser avec une préparation un peu huileuse aux senteurs fleuries. Aucun d'eux ne parlait, la détente était réelle. Il aimait ses mains douces qui l'effleuraient et appréciait ce trop court moment. Après seulement quelques minutes, il se leva et elle l'habilla simplement. Son emploi du temps ne comportait aucun évènement particulier ce jour là. En fait, il variait assez peu. Il se dirigea donc vers sa salle de classe où un professeur l'attendait. Cet homme, au visage sévère, lui montrerait des textes religieux. Il s'appliquerait à les écrire. Son écriture enfantine était très irrégulière. Il apprenait de nouveaux symboles tous les jours.

Il aimait beaucoup le professeur qui l'emmenait maintenant et qui lui jouerait de la musique avant de lui montrer comment tenir l'instrument. Il trouvait beaucoup de plaisir à essayer d'en jouer lui aussi, mais il n'en tirait que des sons fort peu mélodieux. Ils en riaient. Maar, en bon enseignant lui demandait d'apprendre le solfège et appréciant l'élève, restait un peu plus longtemps pour lui faire découvrir l'une de ses dernières compositions.

L'après-midi était toujours consacré aux activités sportives mais auparavant, il allait voir sa mère, la princesse Affida. Elle venait en général le chercher à la fin de son dernier cours. Il sautait dans ses bras oubliant à chaque fois de faire attention à sa robe. Elle le grondait gentiment et l'embrassait en l'emmenant prendre son repas dans son appartement séparé de celui de son père. Le château familial était grand et selon la coutume ancestrale, ses parents avaient des appartements séparés bien que contigus. Ils pouvaient ainsi recevoir ensemble ou séparément leurs amis malgré des règles sévèrement établies.

La princesse Affida l'emmena dans la nurserie où Mohamed, un bébé de moins d'un an dormait déjà. C'était son petit frère qu'il ne venait voir qu'en compagnie de sa mère. Le petit garçon était trop petit pour s'amuser avec lui. Il se contenta de lui embrasser doucement la main et le regarda dormir un moment. Ils ressortirent sans bruit. Maï resta avec sa maman qu'il aimait beaucoup jusqu'à ce qu'un palefrenier vienne le chercher.

Le château était entouré d'un grand parc avec à une extrémité une écurie. Le prince était un passionné, son élevage avait la réputation d'être le meilleur du pays qui avait un besoin constant de chevaux. La guerre avec leur ennemi de toujours, la Coercie, n'était pas entièrement terminée en cette année 972 après J.-C. La Sarye, pays de l'émir Khagne, avait toujours pratiqué l'élevage des équidés. Aux écuries, Maï avait entendu les paysans parler de la guerre contre les chrétiens que le roi en bon musulman devait réduire à l'esclavage pour les empêcher de nuire. L'armée voulait de très bons chevaux. Ceux de son père étaient réservés à la reproduction et aux meilleurs cavaliers. L'enfant aimait monter et ses leçons d'équitation lui paraissaient trop courtes. Celui qui lui était réservé était petit et sage. Il était trop jeune pour approcher les étalons de son père. Il se contentait de les regarder, en espérant pouvoir un jour grimper dessus.

Quand il venait ici, il apercevait au loin des gens mal habillés et bien différents, maigres, sales, ils lui faisaient un peu peur. Il avait appris que c'était des esclaves appartenant au domaine familial. Il s'était promis de demander à ses parents d'où ils venaient.

L'enfant voyait parfois son père le soir dans son appartement. Le majordome le faisait toujours attendre avant de lui donner le droit d'entrer. L'atmosphère ici était différente. Il apercevait quelques personnes qui partaient, seulement quelques hommes restaient. Ils fumaient, parfumant l'air de cette grande salle, où on lui permettait de pénétrer, d'une odeur sucrée qui lui semblait délicieuse. Les musiciens restaient aussi, arrêtant leur musique pour les laisser parler. Il était strictement interdit d'entrer dans cet endroit sans autorisation. Il n'avait, que de rares fois, aperçu sa mère ici. Certains soirs, il n'avait pas pu entrer. Il appréciait la compagnie de son père que tout le monde respectait. Il l'entendit parler d'une révolte que l'armée avait repoussée. Bien qu'il soit attentif, il ne put retenir un bâillement. Finalement une servante arriva pour le ramener à sa nourrice. La journée avait été bien remplie et celle de demain ne le serait pas moins.

L'émir Khagne fut absent plus d'un mois. Il apprit par sa mère que le roi l'avait appelé, l'armée ayant besoin de lui. Il essaya d'en parler à son professeur après sa leçon d'écriture mais il fut grondé pour sa curiosité. Il se dit qu'il écouterait les bavardages des paysans sans qu'ils s'en aperçoivent, sinon ils se tairaient. Sa vie ne changea pas durant les deux années qui suivirent, mais la veille de son huitième anniversaire, il se coucha avec hâte. Il aurait certainement beaucoup de cadeaux. Sophia parlait par énigme, souriait toute seule en pensant qu'il ne la regardait pas, chuchotait avec les autres servantes.

Le lendemain matin, sa journée commença comme les autres, néanmoins, il avait obtenu le droit de réciter à haute voix la prière qu'il avait écrite. Il était très pieux maintenant. Ses parents en étaient satisfaits et l'avaient félicité. Ses résultats dans toutes les matières étaient bons. Il aimait son petit frère mais ne le voyait que pendant de courts moments, son emploi du temps ne s'était pas allégé.

Il se doutait bien que cette journée serait différente. Sophia, dès sa sortie du bain, le massa longuement et le revêtit de vêtements neufs richement décorés. Il fut tout de même surpris de voir qu'elle ne le conduisait pas auprès de son professeur. Elle prit la direction des appartements de son père. Il n'était encore jamais allé le voir à cette heure là. Sophia ne rentra pas avec lui, le laissant au majordome qui ne le conduisit pas à la grande salle mais vers les petits salons et les chambres. Jusqu'à présent, il n'avait jamais pu y pénétrer. Son père avait beaucoup de serviteurs auprès de lui, tous des hommes. Ils étaient peu vêtus. Il en avait vu parfois ainsi dans la grande salle quand il venait le soir. Il fut laissé en compagnie de quelques-uns d'entre eux. Ils étaient tous d'excellente humeur, chahutant sans cesse. Son père arriva peu après, lui aussi était peu vêtu.

Il s'assit près de l'émir qui lui annonça qu'il aurait le droit de pénétrer ici puisqu'il avait huit ans. En l'embrassant, il lui souhaita un bon anniversaire. Avec un petit sourire, il lui demanda s'il voulait un cadeau. Maï, sans oser lui répondre par un oui franc et net, lui fit comprendre poliment qu'il en espérait un. Tout le monde riait car ils savaient que l'enfant aurait un présent qui le comblerait. Son père le pria d'attendre, il s'assit donc. Un serviteur lui apporta peu après, un nouveau costume pour aller à cheval et l'aida à le mettre. L'émir réapparut habillé de façon identique et ils sortirent tous les deux. Un bel étalon était tenu par un palefrenier et ils le montèrent ensemble. Il n'osait espérer ce qu'il croyait deviner. Son père lui demandait à présent, s'il n'avait pas peur de faire un galop, et il se dirigeait vers les chevaux qui venaient d'être finis de dresser et qui seraient vendus à la noblesse.

Un peu à l'écart, un cheval plus petit, attendait seul dans son pré. Il est à toi s'entendit-il dire. Il te plaît ?

C'était un grand jour, il le remercia en lui disant que c'était vraiment bien d'avoir huit ans. Il avait progressé en sport et aimait les chevaux. Il suivait attentivement les conseils du vieux palefrenier qui s'occupait de lui. Il sentait que celui-ci le respectait malgré leur différence d'âge. Il voyait aussi avec stupéfaction la façon naturelle qu'il avait de parler à l'émir qui ne s'en offusquait pas. Les autres courbaient le dos à son approche. Le vieil homme ne le faisait pas.

Maï passa la journée avec ses parents et son petit frère. Ils avaient tous beaucoup de choses à se dire. Son père avait de nouveau été absent plusieurs semaines. Sa mère était souriante, très belle dans sa robe blanche et restait assise près de lui. Ils se tenaient par la main, heureux de se revoir. Une petite réception le lendemain, permit à l'enfant de retrouver ses cousins et cousines et de faire connaissance avec de jeunes nobles de son âge. Son Anniversaire s'était déroulé de manière surprenante et son présent, pour ses huit ans, l'avait ravi. Il ne savait pas encore que sa vie allait être peu à peu différente.

Ses professeurs furent changés mais il conserva celui de musique. Il en avait fait la demande à son père qui avait voulu lui faire plaisir. Il apprenait sans peine et il aurait des matières différentes et nombreuses. Il convenait de ne pas stopper son ardeur. Il était prince, ce qui impliquait qu'il aurait une carrière brillante pour servir le roi et son pays. Chaque jour, on lui inculquait qu'il remplacerait son père auprès du souverain qui luttait avec courage contre leurs ennemis. À dix ans, il eut un appartement du coté des hommes. Sophia avait pleuré en le serrant dans ses bras. Ses serviteurs seraient tous des hommes. Sa nourrice s'occuperait pendant quelques années de son petit frère. Il ne la croiserait que rarement.

Depuis deux ans, il avait eu de temps en temps l'autorisation de passer quelques heures le soir avec son père. Il s'était habitué à l'ambiance différente ici du reste du château. Ce soir, les hommes d'une vingtaine d'années étaient restés. Ils étaient beaux, musclés, rieurs, cultivés aussi et toujours plus ou moins vêtus. Il avait été surpris la première fois qu'il avait vu deux d'entre eux, s'embrasser furtivement. La scène s'était reproduite. Il était persuadé que son père l'avait vu aussi mais il ne disait rien. Les seules femmes à pénétrer ici étaient les danseuses, et les danses exécutées, voluptueuses, sensuelles charmaient les spectateurs. Parfois, c'était uniquement des danseurs qui venaient les distraire et ils s'éclipsaient petit à petit avec les jeunes serviteurs en direction des salons. Bien sûr, il n'avait pas le droit d'y aller, à ce moment, son majordome attaché à son service y veillait. Il faisait ses prières avec lui, manifestant une grande ferveur. Il remplissait les mêmes fonctions que Sophia, préparait le bain et le massait. Musclé car sportif accompli, sa fonction lui laissait tout le temps de s'entraîner aux maniements des armes. Son rôle étant de protéger l'enfant, il devait exceller dans ce domaine. Il s'appelait Païra et était âgé de dix neuf ans. Il pourrait rester longtemps à son service.

Les journées de Maï étaient parfois épuisantes. Les professeurs venaient tous les jours sauf à de très rares exceptions. Un de ses nouveaux maîtres lui enseignait l'histoire de son pays marquée par tant de guerres contre la Coercie. Il avait appris que les esclaves du château étaient des prisonniers ramenés le plus souvent par bateau. Réduits à l'esclavage, ils étaient employés à la carrière voisine. L'enfant ne les avait jamais approchés, il lui était défendu d'aller chevaucher de ce côté là. Il préférait d'ailleurs aller avec son majordome à la limite de la propriété familiale. Plus loin, c'était les champs puis des villages avec d'un côté la capitale et le château du roi. De l'autre côté du domaine après les plaines, la forêt s'étendait puis commençaient les hautes montagnes.

La vie du petit prince, très différente, de celle des enfants de son âge, s'écoula ainsi auprès de ses parents et de son frère Mohamed, rythmée par les cours et le sport qui occupait une partie importante de ses journées. Pour ses treize ans, il eut droit à apprendre le maniement de l'épée avec un maître d'armes. Il aimait le sport mais il attendait depuis de longs mois l'autorisation de son père. Il avait grandi et celui-ci le trouva assez fort pour commencer ce long et indispensable apprentissage. Ses larges épaules et son corps musclé faisaient de lui un bel adolescent. Un jour, il se mesurerait à Païra que peu de monde arrivait à battre. Le majordome était toujours à son service, attentif au bon déroulement de sa journée, veillant à sa sécurité. Maï l'appréciait pour son érudition mais il commençait à aimer un peu trop la façon dont il le massait. Le jeune homme avait bien évidemment décelé les premiers signes de la puberté de son protégé. Pour son anniversaire suivant, il eut un nouveau cheval, plus grand. Il avait tellement grandi qu'il se sentait un peu ridicule sur le sien. Il conviendrait mieux à son frère dans peu de temps. Très bon cavalier, il ne pouvait cependant pas prétendre posséder un bel étalon. Le vieux palefrenier était toujours là. Comme il venait souvent ici, il continuait à constater qu'il ne saluait pas mieux son père lorsqu'il venait. Il en avait fait la remarque et avait été surpris de subir la colère paternelle. Le soir même, il eut l'occasion, alors qu'ils étaient tous les deux dans la grande salle du château, de présenter ses excuses. Son père eut alors un sourire un peu triste. Décidément Maï ne comprenait rien à cette histoire là. Il aurait certainement l'occasion d'avoir une explication.

Il se sentait bien dans l'appartement de l'émir Khagne où il venait le soir lorsque celui-ci y séjournait. Ils voyaient maintenant les jeunes hommes s'embrasser ouvertement devant lui. Il en avait pris l'habitude, même un peu trop. Il commençait aussi à attendre avec impatience les massages de son majordome dont les mains s'arrêtaient plus longuement sur ses fesses. Ses doigts effleuraient son sexe. Depuis peu son plaisir devenait évident et son sexe se raidissait. Païra continuait, avec il lui semblait, un léger sourire. Il provoquait volontairement son érection, il en était persuadé. Se relevant de la table, il se décida à aborder cette question, malgré tout, délicate, bien que le masseur soit devenu son ami et son confident.

- Racontes-tu tout à mon père ?
- Bien sûr, fit-il.
- Même ça ? ajouta-t-il en montrant son sexe raidi.
- Même ça.

Maï continuait à apprendre à manier l'épée. Il aurait voulu progresser plus vite mais il manquait encore de technique. Il eut la joie quelques jours plus tard de voir apparaître Païra avec son arme à la main. Un garde l'accompagnait qui veillerait sur le petit prince. Visiblement, son serviteur voulait le tester et échanger quelques passes avec lui. Il lui apparut intouchable et en fait celui-ci avait, maintes fois, remporté des tournois. Il était le plus fort de tous et sa renommée se justifiait.

Une grande fête se préparait au château de l'émir, le roi avait annoncé sa visite. L'effervescence était visible dans toute la propriété. Seul le propriétaire restait calme. L'affolement des serviteurs l'amusait. La princesse organisait la réception avec un certain énervement, tous les domestiques semblaient attendre ses ordres et elle devait veillait à ce que tout soit prêt. Heureusement, elle pouvait compter sur son époux, ami du roi. Le souverain, tenait à rendre visite à quelques-uns des grands seigneurs du royaume. Maï mesurait l'amitié qui unissait son père à cet homme. Il avait vu de rares fois Maximus de Pécen, son souverain. Cette fois, il lui serait présenté. Il allait avoir quinze ans, sa vie allait de nouveau prendre un nouvel essor.

Les équipages commencèrent à arriver en fin d'après-midi. La grosse chaleur était terminée et une saison plus clémente allait commencer marquant le début de nombreuses festivités. Les campagnes militaires étaient terminées, l'ennemi repoussé hors des frontières semblait épuisé par des défaites successives. La noblesse était satisfaite. Le roi avait lui-même participé à la dernière bataille malgré la réprobation des généraux. L'armée pouvait souffler mais restait vigilante. Les militaires étaient présents ce soir.

L'immense salle, richement ornée, où jouait un orchestre prestigieux pouvait accueillir encore plus de monde. Les invités étaient venus nombreux, tous se montraient souriants, détendus et richement vêtus. La paix était la bienvenue et ils attendaient leur monarque avec impatience. Maï avait déjà eu la permission de participer aux grandes fêtes que donnaient ses parents mais jamais lorsque son roi venait. L'adolescent entrait maintenant dans le monde des adultes et ce droit lui était accordé.

Quelques gardes de l'escorte royale surgirent sur leurs beaux chevaux, annonçant l'arrivée du monarque. L'émir Khagne plaça les dignitaires de chaque côté du perron, gardant sa femme et son fils aîné près de lui. Les invités virent enfin l'attelage qui s'arrêta doucement près de l'entrée principale du château. Maximus de Pécen descendit. La foule dans un ensemble parfait saluait leur souverain bien-aimé qui s'avança vers l'émir et lui toucha l'épaule afin qu'il se redresse. Ce geste amical fait devant toute l'assistance, leur montrait son attachement pour leur hôte. C'était un honneur pour cette famille princière.

Le couple royal prit place à la table centrale mais le roi n'avait certes pas envie de rester seul avec la reine. Ayant un bon caractère, il avait envie de s'amuser. Il pria donc son hôte et sa femme de les rejoindre. Le petit prince s'installa près de ses cousins, il ne pouvait pas prétendre rester avec ses parents. Le repas fut excellent et l'orchestre jouait une musique douce. Ce fut le tour d'une troupe de danseuses qui charma l'assemblée suivie de magiciens et de nouveau par des danseurs. Maï appréciait la compagnie de ses cousins presque du même âge que lui, mais le repas durait depuis si longtemps qu'il eut envie de prendre l'air. Quelques pas avant d'aller danser lui feraient le plus grand bien. Il s'aperçut en se levant que le souverain et son père n'étaient plus dans la pièce. Il fit le tour du château, il avait bu du vin pour la première fois et il se sentait un peu bizarre. Il n'était pas pressé de rentrer, la fête était loin d'être terminée. Assis sur un muret, il rêvait fredonnant une vieille complainte. Il entendit alors des bruits de pas, quelques personnes devaient aussi prendre l'air après cet excessif repas. Il se leva d'un bond, reconnaissant son père et son royal ami. Il avança de deux pas pour qu'on le voie bien et s'empressa de saluer. L'émir rit en voyant qu'il n'osait pas se relever. Le roi lui demanda qui il était. Le jeune homme se redressa et se présenta.

- Mais c'est ton fils aîné, mon ami.

Se retournant, le roi le pria de les accompagner.

Les deux hommes conversaient ensemble et il lui sembla qu'ils parlaient de lui. Il ne se trompait pas. Sa majesté se tournant, lui annonça qu'il avait décidé avec son père de son avenir. Il le félicita d'être un excellent élève et un sportif de haut niveau. En s'éloignant, il l'informa qu'il rejoindrait l'armée dans six mois et entrerait dans cette célèbre école qui formait les meilleurs généraux. Maï bredouilla quelques mots qui durent passer pour des remerciements. Il ne savait pas s'il devait en être ravi ou non. De toute façon, il devait obéir, il s'en tenait là. Son majordome était satisfait, voilà que d'après lui, il aurait un bel avenir. L'adolescent était pensif, il n'avait vraiment plus envie de danser. Il préféra rentrer dans son appartement, il aurait certainement des explications le lendemain.

Les explications tant attendues ne vinrent pas rapidement. Son père devait siéger au sénat plusieurs semaines et il resterait dans la capitale. Il lui avait promis d'être de retour pour son prochain anniversaire avec des cadeaux. La vie du petit prince reprit avec son lot d'activités intellectuelles et physiques. Le domaine était plus calme quand le propriétaire était absent, la princesse veillait au bon déroulement de la scolarité de ses deux fils qui avaient plus souvent sa visite. Maï rentrait dans son appartement le soir éreinté. Païra comme à l'ordinaire le lavait et le massait. Le massage le rendait aujourd'hui un peu nerveux alors qu'habituellement il le soulageait de toutes ses tensions. Le majordome savait mieux que lui que son corps se transformait. Le massage ce soir-là se fit plus précis, s'arrêtant sur ses fesses et les écartant légèrement, les pressant. Le petit prince se détendait peu à peu mais restait encore tendu. Le masseur frôlait maintenant son sexe, sentant celui-ci se durcir. Il lui parla doucement, lui disant que le moment était venu et passa ses doigts fins sur ses testicules et sa verge. Quelques instants plus tard, l'adolescent gémissant sentit un flot se répandre sur ses cuisses et son ventre. Il était vraiment devenu un homme. Son serviteur ne s'en offusquait pas, au contraire, il souriait. Il lui assura que c'était une bonne nouvelle à annoncer à son père.

Celui-ci revint la veille de son anniversaire. Il était content de rentrer et de retrouver le calme de sa demeure. Il serra sa femme dans ses bras puis ses deux fils. Après avoir vu son maître d'hôtel, il vérifia les comptes et ils dînèrent tous ensemble. Il demanda à Maï de le suivre et lui annonça que Païra était venu le voir. Il était satisfait qu'il soit devenu un homme et lui remit ses cadeaux : des objets anciens précieux, des armes dont des épées avec leur fourreau, un poignard et un autre cadeau inattendu : un jeune esclave de son âge. Il ne voyait pas ce qu'il allait faire de lui. Le lendemain, il put faire ce qu'il voulait. Il fut convenu qu'il chevaucherait avec son majordome et en passant par les écuries, ils iraient voir les esclaves de la carrière qui creusaient et évacuaient le minerai.

Les étalons étaient magnifiques. Le vieux palefrenier leur dit de faire attention, ils n'étaient pas finis de dresser. Tous ne seraient pas vendus. Le petit prince espérait toujours en avoir un. Il aurait préféré posséder son propre étalon plutôt que d'avoir un esclave. Il y avait ici une centaine de chevaux qui demandaient une attention constante. Les paysans qui s'en occupaient et les aimaient étaient rémunérés, nourris et logés à proximité. Il y avait toujours un risque qu'un esclave s'échappe et veuille s'en emparer d'un.

Les deux cavaliers continuèrent en galopant vers la carrière. Les gardes armés les reconnaissant les laissèrent passer. Ils arrivèrent aux premières excavations. Les prisonniers travaillaient, les regardant à peine. Maï était impressionné, le travail était pénible, pourtant beaucoup avaient des chaînes aux pieds. Le fouet retentissait peu car ils ne pouvaient pas en faire plus, mais gare à celui qui s'arrêtait trop souvent, le gardien le corrigeait pour qu'il se remette au travail. Un jeune esclave boiteux leur apporta à boire. Tous semblaient épuisés. Plus loin se trouvait le bureau de l'architecte. Il avait fini les plans d'une grande mosquée et les premiers pans de murs s'élevaient. Il avait une autre tâche importante à réaliser : construire un pont au-dessus du fleuve. Ce serait un ouvrage colossal. Il reçut le jeune seigneur avec amabilité et lui montra les premières esquisses du futur ouvrage. Il recevait parfois des visites, les nobles des environs : tous avaient besoin de ce pont qui éviterait d'effectuer un grand détour pour rejoindre le port le plus proche. Ils s'intéressaient donc aux travaux en court, bousculant rudement les pauvres hommes sur leur passage. Ils avaient fait la guerre et avaient vécu de durs moments à cause de la Coercie qui les envahissait régulièrement. Pour eux, ces anciens soldats ne méritaient rien de mieux. Ils les haïssaient toujours, bien qu'ils étaient maintenant vaincus. Les deux jeunes gens reviendraient mais pour l'instant il était temps de rentrer au château. Ce soir, son père l'attendait dans son appartement. Auparavant il se lava avec Païra qui était aussi poussiéreux et fatigué que lui. Le bain leur parut bon, bien qu'ils soient devenus amis, ils n'en avaient jamais pris un ensemble puisque le majordome le baignait et le massait. Celui-ci avait un corps magnifique et il lui dit. Il avait besoin de se détendre avant d'aller rejoindre l'émir.

Les serviteurs de son père le faisaient moins attendre maintenant. Il les apercevait parfois nus, aller et venir. Quand son père était présent, les habitudes étaient différentes. Il était curieux de voir ce qui se passerait. Il se présenta au garde qui surveillait l'entrée de l'appartement paternel et malgré qu'il soit en avance, il fut introduit immédiatement et à sa grande surprise Païra entra avec lui. Habituellement il ne le suivait pas, mais ce soir il avait été invité à dîner. Sans aucun doute la soirée s'annonçait exceptionnelle. L'émir Khagne lui dit combien il était fier d'avoir un fils tel que lui, cultivé, respectueux de leurs valeurs ancestrales, fidèle au roi. Apparemment il avait été informé de l'évolution des massages qu'il recevait et de leur aboutissement. Il en semblait satisfait et nullement étonné. Il fit immédiatement allusion à son obéissance et surtout à son avenir proche. Il ne dînerait pas en tête-à-tête avec lui. La table dressée au centre de la pièce était assez grande pour que la vingtaine de jeunes gens présents prennent leur souper avec eux. Ceux-ci servaient le repas et le vin. Tout le monde bu abondamment sans toutefois s'enivrer. Il apprit que dans cinq mois il rejoignait l'école militaire de la capitale avec son majordome et que son petit esclave l'accompagnerait.

Ils quittèrent la table pour fumer et prendre une boisson forte. Maï n'avait jamais fumé ni prit d'alcool aussi fort que celui qu'on lui offrait. Il ne put refuser, sans être impoli, le verre que son père lui tendait qui vu son hésitation mais ne laissa rien paraître. L'alcool avait échauffé les esprits et les jeunes hommes se mettaient à l'aise enlevant peu à peu leur tunique blanche. Le petit prince avait la tête qui tournait et n'osait plus se relever du sofa. Le verre qu'il venait de boire en était bien sûr la cause. Quelqu'un ouvrit une fenêtre et l'air frais de la nuit lui fit du bien. Des adolescents se caressaient dans un coin de la pièce sans s'occuper de ses regards furtifs. Le plus jeune, Naguir lui apporta un peu d'un alcool d'un aspect différent qu'il refusa d'abord mais que son père insista pour qu'il y goûte. Un autre lui donna du narguilé qu'il accepta. L'émir guettait sa réaction lui semblait-il. Il avait chaud, Naguir, près de lui, l'aida à enlever sa tunique puis s'assit à ses pieds, il le déchaussa. Avec infiniment de douceur il les lui massait. Une dizaine d'hommes étaient maintenant nus, formant un groupe à proximité de lui. Ils avaient le sexe raidi par leur plaisir et bien qu'ils sachent que son père et lui les observaient, cela ne paraissait pas les gêner. Le jeune seigneur sentait qu'il prenait plaisir à les regarder. Il ne vit pas qu'un serviteur lui versait une poudre blanche et il but peu à peu, sans rien soupçonner. Il entendait les couples gémir de plaisir, ils s'aimaient et s'accouplaient devant eux. Il sentait que son désir augmentait. Naguir dû le percevoir car il caressait ses cuisses en lui ôtant ses derniers vêtements, découvrant son sexe. Il sentit la bouche du jeune serviteur s'approcher. Il n'essaya plus de lutter contre lui-même, ni contre ce plaisir intense. Il avait l'impression de flotter, poussant un gémissement, il éjacula. La drogue douce qu'il ne savait pas avoir absorbée, faisait toujours son effet. Il rejoignit alors le groupe d'hommes nus. Sa verge de nouveau dressée, il les caressa et s'offrit alors pour la première fois, à l'un d'eux.

Il s'aperçut, reprenant ses esprits progressivement que l'émir n'était plus là. Il apprit plus tard par Païra, qu'il était parti après avoir fait verser la poudre dans son verre. Il savait déjà qu'il avait aimé être avec ces hommes, il s'apercevait qu'il avait bien trop apprécié leurs caresses et sentait qu'il recommencerait.

La soirée s'était déroulée de façon bien plus exceptionnelle et surprenante qu'il avait imaginé.

Les cinq mois qui suivirent n'apportèrent aucun fait marquant. Sa vie continuait à être ponctuée de cours prodigués par ses professeurs le matin et de sport l'après-midi. Il avait repensé à sa soirée d'anniversaire mais n'avait pas osé en parler à son père. Celui-ci, en outre, était reparti peu de jours après pour mâter une révolte dans un centre de détention où il aurait à représenter le roi. De plus des mouvements de troupe avaient été observés en Coercie, obligeant les sénateurs à prendre des décisions urgentes. Toutefois, Maï le vit réapparaître peu de temps avant son départ pour l'armée.

De nouveaux chantiers près d'un grand port, obligeait l'émir Khagne à rentrer. La construction de nouveaux navires le retiendrait longuement et obligeait de déplacer une centaine d'esclaves qui seraient très utiles là-bas mais le plus difficile restait à agrandir le bagne en bordure du désert. Ces prisonniers qui devaient rester isolés, étaient dangereux et ils avaient très peu de chance d'en ressortir vivants. Ils représentaient une main-d'œuvre bon marché et les sénateurs qui avaient voté une loi, leur laissaient espérer une vie un peu meilleure s'ils devenaient de bons artisans. Ils pourraient ensuite fonder une famille et gagner de quoi la faire vivre. La condition essentielle était qu'ils prêtent serment au roi saryen. Peu, en fait retrouvait un semblant de liberté, ils préféraient rester fidèles à leur pays. Les évasions avaient peu de chance de réussir, les montagnes puis le désert d'un côté et la mer de l'autre formaient deux barrières infranchissables.

Maï était retourné à la carrière avec son majordome et quelques gardes. La reprise des conflits armés obligeait toute la noblesse à rester prudente. Les nouvelles parvenaient aux esclaves avec l'arrivée de nouveaux prisonniers. Les deux hommes suivaient l'avancement de la construction du pont. Les travaux progressaient lentement. L'architecte avait dû changer ses plans, le terrain trop meuble et plusieurs difficultés de dernière minute, expliquaient le retard pris. L'ambiance à l'intérieur du camp avait changé, les gardes utilisaient le fouet à la moindre incartade. Malgré les rations alimentaires qui avaient augmenté, tous souffraient et montraient leur mépris. Ils restaient des gens fiers malgré leur condition, ce qui étonnait le petit prince et forçait son admiration. Bien sûr, il devait le cacher et se montrait à cause de cela, hautain. Il avait remarqué à plusieurs reprises, un captif de quelques années plus âgé que lui. Leur regard s'était croisé et l'esclave avait baissé les yeux en s'inclinant légèrement. Il avait quelque chose de différent, plus de fierté, plus beau, plus attentif à ce qui se passait autour d'eux. Le petit prince aurait juré que ses compagnons le respectaient, bien qu'il n'ait rien vu qui puisse justifier son impression. Il attendait l'occasion pour lui adresser la parole. Un autre seigneur, ce jour là, était venu lui aussi suivre l'avancement des travaux, entouré de sa garde. Ils s'étaient salués sans s'arrêter, chacun continuant son chemin d'un côté différent. Peu après, le bruit d'une galopade lui fit tourner la tête. Le jeune seigneur qu'il venait de croiser, pas très bon cavalier était emporté brusquement par son cheval qui s'était énervé. Maï élança son pur-sang mais il était loin de lui. Il vit s'élancer l'esclave qui avait retenu son attention, vers le cavalier qui par chance passait près de lui. En sautant sur l'encolure avec une agilité incroyable, celui-ci réussit à l'arrêter avant qu'il ne se blesse sur les pierres entassées. Le détenu le détourna pour aller vers le petit prince dont il avait remarqué les visites. Il caressait la superbe bête en prenant plaisir à monter, lui parlait ce qui l'apaisait. Le petit prince, arrivé près de l'esclave, vit qu'il n'avait aucun mal à contrôler l'animal. Il était très bon cavalier et connaissait apparemment bien les chevaux. L'opprimé, toujours sur la monture, inclina la tête pour le saluer en courbant légèrement le dos. Il attendait que le jeune seigneur lui adresse la parole, sachant fort bien que lui ne devait pas le faire le premier. Maï ne le remercia pas :

- Tu connais bien les chevaux, il me semble ?

- Oui, seigneur, je n'ai pas eu de mal à l'arrêter. C'est un très bel étalon.

- En effet, mais le cavalier pas très bon. Où est-il d'ailleurs ? Se retournant, ils virent qu'il était encore à terre. Les gardes accouraient pour le secourir. En l'entendant jurer, ils surent qu'il pouvait se passer d'eux.

- Je sais ce qui le gêne, reprit le coercien.

Sautant à terre, il lui tendit les rênes, souleva la patte avant gauche de l'animal. Une pierre s'était coincée. Il appela un tailleur de pierres :

- Ton marteau et ton burin feront l'affaire, apporte-les-moi.

Il asséna quelques coups qui dégagèrent le caillou. Voilà, dit-il, il n'aura plus mal, il n'a pas été blessé et lui donna des tapes amicales.

Le petit prince remit l'étalon aux serviteurs du malheureux jeune noble et prit de ses nouvelles. S'installant sur un gros bloc, il pria le prisonnier d'approcher de lui et demanda à ses gardes de s'éloigner un peu. Ils restaient très vigilants quand ils étaient ici. Une rébellion était toujours possible.

- Comment t'appelles-tu ?

- Jonathan, seigneur.

- Tu es à la carrière depuis longtemps ? Où étais-tu avant coercien ?

- Dans une ferme, seigneur, je suis arrivé ici, il y a plus d'un an.

Maï compris ce que signifiait cette réponse. Là-bas, les prisonniers étaient mâtés rapidement et durement. Ils ne servaient pas uniquement à l'agriculture. Il le ferait parler sur ce sujet une autre fois.

- Tu connais bien les chevaux, pourquoi ?

- Mon père en a quelques-uns. J'allais aux écuries avec lui. Il me mettait dessus et j'ai appris à les connaître avant même de savoir marcher. Je les ai aimés tout de suite.

Il semblait triste et rêveur en lui répondant. Visiblement, sa maison lui manquait et en parler ravivait ses souvenirs.

- Viens avec moi, tu es sale. Une douche et un bon repas seront ta récompense.

Le fils de l'émir le trouvait sympathique mais il n'était pas convenable de le lui montrer. Toutefois, il sentait que l'homme, ni impressionné, ni arrogant, intelligent de surcroît, appréciait sa conversation.

Il l'entraîna vers les tentes où les gardes pouvaient se laver, manger et se reposer. Un système de douches communes rudimentaire, abrité par de hauts murs et installé à proximité d'un puits, permettait de se laver à l'abri des regards. Païra était inquiet et n'aimait guère la situation. Il était prêt à intervenir au moindre mouvement suspect de l'intrus.

Jonathan apprécia la douche qu'il prit partiellement dévêtu. Comprenant sa pudeur, les deux hommes qui se rafraîchissaient le visage s'éloignèrent, puis le majordome apporta des vêtements simples mais propres ainsi que des sandales.

Maï ordonna à son serviteur :

- Aide-le, comme tu le fais pour moi.

Païra, bien qu'étonné, sécha l'esclave, encore plus surpris que lui et l'entraîna vers une tente proche où il n'y avait personne. Il l'installa à plat ventre sur une banquette, défit le linge que Jonathan gardait attaché à la taille. Le petit prince qui était resté éloigné pour respecter la pudeur de celui qu'il voulait mieux connaître, se rapprocha et s'installa devant lui pour discuter.

- Tu es bien musclé.

- C'est le travail, seigneur, dit-il les yeux fermés appréciant sans nul doute d'être massé. Peux-tu me donner des nouvelles de la guerre ?

- C'est défendu, tu le sais bien. Ton pays sera vaincu sois certain.

- Ce n'est pas sûr, les miens se battront.

Le petit prince détourna la conversation, les esclaves devaient continuer à ignorer tout ce qui concernait la guerre. Ils risqueraient de se servir du moindre renseignement pour projeter une évasion. Il fallait aussi, outre la liberté leur enlever également l'espoir.

Ils parlèrent de nouveau de chevaux, de l'élevage respectif de leur père. Le fils de l'émir en le faisant parler comprenait ce qui l'avait attiré chez cet homme, en plus de sa beauté, il était cultivé.

- Ton langage est soigné, tu n'es pas paysan. N'obtenant pas de réponse, il insista : n'est-ce pas ?

Le captif fit non de la tête, il devait répondre à son jeune maître.

- Qui es-tu ?

Il vit l'autre s'énerver, se soustraire aux mains de Païra, se redressant, en parlant trop fort, presque de manière impolie :

- Parce que j'ai arrêté un cheval au galop, tu veux tout savoir de moi. Je ne suis rien qu'un esclave ici, regarde les anneaux qui enserrent mes chevilles. Dans sa colère, il avait oublié qu'il était nu. Maintenant il s'en rendait compte et surtout, il s'attendait à être puni pour son audace.

Maï resta calme et lui posa la main sur l'épaule :

- Rallonge-toi sur le dos, on va finir ton massage. Ne dis rien mais j'ai compris que tu étais comme moi, un noble. Je garderai ton secret pour l'instant.

Païra restait étonné par l'attitude de son maître qui devenait parfois trop dur avec son petit esclave personnel. Il l'avait souvent entendu le battre et le violer. Il était aujourd'hui complètement différent et il devinait parfaitement pourquoi. L'homme, de quelques années plus âgé, lui plaisait. Tout ce que Maï venait d'apprendre, ajoutait à son charme. Il ne voulait pas le brusquer.

Le majordome avait remarqué l'indifférence du jeune prince vis-à-vis de ses cousines. Oh ! Bien sûr, il restait aimable, prévenant mais ne les courtisait pas. Ses regards ne s'attardaient pas sur elles mais plutôt sur les jeunes seigneurs qui venaient lui rendre visite. Il aurait pourtant à choisir une épouse un jour. Les jeunes hommes pratiquaient ensemble les sports à arme blanche par plaisir. Tous savaient qu'ils étaient destinés à former l'élite de l'armée. La fidélité au roi ainsi que leur prochaine entrée à l'école militaire les stimulaient.

Tout en laissant l'esclave se vêtir, Maï commanda un repas pour trois et du bon vin. Il ne semblait pas pressé. Il s'enquérait auprès de son protégé s'il avait apprécié le massage. Il aurait pu être plus complet si tu l'avais voulu, lui précisa-t-il. Le pont toujours en construction était proche. L'air était tiède et empli du bruit des travailleurs qui allaient et venaient. Leur journée n'était pas terminée malgré l'heure tardive. Le petit prince contemplait la nouvelle construction. Ce sera un bel ouvrage une fois terminée, dit-il. Jonathan semblait beaucoup moins certain mais ne répondit pas. Le vin fort, bu en grande quantité, la chaleur et le manque d'habitude faisait qu'ils avaient la tête qui tournait. Les verres n'étaient jamais vides, Païra y veillait, voyant le seigneur s'attarder. Les trois hommes conversaient simplement de banalités et semblaient se comprendre bien que d'origine différente.

Le majordome s'éloigna sur un signe que l'esclave un peu ivre ne vit pas. Maï alors se rapprocha, posa sa main sur la nuque de Jonathan et la fit glisser en une longue caresse :

- Tu es beau.

Le détenu se figea, un peu surpris, comprenant d'un coup ce qu'il aurait dû comprendre bien avant. Quel idiot il était, voilà la vraie raison de l'intérêt qu'on lui portait.

L'autre comprit son étonnement qui impliquait aussi son refus et n'insista pas.

Ils restèrent silencieux un moment, burent encore beaucoup. Le coercien était maintenant complètement ivre et parlait dans un dialecte que les deux autres ne comprenaient pas. L'heure était venue de se séparer, ils le ramenèrent dans l'enclos bondé, bien gardé d'où aucun bruit ne parvenait. Les prisonniers dormaient, harassés par le travail d'une trop longue journée.

L'émir Khagne arriva dans son palais le lendemain soir. Fatigué par une longue chevauchée, il salua la maisonnée, parla avec sa femme et ses deux fils avant de disparaître dans son appartement.

Il fit son apparition le lendemain, assez tard dans la matinée, reposé et d'excellente humeur. Il resta seul avec sa femme jusqu'au repas, puis les deux adolescents les rejoignirent chez la princesse pour dîner avec eux.

Il parla longuement de la guerre, les coerciens revenaient sans cesse envahir le pays. Les soldats les repoussaient, en faisant peu de prisonniers cette fois ci. Il annonça l'entrée à l'école de son aîné ainsi que celle de son majordome dans une dizaine de jours. Les cours étaient suspendus jusqu'à son départ mais il devrait continuer la pratique des différents sports pour garder un entraînement physique indispensable. Les mois à venir seraient remplis d'activités militaires diverses qui laisseraient peu de temps libre aux deux jeunes hommes.

Le père promis à son fils de venir le voir l'après midi pour vérifier ses progrès dans le maniement de l'épée. Il fut agréablement surpris de constater son habilité. Le rapport des professeurs qu'il venait de lire, le comblait. L'entraînement sportif de Maï l'avait rendu d'un très bon niveau au point qu'il échangea avec lui quelques passes. Son corps s'était transformé et il était devenu un bel athlète. L'avenir que le roi et l'émir lui avaient tracé n'était en rien compromis par sa condition physique, bien au contraire. Le maître du domaine resta un long moment à s'entraîner, le félicita mais il avait une tâche bien moins agréable à accomplir, vérifier la bonne gestion de ses biens. Il était exigeant avec tous, ne laissant aucune erreur, quelle qu'elle soit, impunie. L'intendant, un homme de confiance, avait reçu l'ordre de châtier les paresseux et les incompétents. Il respectait les consignes à la lettre, utilisant le fouet avec sévérité, à la moindre incartade. Les affaires du palais étaient entre de bonnes mains.

Dès son maître d'armes parti s'occuper de son petit frère, Maï se fit laver et habiller rapidement. Il désirait revoir l'esclave si beau de la carrière, dissiper le malaise qui s'était instauré lorsqu'il avait eu envie de le toucher. Il avait perçu la colère de celui-ci qu'il avait pourtant contenu. Il repartit donc avec son escorte et son majordome en direction du pont, ne sachant pas encore quelle attitude il adopterait. Les gardes du camp avaient pris l'habitude de le voir et ils échangeaient quelques mots avec lui.

Il y avait peu de femmes à l'intérieur du centre de détention. Elles s'occupaient de cuire les aliments pour tous dans de grandes marmites, distribuaient l'eau en abondance, la température dépassant en général les trente degrés. Plus loin, les esclaves les plus robustes extrayaient les pierres pour la construction de l'ouvrage. Le petit prince le trouva là à travailler, il n'avait pas tourné la tête aussi il l'appela. Le prisonnier s'approcha en souriant :

- Ton vin était succulent et m'a rendu ivre. Est-ce du vin de ta propriété, seigneur ?

- Bien sûr, veux-tu encore en goûter ?

- Seulement à condition que tu ne me saoules pas.

- Tu es toujours aussi sale, répondit Maï rassuré par le ton enjoué du travailleur.

Mettant pied à terre, il l'emmena vers les tentes des gardes, faisant un détour pour qu'il se lave rapidement et se détournant pour qu'il ne ressente aucune gêne. De toute façon ils l'avaient à l'œil, il ne risquait rien.

Attablés face à face, Païra les servit et se retira. Je pars dans dix jours, lui annonça-t-il. Je rentre à l'école militaire de la capitale afin d'y apprendre mon futur métier et servir le roi. Je ne sais pas quand je reviendrai.

L'esclave approuva, c'est ton devoir, répondit-il.

- Je voulais te revoir et te le dire moi-même. Il ressentait un désir intense de le toucher, il posa sa main sur son bras.

Jonathan ne bougea pas mais le regarda dans les yeux. Il faisait preuve de beaucoup d'audace en se permettant cela mais il sentait que son jeune maître ne s'en offusquerait pas. Il connaissait bien cette lueur, il en avait déjà vu maintes fois et en avait tant souffert. Il commença à parler, comme pour lui-même, les yeux maintenant remplis de larmes :

- Tu m'as demandé l'autre jour d'où je venais, je te l'ai dit : d'une ferme. Sais-tu ce qu'on y fait vraiment ? J'ai été fait prisonnier quelques semaines après mon débarquement avec un groupe de soldats. Beaucoup ont été tués et d'autres sont ici, tes esclaves, seigneur. Nous avons été répartis, dès le lendemain, dans des fermes très éloignées de la côte. Le voyage a été pénible, nous étions ligotés, entassés sans rien avoir à manger ni à boire. À chaque ferme, le paysan venait choisir deux hommes. Il les palpait comme on fait pour le bétail et les emmenait souvent en les battant. J'ai été déposé avec un de mes compagnons chez un fermier qui ne nous a pas frappés mais nous a enfermés dans un réduit.

Nous y sommes restés longtemps, peut-être une semaine, toujours ligotés sans avoir bu ni mangé. Nous avons dû nous évanouir plusieurs fois.

Quand la porte s'est enfin ouverte, notre calvaire ne faisait que commencer. Sans aucune pitié pour nous, il nous a violés, prenant et reprenant son plaisir, n'écoutant ni nos suppliques ni nos cris de douleur. Il nous a fouettés et de nouveau enfermés avec un peu d'eau et de nourriture. Il a recommencé ses brutalités et ses viols les jours suivants, nous laissant dans ce réduit sale. À peine nourris, nous étions sans force et sans espoir. Au bout d'une semaine, les choses changèrent. Quand il vint nous chercher, il souriait mais d'un sourire méchant. Il se réjouissait de ce qui allait se passer.

Jonathan s'arrêta, une larme coulait sur sa joue mais il fit signe qu'il voulait poursuivre son récit. Il avait dans les yeux la même lueur que toi, quand il s'apprêtait à nous violer.

Maï voulut protester, non ce n'était pas ça, mais aucun son ne sortit de sa bouche. Maintenant, il n'était plus sûr. Un silence pesant s'était installé, il valait mieux qu'il parte. Enfin, il réussit à parler :

- Je suis juste homosexuel et tu me plais.

Il tourna les talons et eut juste le temps d'entendre : - Mais pas moi, seigneur.

Maï chevaucha jusqu'au palais, furieux. Il s'enferma dans son appartement en renvoyant Païra qui n'avait rien vu ni entendu. Le jeune seigneur l'avait laissé attendre à l'entrée du camp avec des soldats, ne sachant comment l'entrevue se déroulerait. Il savait que tous les prisonniers passaient par les fermes pour être mâtés, mais il ne s'était même jamais demandé ce qu'ils subissaient. Jonathan n'avait pas tout à fait tort, reconnaissait-il au fond de lui. C'était bien là, la raison de sa propre colère. Ces esclaves sont insupportables, cria-t-il, ils n'ont aucun droit.

Il s'empara d'une bouteille de vin, puis d'une autre. Il voulait l'oublier, de toute façon il partait dans quelques jours, une nouvelle vie allait commencer. Il préférait s'enivrer. Il passa le jour suivant en prière, boire tant d'alcool était un pêché. Il devait se purifier. Païra avait dû, comme à l'accoutumée, informer son père de ce qu'il faisait. L'émir penserait certainement qu'il se préparait à son départ prochain.

Le jour suivant, il était redevenu calme. Il décida d'aller voir ses parents et son jeune frère. Comme il aurait préféré ne plus penser à cet étranger ! Il s'était levé tôt, les prières de la veille l'avaient apaisé. Il monta sur la terrasse voulant profiter de l'air encore frais qui allait rapidement devenir brûlant. Aucun bruit ne troublait la nuit. Une brise venait des lointaines montagnes. Elles rougissaient légèrement au loin se détachant du ciel encore sombre, leur teinte variait de minute en minute pour enfin devenir une masse grise. La chaîne montagneuse s'étendait majestueuse avec ses hauts sommets découpés qui semblaient inaccessibles. La nature endormie, comme bienfaisante, lui donnait une sensation de paix intérieure. Il resta les yeux levés vers la voûte céleste qui peu à peu devenait plus rouge. Les premiers rayons obliquaient vers la terre avec seulement un petit morceau de soleil qui s'agrandissait rapidement, illuminant le ciel devenu subitement bleu clair. Un coq chanta dans le lointain, annonçant le lever du jour. Rien ne bougeait pour l'instant mais le ballet incessant de serviteurs allait commencer.

La magie des prières était immense, il se sentait à nouveau plein d'énergie. Il devait remercier son Dieu pour l'apaisement qu'il lui procurait.

Comme il était encore trop tôt pour aller chez son père, il décida alors de continuer à s'exercer à la course à pied. Il ne faisait pas encore trop chaud pour effectuer un grand parcourt. Il emmena son majordome du côté opposé à la carrière bien qu'il mourait d'envie d'y aller. Ils traversèrent les fermes appartenant au palais, entourées de grands pâturages, elles étaient fort bien entretenues. À leur passage, les paysans s'arrêtaient un court instant pour les saluer. Ils cultivaient les champs qui fournissaient à l'ensemble du domaine, fruits et légumes. Les récoltes abondantes permettaient de nourrir convenablement tout le monde. Toutefois, les esclaves recevaient des rations peu abondantes et rarement de la viande. Le maître espérait ainsi limiter les évasions. La plaine s'étendait à perte de vue jusqu'à la forêt précédant les montagnes. Ce côté-ci du château était verdoyant et on y pratiquait l'élevage de bovins. Au-delà des hauts sommets, commençait le désert brûlant, impitoyable que seuls les caravanes de nomades et les convois militaires traversaient. Les deux hommes entendaient au loin, les troupeaux de moutons que les bergers emmenaient paître sur les hauts plateaux.

Ils s'étaient beaucoup éloignés, il était temps de rentrer. Ils firent demi-tour trouvant un chemin plus direct pour lutter de vitesse avec la chaleur. Ils durent s'arrêter boire à une fontaine, l'eau glacée descendait par un tumultueux torrent donnant ainsi assez d'humidité à la vallée entière, expliquant l'importante production qui faisait sa richesse. Le domaine pouvait exporter diverses céréales, blé, orge, avoine, maïs et fabriquer un très bon tabac fort apprécié dans le pays.

Ils arrivèrent peu avant midi, éreintés, couverts de poussière, heureux de leur course. Ils virent qu'ils étaient attendus. Malgré sa saleté, Maï fut immédiatement conduit chez son père. La raison devait être très importante pour qu'il ne lui soit pas laissé le temps de se laver.

L'émir Khagne l'attendait. Il sourit en voyant son état, content de constater qu'il pratiquait la course avec assiduité et le fils, malgré la fatigue, était satisfait de sa performance. Après les salutations, son père tapa des mains pour appeler un serviteur : - Va te laver, nous pourrons discuter tout en mangeant, lui annonça-t-il, sans lui dire de quoi il s'agissait.

Le bain parfumé était déjà prêt, le jeune prince s'y glissa et ferma les yeux en soupirant de plaisir. Le majordome attaché au service de son père était plus âgé que le sien, il prépara les onguents pour le massage. Il avait cette fonction depuis plus de vingt ans et s'était habitué à l'extrême sévérité de l'émir, à ses exigences et même à sa brutalité. Il le suivait lors de ses déplacements assurant aussi sa sécurité. Il lava Maï, le sécha soigneusement et commença le massage toujours silencieux, jamais il n'aurait osé rapporter la nouvelle que le maître des lieux allait annoncer à son fils.

Il s'habilla rapidement, impatient de rejoindre son père. Il s'excusa de l'avoir fait attendre tout en s'installant en face de lui pour le repas. Ils commencèrent à manger tout en parlant de banalités. L'émir lui demanda ce qu'il faisait l'après midi. Il devait de toute façon le savoir mais il désirait le tester.

- Je m'entraîne avec mon professeur à la pratique de l'épée fort longuement, puis, je nage et chevauche avec Païra.

- C'est tout ?

- Je suis allé souvent à la carrière.

- Pourquoi ? Je sais que tu y vas tous les jours.

- J'apprends en regardant la construction du pont et j'apprends aussi comment s'occuper des hommes qui y travaillent.

- Surtout d'un esclave m'a-t-on dit.

- Oui, c'est vrai. Il était un peu gêné mais il devait fournir plus d'explications :

- Il est plus intelligent que les autres.

- Et il te plaît n'est-ce pas ? Tu peux en faire ce que tu veux, il travaille pour nous.

Tu pars demain avec ton majordome et ton esclave pour l'école militaire. N'y retourne pas ce soir.

En fils obéissant, il approuva. De toute façon, il n'aurait pas osé y retourner si rapidement. Il lui demanda seulement :

- Ne le vends pas, garde-le à la carrière puisque je serai à l'armée.

Son père accepta.

Maï savait, qu'ainsi, un jour il le reverrait et il évitait à Jonathan de retourner dans une ferme disciplinaire. Déjà il cherchait à le protéger mais il n'en était pas conscient. Des jeunes gens firent de la musique, tous fumaient et s'amusaient. Lui devait faire un effort pour se distraire. Ils l'obligèrent à jouer de la musique et à chanter. Peu à peu sa tristesse se transforma en gaîté.

Ses bagages étaient prêts. Le départ aurait lieu dans une heure. C'était le début d'une autre vie, il quittait l'adolescence pour entrer dans un monde où il aurait, parce qu'il était noble, à tenir un poste important. Il aurait à servir le roi qui avait besoin de généraux en cette période où l'ennemi n'arrêtait pas de les harceler. Il avait presque seize ans et c'était le moment pour lui, comme pour tous les adolescents de la noblesse de son âge, de quitter leur famille. Il savait qu'il ne reviendrait pas avant une année peut-être même deux, suivant que le pays serait encore en guerre ou non.

Sa mère lui avait fait mille recommandations. Elle les avait rejoint plus tard dans la soirée ainsi que son frère qui savait que son tour viendrait dans quelques années et il s'en réjouissait à l'avance.

Une voiture, attelée avec quatre chevaux de l'élevage paternel, arriva. Le jeune esclave monta près du cocher, tandis que les deux jeunes gens, après avoir fait leurs adieux au prince et à la princesse, s'installaient à l'intérieur. Le voyage dura une bonne partie de la journée sans problème. Les routes étaient sûres car bien surveillées par des patrouilles.

L'école militaire située à l'entrée de la capitale était composée de deux grands bâtiments rectangulaires entourés d'un parc. Tout près, la base militaire comportait une dizaine des bâtiments et une écurie. Ils n'étaient pas les seuls à arriver. Plusieurs voitures étaient là, amenant les futurs élèves et leurs serviteurs. L'installation fut rapide, le logement comportait uniquement trois pièces. Ce soir, les nouveaux venus, seraient rassemblés et présentés aux militaires déjà en place.

La vie de Maï s'organisa de façon à peu près identique à celle qu'il avait au palais, avec la préparation militaire en plus. Tous les élèves avaient reçu une excellente éducation dès leur enfance dans le but de former l'élite de la société. Tous nobles, ils pratiquaient différents sports et étaient dans de très bonnes conditions physiques. L'emploi du temps chargé des nouvelles recrues, laissait peu de place aux loisirs. La journée terminée, ils tombaient de fatigue, ayant seulement besoin d'un bon lit. Païra aussi éreinté que le petit prince, ne l'aidait plus à se laver. Cette tâche était réservée au jeune esclave, ce qui n'était pas sans poser un problème à Maï car il ne l'aimait pas. Il ne l'avait pas trouvé serviable dès le premier jour. Enfin, il était là et il fallait qu'il le supporte. Le gros problème, c'est qu'il n'y arrivait plus. Il le battait sans raison et il y prenait plaisir, n'entendant pas ses pleurs. Le jeune garçon avait peur de lui, surtout lorsque son maître lui demandait de se glisser dans son lit. Il obéissait en tremblant, sachant qu'il devrait se laisser caresser, lui faire toutes ces choses qu'il n'aimait pas et qu'il serait violé. Il ne criait pas, c'était défendu, il pleurait doucement. Païra le savait mais il ne pouvait pas l'aider, seulement essayer de dissuader le jeune prince. Le jeune esclave s'était confié à lui.

L'année s'écoula sans que Maï puisse retourner au palais familial. Dans un mois, il aurait dix-sept ans et avait obtenu quelques semaines de liberté qu'il passerait chez lui. La vie militaire lui plaisait et les responsabilités qu'il s'était vu attribué aussi. Il avait vite progressé dans la hiérarchie, sans nul doute, grâce à son puissant père. En fin stratège, il trouvait toujours les meilleures solutions lors des simulations de situations en période de guerre.

Ils repartirent enfin tous les trois pour le domaine paternel, pour une permission bien méritée. L'esclave maigre, couvert d'hématomes, était en piteux état. Maï, dans une rage folle, l'aurait étranglé, tant il le serrait à la gorge, sans l'intervention de Païra. Il le tuerait un jour s'il restait à son service.

Le jeune prince n'avait pas revu son père depuis son entrée à l'école car en tant que sénateur celui-ci avait beaucoup de décisions primordiales à élaborer. Le sénat divisé en trois grands partis politiques n'était pas toujours d'accord, aussi les réunions nombreuses demeuraient houleuses. Les vétérans demeuraient favorables à la poursuite de la guerre, d'autres étaient indécis et hésitaient encore à se joindre au dernier groupe qui pensait qu'il était possible de négocier avec la Coercie.

Finalement les hostilités continuaient car l'ennemi forçait en permanence les frontières de la Sarye.

L'émir Khagne était revenu chez lui depuis peu, les affaires de son domaine nécessitaient sa présence. Il restait pour voir son fils mais il avait eu de ses nouvelles directement par le général en chef qu'il connaissait de longue date. Ce militaire de haut rang assurait que le jeune homme continuerait sa progression vers les plus hauts grades de l'armée. Il était doué sur tout ce qui touchait les affaires militaires. Les deux nouvelles recrues étaient donc attendues avec impatience au palais. Le petit prince y apporterait la joie et la fierté. Tout le monde constatait qu'il suivait consciencieusement la voie qu'il lui avait été tracé en tant qu'aîné de la famille. L'accueil de ses parents fut chaleureux, ils le trouvèrent superbe, grand, fort et admirèrent quelques décorations agrafées à son vêtement. Ils remercièrent Païra de veiller sur lui, bien que ce soit en fait son devoir et lui donnèrent congé pour quelques jours. Les deux amis avaient besoin de repos. Le petit esclave s'était précipité vers les cuisines où il s'était glissé sans se faire voir, bien décidé à s'enfuir plutôt que de repartir avec son bourreau.

Maï était heureux d'être chez lui, de revoir ce château qu'il aimait tant, si beau avec ses mille objets précieux, ses meubles raffinés. De nouvelles sculptures paraient le hall d'entrée ainsi que la salle de réception. Il en fit le tour, découvrant tantôt une tenture nouvelle, tantôt une peinture inconnue au détour d'un corridor. Il apprécia cependant qu'aucun changement ne soit intervenu dans son appartement qu'il aimait ainsi, orné seulement de peu d'objets.

Le lendemain, son père l'entraîna aux écuries où quelques poulains venaient de naître. Il voulait voir également le vieux palefrenier malade. Ils le trouvèrent chez lui dans son petit logement, couché, sans pouvoir se lever.

- Ne bouge pas, voyons Chimbote, lui dit l'émir. Je t'ai apporté des remèdes qui te soulageront et de quoi manger.

Le petit prince constatait, comme il l'avait remarqué maintes fois étant enfant, l'amitié qui unissait les deux hommes. Cela l'avait toujours étonné, encore aujourd'hui, il ne pouvait cacher sa surprise. Le vieil homme haussa les épaules et regardant le sénateur murmura :

- Dis-lui.

- C'est mon oncle, lui apprit son père. Le roi l'a puni jadis, sans le mettre à mort, par égard pour sa noblesse. Sa lâcheté fut si grande qu'il méritait le châtiment suprême. Il l'aida à se lever, lui servit à manger en lui assurant que les nouveaux poulains étaient en parfaite santé. Il avait assez travaillé et racheté ainsi sa mauvaise action. Il avait droit au repos, lui assurait-il. Il lui promit de revenir le lendemain et ils sortirent. Ils prirent des chevaux pour continuer leur inspection.

- Viens voir le pont, fils.

Maï eut un sursaut, il n'avait pas oublié ni la carrière ni les prisonniers et plus particulièrement, l'un d'entre eux.

Les gardes les saluèrent à l'entrée du camp et deux soldats les escortèrent. Ils gagnèrent le pont, chevauchant côte à côte. Le petit prince n'osait pas tourner la tête ni à droite et ni à gauche mais il pensait à Jonathan. Était-il toujours là ? Il avait dû pâlir. Son père l'avait-il vu ? Il n'avait jamais parlé de lui durant cette année, pourtant il y avait pensé. Il se mettait en colère, mécontent de lui-même car il n'avait pas pu mieux s'expliquer avec lui, et il se vengeait sur son petit esclave, en constatant qu'il ne réussissait pas à l'oublier. Il n'écoutait plus ce que l'émir lui disait. Il s'en rendit compte, se ressaisit en s'exclamant que l'ouvrage avait bien avancé.

En repartant, son père lui lança :

- Il est toujours là, tu sais.

- Qui ?

- Celui qui occupe tes pensées depuis ton arrivée ici. Maï rougit et un ha, s'échappa de sa bouche. Il était tombé dans le piège qu'il lui avait tendu.

La soirée se termina sans qu'aucun des deux n'y fasse allusion.

Il s'était promis d'y retourner avant son départ, ce qu'il fit le jour suivant dès son réveil. Il s'étonnait de son comportement, mais il voulait absolument le revoir, essayer d'expliquer et même peut être, présenter une vague excuse. Il n'osait pas se l'avouer à lui-même qu'il lui plaisait beaucoup plus que n'importe quel homme. Il n'était pas à l'aise, se demandant une nouvelle fois comment se passerait l'entrevue. Il ne devait pas paraître ridicule devant lui. C'est donc, le cœur battant qu'il franchit les portes du camp de prisonniers

Il chevaucha directement vers la carrière, précisément vers les tailleurs de pierre. Il chercha l'homme du regard mais ne le vit pas, fit encore un grand détour sans plus de succès. Demandant alors à un gardien où étaient les autres travailleurs, il apprit qu'un chargement s'était renversé la veille, blessant plusieurs détenus. Ils avaient été rassemblés sous une tente où quelques femmes les soignaient. Il laissa sa garde personnelle à l'extérieur malgré leur mécontentement, entra et commença à dévisager les blessés. Ils avaient été pansés mais il voyait qu'ils souffraient et entendaient leurs gémissements.

Il l'aperçut, couché sur une banquette, il semblait dormir. Sa jambe gauche était bandée mais son pansement souillé dégageait une odeur de sang. Il dut l'entendre car il ouvrit les yeux. D'abord surpris, il sourit ensuite largement. Maï s'approcha, souriant aussi, ne pensant déjà plus à l'angoisse qu'il avait ressentie en arrivant.

- Tu es blessé à ce que je vois.

- C'est toi prince, répondit-il en se soulevant un peu et inclinant la tête pour le saluer ce qui le fit grimacer de douleur.

- Ne bouge pas. Je vais regarder ta plaie. Il défit le pansement avec des instruments placés sur une table centrale : « ce n'est pas propre ».

Il appela ses gardes qui accoururent le croyant en danger.

Jonathan sourit : tu es bien protégé, prince.

Maï les envoya chercher le médecin du palais. Ramenez-le, je l'attends avait-il précisé.

- Merci mais je ne suis pas le seul que la douleur cloue au lit.

- Je sais, il s'occupera des autres également. Je voulais te revoir, j'ignorais qu'il y avait eu un accident.

- Il y en a eu plusieurs durant cette année où tu n'es pas venu.

- J'étais à l'armée, tu n'as pas oublié.

Le blessé fit signe que non, fermant à nouveau les yeux pour moins montrer sa souffrance.

Le petit prince s'éloigna et demanda aux femmes présentes si elles avaient des remèdes et assez de pansements. Elles disposaient en fait de presque de rien. Il faudrait qu'il change ça.

Il s'approcha à nouveau sans bruit, l'esclave s'était assoupi. Le médecin arriva enfin, comprit en un clin d'œil que sa présence était plus que nécessaire. Le prince lui demanda d'examiner la jambe de celui qu'il espérait pouvoir bientôt appeler mon ami. Il ne trouva pas la plaie trop vilaine mais souillée. Des soins quotidiens, plus d'hygiène et elle guérirait mais le manque évident de moyens des soignantes faisait que l'évolution compromettait l'avenir du blessé.

Maï comprit qu'il devait agir vite, sinon la gangrène allait s'installer. S'adressant au médecin :

- Qu'as-tu besoin pour le sauver ?

- L'installer dans un lieu propre, des médicaments pour éviter l'infection, des pansements. Il entreprit d'ôter les linges sales posés sur la blessure et vit que la plaie était très profonde. Il sortit un flacon de Laudanum mais n'en donna pas à son patient. Il n'était pas permis de soulager les prisonniers sans autorisation du maître. Le prince le comprit et versa lui-même le contenu dans la bouche de son ami.

- Bois ça t'aidera.

Il fut remercier d'un petit sourire. Laissant le médecin s'occuper de lui, il donna les ordres nécessaires pour que les femmes aient le matériel et les médicaments indispensables. Il financerait lui-même avec sa solde, précisant que Jonathan ne devrait manquer de rien. Il sortit, signalant qu'il reviendrait le lendemain.

Il préférait partir pour le laisser se reposer, mais aussi pour réfléchir à tout ce qui venait de se passer. Il améliorerait un peu le sort de cet homme, marquant ainsi son intérêt pour lui. Il devait tout de suite avertir l'émir Khagne, qui de toute façon, serait mis au courant

Le repas pris avec ses parents était le moment propice pour le faire, même s'il devait s'exposer à leur colère. Il espérait que sa mère le défendrait. Les serviteurs apportèrent les plats et d'un geste, il leur fit comprendre de s'éloigner. Son père, un léger sourire aux lèvres sut qu'il voulait leur parler sans qu'ils entendent. Maï s'adressa à eux :

- Je suis allé à la carrière.

Sans réponse de la part de l'émir, il poursuivit.

- Je voulais revoir cet esclave si différent des autres.

- Différent seulement à tes yeux, mon fils.

Il ne releva pas l'allusion qu'il faisait déjà.

- J'ignorais qu'il y avait eu un accident près du pont. Il y a eu des blessés. Il a été touché gravement à la jambe.

- Le directeur du camp m'en a informé. Les esclaves sont soignés.

- Mais il manque de tout là-bas.

- Il en a toujours été ainsi.

- Je veux le sauver, avec votre permission. La gangrène va s'installer car je n'ai vu que saleté et sang là-bas.

- Le Laudanum l'a-t-il soulagé ?

La question qu'il lui posait, indiquait qu'il savait tout ce qui s'était passé.

Le fils fit signe que oui mais l'émir attendait qu'il continue ses explications. Il rapporta exactement ce qu'il avait ordonné de faire.

- Tu tiens donc tellement à lui ?

- Oui, puis-je lui promettre qu'ils seront tous soignés convenablement désormais ?

Son père s'énervant lui cria :

- Tu n'as pas compris qu'ils seront toujours nos ennemis. Mets-le dans ton lit car il s'agit bien de ça n'est-ce pas ?

- Pas uniquement car il est cultivé, intelligent, fier. Je veux être son ami. Me donnez-vous l'autorisation de l'aider et de le revoir ?

- Parce que tu ne m'as rien caché de ce que tu as fait, oui. Tu as mon accord grâce à ton honnêteté.

Remerciant et s'inclinant, le fils par ce geste, lui signalait qu'il acceptait l'autorité paternelle et qu'il respectait toutes ses décisions. Il le sentait irrité, la situation ne lui plaisait pas, même s'il lui donnait son accord.

Le repas fut pris en silence, chacun gardant ses réflexions.

Maï se décida à aller chez Païra, il avait envie de se confier à ce fidèle ami qui habitait près du palais. Ils chevauchèrent longuement puis ramenant leurs chevaux aux écuries, ils virent le palefrenier qui surveillait les jeunes apprentis. En les saluant, l'homme eut un regard plus affectueux pour le petit prince.

Les jours suivants, il alla régulièrement au camp des esclaves. Ses ordres avaient été respectés et sa solde entière allait être engloutie. Les blessés avaient meilleure mine, aucune infection n'était à signaler aux dires du médecin. D'abord méfiants, les captifs avaient appris à le connaître. Toujours très respectueux, ils n'hésitaient plus à converser avec lui en le remerciant sans cesse. Le fils de l'émir apprenait surtout à connaître son nouvel ami coercien, de cinq ans plus âgé que lui et qui parlait de sa vie rude au camp. Il n'avait jamais fait allusion à l'homosexualité du jeune maître qui cherchait l'occasion d'aborder ce délicat sujet. Maï se décida un matin à le faire.

- Jonathan, te rappelles-tu que je t'avais dit que je suis homosexuel ?

- Bien sûr, et toi te souviens-tu que je t'ai raconté mes premiers jours à la ferme ?

- Oui. Silence.

- Je suis revenu à la carrière pour te voir, tu n'as jamais quitté mes pensées. Il est difficile de te dire cela à toi qui as été violé. Tu avais raison, je n'avais même pas imaginé que je devais te demander si tu étais d'accord.

De nouveau il y eut un long silence.

Jonathan reprit la parole :

- As-tu compris que violer est un péché ?

- Oui, mais il y a peu de temps. Maintenant tu sais que je suis soulagé, annonça Maï avec un sourire, de t'avoir parlé de ça. Puis, un instant après, de nouveau embarrassé :

- Tu me plais toujours. De ce côté-là, rien n'a changé.

Il n'osait plus le regarder, craignant d'avoir déjà perdu son amitié naissante, à cause de sa franchise.

Le coercien, par contre n'était nullement gêné par son discours, comprenant que le jeune seigneur le traitait d'égal à égal malgré sa condition de prisonnier et lui démontrant à cette occasion son humanité. Jonathan commençait à le trouver sympathique. Il répondit simplement :

- Je l'ai vu tous ces jours, mais la lueur dans tes yeux est différente.

Son bel esclave restait calme, ne protestait pas. Alors, le petit prince baissant la tête, un peu honteux, lui murmura :

- Je suis amoureux de toi, je ne savais pas comment faire pour te le dire. Maintenant, c'est fait mais j'ai peut-être perdu ton amitié.

- Non mais je ne suis pas prêt pour ça, je n'y serai sans doute jamais.

- Tu verras, notre amitié peu à peu se transformera, de toute façon, je repars bientôt à la caserne. Tu me raconteras tout le reste Jonathan, pour la ferme, précisa-t-il.

- Oui, seigneur.

Il n'y avait plus de tension entre eux mais la tristesse s'était lue sur le visage de l'esclave dès que le petit prince avait une nouvelle fois essayé d'aborder cet épisode difficile de sa vie après sa capture. Ils étaient près du pont, Maï sentit qu'il devait détourner la conversation. Montrant alors l'ouvrage en construction :

- Il est beau, ne trouves-tu pas ?

Surpris, il entendit :

- Il va s'écrouler.

- Mais non, protesta-t-il.

Le blessé clopinait encore difficilement, il l'aida à regagner sa couche, se demandant pourquoi son ami avait fait cette remarque. Il reviendrait demain, il devait le laisser se reposer, la douleur se lisait à nouveau sur son visage

Une fête se préparait au palais à l'occasion de l'anniversaire du fils aîné de l'émir Khagne. Pour ses dix sept ans, une centaine de personnes seraient réunie. Le château vivait une effervescence peu ordinaire. Les décorateurs avaient reblanchi les murs et finissaient de poser de nouvelles dorures. Les tentures défraîchies avaient été remplacées par d'autres, aux couleurs chatoyantes. Nettoyée du sol au plancher la demeure étincelait, les chambres des invités étaient prêtes. La princesse donnait des ordres afin que tout soit terminé à temps, surveillant le nombreux personnel qui s'affairait, respectant ses consignes.

Maï avait su que cette année encore le roi serait là. Il demeurait le plus fidèle ami de son père, le rappelant à cette occasion à la noble assistance. Les militaires de haut rang, invités également, montreraient par leur présence, leur appui. Le roi ferait une annonce, sa présence était significative.

Le jeune homme était un peu nerveux, les invités étaient arrivés. Dans son uniforme neuf, impeccable, il attendait qu'on vienne le chercher en compagnie de Païra. Il ne rejoindrait pas les invités avant vingt heures, le souverain arriverait une heure après.

La soirée débuta par un toast au cours duquel fusèrent de toutes parts des vœux de bon anniversaire. Son père en l'embrassant, lui remis une somme d'argent qui lui parut colossale et lui murmura avec un air malicieux :

- Je pense que tes finances sont en baisse puisque tes nouveaux amis ne manquent plus de rien.

La coutume voulait que lui aussi fasse un cadeau prouvant sa bonté. Il annonça, à la grande surprise de Païra, qu'il donnait la liberté à son petit esclave, en remerciement de ses bons services et qu'il recevrait une éducation religieuse à la mosquée de la capitale. L'assemblée approuva sa décision. En réalité, il commençait à éprouver du remord pour l'attitude ignoble qu'il avait eue envers son petit serviteur qui n'était qu'encore qu'un gamin. Il se rappelait l'air si triste de son nouvel ami lorsqu'il voulait qu'il parle de ses premiers jours à la ferme. Côtoyer le coercien, lui faisait voir son ignominie. Il savait qu'il ne pourrait rien trouver à dire qui pourrait expliquer son attitude de ces derniers mois. Il espérait que l'enfant pourrait un jour lui pardonner.

Un mouvement de foule se fit à l'arrivée du roi.

Il avait le même âge que l'émir Khagne. Il venait ce soir à cette occasion en compagnie de la reine et de son fils unique qui règnerait un jour à sa place. L'orchestre commença à jouer une douce mélodie pour laisser l'assemblée parler. Cette année, Maï était placé à la table royale, certes très loin du souverain, mais ce simple fait démontrait son intérêt pour la famille de son hôte et particulièrement ce soir, pour l'avenir du jeune homme. Maï, qui n'osait pas bouger de sa place, attendit que le couple royal se lève pour quitter la table. À sa grande surprise, le monarque vint à sa rencontre, lui serra les mains pendant qu'il s'inclinait en lui souhaitant un bon anniversaire et un bon retour à la caserne. Il passa le reste de la soirée avec ses cousins qui comme à l'accoutumée tournaient autour des jeunes princesses.

Il lui restait deux semaines de permission. Les jours passèrent rapidement. Il faisait plus ouvertement allusion à son homosexualité devant « son bel esclave » Il le regardait franchement dans les yeux et avait fort envie de l'embrasser. Il lui dit, ce qui fit rire Jonathan. Je vais le faire avant mon départ, lui annonça-t-il. J'en ai trop envie, ça va me trotter dans la tête quand je serai parti si je ne le fais pas.

Son ami n'avait pas continué à lui faire les révélations qu'il attendait concernant son séjour à la ferme et le petit prince ne voulait pas le brusquer. La jambe de son protégé guérissait peu à peu mais il restait toutefois sous la tente avec les autres détenus. Maï continua ses visites à la carrière plus pour voir son ami que pour la construction du pont. Il lui avait raconté sa soirée d'anniversaire et l'honneur que lui avait fait son roi de venir et de lui serrer les mains. L'esclave avait bien compris, même avant son récit que le jeune homme occuperait un poste important en Sarye et lui seul savait que c'était là un élément de plus qui les séparait. Il n'en parlerait pas, sachant que cet adolescent amoureux ne serait pas d'accord avec ses propos.

La veille de son départ, Maï se leva tôt, passa aux écuries où il prit un deuxième cheval. Il avait renvoyé sa garde personnelle, voulant rester seul avec celui qui occupait toutes ses pensées. Il alla le chercher, l'aida à monter sur le bel étalon et ils sortirent du camp. Il l'emmena d'abord chez Païra pour prendre des vêtements convenables. Ils seraient moins remarqués, malgré tout, les fers de l'esclave restaient visibles.

Le petit prince avait décidé d'offrir à son protégé une journée de liberté. Ayant renvoyé son escorte, il lui prouvait sa confiance et son attachement.

La maison traditionnelle de son majordome était bien entretenue. Celui-ci avait profité de sa permission pour se marier avec une lointaine cousine de Maï qu'il avait rencontré, il y avait quelques années lors d'une fête au palais. Sans aucune fortune, ni l'un ni l'autre, ils se contentaient de cette simple maison.

Vêtu correctement, son ami avait fière allure et appréciait la compagnie du couple. Après un bon déjeuner, ils repartirent, chevauchant en direction des montagnes. Jonathan, il le constatait une fois encore, était un excellent cavalier. Après une course effrénée, ils s'installèrent à l'ombre d'un arbre. Le petit prince lui annonça que son départ était pour le lendemain et qu'avant de rejoindre l'armée, il donnerait des consignes pour ses conditions de détention soient meilleures même en son absence.

- C'est mon cadeau, je t'offre une journée loin de ta prison. J'ai pensé que chevaucher te plairait.

- Bien sûr mais tu risques que ton père l'apprenne.

Maï, riant :

- Il sait toujours tout. Je pars pour longtemps, sûrement plus d'une année et tu resteras mon protégé.

Se rapprochant :

- Je me suis promis de le faire.

Maintenant tout près de lui, il guettait sa réaction mais Jonathan ne bougeait pas, ne manifestant pas de refus. Alors, il osa, approcha un peu plus son visage, effleura ses lèvres, lui parla doucement entre deux petits baisers.

Le prisonnier immobile ne protestait pas. Il l'embrassa alors pleinement sans que son ami participe. Il lui parla encore. Tu trouves ça bien, ça ne te dégoûte pas trop ?

Il entendit un faible non et l'enlaça pour l'embrasser à nouveau.

Il savait qu'il ne devait rien précipiter. Son ami n'était pas prêt à accepter ses caresses. Il se contenterait de l'embrasser et petit à petit, en l'aimant, il lui ferait oublier les viols qu'il avait subis et dont il n'arrivait pas à parler.

Le petit prince était ému de constater que son ami avait admis qu'il était amoureux de lui et c'était là un merveilleux cadeau.

La journée passa trop rapidement, Jonathan était détendu. Il n'avait jamais cherché à s'échapper. Plusieurs fois, le petit prince lui avait volontairement tourné le dos sans qu'il en profite pour filer. Avant de franchir l'entrée du camp Maï lui dit :

- Tu aurais pu t'échapper, je t'aurais laissé partir.
- Je l'avais vu, répondit-il.

Sa jambe lui faisait mal, devant la tente, il lui fit prendre le contenu d'un flacon de Laudanum. Ils se serrèrent la main, la joie avait fait place à un peu de tristesse.

- Je reviens dès que je peux, lui annonça le seigneur.
- Fais ton devoir, prince, entendit-il, avant d'élancer son cheval.

Le départ eu lieu comme prévu le lendemain. Il avait un autre serviteur, un adolescent, esclave lui aussi et qui était au palais depuis plusieurs années. Païra avait dit au revoir à sa femme. Ils étaient prêts à partir. L'émir Khagne en serrant son fils dans ses bras lui annonça qu'il était au courant de sa randonnée de la veille et lui assura qu'il n'arriverait rien de fâcheux à son protégé qui resterait tailleur de pierres à la carrière.

La vie militaire, pour les deux jeunes hommes, reprit leur laissant moins de temps libre, les nouvelles de l'armée au front étaient mauvaises. Les forces ennemies lançaient régulièrement des attaques, faisant de nombreux morts de part et d'autre. Maï, toujours apprécié par ses supérieurs, combattit à la tête d'une escadrille. Il remporta de petites victoires prévoyant avec justesse la tactique de l'adversaire. Courageux, il savait en outre, entraîner ses hommes qui l'estimaient. Il monta de grade à la suite d'un fait de guerre qui lui valut des décorations. Aucune permission ne fut accordée, la sécurité du territoire était une priorité. L'ennemi était de mieux en mieux organisé et il était, hélas, à prévoir que la paix n'était pas pour demain.

L'année suivante, la situation militaire évolua et l'armée resta en perpétuelle alerte, n'autorisant toujours pas de permission. Le roi et les sénateurs voulaient commencer des négociations avec la Coercie, les deux pays étaient à bout de force. Un messager ennemi devait rencontrer en mer un sénateur. Le roi hésitait encore, doutant que les troupes adverses attendent sans attaquer qu'un compromis soit établi. Aucun sénateur, pour le moment, n'avait été désigné. À bord d'un navire, à mi-chemin entre les deux contrées, les diplomates pourraient négocier.

Le petit prince allait avoir vingt ans et il commençait à avoir le mal du pays. Aucun terrain d'entente n'avait été amorcé par les négociateurs, malgré tout, la guerre n'avait pas repris. Les tensions aux frontières restaient permanentes entre les armées. Les escarmouches fréquentes obligeaient les militaires à demeurer vigilants, aucune permission n'était possible. Le petit prince fut nommé général de son corps d'armée en présence de son père qui siégeait toujours fréquemment au sénat. Maï n'avait pas oublié son beau Jonathan mais les années étaient passées et quelques amants passagers lui convenaient.

Quelques mois plus tard, rendu hautain par trop de privilèges et intransigeant dans l'exercice de ses fonctions, il lui fut enfin possible de s'accorder quelques semaines de détente.

Il avait passé de nombreuses années loin du palais familial. Il le retrouva avec plaisir, inchangé, toujours richement décoré dans la plus pure tradition de son pays. Il hésitait à aller voir ce qui se passait à la carrière. Il avait appris à sa grande stupeur, qu'un mois auparavant, le pont presque terminé, venait de s'écrouler. Sa présence s'avérait indispensable pour mener une enquête afin de déterminer les raisons de cette catastrophe. Des années de travail étaient réduites à néant. Il venait d'être nommé général de la région et s'installerait dans la garnison la plus proche. Sa nouvelle affectation lui demandait d'abord d'organiser la vie de ses troupes. La carrière et le pont attendraient quelques jours.

Il n'avait pas entièrement oublié Jonathan et son retour lui avait remémoré la randonnée qu'il avait faite avec lui. Voilà qu'il se surprenait à penser à nouveau à son « bel esclave ». Qu'était-il devenu ? Lui avait-on laissé quelques privilèges ? Il allait avoir l'occasion de le savoir, de toute façon, il devait aller voir le pont. Il y alla une semaine après avec un petit détachement. Ce qu'il vit le consterna, l'ouvrage s'était bien écroulé. Les esclaves dégageaient les pierres et les entassaient plus loin. L'architecte responsable de la construction avait été renvoyé. Plusieurs maîtres d'œuvre se penchaient sur le pont, entièrement à reconstruire et les plans à refaire. Il ne serait pas terminé avant plusieurs années. Le plus urgent était de trouver un bon architecte. Un, qui avait une bonne renommée, était attendu.

Le petit prince renvoya son escorte, il voulait trouver Jonathan. Le reconnaîtrait-il ? Il y avait une centaine d'hommes travaillant sans relâche. Les gardes, le fouet à la main, les harcelaient, les soupçonnant d'être la cause de son éboulement. Enfin, il l'aperçut charriant de lourdes pierres. Il l'observa, le trouva encore plus beau et sentit son cœur battre un peu plus vite. Il s'éloigna avant qu'il ne l'aperçoive, ne voyant pas d'issue à leur situation. Il y avait beaucoup de chance pour qu'il l'ait oublié de toute façon.

La nouvelle que le fils aîné de l'émir Khagne était revenu s'était répandue dans le camp. Les esclaves, discutant entre eux, espéraient qu'il n'avait pas trop changé. Ils se rappelaient qu'il avait fait soigner les blessés. Depuis, ils pouvaient avoir des remèdes quand ils étaient malades. Jonathan regardait donc tous les cavaliers qui passaient vers lui. Il avait été chargé d'encadrer une dizaine de détenus qui se trouvaient un peu plus loin. Maï qui le croyait toujours vers le premier pilier du pont se trouva, alors qu'il ne s'y attendait pas, face à face avec lui. Le petit prince était indécis sur l'attitude à adopter, mais l'esclave l'appela et le salua :

- Bonjour, prince.
- Bonjour, Jonathan.

L'esclave le regardait, guettant sa réaction. Le prince sauta en bas de son cheval et se précipita vers lui. Souriant, il lui donna l'accolade, sans se soucier de la surprise qu'il provoquait.

- Tu es général maintenant ! fit le prisonnier.

- Oui, général de toute la région.

- Je ne me doutais pas que le nouveau général dont on parlait, c'était toi.

Le petit prince l'entraîna sous une tente, la chaleur était torride. Il sentait le désir monter, ne voulant plus lutter, il le prit dans ses bras et l'embrassa tendrement, constatant qu'il y répondait pour la première fois. Ils restèrent longtemps ainsi, heureux de se retrouver. L'esclave à l'aise, recherchait sa bouche avec maladresse.

Maï savait qu'il s'était contraint à ne plus penser à lui par crainte d'avoir un refus. Jonathan ne l'avait pas oublié. À sa grande joie, il avait gardé le souvenir de la saveur de leurs quelques baisers. Les deux hommes savouraient l'instant présent, sachant que tout les séparait. Il était inutile de penser à l'avenir ou de l'évoquer. Il continuerait à adoucir sa vie, sans faillir à ses obligations. Il appela un de ses soldats qui accourut. « Enlève-lui ses fers. » Il savait que le métal rougi le brûlerait mais il voulait surtout lui prouver sa confiance.

Les jours passèrent, éloignant le jeune général de la carrière. Il devait apporter des changements dans l'organisation de sa compagnie, nommer de nouveaux officiers. Il convenait qu'il organise l'entraînement de ses troupes. Son père était venu le voir dans ses nouveaux quartiers, le félicitant de sa nomination qui le rapprochait du domaine familial. Ils avaient beaucoup de sujets à aborder. L'émir s'inquiétait de ne pas voir son aîné courtiser les demoiselles de la cour. Il faudrait qu'il envisage de se marier.

Peu à peu, sa vie militaire s'organisa, lui laissant plus de temps. Il faisait passer son devoir envers son roi avant son plaisir malgré son intense désir de revoir son petit ami. Arrivant près des ruines, il l'aperçut tout de suite, travaillant avec un marteau et un burin avec acharnement malgré le soleil brûlant, torse nu, bronzé et luisant de sueur. Il s'approcha silencieusement, admirant son corps à peine vêtu aux muscles saillants. Il dut sentir qu'on le regardait car il leva la tête, le vit et s'inclina.

- Viens, tu es toujours sale, va te laver fit le général.

- Tu as été longtemps parti, prince. Tes soldats t'ont retenu ? Plus bas : j'ai souvent pensé à toi.

Se lavant, comme à l'accoutumée, sans enlever son vêtement, Maï se détourna en riant :

- Ôte ton pantalon, je ne te regarde pas.

Maintenant propre et habillé, il sentait moins mauvais. Il fut coincé par le petit prince contre le muret qui appliqua sa bouche contre son torse, ses mains caressant ses bras puis il l'embrassa. Le baiser qu'il donna à son bel esclave semblait s'éterniser. Il savait que son désir se voyait. Inquiet, il ne put s'empêcher de lui demander :

- Apprécies-tu que je te fasse ça ? J'ai envie de...

Il se tut, attendant un signe qui lui montrerait qu'il n'était pas dégoûté.

- Je ne sais pas encore, prince. C'était si différent là-bas à la ferme. Comment te dire ? Avec toi c'est doux, là-bas, c'était de la haine.

S'asseyant pour boire, Maï attendait qu'il continue.

- Tu sais, il m'a prostitué ce sale fermier, voilà pourquoi il souriait. Il aimait regarder, il prenait son plaisir aussi comme ça, en me voyant passer de main en main. Les paysans restaient longtemps, se saoulaient, recommençaient en me battant. Seulement après, j'avais à manger mais juste un peu, pour que je puisse tenir debout. Je n'ai jamais travaillé dans les champs. Le fermier me laissait entre leurs mains pour de l'argent. Seulement au bout d'un an, j'ai été amené ici, d'autres prisonniers étaient arrivés à la ferme. Je travaille dur ici, mais je ne suis pas violé. Je ne pourrai jamais oublier, ni leur pardonner. Le petit prince comprenait à présent la souffrance de son ami. Il y a peu de temps, lui aussi, violait son petit serviteur. Il ne pourrait jamais lui avouer.

- C'est différent quand on s'aime, tu commences à le sentir n'est-ce pas ? Je suis toujours amoureux de toi, je patienterai seulement si tu me donnes beaucoup de baisers. Ne sois plus triste, allons, viens chevaucher. Retournons jusqu'aux montagnes comme la dernière fois.

Il continuerait à mettre un peu de douceur dans son existence, il se le promettait. Il pouvait tout lui donner, sauf la liberté, et pourtant...

Ils partirent avec des chevaux frais et un petit équipement pour passer la nuit loin d'ici. Il remarquait que son ami paraissait fatigué, revenir seulement le lendemain lui permettrait de se reposer.

C'était la première fois qu'ils étaient ensemble si longtemps. Sa tristesse avait fait place à une joie non feinte. Ils avaient passé le reste de la journée à cheval et arrivaient à la forêt qui précédait les hauts plateaux. Ils devaient installer leur campement pour la nuit.

- Partage ma couche, je voudrais pouvoir t'embrasser.

- Tu sais que je me sauverai si tu en veux plus, tu seras responsable de mon évasion, dit-il ironiquement.

Maï déballa les victuailles qu'il avait emmenées. Une tente installée entre les arbres les protégeraient du froid de la nuit.

- C'est bon d'être presque libre murmura Jonathan, même pour une journée.

La nuit fut complice de leurs confidences, le petit prince resta vague mais il avoua qu'il avait lui aussi été injuste et cruel avec un jeune serviteur. Il précisa qu'il l'avait libéré et placé dans une école religieuse parce qu'il regrettait de l'avoir maltraité. Il devait lui dire qu'il se rappelait que quelques années auparavant, il l'avait prévenu que le pont s'écroulerait et il s'était effectivement écroulé.

- Il penchait déjà répondit l'esclave.

- Mais non, voyons. Comment pouvais-tu le voir ? À moins d'être un architecte, un bon... Il ne finit pas sa phrase, le silence de son ami lui fit comprendre qu'il avait deviné.

- Voilà qui ne simplifie pas la situation, dit le prince en rapprochant son visage du sien. Ils s'embrassèrent, sentant leur désir mutuel. Maï n'osait pas le caresser de peur qu'il le prenne mal mais son ami lui prenait la main, lui montrant qu'il en avait envie, osant à son tour le toucher. Leurs corps se frôlaient, leurs mains s'arrêtèrent sur leurs cuisses puis sur leur sexe en érection. Ils s'aimèrent sans aucune retenue, gémissant de plaisir l'un et l'autre.

- Tu ne le regrettes pas Jonathan ?

- Non, j'avais envie de toi depuis longtemps mais mes souvenirs m'empêchaient de faire l'amour avec toi. J'ai tellement souffert de leurs viols.

L'aube annonçait le moment de repartir. Maï décida de l'emmener au palais. Son père était reparti auprès du roi pour quelques jours et la princesse ne sortait guère de son appartement. Il voulait lui faire voir dans quel cadre il avait grandi, lui faire constater qu'ici l'homosexualité était naturelle. Ils prirent leur repas dans son appartement personnel après une visite rapide mais complète. Le fils de l'émir put remarquer à quel point son amant était cultivé, il reconnaissait les plus belles œuvres d'art. Il appréciait autant que lui les objets précieux, ne cherchant pas à dissimuler qu'il était cultivé. Maï pensa qu'il devait être quelqu'un d'important dans son pays.

Le moment était venu de rentrer, franchir les portes du camp marquait la fin de leur escapade. Ils avaient appris à mieux se connaître, s'étaient appréciés, s'étaient unis mais leurs chemins se séparaient à nouveau.

Le général en rentrant à la caserne réfléchissait au fait que son amant soit architecte. Espérons que celui qui était attendu soit excellent.

Il vint régulièrement à la carrière, améliorant dès qu'il le pouvait son sort, acceptant toutes ses doléances pour améliorer les conditions de vie de ses amis captifs. Il affichait ouvertement son penchant pour cet homme, préférant ne pas entendre les chuchotements sur son passage.

Son père rentra au château peu après et le pria de venir le voir afin de l'entretenir d'un sujet important. Il se doutait bien de quoi il voulait lui parler. Son père lui demanda de choisir une épouse afin de fonder une famille. En fils obéissant, il accepta. Il parla alors de Jonathan, de son amour pour lui, de la tristesse qu'il ressentait de le savoir toujours esclave. L'émir Khagne savait très bien ce qu'il pouvait ressentir, il avait été lui aussi obligé de se marier pour fonder une famille. Les sentiments n'avaient rien à voir. Il pourrait garder près de lui son bel esclave. Maï savait qu'il ne pourrait jamais le libérer mais il ne pouvait pas enlever tout espoir à son amant.

Le nouvel architecte avait refait les plans du nouvel ouvrage. Il avait jusqu'à présent tenu comptes des erreurs de son prédécesseur. Jonathan avait exprimé l'envie de jeter un coup d'œil sur les esquisses. Il s'ennuyait un peu depuis que Maï ne voulait plus qu'il travaille aussi dur à la carrière. Il apprenait à sculpter, mais il n'était pas satisfait de ce qu'il réalisait. Appréciant et étant un très bon connaisseur de tout ce qui avait trait à l'art, il était exigeant avec lui-même. Ils profitèrent de l'absence de l'architecte pour pénétrer dans son bureau. Les plans étaient sur la table, le détenu put les consulter longuement. Les erreurs de conception qu'il constatait lui faisaient penser que le constructeur aurait des difficultés à terminer son travail. Les Saryens étaient vraiment de moins bons constructeurs que les Coerciens, constata-t-il, mais il ne fit aucune allusion. Il dit simplement :

- Les travaux seront longs.

Le général emmenait souvent son ami à la caserne et ils y restaient plusieurs jours. Son travail de militaire l'occupait toute la journée, les tâches administratives étaient interminables. Il renvoyait ses ordonnances pour demeurer seul avec son ami qui lisait tout ce qui lui tombait sous la main. L'esclave comprenait mieux la mentalité de ses ennemis, trouvant qu'ils étaient également trop cruels entre eux. Il trouva avec plaisir un livre parlant de son pays et rédigé dans sa langue. Certainement, il provenait d'un pillage. Il avait de plus en plus souvent la nostalgie de son pays et rêvait d'y retourner, sachant toutefois, que malgré l'amour du petit prince, c'était impossible. Il lui récita à haute voix, un poème d'un de ses amis, écrivain célèbre puis chanta une complainte et soupira. Maï savait ce qui se passait dans sa tête, il ne lui cachait rien. Son prochain mariage qu'il lui avait annoncé, l'avait rendu fou de jalousie mais il comprenait qu'il devait avoir des fils. Jonathan s'était gentiment moqué de lui en apprenant qu'il n'avait jamais caressé une femme. Grâce à ses fréquents déplacements, toutefois limités, l'esclave comprenait que la Coercie avait remporté quelques victoires et appris que des négociateurs avaient enfin été désignés. Peut-être la paix finirait par être rétablie, seul espoir de changement pour tous les prisonniers.

La construction du pont rencontrait sans cesse des problèmes qui occasionnaient à chaque fois des retards. Maï constatait que hélas, l'architecte était incompétent. Il redoutait les conséquences de ce qu'il allait faire mais il devait, par loyauté pour son roi, trouver un moyen de terminer le pont. Ce moyen, il l'avait trouvé, il y pensait depuis quelques jours.

Ce soir, dans le petit logement qu'il s'était réservé à la carrière, il parlerait au seul architecte qu'il connaissait, son amant. Il l'aimait tant, il s'en étonnait mais cet homme l'attirait, le changeait peu à peu et il devenait meilleur au point que sa conscience ne le laissait pas tranquille en pensant à ce qu'il avait fait subir à son petit esclave il n'y avait pas si longtemps. Il aurait voulu que la guerre n'exista pas, qu'il n'y ait pas d'esclaves mais la réalité était différente.

Le Coercien avait le mal du pays, au point qu'il s'inquiétait. Libère-moi lui avait-il demandé. Je serai un bon négociateur et en toute loyauté, j'agirai pour que la guerre s'arrête, je te le promets. Il le croyait car il avait appris à le connaître et sa sincérité n'était pas à mettre en cause. Maintenant, couchés, l'un près de l'autre, ils s'aimaient. Maï lui dit des mots d'amour, l'assurant de tout son attachement que les hostilités n'interrompraient pas quoiqu'il arrive. Il continuait à parler avec émotion et tristesse.

Où veut-il en venir ? se disait l'esclave.

Le petit prince continuait à parler : je vais te faire de la peine car je vais t'obliger à m'aider, à aider mon pays, je le dois. Je vais te nommer architecte, pardon Jonathan. Maï pleurait en disant ces derniers mots :

- Tu aurais dû t'enfuir.

- Ne pleure pas, je t'aime mais je ne t'aiderai pas à combattre mon pays. Ce pont est situé à un endroit stratégique qui permettra à tes armées de raccoucir le trajet menant à la Coercie et facilitera leur combat.

Le petit prince essaya de persuader son ami, il devait refaire les plans. L'esclave ne changea pas d'avis, ils comprirent tous les deux, que malgré leur amour, ils allaient redevenir des ennemis.

Les jours suivants, un grand bâtiment fut construit avec de belles pierres. À sa grande surprise, Jonathan vit que les gardes y installait le matériel de l'architecte qui avait été renvoyé. Des tables et des lits complétèrent l'ameublement du logement. Il comprit, en voyant s'approcher des soldats qu'on venait le chercher, c'était son bureau mais jamais il n'aiderait à bâtir le pont.

Le petit prince vint le rejoindre, le regarda, lui disant simplement :

- Fais les plans.

L'esclave le salua et ne répondit pas. Il ne toucha à rien. Le lendemain, il n'avait toujours pas commencé. Les gardes l'empêchèrent de sortir, sa vie basculait une nouvelle fois dans l'enfer. Personne ne vint lui apporter à manger. Les surveillants le harcelaient et brandissaient le fouet en le menaçant mais sans le toucher. Comme il continuait à refuser d'obéir, au bout de plusieurs jours, ils lui ôtèrent ses vêtements pour le fouetter. Il eut droit à un peu d'eau mais ils le laissèrent ensanglanté. Sans force, de nouveau avec les fers aux pieds, enchaîné à sa table de travail, il commença à examiner les plans le jour suivant. Un soldat restait en permanence avec lui. Il apporta un repas et il put se laver. Il avait cédé pour ne pas mourir.

Il ne revit pas le petit prince, mais il apprit qu'il venait de se marier. Le jeune couple s'installait dans un palais à une courte distance d'ici.

Maï avait choisi sa future épouse pour sa beauté et parce qu'elle était la fille d'un grand seigneur de la capitale. Il la trouvait aimable et appréciait sa conversation. Il la connaissait peu et n'éprouvait aucun sentiment pour elle. Il se mariait car il devait le faire et avoir des enfants. Il n'oubliait cependant pas Jonathan qu'il savait enchaîné. Il irait le voir malgré qu'il devait le haïr, le prince continuait à l'aimer, bien qu'il le contraignait à faire ce qu'il ne voulait pas. Cette atroce guerre n'en finissait pas et il ne pouvait s'empêcher de penser que son amant aurait fait un négociateur idéal, il parlait non seulement leur langue mais grâce aux documents qu'il lui laissait lire, il avait appris à connaître leurs traditions immuables.

Le mariage célébré rapidement donna lieu à une fête simple qui rassembla peu d'invités. Il l'avait souhaité ainsi, n'accomplissant que son devoir, alors son cœur souffrait de la séparation nécessaire avec l'homme qui occupait sans cesse ses pensées. Comme il devait souffrir ! Il avait souhaité que la cérémonie soit brève, prétextant que la guerre risquait de le rappeler au front d'un moment à l'autre. Il n'avait pas envie de s'amuser et se sentait en outre, de mauvaise humeur.

Il préféra repartir à la caserne le surlendemain, sans s'être glissé dans le lit de sa jeune femme pourtant séduisante.

Il écrivit une lettre à Jonathan, brève qui comportait des mots d'amour et qui finissait par : je hais la guerre.

Trois mois s'étaient passés depuis qu'il avait nommé son « bel esclave » architecte. Il redoutait d'aller le voir et en même temps il en avait envie. Se rappelait-il qu'il lui avait demandé pardon ? À cet instant, il était seulement un homme amoureux mais sa loyauté envers son souverain le faisait agir comme un prince devait le faire.

Il écrivit une longue lettre à son père pour lui faire comprendre sa souffrance de voir Jonathan maltraité. Il lui demandait de l'aider et quoi qu'il arrive, de considérer cet homme comme un autre fils. Toujours bon musulman, il avait beaucoup prié. Il ne voulait surtout pas voir de la haine dans les yeux de son amant. Il devait le rencontrer et affronter sa colère. Il renvoya sa garde comme à chaque fois quand il allait lui rendre visite, il voulait être seul avec lui. Il entra. Il le trouva traçant des traits pour refaire un décor, ne levant pas la tête. Il s'approcha, inquiet, le trouvant amaigri, indifférent à ce qui se passait autour de lui. Enfin ses yeux croisèrent les siens.

Le saluant, il dit :

- Je croyais que tu ne viendrais plus et que tu préférais être avec ton épouse, prince.

Il comprenait, son ami était jaloux. Il le rassura lui expliquant qu'il avait eu peur de voir son mépris parce qu'il l'avait traité en ennemi.

- J'ai compris que tu le devais, c'est la guerre que moi aussi je déteste. Tu ne pourrais pas trouver meilleur négociateur que moi. Mon père te serait reconnaissant.

- Tu as l'air souffrant et si triste. Après un long silence, Maï ajouta :

- Qui est ton père mon ami ?

Souriant tristement en l'entendant l'appeler ainsi :

- C'est en Coercie celui qui règnera si le roi meurt. Je suis également prince.

- Je suis plus que ton ami, prince Jonathan et riant, tu es encore plus sale qu'avant.

Il améliora ses conditions de détention sans toutefois parvenir à lui ôter sa tristesse. Sa prison devint une geôle dorée où rien ne lui manquait sauf la liberté. Le médecin s'inquiétait de le voir perdre l'envie de vivre, maigrissant encore et parlant peu. Maï, ayant longuement réfléchi, ne trouvait aucune solution. Il essaierait d'en parler au roi, il devait se rendre à une convocation.

Le monarque le recevait avec son père, l'ensemble des sénateurs et les hauts gradés de l'armée. La réception eut lieu au palais royal. Sa majesté, homme grand et mince d'une cinquantaine d'années, s'était entretenu un jour entier avec l'émir Khagne, le tenant comme à l'accoutumée en grande estime. Des rumeurs circulaient parmi la noblesse qu'un nouveau chef des armées allait être nommé. Celui qui était en poste avait été trop grièvement blessé pour pouvoir continuer à assumer sa fonction. La guerre s'éternisait et les escarmouches étaient journalières. L'insécurité de part et d'autre de la frontière obligeait les deux ennemis à rester en état d'alerte permanent. L'armée ne pouvait pas continuer à demeurer sans un chef suprême prêt à combattre.

Le roi et son épouse la reine Mathilde apparurent enfin. Le silence se fit instantanément, tous étaient impatients de connaître les décisions du souverain. En bon musulman, il s'était recueilli demandant à son Dieu de l'aider. Le discours commença par une prière puis il enchaîna en indiquant qu'il relevait de ses fonctions le général de toutes les armées. Il lui rendit tous les honneurs possibles, son dévouement ayant été infaillible pendant une dizaine d'années. Continuant, il appela le prince Maï Yakouti qui s'agenouilla. Pour la gloire de la Sarye, sa majesté Maximus de Pécen l'éleva au grade de général de toutes les armées. Il venait d'avoir vingt deux ans. Son père très ému le releva, le félicitant alors que le roi s'approchait. Le souverain précisa que les sénateurs avaient, à une très forte majorité, voté pour lui et que lui-même le trouvait digne de cette fonction. Tout en le convoquant pour une réunion de travail dès le lendemain, il s'éloigna.

Le prince Maï Yakouti allait pouvoir parler à sa majesté en particulier. Il était partagé entre son amour pour son « bel esclave », le désir de l'aider et son devoir envers sa patrie. Il serait bien obligé d'avouer son homosexualité. Bien que ce soit chose courante, dans son pays, elle restait malgré tout, cachée. Le révéler restait une épreuve, il devait informer le roi de ce qu'il savait de Jonathan. Les tentatives de négociations avaient échoué et n'étaient pas parvenues à déterminer les conditions de celles-ci. Il imaginait que son ami pourrait avoir une influence sur la reddition de l'ennemi et qu'il convenait de le maintenir en vie. Sa détention pourrait se monnayer et être à la base d'un accord qui pourrait aboutir à sa libération. Sa haute noblesse, inconnue jusqu'à lors, pourrait servir leur cause. Il apporterait à Jonathan l'espoir qui lui manquait tant.

Le petit prince parla longuement au roi, lui révélant son attachement pour ce prince étranger. Il se proposa d'engager les débats de négociation avec le père de Jonathan qui régnerait peut-être un jour sur la Coercie. Le souverain accepta que le prince Yakouti entame des pourparlers en doutant que l'homme se laisse influencer par le fait que son fils était toujours en vie.

Maï embarqua une semaine plus tard à bord d'un navire de guerre, un splendide trois-mâts dont les rameurs étaient uniquement des soldats. Il était impossible d'employer des esclaves. Ceux-ci, en sentant leur pays proche, se seraient soulevés pour tenter de s'évader.

Leur bateau, croisant à la limite des eaux territoriales, brandissait un pavillon blanc, marquant leur désir de parlementer avec l'ennemi. Une goélette s'approcha rapidement. Grâce à un porte-voix le prince Maï Yakouti se présenta et demanda à parler au prince Makassar afin d'engager des négociations de paix et lui donner des nouvelles de son fils. Il exigea de n'avoir aucun autre intermédiaire. Une semaine serait nécessaire avant d'obtenir une réponse. Il conclut avec le capitaine ennemi qu'il croiserait au même endroit dans exactement sept jours. Le trois mâts saryen fit demi-tour, le général Yakouti aurait le temps de faire informer le roi et pourrait également donner d'excellentes nouvelles à son amant. Ils rencontrèrent peu de navires, ils étaient restés en état d'alerte au port le plus proche. Maï constatait que sa flotte était en parfait état. Son temps était compté, il ne les inspecta pas plus longtemps. Il devait sans tarder envoyer un messager au palais royal.

Le petit prince arrivant à la carrière, vérifia l'avancement des travaux. Il soupira, il faudrait encore plusieurs années pour que les travaux soient terminés. Contournant la construction du deuxième pilier, il aperçut son cher architecte vérifiant l'ouvrage d'un groupe de maçons. Il faisait consciencieusement son travail, leur montrant la manière dont il voulait qu'ils exécutent et interprètent les plans. En l'apercevant, Jonathan lui demanda d'approcher, après l'avoir salué comme un esclave le fait pour son maître. Maï, à chaque fois, lui donnait l'accolade. L'esclave faisait voir son respect, le seigneur lui montrait l'amitié et l'attachement qu'il ressentait pour lui. La guerre les avait placés dans des camps opposés, ils ne l'oubliaient jamais.

Ils se dirigèrent vers la bâtisse où l'architecte logeait, fait avec les pierres trop petites ou cassées qui ne pouvaient pas être utilisées pour le pont. Les murs gardaient un peu de la fraîcheur de la nuit. Les petites fenêtres n'avaient pas de barreaux et la porte n'était jamais fermée à clé. Les deux pièces étaient meublées simplement, avec d'un côté la table de travail encombrée de plans et d'un autre, sa chambre. Dans cet univers, fait d'interdits, ce petit logement où personne ne venait le déranger, puisqu'enfin il travaillait à reconstruire le pont, indiquait l'intérêt du petit prince pour l'architecte coercien. Celui-ci avait la possibilité d'errer à sa convenance dans le camp mais il ne pouvait pas en sortir.

Après s'être salués, ils discutaient sans gêne mais chacun gardait pour lui ce que l'autre ne devait pas savoir. Tous les deux étaient des hommes très intelligents, ayant eu dans leur pays les meilleurs professeurs et possédant des connaissances que la majorité de la population ignorait. Maï ne donnait jamais de nouvelle de la guerre, l'esclave ne l'informait pas des tentatives d'évasion ou des entorses au règlement. À l'abri des regards indiscrets, la garde personnelle du général en chef des armées restant à portée de voix non loin de la maisonnette, ils pouvaient s'aimer. Malgré tout l'amour du prince et l'amélioration des conditions de détention à l'intérieur du camp, Jonathan n'avait pas retrouvé son sourire et mangeait peu.. Ils s'aimaient, heureux de se retrouver et la lueur de tristesse dans les yeux du captif s'estompait un instant. Les caresses qu'ils se prodiguaient, semblaient être celles de deux adolescents sans problème puis peu à peu, la réalité du quotidien s'imposait à nouveau.

Ce soir, pour la première fois et avec l'autorisation de son roi, le petit prince donna à son prisonnier des nouvelles des hostilités. Restant vague sur les récents mouvements de troupe des deux camps, il parla de son entrevue avec son souverain et de sa promotion qui le plaçait à la tête de l'armée. Bien sûr, le fait que son amant soit le nouveau général en chef, déplu au coercien qui trouvait la situation pour eux encore plus complexe qu'avant. La décision royale, qui faisait de son amant, le négociateur, le surprit et qu'il négocie avec son père, le prince Makassar en personne, l'étonna encore plus. Ils devaient maintenant attendre que la première rencontre en faveur de la paix eut lieu.

Maï serrant Jonathan dans ses bras, lui murmura tendrement :
- Je le fais aussi pour nous, pour qu'un jour tu sois libre.

De retour sur le trois-mâts, Maï, en tant que général était autoritaire, il dissimulait de cette façon son inquiétude. Quel serait le comportement de l'homme à qui il devait parler ? Il ne connaissait rien de lui, à part qu'il soit le père de son amant. Était-il un farouche partisan de la guerre ? Était-il au contraire, à l'écoute de tout rapprochement pour établir un traité de paix ? Comment lui dire que son fils était un peu plus qu'un ami ?

Plus le temps passait, plus il se sentait incapable de faire évoluer la situation. Pourtant, il continuait à avancer vers la goélette, ne laissant rien paraître de ses doutes.

Il fut impossible de décider qui irait sur le bateau de l'autre. Le prince Makassar avait bien répondu à son appel. Il était là, il l'apercevait sur le pont. Finalement chaque navire mis une petite embarcation à la mer où les négociateurs prendraient place. Les deux hommes se dévisageaient. Ils se saluèrent méfiants et se présentèrent.

- Êtes-vous bien le père du prince Jonathan Makassar ?
- Oui, pouvez-vous me donner des nouvelles de mon fils ?
- Il est en vie, il va bien, il sait que je vais vous rencontrer.
- Libérez-le. Que lui a-t-on fait ?

Maï lui parla de son fils, n'essaya pas de cacher ce qu'il avait subi. Il ne s'aperçut pas qu'il montrait à son interlocuteur qu'il éprouvait trop d'affection pour son fils. Il lui expliqua les améliorations de ses conditions de détention en échange de son travail. Le petit prince avait besoin de lui parler ainsi, parce qu'en réalité, il n'était pas là uniquement en tant que négociateur. Il était là également pour essayer de sauver l'homme qu'il aimait et qui désespérait de retrouver la liberté.

L'homme fut étonné de sentir tant d'émotion chez ce général saryen et lui demanda :

- Est-ce toujours ton ennemi ?
- C'est mon ami mais c'est aussi mon prisonnier. Il est triste, sourit peu, très amaigri et sa santé m'inquiète. Je voudrais la paix entre nos pays et oublier la haine qui sépare les hommes.

Aucune décision ne fut prise, ni ce jour-là, ni dans l'année qui suivit. Les négociateurs sympathisaient et se connaissaient bien, se serrant même la main,

Un jour, Maï se décida à lui révéler ce qui lui tenait tant à cœur. Il commença en lui disant que ce qu'il avait à lui annoncer était important, malgré qu'il ne s'agisse pas de la guerre. Il l'avertit qu'il serait surpris et fort mécontent mais que c'était la vérité.

- J'ai besoin que tu m'aides à te dire ça et tu devras être indulgent.

Tout bas :

- Je suis homosexuel et nous nous aimons, prince.

Le négociateur coercien était anéanti :

- Il t'aime ?

- Oui, et nous sommes amants.

Maï, qui n'osait plus le regarder, préféra écourter l'entrevue, lui donnant rendez-vous un mois plus tard.

L'entrevue suivante n'eut jamais lieu.

Jonathan écoutait son ami lui rapporter la conversation qu'il avait eue avec son père. Il fut satisfait d'apprendre que le général avait enfin réussi à lui parler de leur amour.

Le prince Makassar avait compris depuis le début de leurs pourparlers que le prince Maï Yakouti aimait son fils mais il n'en avait rien laissé paraître, ne voulant pas risquer d'interrompre leur long travail menant à la paix. Il devinait à quel point son fils avait été transformé par sa réclusion et sa souffrance.

La religion était importante pour l'un comme pour l'autre. Pour l'esclave c'était un grand soutien dans sa vie. Le petit prince priait avec lui en musulman et l'architecte devant une croix qu'il s'était fabriquée. Petit à petit leurs prières s'étaient transformées et ils priaient maintenant ensemble, prononçant les mêmes paroles qu'ils adressaient chacun à leur Dieu. Puis les mois passant, grâce à leur amour intense, ils ne voulurent qu'un seul Dieu. Maï constatait que la religion était le soutien qui maintenait son ami en vie. L'espoir que les négociations aboutissent s'était envolé et il était redevenu triste. Alors, les deux hommes s'agenouillèrent devant la croix et le prince musulman déclara qu'il voulait être catholique comme lui. Son baptême fut célébré en secret par l'un de ses soldats qui était un émigrant ayant regagné son armée. Il se rapprochait par l'esprit encore un peu plus de lui.

Il continuait à essayer de trouver un moyen qui l'aiderait car il craignait pour sa vie. Son bel esclave ne supportait plus la captivité. Il devait y avoir une solution, il redoutait le pire.

Le prince Maï Yakouti était marié depuis plusieurs mois avec la belle Angélina. Il la trouvait belle, aimait discuter avec elle mais il n'avait pas envie de la caresser. Il attendit quatre mois avant de se glisser dans son lit. Sa relation intime avec l'architecte l'avait transformé. Moins hautain, plus patient, plus sensible, il était devenu plus humain. Il s'empressa de présenter des excuses à sa femme pour ne pas être venu dans son lit avant. La princesse lui répondit qu'elle savait combien il devait être difficile pour lui de s'unir à elle. L'époux comprit qu'elle connaissait son attrait pour les hommes. Il se montra poli, galant, discret et respectait sa pudeur. Il vint tous les soirs. Ils savaient tous les deux, sans l'exprimer que le prince voulait un fils et c'était pourquoi il était là, bien que son cœur l'attirât ailleurs. Durant cette période, il n'alla pas voir Jonathan. Il était inutile de le rendre jaloux. L'amant savait qu'il lui fallait des enfants mâles et ne s'étonnait pas de son absence. Il était impatient de le revoir et guettait tous les déplacements d'escorte. Enfin au bout d'une période qui lui parut une éternité, il l'aperçut, l'interrogeant du regard, Maï fit un signe de tête pour lui faire comprendre qu'oui mais il ne parla pas. Il était parti six semaines et sa femme attendait un enfant.

Ils se retrouvèrent avec un plaisir infini, s'embrassant, se caressant. L'absence avait été longue pour l'un comme pour l'autre. La situation du captif n'avait pas changé. Les négociations stoppées enlevaient l'espérance d'une délivrance prochaine. Des troupes armées avaient été envoyées le long de la frontière du Sanal car ce pays voisin, d'habitude pacifique, tentait d'envahir une région riche située loin d'ici afin de s'emparer de céréales à cause d'une sécheresse exceptionnelle qui avait laissé leurs greniers vides. Les généraux envoyés par le roi pour repousser les envahisseurs resteraient plusieurs semaines, occupés de ce côté-là du pays. Malgré l'absence d'élaboration d'un traité avec la Coercie, les escarmouches se faisaient moins nombreuses. Le calme inhabituel de sa région faisait réfléchir le jeune général.

Il passa la journée entière avec Jonathan, perdu dans ses pensées.

L'architecte déclara :

- Explique-moi ce qui t'ennuie, tu n'as pratiquement rien dit depuis ton arrivée.

L'entraînant à part Maï répondit :

- Je songe à quelque chose pour toi.

- À quoi exactement ?

- Reste calme et ne laisse rien paraître, je songe à te faire évader. Es-tu d'accord ? Il y a toujours des risques mais il y a peu de soldats de ce côté-là de la frontière.

- Je n'en peux plus d'être prisonnier. Je crains des représailles pour toi et quand te reverrai-je ? Je suis prêt. As-tu un plan ?

- C'est pour demain, nous partirons avec quelques soldats en direction du port. Nous serons censés ravitailler un trois-mâts qui croise au large. Tu seras, tout comme moi, un simple soldat.

- J'ai besoin de réfléchir car je pense que tu prends trop de risques. Quelqu'un te reconnaîtra.

- Tu n'as pas le temps d'hésiter. L'occasion ne se représentera peut-être plus jamais.

Ils parlèrent longtemps et décidèrent de tenter le coup. Cette nuit, le général en chef préparerait l'ordre d'affectation de deux soldats qui regagneraient la division s'occupant du ravitaillement en mer.

L'architecte restait parfois une journée entière devant les plans du pont, faisant des dernières mises au point. Son absence sur le chantier pendant un jour ou deux ne paraîtrait pas anormale.

Le lendemain, un groupe d'une douzaine d'hommes, parmi lesquels les deux complices, chevauchait en direction du port. Le trajet jusqu'au poste de ravitaillement se fit sans problème. Là, deux autres soldats les rejoignirent.

Ces deux nouveaux arrivants regardaient souvent Maï. Ils avaient l'impression de l'avoir déjà vu quelque part. En fait, ils l'avaient côtoyé lorsqu'il faisait l'inspection de ses généraux mais ils ne firent pas le rapprochement, pour la chance des deux amis. Le général, redevenu pour peu de temps un simple soldat, calquait son attitude sur le reste du groupe, chantant et parlant de la même façon. Jonathan préférait faire le soldat ayant mauvais caractère, bougonnant au moindre prétexte.

Ils embarquèrent sur un navire qui ravitaillait en mer un superbe voilier qui était chargé de surveiller la flotte ennemie. Par malchance, Maï vit que le capitaine était un militaire qu'il avait personnellement décoré pour un acte de bravoure plusieurs mois auparavant. Il faudrait qu'il l'évite. Il supplia son ami qu'en cas de problème de sauter par-dessus bord sans s'occuper de lui. Malgré qu'ils se trouvaient en pleine mer, loin des côtes de la Coercie, l'esclave finirait par se faire remarquer par une goélette venant de son pays. Heureusement, il était un très bon nageur mais il aurait grand besoin de l'aide divine. Plus le temps passait, plus ils se rapprochaient du pays de Jonathan et plus ses chances de survie augmentaient. Celui-ci commençait à entrevoir que son amant avait peu envisagé son propre retour, privilégiant par amour pour lui, son évasion. Tous les deux s'occupaient avec les autres soldats des voiles. Ils n'avaient pas revu le capitaine, mais que se passerait-il au moment de transférer les marchandises d'un bâtiment à l'autre ?

Les événements allaient se précipiter. Maï descendant d'un mât se trouva nez à nez avec le capitaine qui marqua un temps d'arrêt dû à la surprise en reconnaissant le général des armées habillé en simple soldat et descendant de la voilure. Ce militaire, que la guerre avait rendu soupçonneux, comprit en un éclair qu'il se passait quelque chose d'anormal. Appelant son équipage pour qu'il l'arrête, il dégaina son épée. Les soldats qui avaient accompagné le petit prince, n'acceptaient pas que les marins puissent avoir des doutes de leur dévouement, furieux qu'ils s'attaquent à l'un des leurs. Les épées sortirent des fourreaux et les marins en nombre supérieur n'eurent aucun mal à les dominer et tuèrent trois compagnons de Maï. Il cria à Jonathan de sauter à l'eau, celui-ci lui avait promis de le faire dès que l'occasion se présenterait, malgré la situation catastrophique pour son amant, le détenu n'hésita pas. Ils s'étaient fait leurs adieux au départ de leur étrange voyage, se promettant de tout faire pour le rapprochement des deux nations afin de se revoir et de pouvoir s'aimer librement. Le coercien plongea. Le petit prince utilisa son arme et tua plusieurs marins avec l'aide de la petite escorte dont il avait fait partie pour défendre sa vie. Il n'avait pas envie de s'enfuir et n'eut pas le moyen de le faire, l'épée du capitaine le maintenait au sol. Comprenant qu'il s'agissait d'une évasion, il ne le tuait pas par respect pour son grade et son titre de noblesse.

Le prince n'avait jamais voulu faire tuer ses hommes mais onze soldats étaient morts par sa faute, d'autres grièvement blessés gisaient au sol, et de surcroît, il avait utilisé son épée contre sa propre armée.

Il fut enfermé dans la cale en attendant le retour au port. L'évadé n'était plus visible, la côte de la Coercie était encore très loin, et il avait peu de chance de s'en sortir vivant.

Le retour du trois-mâts où se trouvait enfermé le petit prince, s'effectua quatre jours après.

Maï, qui était resté enfermé dans la cale, fut sorti avec ménagement de sa cellule, sous bonne garde cependant. Conduit directement à la prison attenante au port d'Auriga, il attendit de pouvoir voir son père.

Le capitaine fit un rapport au général responsable du district qui resta stupéfait. Il était évident pour ces hommes que le général des armées avait organisé une évasion qui avait mal tourné. Ils le laissèrent enfermé, surveillé de près, jusqu'à ce que les autorités militaires soient informées. Mais, le plus haut dignitaire de l'armée, c'était justement celui qu'ils venaient d'arrêter. Un peu embarrassés ils envoyèrent une ordonnance, de toute urgence informer le roi et l'émir Kagne de la situation. Le général serait bien traité et ne devait manquer de rien, selon leurs consignes.

Le petit prince se demandait ce qu'était devenu Jonathan. Il avait écouté tous les bruits qui lui parvenaient lorsqu'il était enfermé à fond de cale. Les marins qui venaient lui apporter à manger, l'avaient informé que personne n'avait revu le naufragé. Avait-il pu nager jusqu'à ce qu'il soit repéré ? Le nouveau prisonnier l'espérait car son amant, malgré son amaigrissement, restait robuste. Il pria en faisant le signe de la croix, il resterait catholique.

Personne jusqu'à lors ne lui avait demandé de s'expliquer.

Il resta enfermé mais bien traité plusieurs jours, n'ayant aucune visite à part celle de ses gardiens. Il se doutait de l'embarras du général de district qui voyait son supérieur hiérarchique en mauvaise posture et ne voulait pas risquer sa carrière pour un jeune imbécile, aux mœurs particulières, mais qui était au demeurant était un favori du roi. Maï redoutait la colère de son père, n'espérant pas pouvoir lui faire comprendre son geste.

Son père siégeait au sénat lorsque le général en personne, trop inquiet pour n'envoyer qu'une ordonnance, demanda à lui parler. Il avait un rapport à lui présenter ainsi qu'au souverain.

Dans le plus grand secret, l'émir Khagne avait rencontré, sur un petit bateau de pêcheurs, un autre représentant de la Coercie, pas quelqu'un de la noblesse mais un militaire assez âgé. Les mousses, étaient en réalité, des soldats assurant sa protection. Ce coercien avait passé de nombreuses années à mener des campagnes, il était, comme bien d'autres, las des conflits qu'ils connaissaient depuis toujours. Il représentait les troupes ennemies qui maintenaient la pression. Les deux pays craignaient chacun une invasion. Il l'informa que le prince Makassar, sénateur diligenté par son roi, saint Hugues le Conquérant continuerait les pourparlers dans quelques mois.

Le général demanda audience à l'émir Khagne en personne, ajoutant qu'il s'agissait de son fils. Le père, tout de suite inquiet, pensa que son aîné avait été blessé lors d'un combat. Il reçut le militaire rapidement.

Le général Offet-Rungi le rassura :

- Votre fils est en bonne santé, prince, mais il est gardé en prison pour un méfait qui a coûté la vie à onze soldats.

Stupéfait, le sénateur entendit l'homme lui rapporter les fâcheux événements, pensant immédiatement qu'il s'agissait d'une méprise, d'une ressemblance avec un simple soldat. La situation était grave, il devait éclaircir cette sale affaire. Rien ne devait ternir la gloire de son fils. Il partit sur-le-champ pour la prison.

Il s'était aperçu que son fils avait trop changé. Malgré la haute fonction qu'il occupait, il allait constamment à la carrière. Nul doute possible, il y allait pour cet esclave dont il était amoureux. Il avait eu le tort de le laisser faire parce qu'il le comprenait bien mieux qu'il pouvait imaginer. L'émir était homosexuel depuis son enfance, et Maï lui ressemblait, attiré par les hommes mais lui restait discret, préférant leur présence dans l'intimité de son appartement.

De sombres pensées l'assaillirent.

Il se rendit seul à la prison dès son arrivée. Elle était réservée uniquement à l'armée, simple mais bien entretenue avec un règlement strict. L'ordre y régnait.

Dès que la porte fut ouverte, il constata qu'il s'agissait bien de son fils. Celui-ci était toujours en uniforme de simple soldat. Il s'inclina devant son père.

L'émir Khagne eut peur de ce qu'il allait lui apprendre, aussi pour ne pas lui montrer, il se fit hautain et lui adressa la parole durement :

- Qu'as-tu fait ? Pourquoi n'as-tu pas ton uniforme de général ?

Maï s'agenouilla.

- Pardon père, j'ai délivré Jonathan. Les événements ont tourné en ma défaveur et il y a eu des morts. Je ne voulais pas ça.

Il redoutait sa colère. Elle fut encore plus violente qu'il l'avait cru, il imaginait qu'il ne lui pardonnerait pas. Il reçut une forte gifle comme s'il n'était qu'un gamin. Il resta à genoux, baissant la tête.

L'émir Khagne ressortit furieux en lui assurant qu'il serait jugé rapidement.

Le petit prince resta dans sa cellule sans nouvelle pendant des jours qui lui parurent une éternité. Son ami était-il mort ? Qu'allait décider le roi ? Les gardes lui adressaient peu la parole. Ils n'avaient pas l'habitude d'avoir un prince enfermé dans leur prison. Mieux valait pour eux, pensaient-ils, l'ignorer.

Le général Offet-Rungi vint le voir au bout d'une semaine pour l'informer qu'il serait transféré à la prison de la capitale située près du tribunal pour y être entendu.

Le lendemain, le jour à peine levé, le prince Yakouti, les mains entravées fut sorti de sa cellule pour commencer un voyage qui l'amènerait devant ses juges.

Le trajet fut pénible, le fourgon cellulaire le ballottait durement et la chaleur était étouffante. Il était exténué et avait le corps meurtri lorsqu'ils arrivèrent. En descendant de la voiture à cheval, il vit qu'il était entouré de grands murs. Il était à l'intérieur de la prison de la capitale. Les soldats restaient polis avec lui et ne le brutalisaient pas mais ils ne lui disaient rien de ce qu'il allait lui arriver. Il n'avait pas d'autre choix que d'attendre.

Il put enfin se laver et s'habiller avec des vêtements propres. Ce n'était pas un uniforme qu'un homme lui avait apporté mais une tunique. Il vit qu'elle était faite dans un beau tissu fin. L'attente recommença interminable.

Ce fut son père qui vint le voir et qui lui apporta un bon repas. Son air contrarié montrait qu'il contenait sa fureur. Maï le salua et resta la tête baissée pour ne pas croiser son regard. L'émir lui dit simplement. Manges, tu en as besoin.

Ils restèrent silencieux. Son père à présent était triste. Regardant son aîné, il continua :

- Tu vas être condamné, tu pouvais tout lui donner sauf la liberté. Comprends-tu que tu as trahi ?

- Non, je ne comprends pas que vous parliez de trahison.

- Demain tu iras au tribunal, les juges ne seront pas cléments car nous sommes en guerre, répéta-t-il en le secouant par les épaules. J'ai rencontré en secret le prince Makassar, le père de ton amant, il t'aime beaucoup. Tu peux le considérer comme ton père adoptif. Les négociations auraient repris dans fort longtemps avec toi car pour l'instant nous n'avons pas pu nous mettre d'accord. Tant de choses douloureuses nous séparent mais la volonté de parvenir à la paix est présente dans les deux parties.

- J'ai réussi à lui révéler mon homosexualité et à lui parler de notre amour. Jonathan a-t-il été repêché ?

Maï était triste. Ils restèrent silencieux, puis regardant son aîné, le père continua :

- Tu vas être condamné, tu pouvais tout lui donner mais tu ne devais pas le libérer. C'est toujours la guerre, lui redit-il une nouvelle fois car il ne semblait pas réaliser ce qu'il venait de faire. Comprends-tu que tu as trahi, que cet homme est un prince ennemi ?

Son fils qu'il aimait tant, pleurait et il avait envie de pleurer avec lui, mais il n'en fit rien.

Personne n'avait de ses nouvelles. Maï avait fait tout ça pour qu'il soit libre et au contraire tout en se parjurant, il lui donnait la mort. Il se sentait anéanti et n'avait plus envie de lutter pour sa propre existence. Il remercia son père pour sa visite qu'il n'avait pas osé espérer ici près du palais royal.

L'émir Khagne laissa exploser sa colère :

- Jamais je ne te le pardonnerai, tu es devenu un paria. Je t'ai laissé prendre pour amant un esclave. J'aurais pu l'envoyer au fond d'un bagne et jamais tu ne l'aurais retrouvé. Je te faisais confiance, connaissant ton attrait pour les hommes. Je n'ai rien fait pour le soustraire à tes caresses. Tu es un fils indigne.

Il sortit le laissant sans aucun espoir.

Le lendemain, lavé et habillé d'un habit traditionnel, il fut conduit au tribunal. Il connaissait les juges présents et savait leur rigueur.

La salle était comble, beaucoup de personnes qu'il voyait étaient ses amis et il savait qu'ils seraient tous, à la fin de la séance, ses ennemis, n'espérant même plus être compris. Il fut défendu par un homme énergique lui assurant qu'il parviendrait à sauver sa tête. Maï à vingt cinq ans, allait peut-être mourir, condamné par ses pairs.

Les marins, du bateau sur lequel il avait embarqué avec Jonathan, étaient représentés par le capitaine qui le reconnut immédiatement. Il avait déjà rencontré le général des armées, il le voyait ici. Il se souvenait très bien du visage de l'homme qui s'était jeté à la mer. Il raconta très exactement ce qui s'était passé depuis l'embarquement, de l'escorte chargée du ravitaillement sans que rien ne vienne attirer son attention. Puis il raconta la lutte entre les soldats qui s'entretuaient se croyant menacés. Il expliqua que le visage du prince Yakouti avait d'abord attiré son attention mais puisque c'était un simple soldat, il pensa qu'il s'agissait que d'une ressemblance et il n'y fit plus attention. Mais il se trouva face à face avec lui qui descendait du mât et il n'eut plus aucun doute, c'était bien le général des armées. Il parla de la confusion d'un autre homme à qui l'accusé avait ordonné de sauter par-dessus bord et de l'empressement de ses marins pour l'empêcher de se jeter à la mer, l'épée à la main. L'escorte d'une douzaine de militaires pour le ravitaillement, se croyant tombée dans un piège, avait commencé à charger les marins. Il s'en était suivi un combat où le général continuant à hurler, saute, menaçait les marins avec son arme en blessant puis en tuant. Il n'avait pas pu passer comme son complice par-dessus le bastingage, n'hésitant pas pour le protéger à combattre.

Le rapport du capitaine était accablant. Il montrait clairement que le prince avait dégainé et surtout qu'il s'était livré au combat, luttant arme au poing, contre sa propre armée pour libérer un ennemi. Il rendait sa cause indéfendable. La salle était bondée. Les nobles et les militaires réagirent bruyamment, montrant leur hostilité. Le silence se fit d'un seul coup. Le roi qui avait tout entendu, s'avançait. Il avait tenu à rester dissimulé pour ne pas troubler les soldats venus exposer les faits. Il désira entendre l'accusé, comprendre ce qu'il l'avait poussé à agir ainsi. Il manquait un élément important qui justifiait ce geste ignoble.

Maï, à genoux devant son souverain, muet attendait. Avait-il agi de cette façon ? Le jeune prince ne le savait plus, tout était devenu flou. Il ne pouvait pas dire comment les évènements s'étaient déroulés. Il n'avait pas voulu qu'il y ait des blessés, encore moins des tués. Sa Majesté Maximus de Pécen, exigea de savoir pourquoi. Le prince, resté à ses pieds, parla franchement :

- C'est mon ami, je ne voulais pas qu'il meure. Il a tellement souffert dans une ferme après avoir été fait prisonnier. Il ne supportait plus la captivité. Il m'a semblé, qu'ayant travaillé convenablement en tant qu'architecte, il avait gagné le droit d'être à nouveau libre. Mais ce n'est pas tout. J'ai amélioré ses conditions d'existence pour qu'il retrouve le sourire. Sa tristesse infinie me faisait mal.

Il devait continuer mais la gorge serrée, il n'y arrivait plus. Un garde lui apporta un peu d'eau. Faisant un terrible effort il continua :

- Majesté, je dois vous dire pourquoi. Il est plus que mon ami, c'est l'homme que j'aime. Il n'avait plus envie de vivre et moi, je ne voulais pas qu'il meure. C'est la raison pour laquelle je l'ai libéré. Il a dû périr en mer, la mort lui redonne la liberté qu'il avait perdue.

Le roi lui répondit :

- Sa vie valait-elle que tu tues tes soldats ? Tu seras puni à cause d'avoir brandi ton arme contre eux.

Le prince Maï Yakouti était accablé :

- Non, la vie de mes soldats est précieuse.

Le tribunal prit rapidement sa décision. Il était reconnu coupable et condamné à mort mais le souverain Maximus de Pécen lui accordait sa grâce. La peine capitale était transformée en vingt cinq ans de bagne. Il hurla en entendant le magistrat lire la sentence :

- Tuez-moi, tuez-moi, plutôt que l'enfer.

L'amitié qui unissait le roi à son père lui valait d'avoir la vie sauve et il demeurait essentiel pour eux, que par une existence faite de repentir, le coupable puisse au moment de sa propre mort, se présenter devant le divin, lavé de fautes passées.

L'émir Khagne que ce drame bouleversait, restait digne. Parce qu'il aimait son fils, il s'approcha, parlant durement pour lui cacher son désespoir :

- Ta condamnation est juste, même si elle te paraît longue. Ta carrière se brise par ta faute pour un esclave que tu ne reverras jamais. Tu n'es plus mon fils, toutefois je te reverrai avant ton départ.

Sa mère pleurait et le serrait dans ses bras, lui disant :

- Il est bien trop fier pour admettre qu'il t'aime encore, tu restes notre enfant bien-aimé.

Son frère, Mohamed, âgé de dix-neuf ans, lui donna l'accolade :

- Tu dois l'aimer plus que tout au monde pour avoir fait ça. Il t'aime toujours, désignant leur père d'un signe de tête. Je ferai tout ce qui est en mon pouvoir pour te venir en aide et pour qu'on ne t'oublie pas afin que tu ressortes un jour de prison. Garde espoir.

Maï commençait à comprendre son erreur, il aurait dû renoncer quand les choses avaient mal tourné. Il le remercia d'essayer de l'aider en lui recommandant de ne prendre aucun risque qui ruinerait sa carrière.

- As-tu des nouvelles du prince Jonathan ?

- Non, mais les recherches continuent. Des pêcheurs peuvent l'avoir recueilli. Avec cette sale affaire, tu n'es pas au courant d'un événement qui te fera plaisir. Ta femme attend un deuxième enfant. Nous venons de l'apprendre, le médecin a confirmé la grossesse. Pour la gloire de notre famille, tu as assuré ta descendance.

La princesse Angélina et Maï avait un petit garçon de treize mois. Ils en étaient fiers et se sentaient comblés. L'amour n'était pas présent au sein de ce jeune couple mais le petit prince, souvent absent, essayait lors de ses visites, d'être tendre et attentif. C'était de l'amitié qui les unissait. Il ne connaîtrait pas cet enfant mais il était heureux d'avoir, au moins pour cela, assumé son rôle de prince.
Son fils et ce futur bébé l'obligeraient à lutter pour survivre. L'espoir de revoir son aîné et de connaître celui qui allait naître, serait son seul objectif, puisque son amant devait être mort en mer. Il demanderait à son père de leur parler de lui et pour qu'ils ne souffrent pas de son absence, de leur dire qu'il les aimait tous les deux.

De nouveau enfermé dans une cellule près du tribunal, il se sentait découragé. Comme il aurait été plus facile de ne pas avoir obtenu la grâce royale ! Ses gardes devaient avoir peur qu'il se suicide car il était presque nu et de la paille déposée dans un coin ferait sa couche. Les jours passaient lentement. Il revit sa mère accompagnée par son jeune frère qui aurait désormais la tâche de veiller sur elle attentivement. Ils lui annoncèrent la visite de son père pour le lendemain.

L'émir arriva avec une bouteille d'alcool fort pour qu'il se saoule. Maï, devenu un peu plus bavard qu'à l'ordinaire à cause de ce qu'il absorbait, lui parla de son attirance pour les hommes et de l'attrait irrésistible pour « son bel esclave ». L'éducation privilégiée qu'il avait reçue les avait insensiblement rapprochés et faisait qu'il était différent des autres détenus. L'amour était né. Sa tristesse permanente, faisait qu'il perdait pied peu à peu. Il redisait qu'il avait seulement voulu le libérer pour le sauver, mais jamais, il n'avait songé à trahir son roi qu'il vénérait. Il lui recommanda de veiller sur ses enfants et sur sa femme. Ayant obtenu son consentement, il but en quelques instants le contenu de la bouteille pour oublier l'instant présent. Les adieux furent brefs, ce qu'il croyait être leur dernière rencontre était empreinte d'amour et resterait gravée dans sa mémoire pensait-il. Ivre, il s'écroula.

Son père revint le voir le jour suivant, apportant cette fois un bon repas. Il le repoussa quand Maï désira le serrer dans ses bras en lui disant de manger. Le fils demanda au père de l'aider à mourir qui refusa, prétextant que sa propre vie dans l'au-delà serait compromise s'il tuait son propre enfant.

Ils parlèrent du bébé à naître qu'il ne connaîtrait pas. Il dit sa joie d'avoir eu des enfants qu'il lui confiait ainsi qu'à son frère. Sa femme serait bientôt libre d'avoir un autre époux.

Il demanda pardon pour la peine qu'il causait à toute sa famille, pardon d'être un fils ingrat, pardon pour les soldats tués, pardon de ne pas être digne de la confiance du roi, suppliant qu'il le croit lorsqu'il affirmait qu'il n'avait pas voulu trahir.

Son père l'avait laissé parler. Maintenant, il lui annonça :

- Parce que tu exprimes ton repentir je peux t'informer que le prince Jonathan a été retrouvé par nos pêcheurs qui l'ont remis à une goélette coercienne qui croisait à la limite des eaux territoriales. Il est vivant.

La joie du petit prince fut indescriptible, il fit un signe de croix et une courte prière à son dieu restant un bon catholique. Il n'avait pas fait ça pour rien, l'homme qu'il aimait était de retour chez lui, il était de nouveau un prince libre.

L'émir Khagne avait apporté deux bouteilles de leur vin. Il ordonna :

- Bois.

Le fils compris qu'il allait en avoir besoin mais auparavant il avait besoin d'être pardonné. Il lui refusa sa bénédiction :

- Je t'ai déjà dit que tu n'étais plus mon fils.

- Que va-t-on me faire pour que tu veuilles que je m'enivre ? questionna-t-il en s'emparant du vin. Il but sans s'arrêter, la tête lui tournait. Il reconnaissait là leur meilleur cru. Son père l'aida à terminer la deuxième bouteille, il n'y arrivait déjà plus. Il était prêt pour ce qu'il allait subir, il ne se rendit pas compte qu'un garde le sortait de sa cellule.

Il était devenu un bagnard, jamais il ne pourrait l'oublier car marqué comme un animal à l'épaule droite, il appartenait au roi.

Le fer fut rougi dans un foyer ardent. Maintenu solidement par deux grands gaillards, le torse appuyé sur un billot, il n'avait pas encore compris ce qui lui arrivait. Dans la douleur si intense qu'il ressentit tout à coup, il voulut se redresser mais il ne réussit pas à se dégager, hurlant, il se tordait. Le fer brûlant laissait son empreinte dans sa chair. L'émir était resté, il avait assisté au supplice, partageant un peu sa condamnation. Il l'aida à le transporter dans sa geôle puis commença à le soigner comme le médecin du palais lui avait indiqué de le faire. Les plantes, placées sur la plaie en cataplasme, anesthésieraient la brûlure. Son fils hurlait de douleur, maintenant complètement dégrisé. Il lui versa le contenu d'une fiole de Laudanum dans la bouche puis le prit dans ses bras en lui disant qu'il était toujours son fils et qu'il l'aimait.

Maï n'entendait rien. Les soldats présents aidaient l'émir à le maintenir tellement la souffrance le faisait se convulser. Les militaires étaient impressionnés par cette vision inhabituelle de leurs deux princes, constatant que malgré ses dires, le père aimait toujours le petit prince.

Il le cajolait comme un enfant, lui promettant de ne jamais le renier, l'embrassant en pleurant. Le prisonnier s'agitait constamment. L'émir l'enlaçait pour qu'il se calme un peu. Enfin, ses cris devinrent des gémissements et il se tordit moins. Le Laudanum faisait son effet et le soulageait. Malgré qu'il souffrait moins, il ne pouvait plus bouger. Seulement à demi conscient, il ne voyait ni qui le tenait, ni les soldats près de lui. Il ne s'aperçut pas qu'il le quittait en pleurant, sachant que de nombreuses années s'écouleraient avant qu'ils se revoient. Ce fils trop privilégié devait épier afin de ne pas mettre en jeu sa vie dans l'au-delà et surtout se pardonner à lui-même. Sortant de la prison, il contempla l'horizon, le jour se levait.

Maï resta allongé sur la paille toute la journée suivante, immobile à cause de cette brûlure qui le faisait souffrir atrocement. Il ne se souvenait que de sa douleur mais d'aucun fait précis à part que malgré qu'il se débattait, il n'arrivait pas à se soustraire, à fuir les bras qui le tenaient. La fièvre le plongeait dans une somnolence bienveillante sans pour cela l'empêcher d'avoir si mal. Il gémissait sans cesse puis criait parce qu'il avait voulu se soulever. Un gardien lui apporta de l'eau au goût bizarre. Comme engourdi, il s'endormit enfin.

Il n'osait plus bouger, il avait même uriné dans la paille pour se soulager. Il avait soif et se sentait brûlant. Seul, endolori, malheureux en pensant à Jonathan et à ce qu'il allait lui arriver, il pleura. Quelqu'un entra pour le soigner, il pleurait toujours. Son pansement propre lui apportait un peu de fraîcheur au niveau de sa plaie. Le soldat qui s'occupait de lui, le rassurait gentiment. Il devrait travailler dur au bagne, mais le temps passerait plus vite comme ça. S'il était obéissant, il ressortirait un jour vivant de là. Il devait toujours y penser. Maï se promit, que dans les moments durs, il n'oublierait pas ce conseil : obéir pour rester en vie.

Le petit prince ne revit pas sa famille avant son départ quelques jours plus tard. Il remercia le soldat qui l'avait soigné et grimpa dans une calèche. Soigneusement ficelé au siège, il n'avait aucune chance de s'enfuir. Les cahots de la voiture le cognaient au dossier en bois et lui arrachaient des plaintes dont personne ne se souciait. Le sang coulait de sa blessure, maculant sa veste de grosse toile. Le voyage dura trois longues journées pendant lesquelles il ne put descendre que pour faire ses besoins, sous les regards de ses gardes apparemment habitués à agir de cette sorte.

Il avait entendu des voix de soldats et la voiture s'était arrêtée. Ils devaient être arrivés. Il se trouvait en enfer, pensa-t-il. Quand il descendit, il vit qu'il était dans une vaste cour. Plusieurs bâtiments s'alignaient et il fut dirigé vers l'un d'eux. Il pénétra dans un bureau. Un homme assis derrière une table le dévisageait :

- Je suis le directeur, j'ai ton dossier sous les yeux. Tu devras travailler sans te plaindre. Évite de désobéir, tu prendras moins de coups. Maï répondit simplement :

- Oui, monsieur. L'homme continuait à lire les documents, il s'arrêta, parut contrarié, soupira mais ne fit aucun commentaire. L'entrevue était terminée.

Le gardien l'emmena vers le bâtiment suivant. Il vit qu'ici il y avait plusieurs lits mais ils étaient vides. Un autre homme arriva en lui annonçant qu'il s'occuperait de son épaule après lui avoir rasé les cheveux. Il le fit mettre nu et lui rasa aussi la barbe. Son épaule était endolorie et il ne pouvait pas bouger son bras. Le soignant lui dit qu'ici, il pouvait parler. Il avait l'air sympathique.

- As-tu mal ? Comment t'appelles-tu ?

- Maï, j'ai très mal.

- Je vais t'aider à te laver, après je te ferai un pansement. Garde-le le plus longtemps possible, tu ne viendras pas souvent ici.

Il le doucha dehors avec un seau d'eau en prenant soin de ne pas lui faire trop mal et en lui lavant aussi les fesses, précisant : J'ai l'habitude, tu sais.

- La vie est dure, ici, monsieur ? Qu'est-ce qu'on y fait ?

- Oui, c'est dur. Il y a une mine de diamants au fond d'un puits.

Il le soigna en lui recommandant de ne jamais désobéir, ajoutant que sinon il serait battu.

Il attendit dehors, plus personne ne s'occupait de lui, alors à genoux, il pria pour que Jonathan ne l'oublie pas et aussi pour lui.

Une dizaine de prisonniers étaient arrivés, un garde lui fit rejoindre le groupe. Personne ne parlait. Avant de les enfermer pour la nuit, ils eurent un repas composé d'une soupe de légumes, de pain et d'eau.

Le jour suivant, le petit prince constata qu'il était séparé des autres. Inquiet, il attendait et s'assit par terre, ne sachant pas quoi faire, il regarda des surveillants installer un foyer, il eut peur. Ils n'allaient pas recommencer, le fer lui avait déjà marqué son épaule. Il comprit que c'était bien pour lui lorsqu'ils s'approchèrent. Un « non » s'échappa de sa bouche alors qu'ils l'empoignaient. Il appela son père en tremblant. Un des hommes lui répondit :

- Il ne peut rien pour toi, regarde encore le ciel.

Ils l'attachèrent, n'entendant pas ses cris, debout à un poteau, la tête bien maintenue. Le bourreau s'approcha avec un flacon et d'un geste rapide lui renversa dans les yeux. Par chance, il s'évanouit, il ne sentit pas que son tortionnaire lui plaçait un bracelet métallique à une cheville. Ils le laissèrent seul dans une cellule. La douleur atroce le sortit de son inconscience, il ne distinguait plus rien. Il ne bougea plus et resta ainsi longtemps sans oser soulever les paupières.

C'est à nouveau celui qui s'était occupé de lui qui vint le faire se lever. Il comprit ce qu'ils lui avaient fait, il était aveugle. Il l'aida à se repérer, la porte, à côté son seau, plus loin sur un rebord un pot d'eau et par terre sa paillasse. La douleur diminua avec les jours sans jamais disparaître. Le médecin lui assura que le plus dur était passé et il lui apporta une canne pour qu'il apprenne à se déplacer.

Petit à petit, les gardes lui firent faire quelques pas dans la cour. Trébuchant, tombant, se relevant, il savait que pour survivre, il devait apprendre à se repérer dans l'espace et à se mouvoir sans aide de quiconque.

Quelques semaines après, le directeur lui annonça qu'il allait commencer à travailler. Il n'osait pas demander quel genre de travail il aurait à effectuer.

Il fut emmené dans une autre cour et il pénétra dans une pièce où il lui semblait qu'il y avait plusieurs personnes. Il entendait leur respiration. L'un d'eux lui annonça qu'il s'occuperait de lui :

- Sais-tu ce que tu dois faire ?

- Non, monsieur, personne ne m'a rien dit.

- Tout le monde doit travailler pour gagner de l'argent. Toi, tu seras prostitué.

Il crut que le sol se dérobait sous ses pas et pensa, pas ça, puis, obéir pour survivre, alors il ne protesta pas.

L'enfer de la prostitution dura deux ans, durant lesquels il eut peu de contact avec les autres bagnards. Ses yeux restaient toujours extrêmement sensibles et il ne pouvait distinguer qu'une faible lueur. Ceux qui venaient le voir, étaient souvent des paysans brutaux. Maï ne pouvait pas espérer qu'ils comprennent son désarroi. Il y avait peu de nouveaux. Souvent silencieux, le détenu perdait espoir, trouvant toutefois assez d'énergie pour répondre et rire de leurs plaisanteries de mauvais goût. Il s'était habitué à son travail. Il restait à l'écoute des nouvelles de la guerre mais ces hommes rustres et ignorants déformaient le peu d'information qui leur parvenaient. Grâce au vin, ils en parlaient par bribe mais ils étaient très mal informés. Leurs fils étant enrôlés dans l'armée, ils recevaient des nouvelles que rarement. Parfois l'un d'eux rentrait chez lui à cause d'une blessure. Fêté en héros par le village voisin, le nouvel arrivant parlait longuement de ce qu'il avait vu, transformant souvent à son avantage la réalité.

L'homme qui le surveillait était strict, désirant une obéissance absolue, ne l'appelant même pas par son nom mais par le numéro qui lui avait été attribué. Il était devenu le numéro : 6420. Celui-ci le violait toujours après l'avoir battu. Maï ne bronchait pas, veillant constamment à faire tout ce qu'il lui demandait. Comme ce conseil que lui avait donné le soldat dans la prison du tribunal lui servait ! Il n'aurait jamais pu supporter toutes ces choses horribles que ses clients voulaient qu'il fasse. Survivre, il se le répétait sans cesse, survivre pour revoir son fils et connaître son bébé. Il n'avait eu aucune nouvelle. Il continuerait à lutter pour le connaître un jour. Le chemin à parcourir était si long ! Il se consolait en se disant que c'était une chance de ne pas voir le visage de ses violeurs. Il restait maladroit, malgré sa canne, il se cognait partout. Sentant l'agacement chez son gardien, il se mettait dans un coin sans bouger ni parler pour qu'il l'oublie un peu. Souvent il tombait de sommeil et s'endormait la journée, couché en boule.

Les soirées étaient longues car les paysans venaient le voir surtout le soir. Ils consommaient beaucoup d'alcool et terminaient la nuit dans l'ivresse. Maï pleurait quand ses clients repartaient, honteux de leurs orgies et de son triste sort. Son garde veillait à ce que les paysans soient satisfaits, lui criant d'arrêter ses pleurs et qu'il n'avait que ce qu'il méritait. Il ravalait ses larmes alors que la tristesse envahissait son âme. Son corps lui faisait mal, ce soir comme le plus souvent il avait été malmené. Ses bourreaux étaient restés jusqu'au petit matin. Le petit prince était fatigué et sentait le sang couler le long de ses cuisses. Il alla se laver près de sa cellule où il trouvait toujours des seaux remplis d'eau fraîche. Il avait mal et avait crié de douleur à plusieurs reprises ce qui lui avait valu quelques coups de poing. Aurait-il un jour le droit d'aller voir le médecin ?

Le protecteur du petit prince fut transféré, grâce à son action efficace, dans un centre de détention où disait-on la discipline manquait de rigueur. En le présentant à son remplaçant, il recommanda à l'homme, de le nourrir que lorsqu'il aurait fini de travailler et qu'ainsi il obéirait. La nourriture était peu abondante mais bonne. Il avait faim et cette faim l'obligeait à travailler suffisamment pour pouvoir conserver le droit à avoir un repas.

Son nouveau gardien lui dit qu'il s'appelait Uria et qu'il pouvait s'adresser à lui en l'appelant monsieur. Constatant que l'esclave n'y voyait pas il le questionna pour savoir depuis quand. Son précédent maître ne s'y était jamais intéressé. Maï se dit qu'il avait l'air mieux que l'autre. L'homme le trouvait sale et le pria d'aller se laver et s'habiller. Le petit prince en tâtonnant sorti se laver et remit les seuls vêtements qu'il possédait et retourna dans la pièce principale du logement. Son garde trouva qu'il sentait encore mauvais et décida de le laver lui-même. Il constata qu'il n'avait rien d'autre que de l'eau. Prenant du savon, il le frotta énergiquement, constatant encore que son corps était couvert d'hématomes et qu'il était maigre. Il sortit de son sac ses plus vieux habits afin qu'il s'en revêtît. Le détenu avait encore beaucoup de difficultés à se déplacer seul et à accomplir la moindre tâche. L'autre le vit et lui annonça qu'il lui apprendrait à se débrouiller un peu mieux.

Le petit prince qui dormait peu la nuit, s'endormit par terre alors que son maître finissait de s'installer. Il lui dit que ce soir il pourrait dormir, il ne travaillerait pas. Voyant qu'il se comportait de façon correcte avec lui, il osa lui demander s'il pouvait aller dormir dans sa cellule. Surpris son garde lui répondit :

- Bien sûr où voulais-tu t'installer ? Il dormait la plupart du temps sur le sol. L'esclave le trouvait plus facile à vivre, voilà maintenant qu'il l'aidait à préparer le déjeuner. Il le fit asseoir à sa table en face de lui, précisant que s'il arrivait à servir sans rien renverser qu'il pourrait lui aussi manger. Maï réussit à préparer du lait chaud et coupa un peu de pain mais il savait qu'il en avait renversé partout sur la table. Mange donc lui dit-il en riant de voir ses maladresses. Il précisa qu'il ne le battrait pas s'il obéissait et que ce soir il travaillerait.

La brutalité des paysans ne fut pas pire que les autres soirs mais son gardien n'aimait pas ça :

- Ils devront changer s'ils veulent revenir, déclara-t-il à sa grande surprise. Les cris de l'esclave qu'ils molestaient l'avaient ému. Petit à petit, Maï commença à se déplacer sans se cogner. Il écoutait mieux les bruits, humait l'air pour différencier les odeurs. Il servait à table en renversant un peu moins. Son gardien depuis son arrivée ne l'avait pas battu ni mis dans son lit mais il commençait à sentir ses mains le frôler plus souvent. Il n'avait pas envie de se glisser près de lui mais il le ferait sans protester s'il le demandait. Il pensait à Jonathan, heureux de le savoir en vie et de retour chez lui et c'était plutôt dans le sien qu'il se serait bien mis. Hélas, un soir l'homme l'emmena dans sa chambre, sans le brusquer, presque tendrement. Il le prit par la main pour le conduire, comptant les pas pour que l'esclave se repère. Ses mains lui caressaient la joue, le cou puis s'arrêta sur la veste qu'il déboutonna. Le petit prince n'avait reçu aucun geste de tendresse depuis son arrivée qui lui semblait déjà très lointaine.

Uria lui demanda s'il était d'accord. Maï lui répondit :

- Personne ne me demande mon consentement et si je veux du plaisir. En lui promettant de ne jamais le battre, le garde faisait glisser lentement son pantalon. Voyant qu'il restait immobile, il ajouta, approchant la main de son sexe en érection :

- Tu en as envie. Il céda osant approcher ses lèvres des siennes. Il avait tellement mal qu'il ne le pénétra pas mais comme devait le faire un esclave, le détenu lui donna du plaisir puis rapidement il renfila son pantalon pour cacher sa verge toujours raidie. Il ne devait rien exiger pour lui.

Son garde l'envoya voir le médecin pour qu'il soit examiné car de son anus s'écoulait du sang. Il était tellement crispé que celui-ci ne continua pas car il souffrait trop. Le petit prince savait bien qu'il était blessé, les paysans le violaient sans aucun ménagement. C'était la première fois qu'il revenait ici et l'homme qui l'avait reconnu commença par nettoyer ses yeux avec un liquide préparé avec des plantes. C'est très fort expliquait-il. Si j'avais pu t'en mettre tout de suite tu aurais eu des chances de pouvoir un jour retrouver un peu de vision. Maintenant c'est trop tard, tu sais. Je t'en mets quand même ça les arrangera un peu. Il continuait son examen, tu n'es pas trop maigre. C'est vrai il mangeait mieux depuis l'arrivée de son nouveau garde. Il avait su le mettre en confiance et continuant :

- Allez montre-moi tes fesses.

Il se plaça sur le côté, il saignait encore. Il l'avertit qu'il aurait un peu mal et lui recommanda de se cramponner car il devait voir plus haut avec une sonde. Maï hurla mais ne bougea pas car il était médecin, le seul ici qui pourrait le soigner. Il s'évanouit lorsqu'il monta encore la sonde. Quand il reprit ses esprits, il se sentit attaché sur une table, quelqu'un d'autre le tenait. Il sut plus tard qu'Uria était venu car sans son autorisation, il n'aurait pas eu la possibilité d'être opéré. Le médecin lui assura qu'il serait guéri après l'intervention. Il ajouta :

- Sois courageux, je n'ai pas de médicament pour t'endormir.

Il connut des souffrances telles qu'il ne croyait pas qu'elles s'arrêteraient, perdant souvent connaissance. Il fut mis dans un lit mais n'eut rien pour le soulager de ses affreuses douleurs. Il savait qu'il avait eu beaucoup de chance d'avoir pu être soigné. Il eut droit de rester huit jours ici afin que sa plaie cicatrise. À qui devait-il cette faveur ?

Il était maintenu sur son lit par une chaîne reliée à l'anneau de sa cheville. Comment les gardes pouvaient-ils penser, qu'étant aveugle il tenterait de s'échapper ? Il se tordait à cause de cette maudite brûlure dans son bas ventre. Il appelait le médecin mais il n'était pas toujours là. Il avait la sensation qu'une tenaille le serrait de plus en plus fort. Épuisé, il s'endormit enfin d'un sommeil agité, superficiel dans lequel il lui semblait entendre les allées et venues des gardiens.

Quelqu'un lui versait un liquide amer dans la bouche qui le réveilla et le fit tousser. Il était brûlant, tremblant de fièvre et claquait des dents. Qui le soignait ? Il n'avait pas le courage de deviner, il verrait plus tard. Les seuls remèdes dont pouvait bénéficier le médecin étaient ceux qu'il pouvait fabriquer avec des plantes. Depuis des milliers d'années ses ancêtres procédaient de la sorte et les préparations médicinales n'avaient guère changé. Cet homme devait également soigner les bagnards qui travaillaient dans la mine de diamants. Leurs blessures dues à des accidents étaient souvent très graves. Il allait au fond du puits pour s'en occuper sur place. Par manque de temps, il ne pouvait pas aller vers le désert proche, chercher les herbes nécessaires. Il manquait donc de tout, sa force essentielle étant son courage. Il essayait d'apporter quelques soins à ces pauvres êtres, ce qui leur sauvaient parfois la vie et il voulait aussi parvenir à leur redonner l'espoir indispensable afin qu'ils ne cessent pas de lutter pour leur survie. Seuls Dieu et le roi pouvaient en réalité les sortir du bagne.

Maï n'avait jamais parlé de ses origines. Il pensait donc que seul le directeur, ayant son dossier, savait qui il était vraiment. Le texte prononcé au tribunal indiquait son nom, ses titres de noblesse et bien sûr sa condamnation. Il était inscrit mot pour mot dans le rapport qui le suivrait quel que soit le lieu où il purgerait sa peine. Ce que le petit prince ignorait, c'est que malgré l'épuisement de ses nuits de débauche qui le plongeaient le matin rapidement dans un sommeil agité, il parlait tout en dormant, appelant son père, le suppliant de l'aider. Il avait conservé l'habitude de s'endormir par terre durant la journée, lorsque les paysans étaient restés toute la nuit. Il devait malgré tout se lever pour servir son gardien. S'écroulant de fatigue dans un coin de la pièce, il ne pouvait pas savoir que celui-ci s'était d'abord amusé en l'écoutant. Petit à petit, il était devenu plus attentif, constatant le langage soigné, respectueux d'un fils bien éduqué s'adressant à un père qu'il honorait. Il avait appris une fois, qui était ce père vénéré, stupéfait d'écouter son esclave prononcer son nom : L'émir Khagne. Plus tard, c'est sa propre identité qu'en rêvant qu'il avait révélé. Il était le prince Maï Yakouti.

Uria, respectueux des textes de loi et voulant servir son roi et son pays, avait choisi cette fonction, espérant faire des condamnés, des hommes repentants. Il n'aimait cependant pas la brutalité mais estimait juste, qu'étant reconnus coupables, ils soient durement punis. Il n'avait jamais pensé qu'il avait le droit de battre son esclave qui, de surcroît était obéissant. Il n'avait pas cherché à connaître le motif de sa venue au bagne, confiant dans le jugement du tribunal. Il devait contribuer à ce qu'il devienne, grâce à son travail, un homme meilleur, conscient de ses fautes passées qu'il devrait regretter. Il l'avait mis dans son lit pour son bien-être. Les semaines passant, il s'était aperçu qu'il lui plaisait et qu'il prenait avec lui beaucoup de plaisir. Jour après jour, en le caressant, il constatait également le désir du détenu dont le sexe se raidissait et le cherchait. Il avait fini par le laisser assouvir son besoin d'aimer. Leur plaisir mutuel les plongeait dans l'extase et ils oubliaient un instant le pouvoir du maître sur le captif. Bien longtemps après, il avait découvert qui était ce prisonnier. Ainsi parce qu'il l'aimait bien et aussi parce qu'il restait tout de même prince, Uria partit ramasser les végétaux dont le médecin avait fort besoin.

Sur les conseils de l'homme de médecine, il avait emmené avec lui, un vieil homme d'un village lointain, réputé pour ses pouvoirs de guérisseur, qui l'aiderait à identifier les plantes nécessaires pour l'élaboration des remèdes employés pour combattre la maladie et la douleur. Par-delà le désert, ils avaient cueilli en abondance les herbes indispensables. Celui-ci les connaissait depuis l'enfance, sachant exactement où les trouver. Ils avaient donc rapidement rempli de gros sacs qu'ils entassaient dans leur charrette. Ce vieux personnage resta avec son ami le médecin pour l'aider à préparer les médications. Assis auprès de Maï, la potion qu'il lui avait administrée avait fait rapidement baisser la fièvre. Le patient dormait maintenant paisiblement. L'infection qui était redoutée, était sur le point d'être maîtrisée. Les yeux de l'esclave avaient attiré son attention. L'acide avait fait beaucoup de destruction, il le constatait. Malgré tout, une lotion à utiliser journellement atténuerait les douleurs. Il avait entendu qu'en Coercie des médecins avaient tenté d'opérer des yeux aussi atteints que les siens. C'était sûrement des histoires, les soldats en racontaient tant.

Le détenu, dont l'ouïe était devenue plus fine, était réveillé. Il ne reconnaissait ni le pas, ni l'odeur de celui qui venait s'asseoir près de lui. Devenu craintif et méfiant depuis sa captivité, il n'osait pas bouger et encore moins parler. Il préférait faire celui qui dormait toujours mais il entendit :

- Je sais que tu es réveillé, petit. J'ai aidé le médecin à te soigner. Comment te sens-tu ?

- Mieux, mais qui es-tu ?

- Quelqu'un qui connaît les plantes. Elles t'ont guéri.

- Merci, tu es guérisseur ?

- Oui, je vais préparer des potions et des substances pour soigner les bagnards de la mine. Leurs plaies ne sont pas belles.

- C'est bien ce que tu fais. Si je pouvais, je dirais à mon père de t'aider. Il regretta immédiatement ses paroles. Il ne savait pas pourquoi il avait dit ça.

Le vieil homme ne fit aucune remarque à ce sujet. Il lui indiqua :

- J'ai regardé dans tes fesses et fait des soins. Je recommencerais tout à l'heure. Bois encore ça.

Maï se sentait comme flotter dans les airs. La drogue l'engourdissait. La toile qui le recouvrait se souleva, il voulut la retenir car il était nu mais ses mains ne semblaient rien pouvoir agripper. Quelque chose de dur entrait en lui qui devait le meurtrir. Il voulait l'en empêcher mais il n'y arriva pas. Il renonça malgré la douleur car il pouvait la supporter. Une aiguille le piquait si fort qu'il cria puis plus rien à part un liquide chaud qui le mouillait. Le guérisseur avait constaté et soigné une petite lésion qui serait vite cicatrisée. Le malade sortait de sa torpeur. Il entendit le guérisseur lui dire qu'il n'avait plus rien à craindre, il allait vite guérir. Dès qu'il le put, il le remercia en des termes qui laissaient, une nouvelle fois, voir qu'il n'était pas un paysan mais le petit prince ne s'en rendait pas compte. Il avait eu beaucoup de chance, l'homme avait une grande expérience.

Il faisait quelques pas devant le bâtiment quand Uria vint prendre de ses nouvelles, il était responsable de ce prisonnier. Il trouva qu'il avait meilleur mine et devant son air inquiet, il ajouta, tu as encore le temps de te reposer. Tu ne reprendras ton travail que dans quelques jours. Il connaissait sa noblesse et bien qu'il se refusa à lui-même d'en tenir compte, il commençait imperceptiblement à le ménager. Il lui laisserait reprendre des forces avant de le prostituer à nouveau, il n'avait pas le choix. Le rapport journalier que le médecin remettait au directeur, indiquait le matricule des malades, la date et les soins apportés. Connaissant à présent l'identité de son patient, il supposait qu'un jour quelqu'un d'important, peut-être l'émir Khagne en personne prendrait de ses nouvelles. Il convenait de le soigner correctement sans lui accorder plus de privilèges qu'aux autres détenus.

Le petit prince continuait à se repérer de mieux en mieux avec sa canne. Malgré qu'il se sentait faible, il longeait la bâtisse, évitant facilement les obstacles. Il ne s'éloignait pas sinon les gardes lui auraient crié dessus. Aujourd'hui, il entendait des bruits inhabituels, des soldats hurlaient des ordres en donnant des coups de fouet. Il comprit que de nouveaux bagnards étaient arrivés. Il commença à prier tout bas pour eux, en s'éloignant. Il entendit un homme s'approcher rapidement. Il craignait déjà de s'être égaré s'apprêtant à recevoir des sévices.

- Je te reconnais. Tu es Maï Yakouti. J'étais garde à la prison du tribunal. Reconnais-tu ma voix ?

- Non, monsieur. Le détenu constatait qu'il connaissait son nom tout en omettant de l'appeler prince. Il n'y avait plus droit.

- Je t'ai soigné avec ton père l'émir Khagne après ton marquage. Il fallait être trois pour t'empêcher de te cogner aux murs de ta cellule.

- Je me souviens de peu de chose à part de ma souffrance. Mon père est resté avec moi ?

- Bien sûr, il s'est occupé de toi le reste de la journée et toute la nuit. Nous l'aidions mon camarade et moi à te tenir. Tu veux que je te raconte ?

- Oh ! Oui, dis-moi.

Le garde lui parla des mots affectueux que l'émir lui adressait, de sa tendresse à son égard et également de sa tristesse. Il comprit pourquoi il ne se rappelait de rien, c'était à cause du Laudanum qu'il avait avalé.

- Il a dû me traiter de fils ingrat et me renier.

- Non, au contraire, il disait qu'il t'aimerait toujours et que tu demeurais son fils adoré. Il pleurait avec toi dans ses bras.

Maï était ému d'apprendre que son père l'aimait encore, il s'empressa de lui demander s'il avait des nouvelles de ses enfants. L'homme affirma que ses deux fils devaient être en bonne santé. Il y avait eu une grande fête au palais de l'émir pour célébrer la naissance de son deuxième petit-fils.

Les larmes aux yeux, le bagnard répondit :

- Je ne savais pas que c'était un garçon. La princesse Angélina a-t-elle abandonné le château où nous habitions ? A-t-elle un nouveau mari ? Demanda-t-il encore.

- Ne t'inquiète pas, elle est toujours restée dans son domaine pour s'occuper des enfants et n'a pas d'autre mari. Le soldat lui précisa qu'il venait ici pour la première fois car le dernier transfert des prisonniers s'était mal passé. Il y avait eu un accident. Il retournait à la prison du tribunal et ne reviendrait sûrement jamais ici.

- Veux-tu que j'aille dire quelque chose de ta part à l'émir ?

- Rapporte-lui notre conversation. Dis-lui que je m'incline en tant que son fils bien-aimé et que son amour me touche. Dis-lui encore que je suis aveugle, bagnard, prostitué et sans espoir. Je n'ai pas de nouvelle de Jonathan.

- Je n'en ai jamais entendu parlé mais je te promets d'aller voir ton père prochainement.

Maï pleurait, l'homme lui toucha le bras puis s'éloigna.

Il pleurait toujours en se dirigeant vers le bâtiment. Le vieux guérisseur qui préparait ses remèdes, s'arrêta surpris de le voir si malheureux et l'aida à regagner son lit. Il soulageait les corps mais aussi les âmes grâce à sa gentillesse en prenant le temps d'écouter ceux qui étaient en peine. Il s'assit près de l'esclave, lui parla doucement et lui conseilla de laisser couler ses larmes. Assis près du petit prince, lui tenant la main comme à un enfant, il attendit qu'il se calme :

- Je vois que tu as beaucoup de peine, que t'arrive-t-il ?

- Je viens d'avoir par un soldat, des nouvelles de chez moi. Il m'a appris tant de choses.

Entre deux sanglots, que mon père m'aimait malgré ma vilaine action. Jusqu'à présent, je n'osais pas penser à ma famille, craignant d'en souffrir plus ensuite.

- Je sais que mon dernier-né est un garçon et que ma femme est restée au château.

- Ce sont de bonnes nouvelles. Tu avais donc peur que ton père oublie que tu es son fils. Vois-tu, je sais parce que je suis vieux, que les pères pardonnent un jour les pires erreurs que leurs enfants commettent. Simplement, parfois pour certains, ils mettent tout le reste de leur vie à réussir à leur accorder leur pardon, d'autres, comme le tien, comprennent tout de suite la faiblesse qui les a poussés à faire quelque chose d'infâme et se sente responsable de ne pas les avoir mieux compris avant. Tu pourras penser maintenant à eux en souriant, penser à tes fils devenir des adolescents. Dieu, malgré tes larmes d'aujourd'hui, t'a envoyé un grand bonheur, ne crois-tu pas ?

- Oui, je le vois aussi ainsi mais j'ai tant de peine.

- C'est la véritable punition que Dieu t'inflige.

Quelques jours après, Maï quittait les deux hommes pour reprendre son travail. Il les avait remerciés pour leurs soins et surtout pour avoir su lui redonner l'espoir.

Les paysans le maltraitaient moins, il s'était habitué pour sa survie, à obéir à tous leurs caprices. Malgré les coups de poing qu'ils lui assénaient, il ne fut plus jamais autant blessé pendant l'année qui suivit et il ne revit ni le médecin ni le guérisseur.

La vie de Maï allait encore changer. Il avait appris, qu'en général un bagnard, lorsqu'il avait été choisi, restait environ trois années à faire de la prostitution. Il était remplacé un jour par un nouveau venu en général plus jeune. Ce jour arriva et il fut conduit directement au fond du puits de la mine de diamants. Il avait eu peu de contact avec les autres détenus. Inquiet par ce qu'allait être son travail, il se dit qu'au moins, il aurait des amis. Incapable de creuser la roche, il ne fut pas mis à travailler avec le groupe de bagnards. La poussière lui faisait mal aux yeux et un gardien les lui banda pour le soulager. Son garde s'appelait Morson. Il voulut qu'il retienne une liste de onze noms. Le petit prince se rappelait, c'était ceux des soldats morts par sa faute. L'homme insista :

- Dis les noms. Le bagnard obéit et récita la liste demandée, sans en oublier un. Maï comprit qu'il savait qui il était quand, s'égarant, celui-ci l'appela :

- Reviens, prince félon. Le dirigeant vers un couloir sans issue, il le battit durement et le viola. Il sentait que ce garde ne l'aimait pas, lui faisant répéter sans cesse la liste de noms des soldats morts par sa faute, insistant pour qu'il dise qu'il regrettait sa trahison. Le petit prince obéit, répétant ce qu'il lui demandait et s'obligeant lui-même à croire qu'il n'aurait pas dû libérer son ami. Toujours battu, humilié et affamé, il était à présent convaincu que d'avoir voulu libérer Jonathan était un crime. Son garde affirmait méchamment qu'il mourait ici lentement car il avait tué ses soldats. Maï ressentait sa haine à son égard. Il savait depuis longtemps qu'il avait tous les torts en agissant comme il l'avait fait et il regrettait sincèrement sa lâcheté. Il le lui dit, ce qui sembla l'apaiser. Les gardes venaient juste pour le violer et ensuite l'abandonnaient. Il passait le reste de la journée seul, entendant le bruit des travailleurs qui piochaient le minerai en silence.

Plusieurs semaines après, il fut conduit sur le chantier. Il était incapable de se diriger dans cet endroit qu'il ne connaissait pas. Il savait, parce qu'il entendait des voix nouvelles, qu'il n'avait pas affaire aux même gardes. L'homme chargé de les surveiller était muni d'un fouet. Les autres vont t'aider, dit-il durement. Tu dois travailler si tu veux être nourri. Quelqu'un lui montra qu'il pourrait pousser les wagonnets qui évacuaient les gravas. La force lui manquait. Il avait si peu mangé. Il trouva sa première journée de travail de mineur, longue et pénible mais il n'avait pas été battu. Le groupe remonta grâce à l'aide d'une sorte de plate-forme. Elle s'élevait par un levier que plusieurs hommes actionnaient. L'atmosphère étouffante du fond et la poussière s'ajoutaient à la pénibilité de leur tâche. Le petit vent qu'il sentit sur sa peau lui indiqua qu'il était de retour à la surface. Le même homme l'accompagna :

- On peut parler ici, mais tout bas. Je m'appelle Vaudémon et toi ? Il l'entraîna pour qu'il puisse se laver :

- Déshabille-toi entièrement, on fait tous ça.

Maï assura que lorsqu'il connaîtrait les lieux, il se débrouillerait, ajoutant, pour l'instant, je suis complètement perdu et j'ai mal aux yeux. Demain je compterai les pas. Un autre bagnard apporta des vêtements propres pour qu'il s'habille et ils lui dirent de venir manger. Il put assouvir sa faim et les remercia pour leur aide. Il n'avait pas vu qu'ils avaient tous donné un peu de leur ration. Il entendit :

- Ne t'inquiète pas ici pour survivre nous sommes tous solidaires. On sait bien ce qu'ils t'ont fait.

Ils l'entraînèrent un peu plus loin et il entendit des grilles se refermer.

Vaudémon l'accompagna jusqu'à sa paillasse :

- Tu peux dormir maintenant. Il s'écroula ivre de fatigue.

Nul doute, il resterait longtemps à la mine, pensait-il en redescendant le lendemain. Il poussa à nouveau les chargements, se guidant avec les pieds grâce aux traverses entre les rails. Les wagonnets pouvaient se renverser, il devait faire attention à les pousser bien droits comme Vaudémon lui apprenait, sans oublier de baisser la tête pour ne pas se cogner aux pierres. Les rails montaient lentement vers un premier niveau par un couloir étroit creusé dans la roche. Là, le chargement était repris par un autre groupe. Les prisonniers ramenaient les wagonnets vides par un autre chemin en faisant attention à bien les retenir afin qu'ils ne prennent pas de vitesse. Vaudémon restait à côté de lui, riant parce que le nouveau aurait bientôt de jolis muscles.

Il comprit bien vite ce qui avait fait rire son compagnon, il se sentait endolori. En seulement deux jours de travail au fond du puits, il avait le dos entièrement bloqué. Il eut du mal à se lever. Vaudémon le voyant peiner :

- Tu dois tout de même venir avec nous, sinon ils te feront autre chose.

Maï répondit tristement. Ils me l'ont souvent fait.

Les jours se suivaient identiques. Certains bagnards creusaient, d'autres triaient les roches contenant des diamants qu'ils mettaient à part. Lui poussait toujours les wagonnets, incapable de piocher ou de faire autre chose. Il se guidait grâce à des repères qu'ils avaient installés, un rebord, une cordelette qui pendait. Les bruits lui étaient devenus familiers. Une sonorité anormale le mettait en alerte. Grâce à son ouïe fine, il avait perçu, avant tout le monde, un chargement qui dévalait la pente qu'un prisonnier n'avait pas pu empêcher de prendre trop de vitesse. Il les avait prévenus à temps, évitant ainsi un accident grave. Ils étaient trente dans son groupe qu'une amitié unissait et aidait à vivre.

Des couples se formaient, parfois se séparaient pendant une courte période mais toujours ils revenaient ensemble, incapable de vivre sans affection. Ne pouvant jamais s'isoler, ils s'aimaient la nuit et leurs gémissements de plaisir dans le silence de leur cellule commune, semblaient indiscrets. Un soir, Maï demanda à Vaudémon, s'il pouvait s'allonger près de lui. Peu après, ils s'embrassaient, se découvrant pour la première fois et s'unirent.

Les autres se détournèrent, contents de voir que le nouveau se choisissait un amant. À deux on est plus fort pour supporter les épreuves, pensaient-ils.

Un autre soir, ils finirent par lui demander :

- Parle-nous de toi.

Alors il raconta son enfance, sa vie de prince, sa carrière militaire, sa trahison, sa venue au bagne et de quelle façon il avait eu des nouvelles de sa famille. Ils eurent peine à le croire, alors il continua :

- Si je vous dis qui je suis, vous me prendrez pour un fou qui délire.

Les autres insistèrent et il répondit :

- Je suis le Général des armées.

Ses camarades éclatèrent de rire et il eut les larmes aux yeux. Gentiment, sans bruit pour ne pas attirer l'attention de leurs geôliers, ils le consolèrent. L'un d'eux se rappelait qu'au début, un garde l'appelait, prince félon. Il avait cru que l'homme se moquait de Maï. Ils savaient tous à présent que leur compagnon ne mentait pas.

Le petit prince avait de plus en plus mal aux yeux, la poussière les irritait malgré le bandeau qui les protégeait. Il obtint le droit que le médecin vienne l'examiner. Depuis ces longues années ils ne s'étaient pas plus détériorer mais il devrait venir tous les soirs. L'environnement malsain du puits serait la cause d'une infection qui lui ferait perdre le peu de clarté qu'il entrevoyait. Ce n'était pas une faveur facile à obtenir mais peut-être que si sa famille finançait les remèdes et faisait un don à l'établissement, le directeur consentirait à le laisser se faire soigner. Le nouveau bagnard était devenu robuste et il s'était habitué au travail pourtant épuisant de la mine. Le médecin avait exigé qu'ils aient une nourriture convenable pour ces hommes au dur labeur. La plupart étaient restée en bonne santé malgré leur vilaine toux. Ils étaient tous d'une obéissance absolue pour éviter de recevoir des châtiments corporels, leurs plaies en général s'aggravaient à cause de leur mauvaise hygiène. Les maintenir en forme, garantissait un bon rendement. Les diamants représentaient une richesse pour le pays que les états voisins enviaient. Ils tentaient souvent des intrusions dans le seul but de s'en emparer. L'armée les repoussait, laissant ainsi, un état de guerre quasi permanent.

La main-d'œuvre bon marché, que représentaient les prisonniers, expliquait la longueur des peines infligées à ceux reconnus coupables d'infamie. Les menaces constantes de conflits poussaient certains soldats à déserter et ceux-ci venaient grossir le nombre des détenus. Le roi gouvernait le pays d'une main ferme. Tous avaient un rôle, plus ou moins important, selon son degré d'instruction, à jouer dans cette société bien structurée et ils participaient à ce que les valeurs ancestrales ne soient pas oubliées. La noblesse, représentant la classe la plus instruite, participait au fonctionnement administratif de l'état, au développement de l'instruction et était à l'origine de tous les progrès scientifiques.

La bourgeoisie comprenait les artistes et les commerçants. Les artisans étaient nombreux et les paysans permettaient qu'il n'y ait plus de famine. Les esclaves avaient donc aussi un rôle économique non négligeable.

Peu à peu, les directeurs de centre pénitencier avaient réalisé que mieux nourris et soignés, ceux-ci travailleraient mieux et plus longtemps. À condition qu'ils ne coûtent pas trop chers à la caisse du roi, des médecins avaient été employés dans les bagnes et les prisons. Avec un peu d'argent versé au directeur de l'établissement où était enfermé Maï, sa famille pouvait espérer qu'il recevrait des soins régulièrement même si son père n'avait pas été un grand seigneur, ami du souverain. Le médecin formula une demande pour qu'il puisse venir chaque jour examiner ses yeux. L'administrateur du bagne accepta, ne doutant pas que l'émir Khagne lui verse une bonne somme d'argent. Sa famille, à cette occasion, aurait pour la première fois une lettre officielle donnant des nouvelles du prince Yakouti. Il était détenu depuis cinq ans.

À son grand regret, le nouveau fut séparé de ses compagnons de travail. Il ne comprenait pas pourquoi. Son travail ne changeait guère puisqu'il ne réussirait pas à faire autre chose. À l'aide de ses compagnons son rendement était à peine inférieur à la norme établie. Quitter Vaudémon, ne lui plaisait pas. Tout changement, lui faisait craindre d'avoir plus de difficulté d'adaptation à cause de sa cécité. Il n'était pas possible de poser des questions, il le savait bien.

Le garde l'emmena dans la partie opposée à la mine. Il n'était jamais venu par là. Derrière les hautes clôtures, s'étendaient de pauvres prairies. Beaucoup plus loin, de nombreuses fermes se regroupaient en coopérative. Elles fonctionnaient souvent grâce à d'anciens bagnards ayant purgés leur peine. Sans toutefois retrouver leur entière liberté, ils leur étaient possibles de fonder une famille. Le roi leur donnait une chance de réintégrer la société. La guerre faisait beaucoup de morts et s'ils avaient des enfants, ils pourraient devenir soldats. Aux yeux de la société, ils rachèteraient par leur exemple, la mauvaise conduite de leur père. Seulement à ce moment là, la famille tout entière pourrait ne plus être en état de disgrâce et ils partiraient tous libres.

Le garde l'emmena plus loin que les dernières fermes et ils arrivèrent dans un endroit inconnu. Il était obéissant, en fait, il ne s'était jamais rebellé. Il n'avait donc jamais eu l'occasion de venir dans ce lieu reculé où étaient punis les hommes qu'on ne pouvait pas mâter. Il écoutait les gardes parler à voix basse, qui ne le connaissant pas, ne se doutaient pas que son ouïe développée lui permettait de très bien entendre. Il comprit alors où il était. Il s'attendait au pire, ne devinant pas ce qu'ils voulaient faire de lui.

Il fut surpris que sa cellule soit propre et un gardien lui demanda de se laver soigneusement puis lui rasa la barbe. Le responsable, un homme rustre, lui parla durement, l'informant qu'ici on lui prendrait tout. Maï pensa qu'étant donné qu'on lui avait tout pris depuis longtemps, il ne lui restait rien.

Il sentit qu'il lui injectait un produit dans le bras en riant, ajoutant qu'il allait passer un bon quart d'heure. La drogue lui donnait mal à la tête et il se sentit envahi par une chaleur intense dans tout le corps. Les hommes maintenant le déshabillaient et il se dit, encore la prostitution. En état d'excitation incontrôlable, il était en érection, il cherchait à mettre les mains sur son sexe mais ils l'en empêchaient. Tout se précipita, ils le lâchèrent et il sentit près de lui un corps. Il s'aperçut surpris que c'était une femme. Alors inconscient de ce qu'ils lui faisaient faire, voulant assouvir ses pulsions bestiales, il s'allongea sur elle. La pénétrant brutalement, il jouit en hurlant de douleur. Il ne s'aperçut pas qu'il recommençait plusieurs fois. La drogue exerçait son pouvoir magique et le rendait inhumain. Le bagne lui prenait son pouvoir de procréation, la seule chose qui lui restait. Combien de femmes lui avait-on mis dans les bras ? Qui étaient-elles ? Il n'en avait aucune idée.

Il sentit qu'on lui jetait un seau d'eau et il se rendit compte qu'il était dehors, sentant le vent du soir sur sa peau. Ils le laissèrent ainsi seul et nu dans la nuit devenue froide, grelottant. Plus tard, il fut transporté dans sa cellule, pour l'instant, ses gardes le laisseraient tranquille.

Les semaines passèrent ainsi. Il n'était pas drogué tous les soirs. Le responsable restait insensible à ses protestations. Le produit qu'il lui injectait dans le sang le rendait fou. Il savait à chaque fois qu'il n'arriverait pas à se contrôler. Les condamnées qu'ils lui amenaient, droguées également, n'étaient pas consentantes. Il apprit qu'il aurait le droit d'arrêter son nouveau travail quand elles attendraient un enfant. Il était puni pour sa trahison de façon impitoyable et il regretta que le roi lui ait accordé sa grâce. Il se mit à le haïr pour ce qu'il autorisait qu'on lui fasse. Il était plus inhumain que n'importe quel gardien qu'il avait croisé. Lui au moins avait agi par amour, même si c'était pour un ennemi.

Non, il ne voulait pas continuer. Il était décidé à se laisser mourir. Il n'en pouvait plus, il refusa alors toute nourriture. Ses gardes n'y firent guère attention les premiers jours puis les vertiges l'empêchèrent de rester debout. Le médecin fut appelé pour cet homme qui ne voulait plus ni manger ni parler. Son cas était significatif, ils en avaient connu tous ici, qui s'était laissé dépérir, choisissant le seul moyen qui leur restait pour en finir définitivement et retrouver en mourant une certaine liberté. Ils le transportèrent dans une pièce où il pourrait être soigné. L'homme essaierait surtout de lui redonner le goût de vivre. Il lui parlait parfois comme à un quelqu'un que l'on doit secouer pour qu'il retrouve son énergie et à d'autres moments comme à un enfant qui a besoin d'être dorloté. Son apathie évidente l'inquiéta. Le rapport qu'il rédigea, alarma le directeur, comment réagirait la famille princière de ce bagnard ?

Le médecin et le garde responsable comprirent qu'ils n'arriveraient pas à le convaincre de lutter pour survivre. Les seuls qui pouvaient l'aider, étaient ce groupe d'esclaves avec qui il travaillait à la mine. Ils savaient qu'une solide amitié unissait en général ces hommes dont l'existence n'était faite que de durs labeurs et c'était en réalité, leur seul réconfort. Ils décidèrent de le faire transporter dans la cellule du bagne d'où il venait.

Maï se sentait faible, ils pouvaient faire ce qu'ils voulaient, ce n'était plus important, il ne chercherait pas à se protéger de leurs coups. Ne faisant plus attention à ce que le médecin lui disait, indifférent, il ne comprit pas où ils le transportaient.

Ses camarades de la mine furent ravis de voir qu'il était de retour mais tout de suite inquiets de constater qu'en quelques mois son apparence s'était métamorphosée. Ils étaient à peine enfermés dans leur geôle que deux gardes pénétrèrent et ordonnèrent à Vaudémon de s'occuper du petit prince, en le désignant d'un signe de tête. Demain il resterait avec son ami à la place d'aller au fond du puits. Surpris par ce discours inhabituel, il prit le repas chaud qu'ils lui tendaient. Maï, sous la douceur de ses paroles, sortit de sa torpeur, il le reconnaissait. Sans force, il n'eut pas le courage de parler, ouvrit la bouche mais aucun son n'en sortit. Son camarade l'obligea à accepter quelques cuillères de la soupe épaisse. Il avala avec peine. Il put tout de même attraper sa main pour lui faire comprendre qu'il l'avait reconnu. Le médecin ne passa qu'au milieu de la nuit, il avait été soigné un blessé d'un autre groupe. Il essaya de lui faire prendre encore un peu de nourriture, mais il refusa. En partant, il soupira :

- Ces derniers mois ont été très durs pour lui.

La journée suivante Maï appela Vaudémon faiblement. Il s'était endormi d'un sommeil très profond et le départ des travailleurs ne l'avait pas réveillé. Son ami chercha tout de suite à le faire sourire en répondant :

- J'ai un jour de repos grâce à toi, mais je n'y comprends rien. Ils n'étaient pas enfermés, alors l'installant dehors près du feu que des femmes allumaient tous les matins pour préparer les gamelles, il entreprit une nouvelle fois de le faire manger. Le petit prince n'avait envie de rien, mais l'autre ne l'écoutait pas et remplissait sa bouche, le malade finissait par avaler. Il prenait plaisir à l'écouter car il se sentait en confiance avec son amant. Un petit sourire triste sur son maigre visage lui montrait combien il avait dû souffrir et c'était inutile d'en parler maintenant. Le prince Yakouti raconterait lorsqu'il se sentirait plus fort pour partager son malheur avec tous ses amis. Le médecin vint tous les jours pour le réconforter et le stimuler car le malheureux bougre prenait si peu de nourriture à chaque fois, qu'il fallait recommencer tout au long de la journée.

Vaudémon depuis une quinzaine de jours, appréciait ce repos imprévu. Il devait sans cesse insister pour que son petit ami se nourrisse, mais celui-ci avait repris un peu de force et réapprenait à se déplacer et à se diriger avec sa canne. Les deux hommes passaient leur journée dehors et Maï, commença peu à peu à se confier. Maintenant en convalescence, il reprenait non seulement des forces mais il retrouvait l'espoir que son existence s'améliore. Il le remercia, avouant qu'il avait renoncé à lutter. Il avait compris pourquoi les gardes l'avaient soigné, ils avaient peur de la colère de son père s'ils l'avaient laissé mourir. Il raconta tout ce dont il se rappelait ces derniers mois, son renoncement, la drogue et les femmes.

Le plus difficile fut qu'il réapprenne à se diriger sans se cogner dans cet univers hostile. Vaudémon, bien qu'il ait dû reprendre son travail, pouvait s'arrêter pour l'aider, mais son amant, encore trop faible, ne pouvait encore pas pousser les wagonnets. Il suivait cependant son groupe au fond de la mine. Les jours passant, le petit prince apprit à piocher, les autres le guidaient. Ses gestes imprécis lui permettaient tout de même de participer à la démolition des pans rocheux pour agrandir la galerie et atteindre d'autres filons. Tous veillaient à sa sécurité et à ce qu'il travaille suffisamment pour ne pas susciter la colère des gardiens. Il travaillait comme avant, sans attirer l'attention de ses geôliers qui ne l'embêtaient pas particulièrement.

Les années passèrent. Sans avoir de repère dans le temps, Maï ignorait qu'il était bagnard depuis quinze ans. Le directeur lui avait appris qu'il avait eu trois enfants de ses rapports forcés : deux garçons et une fille. Jamais il ne les avait vus et n'avait aucune nouvelle. Le groupe dont il faisait partie ne variait pas et était toujours uni par une réelle amitié avec ses couples qui ne changeaient plus. Il était resté tout naturellement avec Vaudémon qui connaissait Jonathan à travers ses propos.

Les pourparlers de paix entre la Sarye et la Coercie avaient été souvent interrompus et avaient nécessité la succession de plusieurs négociateurs pour commencer l'élaboration d'un traité afin d'aboutir à la fin définitive des conflits armés.

Le prince Makassar, qui avait eu la joie de retrouver son fils vivant grâce à Maï Yakouti, était attristé par sa lourde condamnation qui anéantissait cet homme ainsi que Jonathan, toujours amoureux du saryen. Il avait essayé de négocier une fois de plus avec l'émir Khagne. Devant l'intransigeance que celui-ci affichait pour dissimuler la peine que cet effroyable malheur lui apportait, cachant aux yeux de tous qu'il aimait son fils aîné plus que tout au monde, le coercien avait renoncé à engager toute discussion avec l'ennemi. La guerre avait repris puis s'était encore essoufflée.

À présent, la santé du prince Jonathan Makassar inquiétait son père qui avait été désespéré après sa capture lors d'une bataille. Lorsque que son fils eut été retrouvé par des pêcheurs et ramené dans son pays, d'abord heureux qu'il soit libre, il l'avait vu, peu à peu, s'enfermer dans un mutisme total. Les nouvelles ramenées de

Sarye par les soldats coerciens engagés dans la lutte armée dans le pays ennemi, avaient profondément perturbé sa santé mentale. Tous parlaient de la trahison du général des armées saryennes et de sa détention dans un bagne par décision royale. Ils en parlaient gaiement, pour ces militaires, c'était un prince de moins à combattre.

Rien ne pouvait consoler Jonathan et le sortir de sa profonde détresse. Il passait ses journées à prier et il se sentait la cause de sa trahison, lui seul était responsable. Il voulait tellement retourner chez lui, qu'il n'avait pas vraiment considéré les risques que son amant devrait prendre pour parvenir à le libérer. La prière étant son unique réconfort, il entra tout naturellement dans une communauté religieuse. Elle avait la réputation d'être très sévère, les moines ne sortaient jamais de leur monastère, vivaient pauvrement et avaient seulement droit à quelques visites de leur famille. Son père venait régulièrement le voir et il constatait qu'il pensait plus que jamais à Maï et n'arrivait pas à se pardonner de ne pas avoir su dissimuler son amertume due à sa réclusion malgré sa situation privilégiée puisqu'il était l'amant d'un général puissant. Les nouvelles de la guerre qui s'éternisait ne favorisaient pas leur éventuelle retrouvaille. Jonathan regrettait qu'ils aient décidé d'agir si imprudemment.

Le prince Makassar reprit dix ans plus tard les négociations. Il eut la joie de voir enfin sortir Jonathan du monastère. Il avait mis tant de temps à le convaincre que son attitude ne servait en rien à celui qui restait constamment dans ses pensées ! Certainement que Maï n'aurait pas voulu qu'il vive ainsi, enfermé volontairement, comme pour partager sa condamnation, mais qu'il fasse ce que lui aussi avait été contraint de faire, fonder une famille pour assurer sa descendance. Le prince coercien, contrairement à son amant, avait courtisé, adolescent, les jeunes filles. Il choisit une femme de haut rang qui lui plaisait. Il ressentait toujours, malgré les années, pour le bagnard un amour intense qui n'avait jamais faibli. Ce ne fut pas un mariage d'amour mais un mariage de raison qui lui donna quatre enfants.

Les négociations entre le prince Makassar et les différents délégués envoyés par le roi de la Sarye, Maximux de Pécen, piétinèrent encore quelques années. Le monarque décida que l'émissaire le plus compétant était son ami, l'émir Khagne. Les deux hommes ne s'étaient pas revus depuis de très nombreuses années. Leur désir identique de ramener définitivement leur pays à faire la paix, fit qu'ils se saluèrent cordialement. L'entrevue eut lieu à bord d'un superbe bateau de pêche loin de tout navire de guerre. Les deux princes étaient apparemment désarmés, sachant fort bien, l'un comme l'autre, qu'ils pourraient tirer de leurs vêtements un poignard bien dissimulé. La discussion s'amorça de façon difficile la première journée. Ils ne parvinrent pas à trouver un arrangement militaire ou diplomatique mais ils se retrouvèrent le lendemain sur le bateau qui voguait à une distance égale entre les deux pays.

Le prince Makassar ne savait pas comment aborder le sujet. Il restait perplexe. L'émir Khagne, fin psychologue, vit que quelque chose gênait le diplomate et l'encouragea à parler. Le père de Jonathan précisa que ce qu'il voulait lui dire ne concernait pas les conflits. L'envoyé saryen se doutait bien de quoi il s'agissait.

- Votre fils Maï vit-il toujours ?

- Oui, il est au bagne depuis quinze ans et je ne l'ai jamais revu.

- Ne pourrait-il pas être gracié par votre roi ?

- Il l'a été, il aurait dû mourir. Il est aveugle et travaille au fond d'une mine de diamants.

Le coercien était attristé de savoir que le sort de l'amant de son fils était inhumain. Les saryens sont impitoyables même entre eux pensa-t-il sans faire aucune allusion. Jonathan ne l'a pas oublié précisa-t-il. Nos médecins ont pratiqué des opérations sur des yeux très malades. Je voudrais vous persuader de le faire soigner. Ce père malgré sa douleur morale restait fidèle à son roi. Il déclara qu'il lui avait pardonné ayant agi par amour mais il était coupable de trahison en faisant tuer ses soldats volontairement en période de guerre pour libérer un ennemi. Il devait donc accomplir sa peine, sans avoir aucun privilège dû à son rang. Sa vie dans l'au-delà serait menacée s'il n'expiait pas. Il se détourna pour ne pas laisser voir une larme couler.

Les deux négociateurs reprirent leur discussion un long moment après, empreinte d'une tristesse mutuelle. Sans pouvoir encore rédiger un traité définitif, l'arrêt temporaire du conflit fut décidé d'un commun accord. Il s'avérait indispensable, d'en établir le texte, après l'avis de leur monarque respectif, qui indiquerait les noms des deux princes. La paix règnerait un jour grâce à leur volonté réciproque. Les difficultés ne manqueraient pas, ils le savaient. Ils décidèrent de se rencontrer le mois suivant dans les mêmes conditions. Le prince Makassar avant de quitter son homologue, lui demanda, s'il pouvait, à titre personnel et non officiel, avoir des nouvelles précises du bagnard.

Les deux rois trouvèrent que les négociateurs étaient d'excellents diplomates pour le commencement du rapprochement de leurs pays. Aucun fait meurtrier ne troubla la trêve et les négociations, le mois suivant, reprirent dans un climat moins tendu. Le texte du traité de paix, établi avec difficulté, fut signé par l'émir Khagne. Le prince coercien déclara qu'il ne signerait qu'après avoir reçu une promesse de sa part. Surpris, l'autre craint d'être tombé dans un piège.

- Non, il n'y a aucun piège, mais j'aimerai obtenir de vous une faveur. Elle va vous surprendre mais votre parole suffira pour que je vous fasse confiance. Nos fils sont princes comme nous et nous devons leur venir en aide car ils ne sont que des victimes de ce long conflit. Laisser Maï venir soigner ses yeux, nos médecins sont les plus compétents pour l'opérer.

- Qu'exigez-vous de moi pour me donner votre accord ?

L'émir n'opposa que peu de résistance. Toutefois Maï resterait privé de liberté, étroitement surveillé lors de son séjour en Coercie qui devrait être ignoré de tous et retournerait au bagne sans avoir été informé de tout évènement politique. Même Jonathan ne devrait pas être informé de sa venue.

Le prince Makassar apposa sa signature, la paix était signée.

Pour la première fois, l'émir Khagne demanda à avoir un rapport précis sur les quinze années de détention du prince Maï Yakouti. Le directeur était un homme consciencieux qui mentionnait dans ses dossiers tous les événements importants de la vie des bagnards. Également un très bon gestionnaire, il n'omettait pas d'indiquer la production et la qualité des diamants fournis, le coût du fonctionnement du bagne et des fermes, les récoltes, les naissances et les décès. Le compte rendu qu'il envoya fut donc précis. Il bouleversa le père qui n'osa pas le montrer ni à sa femme ni à son fils Mohamed. Son contenu indiquait aussi bien les punitions, les soins, son travail, la procréation forcée et les trois naissances qui en avaient résulté.

L'émir Khagne, maintenant que les conflits étaient terminés, embarqua avec une escorte importante, pour se rendre en Coercie. Il rencontrerait en pleine mer le prince Makassar, avant de poursuivre pour la première fois son chemin, vers le port de Botech. Les deux princes, comme à l'accoutumée, se saluèrent respectueusement. Tous les moyens avaient été mis en œuvre pour assurer la sécurité de l'envoyé du roi Maximus de Pécen. Le port de Botech, formait l'une des plus grandes villes de ce pays et se composait de trois parties : un complexe portuaire militaire derrière lequel on pouvait distinguer un vaste camp de l'armée, à l'opposé un port marchand servant au commerce avec les pays amis et où les activités liées à la pêche donnaient du travail aux habitants dont les habitations blanches et simples formaient une troisième partie plus reculée, à l'abri d'éventuels envahisseurs.

Il fallait beaucoup de courage à l'envoyé de la Sarye pour pénétrer en Coercie où, sans nul doute, beaucoup de soldats coerciens restaient emplis de haine pour leur ancien ennemi, mais il avait une entière confiance au seul prince qu'il connaissait bien maintenant, le prince Makassar. Il devait rencontrer dans le château de celui-ci, le roi Saint Hugues le Conquérant. La proximité de la mer permettrait, en cas de danger, de regagner son navire rapidement.

Le roi attendait l'arrivée de l'ambassadeur, se réjouissant de la confiance réciproque des deux hommes, entouré de ses politiciens et de ses conseillers. Bien gardé par un petit détachement militaire, il exprima sa joie d'avoir à ratifier le traité qui apportait l'espérance d'une vie meilleure et la sérénité. L'entrevue fut cordiale mais courte, le souverain était impatient d'apposer sa signature à côté de celle de l'émir Khagne pour la prospérité des deux nations. Il souhaitait la venue du roi Maximux de Pécen. Le prince saryen exprima le désir de regagner le plus tôt possible son navire. Saluant avec beaucoup de respect le roi et son hôte, il repartit, sans avoir craint pour sa sécurité, après avoir pu fournir des nouvelles de Maï qui serait transmises à Jonathan. Il n'oubliait pas qu'il devait tenir sa promesse, son fils, malgré sa condition de détenu, serait transféré à l'hôpital du port de Botech pour être examiné par le meilleur médecin dont la réputation dépassait les limites de son territoire. Peut-être pouvait-on espérer que le petit prince retrouve la vue ?

La vie du groupe de prisonniers s'était durcie. Les gardes qui les surveillaient depuis une quinzaine d'années étaient toujours les mêmes. Ils savaient qu'ils respectaient les ordres, travaillaient dur et n'avaient jamais tenté une évasion. Ils restaient extrêmement sévères mais ils étaient devenus moins brutaux avec les années. Hélas, affectés à la surveillance du personnel des fermes, ils avaient été remplacés par des plus jeunes. Dès leur arrivée, munis de fouet, ils avaient hurlé leurs ordres, donnant des coups sans qu'ils soient justifiés. Ils voulurent un silence absolu alors que leurs anciens gardiens avaient fini par les laisser chuchoter. Méfiants, ils les fouillaient sans respecter leur pudeur. Les plaies, qui étaient rares, furent de nouveau fréquentes car les sévices corporels quotidiens. Le médecin s'alarma de voir leur état de santé se détériorer si vite et prévint le directeur. Il fallait agir vite car les bagnards vieillissaient et la production allait ralentir dans de si mauvaises conditions de détention.

L'émir Khagne vit le mois suivant le père de Jonathan à l'occasion de la ratification du traité par son roi Maximus de Pécen.

Le coercien était ravi de venir dans la capitale de la Sarye et de revoir le négociateur. Une fête grandiose fut donnée au palais royal en son honneur et pour célébrer la paix retrouvée. Les deux princes, grâce à leur ténacité, avaient réussi ce que plusieurs négociateurs avaient tant de fois essayé de faire sans y parvenir. Les problèmes à résoudre étaient si nombreux qu'ils auraient encore maintes fois l'occasion de se revoir. Beaucoup de soldats étaient prisonniers dans un pays comme dans l'autre. L'émir fit part au prince Makassar qu'il était en train d'organiser le séjour de son fils en Coercie mais il avait des exigences. Maï serait traité en prisonnier et ses soldats le surveilleraient constamment. Pour éviter toute tentative d'évasion, il resterait enchaîné et n'aurait droit à aucune autre visite que le prince Makassar lui-même. Celui-ci devrait donc tenir éloigné son fils qui ne serait pas informé de sa venue. Le bagnard pourrait être opéré par le meilleur médecin si son état le permettait.

Maï était très inquiet, ce matin un garde lui avait ordonné d'attendre dans sa cellule alors que tous ses compagnons avaient rejoint leur lieu de travail. Il devait s'attendre à recevoir un châtiment bien qu'il pensa qu'il n'avait commis aucune faute. Les gardes étaient de jeunes soldats issus du camp militaire de la capitale où le petit prince avait séjourné plusieurs années. Bien-sûr, ils savaient quelle haute fonction il avait exercé et n'admettaient pas qu'il ait pu trahir. Leur haine pour celui qui aurait du être leur chef suprême les rendait injustes et cruels envers lui. Il le mettait parfois au cachot, prétextant qu'il ne voulait pas travailler et qu'il était insolent. Coups et humiliations pleuvaient pour tous et encore davantage pour lui. Il s'attendait à ce qu'il lui demande une nouvelle fois d'affirmer qu'il regrettait sa faute à genoux, d'implorer leur pardon qu'ils ne lui accordaient jamais. Il fut surpris d'être conduit chez le médecin, n'étant ni malade ni blessé. Il attendit, la grande pièce était vide, aucun bruit ne lui parvenait. Le directeur arriva pour le prévenir qu'il allait faire un grand voyage. Maï de plus en plus inquiet, ne pouvait pas comprendre ce qui se passait. Ignorant avec précision depuis combien d'années il se trouvait enfermé, il savait tout de même qu'il n'avait pas fini de purger sa peine. Personne ne lui fournit d'explication, un bagnard n'avait aucune demande à formuler, alors il resta silencieux. Le médecin qui constatait son angoisse, le rassura, tout irait bien. Lavé, rasé et habillé, non pas des vêtements habituels faits de grosse toile, mais avec des habits doux au toucher, confectionnés dans du beau drap fin, il s'attendait à tout.

Une calèche arriva à proximité du bâtiment où il se trouvait. Les soldats parlaient entre eux de banalités mais rien de ce qu'ils dirent lui apprit où ils allaient l'emmener. Il fut hissé à l'intérieur et ficelé sur le siège, ignorant toujours ce qui allait lui arriver. Ses gardes paraissaient moins grossiers, moins brutaux mais semblaient faire attention à ne lui fournir aucun renseignement quant à son avenir.

Le convoi bien escorté arriva au port d'Auriga le lendemain soir. Durant les brèves escales, il avait pu faire quelques pas et il avait eu droit à un excellent repas comme il n'en avait pas eu depuis des années. En outre, il n'avait pas été maltraité, les soldats semblaient même faire attention à lui avec une certaine bienveillance. Il ne comprenait toujours rien à ce qui lui arrivait et se dit que sa vie allait encore changer. Et Vaudémon ? Allait-il le revoir ? Ils ne savaient pas qu'ils allaient être séparés et ne s'étaient pas dits au revoir ni embrassés une dernière fois. Il huma l'air et sentit l'air iodé de la mer puis il écouta. Il y avait une grande animation autour d'eux et la calèche avait ralenti. Maintenant il entendait des claquements de voile et il devina qu'ils étaient parvenus dans un grand port, peut-être Auriga ? Que faisait-il là ?

Ses gardes l'aidèrent à descendre sans le bousculer. Les précautions qu'ils prenaient l'étonnaient mais s'apercevant de sa stupéfaction, ils l'avertirent qu'il ne devait pas oublier qu'il était bagnard. Il lui fallait observer les mêmes règles : obéissance et silence. Pieds et mains entravés, il se laissa guider. Il sentit qu'il montait une passerelle pour, à sa grande surprise, se retrouver à bord d'un navire. Mais où donc l'emmenaient-ils ?

Il écoutait attentivement et des bribes de conversations lui parvenaient. Des marins parlaient entre eux à proximité de la cellule où il avait été enfermé. Il apprit qu'il était bien à Auriga comme il l'avait deviné. Mon Dieu, pensa-t-il, le port le plus proche de la Coercie d'où il était parti avec Jonathan. De tristes souvenirs l'envahirent en pensant à lui qu'il avait libéré par amour au prix de sa propre liberté. La joie de le savoir libre avait été un stimulant pour supporter ses années immondes au bagne.

Le navire voguait sur une mer calme depuis deux jours, sans qu'il puisse entendre quoi que ce soit d'autre que des ordres criés par des officiers. Il se rendait compte qu'il n'y avait pas d'autres prisonniers à bord. Les matelots qui lui apportaient ses repas ne lui adressaient jamais la parole et le petit prince ne se permettait pas de parler. Ces hommes, peu habitués à s'occuper de détenu, respectaient les consignes qu'ils avaient reçues mais continuaient leur discussion de façon normale. Le petit prince apprit ainsi qu'il se dirigeait vers Botech et sa stupeur fit rire les marins qui ne commentèrent pas sa découverte. Il se rappela soudain que le médecin du bagne lui avait recommandé de ne pas s'inquiéter.

La sentinelle en haut du mât, cria : Terre ! La côte était en vue. Leur navire avait poursuivi sa route sans problème et il se trouvait, depuis qu'il était arrivé dans les eaux territoriales coerciennes, escorté par deux goélettes chargées d'assurer leur sécurité et de les guider à travers le port. La ville était animée, Maï entendait à présent ce même langage que Jonathan parlait : il était bien en Coercie. Mais que faisait-il là ? La guerre devait être terminée, jugea-t-il, puisqu'ils étaient parvenus jusque-là sans incident. L'escorte de soldats qui l'accompagnait depuis sa sortie du bagne, l'encadra pour l'amener sur le pont. Il entendait bien d'autres hommes marchant dans une cadence différente. Il sut qu'une escorte de ce pays les devançait. Il se retrouva sur le quai, sans se douter de ce qu'il allait advenir de lui. Apparemment les autorités saryennes avaient des projets le concernant mais on ne lui octroyait pas plus de droit.

Leur marche ne dura pas plus d'une heure. Il était arrivé, mais où ? Les militaires des deux parties se côtoyaient, ce qui lui confirma qu'un traité de paix avait dû être signé. Il entra dans un bâtiment, les odeurs qu'il identifia le renseignèrent, ici des soins étaient prodigués. Il reconnaissait les différents arômes de plantes médicinales mêlés de sang et d'excréments. Ses gardes le firent attendre en silence. Il obéit. Peu après, un homme arriva. Il se présenta, il était médecin et il s'occuperait de lui. En s'approchant, il le toucha et voulut l'entraîner par le bras. Constatant sa frayeur, il lui expliqua qu'ici, il soignait des yeux comme les siens. Il lui assura que personne ne lui ferait de mal. Il l'examinerait pour savoir si une intervention pouvait être bénéfique. Toutefois, il annoncerait la vérité, même s'il devait rester aveugle. Maï était rassuré mais il ne comprenait pas pourquoi il avait droit à être soigné à l'étranger.

Le prince Makassar avait été averti de l'arrivée du navire saryen qui amenait comme convenu le bagnard Yakouti. Il se rendit dès le lendemain, sans escorte, pour plus de discrétion, au centre de soins afin de le rencontrer. Le laisser-passer officiel en sa possession lui permit de ne pas se heurter à l'opposition de la garde saryenne. L'émir Khagne tenait sa promesse en envoyant son fils se faire soigner mais n'abrégeait pas sa condamnation et ne lui accordait aucune autre faveur. Il constata que Maï était étroitement surveillé par des soldats armés qui se relaieraient nuit et jour, pour l'empêcher d'avoir des contacts avec l'extérieur. Il pénétra dans une pièce aux rideaux fermés et il lui fallut quelques instants pour s'habituer à la demi-obscurité.

Il le reconnut malgré l'immense changement physique dû aux dures années qui s'étaient écoulées depuis leur dernière et si lointaine rencontre. Le petit prince était assis et avait tourné la tête dans sa direction en entendant quelqu'un entrer. Il demeurait malgré tout sur le qui-vive. Les yeux mi-clos, silencieux, il attendait de pouvoir identifier celui qui était rentré. Ils s'étaient vus, alors que les négociations pour la paix malgré leur volonté d'aboutir, rencontraient des difficultés insurmontables et Maï, en s'éloignant lui avait crié qu'il était l'amant de son fils. Rien ne pouvait laisser entrevoir qu'il se passerait quinze années avant qu'ils se rencontrent à nouveau.

Le prince Makassar s'approcha, constatant avec effroi ses chaînes qui l'entravaient. Jamais dans son pays les détenus semblaient aussi mal traités. Comment son père pouvait le maintenir en vie dans de telles conditions ! Il avait compris que seules ses croyances lui donnaient assez de force pour le maintenir en réclusion. Il s'agissait en fait de sa vie dans le cosmos que le petit prince risquait de gâcher et le père agissait par devoir pour cet enfant qu'il chérissait malgré les apparences trompeuses. Voilà pourquoi l'homme agissait impitoyablement et avait préféré ne jamais venir le voir alors qu'il en avait le pouvoir.

Tout en continuant à l'examiner il se présenta :

- Nous nous sommes rencontrés il y a longtemps et nous étions alors sur des petits bateaux de pêche. Je suis le prince Makassar.

Maï sursauta puis l'émotion l'envahit et une larme coula.

Le prince étranger savait qu'il ne pouvait pas parler sans risquer de sévères sanctions, alors il lui raconta dans le détail comment grâce au traité de paix, la guerre avait pu se terminer. Il précisa que plusieurs négociateurs avaient échoué dans cette tâche si difficile, pour qu'enfin, son père et lui-même, désireux avec la même ténacité aboutir à la fin des hostilités, parviennent à un accord qui venait d'être, depuis quelques mois, ratifié par les deux souverains.

Le prince lui demanda s'il désirait avoir des nouvelles de son fils. Le prisonnier l'avait peut-être complètement oublié. Imperceptiblement le détenu fit oui de la tête.

Le seigneur coercien se disait qu'il faudrait qu'il trouve un moyen subtil pour communiquer avec lui. Il lui expliqua le sauvetage de Jonathan à bout de force retrouvé par des pêcheurs qui l'avaient confié à un bateau et son retour inespéré dans son pays natal. Il devait lui dire sa souffrance d'être séparé de lui au point de vivre en reclus. Le prince Makassar devait tout de suite lui faire abandonner toute idée de le revoir :

- Il ne viendra pas car il ne sait pas que tu es ici. Il m'en voudra puis il comprendra que je respecte la promesse faite à ton père, tout en essayant de te venir en aide, comme l'émir Khagne respecte également la sienne car il avait accepté que nos médecins, qui sont les meilleurs, te soignent en Coercie malgré que tu n'aies pas terminé de purger ta peine.

Maï comprenait enfin qu'il devait à cet homme près de lui, d'être ici. L'autre continuait son monologue, l'assurant que personne ne l'oubliait, que son père malgré son attitude l'aimait toujours et que Jonathan lui avait gardé une grande place dans son cœur. Ainsi se disait le petit prince, il ne m'a pas oublié. Mais combien d'années lui restaient-il à faire ? Quel dommage d'être si près de lui et de ne pas pouvoir le toucher et ainsi le reconnaître !

Le médecin soignait ses yeux avec de nouveaux médicaments qui semblaient efficaces car il ne sentait plus aucune gêne alors que d'habitude, ils lui faisaient mal en permanence. Le spécialiste précisa qu'il n'opérerait que son œil gauche pour l'instant car il était moins atteint et seulement dans un délai de deux semaines l'autre, puisque son traitement semblait lui réussir et augmentait les chances d'obtenir une amélioration. En attendant il ajouta en lui tapant cordialement sur l'épaule :

- Le repos te fera du bien. Son patient était peu ordinaire et les visites lui redonneraient la joie de vivre au moins pendant quelques semaines.

Le prince Makassar le considérait toujours comme son propre enfant et il le lui dit. Maï sourit, il se rappelait qu'il était parvenu à lui faire cet aveu difficile en lui révélant l'amour qui l'unissait à Jonathan et qu'avant que leurs bateaux soient trop éloignés, l'homme, bien que très surpris, lui avait crié, ainsi tu es aussi mon fils. Ils tombèrent dans les bras l'un de l'autre, ils n'avaient rien oublié. Le coercien décida de rester avec lui car il paraissait s'ennuyer, étant seul avec ses gardes qui ne lui parlaient que très peu. Il l'aida, comme on le fait pour un jeune garçon, pour sa toilette et pour se déplacer dans sa chambre en comptant les pas comme les gens d'ici lui avait appris que les aveugles faisaient.

Il obtint, parce qu'il harcelait sans cesse les soldats saryens, à avoir leur autorisation de le sortir de sa chambre. Ils purent avec une bonne escorte se déplacer dans le parc qui entourait le bâtiment. Le prince espérait trouver aussi plus facilement, sans faire prendre de risque au bagnard, un instant d'inattention des gardes pour que Maï puisse s'exprimer, même un bref instant. Son nouveau père insista beaucoup sur le fait qu'il connaissait maintenant bien l'émir Khagne. Celui-ci comprenait qu'elle avait été la douleur de son aîné, de voir l'homme qu'il aimait avec passion, s'enfoncer dans la mélancolie. Il le jugeait cependant coupable de trahison pour avoir pris les armes contre ses soldats et il avait été puni plus pour cela, que pour avoir libéré son amant. Les deux négociateurs devaient à nouveau se rencontrer au palais de roi Maximus de Pécen car il serait désormais, l'ambassadeur de la Coercie. Il lui demanda de garder espoir, il essaierait encore de lui venir en aide et demanderait qu'il soit libéré.

Maï fit plusieurs fois avec ses mains les signes qui signifiaient au bagne qu'il reconnaissait sa culpabilité mais qu'il était sincèrement repentant. Il ne s'étonna pas que l'autre ne le comprenne pas, il faudrait pensait-il qu'il réussisse à prononcer quelques mots sans que les soldats s'en aperçoivent.

La première opération eut lieu dans le délai que s'était fixé le chirurgien qui avait déjà parlé de la nécessité à poursuivre un traitement ininterrompu pendant une période qu'il évaluait au minimum d'une année entière. Toutefois, Maï ne devait pas désespérer, même si sa cécité restait totale jusque là. L'intervention n'était pas un échec mais lorsqu'il le reverrait, s'il en obtenait l'autorisation, il l'opérerait une seconde fois. Lui donnerait-on une nouvelle fois cette faveur car il s'agissait bien de ça ? Il pouvait compter sur la pression qu'exercerait le prince Makassar sur son père, lui seul semblait pourvoir faire fléchir ses décisions. Et puis, il commençait à croire que lui et ses compagnons de misère pourraient sortir de leur enfer. Un jour la porte du bagne s'ouvrirait car maintenant il était certain, il n'avait pas été entièrement oublié.

Le père de Jonathan avait vingt ans d'existence à lui raconter. Il ne lui cacha rien de la guerre avec ses victoires, ses défaites et de la misère qu'elle engendrait pour les deux parties. L'économie en Coercie avait fini par reposer sur la main-d'œuvre gratuite que représentait les prisonniers faits lors des combats et il s'était engagé avec l'émir Khagne à changer cet état de fait car la Sarye vivait à peu de chose près, une situation identique. Son second père ne lui cacha rien de tout ce qui concernait son fils biologique : le mariage de celui-ci suivi de la naissance de quatre enfants, sa tristesse continuelle de savoir son amant si durement puni et qu'il n'avait réussi à surmonter, en partie seulement, qu'en s'enfermant dans un monastère pendant de longues années. Il lui affirma, qu'ayant eu, à de maintes occasions ses confidences, que celui-ci n'avait jamais eu d'autre homme dans sa vie. Il était toujours architecte et travaillait en ce moment à la restauration d'un château laissé à l'abandon par des propriétaires négligents. Il ne le reverrait sûrement que dans quelques mois lorsque son chantier serait terminé, à moins qu'il ne rentre dans une nouvelle période de détresse morale qui l'amènerait tout naturellement dans ses bras. Par chance ou parce que Jonathan croyait à la libération de Maï même lointaine, son fils envisageait d'entamer une carrière d'ambassadeur. Le petit prince souffrait, interrompant par ses gémissements le récit de l'homme qui s'efforçait de le distraire et de le rassurer. Son œil opéré était obstrué par un gros pansement qu'il soulevait parfois.

Il se passa plus d'un mois avant que Maï puisse être opéré de son œil droit qui avait été le plus atteint. Le spécialiste connaissait mieux maintenant l'histoire de la vie de son patient. Il avait vu tant de souffrance physique et morale qu'il le plaignait. Il le considérait plutôt comme une victime de cette période troublée où l'on demandait trop souvent aux hommes d'être des héros en permanence. C'était un médecin généreux qui avait soigné des milliers de militaires amis ou ennemis, sans faire aucune différence et il se réjouissait de voir enfin la paix régner. Lui aussi écoutait par instant le long monologue quotidien du prince Makassar et constatait que le visage du détenu n'était plus aussi triste. Ils avaient demandé aux gardes saryens présents en permanence, de donner à leur prisonnier la permission de parler. Ils avaient refusé fermement, ils veillaient à sa sécurité mais restaient prêts à agir en cas de tentative d'évasion et séviraient en cas d'entorse au règlement. Ils le traitaient correctement mais le fouillaient tous les soirs lorsque le prince se retirait pour prendre un peu de repos. Ils ne lui accordaient aucun privilège.

Maï restait confiant, il savait que son œil droit était le plus abîmé. Il ne voulait plus avoir mal et si la douleur le lâchait, pour lui, l'opération serait un succès. Bien sûr il se doutait qu'il serait toujours un non voyant en quittant la Coercie. L'homme qui le soignait l'avait empêché d'espérer plus. Après l'opération, il pourrait lui en dire davantage.

Le prisonnier sentait le sommeil le gagner. Le breuvage qu'il venait d'absorber agissait déjà. Il sentit que quelqu'un le transportait, puis plus rien. Au réveil, la douleur vive le fit grimacer. Il porta une main à son front, un bandeau maintenait un pansement sur chaque œil. Le père de Jonathan était là, il l'entendait lui parler mais il ne parvenait pas à comprendre ce qu'il lui disait. Peu à peu, il sortit de sa léthargie, sa gorge était si sèche que même s'il avait voulu prononcer un mot, il n'aurait pas pu y arriver. Il était fatigué, souvent inquiet de se voir si mal. Il avait beaucoup de difficulté à remuer. Il s'aperçut qu'il n'était plus entravé et c'était la première fois depuis son arrivée.

Le père de Jonathan lui prenait la main et il l'entendait à présent plus distinctement lui demander de toujours le considérer comme un ami. Il comprit ce qu'il cherchait à faire. Ne sachant pas combien de temps durerait encore son séjour, son bienfaiteur le préparait, dès à présent, à son retour au bagne et lui insufflait le courage nécessaire pour les années de travaux forcés qu'il devait encore accomplir. Maï ne pouvait plus lutter contre le sommeil, il se rendormit.

Le prince Makassar sortit et ne revint le voir que le lendemain accompagné par le médecin. L'opéré était réveillé et n'avait plus d'entrave. Les pansements furent défaits délicatement et l'œil soigné en premier subi un examen minutieux. L'intervention avait réussi, déclara le spécialiste qui ajouta que même s'il n'y voyait pas encore cette fois-ci, tous les espoirs étaient permis. En plus, comme il avait obtenu l'autorisation de continuer les soins, ils se réjouirent tous les trois de cette excellente nouvelle. Le retour de Maï pour la mine de diamants n'était donc pas pour les prochains jours, mais le père qu'il s'était choisi continua à lui parler de son retour. Il lui précisa très vite, sentant sa frayeur soudaine, qu'il n'avait eu aucune consigne à ce sujet mais qu'il devait dès à présent, se préparer à être ramené en Sarye. Maï approuva tristement de la tête tandis que l'autre continuait :

- N'oublie pas que de loin je continue à lutter pour ta liberté. Je rencontrerai l'émir Khagne prochainement et je te promets de discuter lors de nos débats de la nécessité d'améliorer tes conditions de réclusion.

Le petit prince avait compris que sans l'appui de ce puissant seigneur coercien, il ne serait pas ici à être soigné mais toujours au bagne à travailler au fond du puits.

Les jours se succédèrent, des soins minutieux s'avéreraient indispensables pendant de longs mois avant d'envisager une autre intervention si on autorisait le bagnard Maï Yakouti à revenir, ce qui n'était pas certain.

Les soldats annoncèrent la venue prochaine du bateau qui le reconduirait à la mine de diamants. Le prince Makassar s'attendait à ce qu'ils l'emmènent d'un moment à l'autre et il ne le quittait plus le sentant à nouveau très anxieux. Pendant les quelques jours qui leur restaient, il lui sembla que les gardes tout en les surveillant, restaient volontairement plus en retrait et qu'ils détournaient la tête. Interrogeant le responsable du groupe du regard, il vit qu'il donnait enfin l'autorisation au prisonnier de parler qui n'avait pu que murmurer de brèves paroles en cachette. Le petit prince lui raconta alors comment grâce à Vaudémon, il avait réussi à survivre, ne cachant pas qu'il l'aimait, sans pour autant avoir oublié son fils à qui il transmettait un bref message d'amour et lui demandait de comprendre sa présence à ses côtés qui lui apportait, dans cet enfer inhumain, un peu de bonheur et lui avait permis de garder espoir. Un jour il serait libre et il serrerait Jonathan dans ses bras.

Le bateau resta à peine deux jours à quai. Le prince Makassar l'avertit qu'un détachement militaire venait le chercher. Ils n'avaient qu'un court instant pour s'embrasser. Maï murmura :

- Ne m'oublie pas, aide-moi. Les deux hommes marchèrent côte à côte jusqu'au navire mais l'accès de la passerelle fut interdit au coercien qui pour le moment, ne pouvait rien faire d'autre pour le secourir.

Il lui fallait sans perdre un instant, rejoindre l'architecte car bien des semaines s'étaient écoulées depuis qu'ils s'étaient vus. Il devait le mettre au courant immédiatement de ce qui venait de se passer et lui expliquer qu'il ne pouvait pas agir autrement. Il finirait bien par comprendre. Le père aperçut son fils dès son arrivée, penché sur les plans du château qui le retenait depuis plusieurs mois loin de son domaine. Jonathan le salua en s'inclinant respectueusement puis l'embrassa. Le prince Makassar attendait qu'il commence à parler mais le silence s'installa entre eux de façon inhabituelle. Son air triste et son attitude un peu voûtée alarma son fils qui l'interrogea :

- De mauvaises nouvelles de la guerre ? Son père chuchota :

- Non, c'est Maï, je dois te dire ce qui vient de se passer ces derniers mois. Voyant sa pâleur subite, il continua :

- Ne t'inquiète pas, il va bien. Il a été soigné dans notre pays, il vient de repartir pour le bagne.

L'attrapant par le bras pour l'arrêter alors qu'il s'élançait :

- Son bateau est déjà en pleine mer.

Il l'entraîna à l'écart des maçons et entama un long monologue où il parlait de son courage, de sa volonté de vivre, de son remord d'avoir brandi les armes contre ses soldats, de son amour pour lui et de sa cécité. Il lui expliqua avec précision, sa requête auprès de l'émir pour qu'il soit enfin soigné, condition essentielle qu'il avait imposé pour signer le traité de paix. Un jour, les deux anciens amants auraient peut-être à remplacer leurs pères, afin de continuer à tisser la toile qui servirait à maintenir la paix qu'eux-mêmes avaient eue tant de mal à établir.

Plus tard, pensa-t-il, quand il le sentirait moins accablé par le regret de ne pas avoir vu l'homme qui hantait ses rêves érotiques, il continuerait à lui expliquer quelle était sa vie à la mine et lui annoncerait la présence de Vaudémon qu'il aimait. Il finirait par admettre que seul, sans le soutien et la tendresse de son nouvel amant, le bagnard n'aurait pas pu survivre. Il serait d'abord jaloux, il le connaissait mieux que personne, puis il comprendrait.

La vie bascula de nouveau dans l'enfer pour le prince Maï, redevenu pour ses gardes le bagnard 6420. La passerelle à peine franchie, l'humiliation commença. Il dut demander l'autorisation de rentrer en Sarye et récita sous les coups les textes qu'il avait appris jadis où il reconnaissait sa faute et exprimait ses regrets sincères d'être devenu un traître. Puisqu'il était un mauvais élément, ils le fouettèrent afin qu'il redevienne un bon saryen. Le bateau avait à peine quitté le port. Il voyagea le pied droit enchaîné à un mât sous le soleil de plomb de la journée et grelottant de froid la nuit sous les regards méprisants de ses geôliers. Ils étaient désagréables, principalement un jeune lieutenant que les autres craignaient. Cependant, ils lui apportaient à boire lorsque celui-ci n'était pas là, lui portant alors un peu d'intérêt. Ils plaisantaient, parlant principalement des jeunes servantes du port qu'ils courtisaient. Ils étaient enthousiastes à l'idée de pouvoir aller les taquiner et d'obtenir un rendez-vous. Ils n'étaient pas disposés à le détacher ni à le laisser descendre dans une cellule de l'entrepont, craignant la colère de leur supérieur. Seul un soldat s'attardait près de lui. Maï avait fini par reconnaître son pas sur le pont, l'entendant se déplacer, chantonnant souvent une mélodie alors que le jour tombait. Cet homme osait lui adresser la parole, s'attendant même à avoir une réponse. Le prisonnier faisait un signe, seule façon qu'il lui était permis de faire pour communiquer.

- Tu connais cette chanson n'est-ce pas ?

Oui, il s'en souvenait. Son professeur de musique lui avait appris.

L'homme insista :

- Chante avec moi, prince Maï.

Il y avait si longtemps qu'il n'avait pas été appelé ainsi. Qui était cet homme ?

Il lisait dans ses pensées :

- Je suis prince moi aussi et simple soldat pour obéir à mon père que tu as bien connu au palais de l'émir Khagne. Je m'appelle Mohamed.

Il s'approcha, il sentait bon le vin. Il vit le prisonnier humer l'air. Il posa alors le verre qu'il tenait contre ses lèvres et le laissa boire le breuvage doux et sucré.

- Je vais te décrire ce que je vois. La mer est noire, le ciel rempli de gros nuages que le vent qui s'élève pousse vers le Nord. Le soleil rougi l'horizon et va commencer à disparaître. Aucun navire, ni de terre en vue. Nous sommes seuls et toi, attaché ainsi, tu es encore plus seul. Il s'éloigna et descendit un escalier pour rejoindre les autres soldats.

Leur navire approchait de la Sarye, toutes voiles dehors, lorsque la vigie perchée en haut de la mâture, cria qu'un de leur bateau de guerre portait les signes de deuil. Des pavillons noirs flottaient en haut de ses mâts. La paix instaurée difficilement était trop récente pour que la flotte militaire s'aventure au-delà de la limite des eaux territoriales. Poursuivant leur route, les autres navires qu'ils virent à l'horizon avaient eux aussi hissés leurs drapeaux noirs qui indiquaient qu'un grand malheur frappait le pays. Le capitaine fit pivoter leur bateau en direction de la flotte. La vigie du bateau le plus près, leur apprit la mort accidentelle du roi, encore ignorée en Coercie. La terre avait tremblé à plusieurs reprises provoquant des dégâts importants dans le Nord de la Sarye où par malchance le souverain Maximus de Pécen se trouvait. On ne savait rien de plus.

L'équipage était attristé, une prière s'éleva du pont que le bagnard, malgré son éternelle interdiction de s'exprimer, entonna.

Il n'en voulait plus à ce roi, qui au lieu de le condamner à mort, l'avait enfermé car il avait comprit que c'est lui qui n'avait pas été digne de la confiance de ce monarque. Maï, dont la façon de penser avait été peu à peu transformée tout au long de sa détention, ne se rendait plus compte de l'intransigeance de ses juges et des conditions inhumaines et inacceptables des bagnes.

Il se mit à genoux, les larmes perlaient de ses yeux. Même si sa prière était musulmane, Dieu s'en arrangerait car il était sincère. Il récita à haute voix, les beaux textes, qu'enfant, ses professeurs lui apprenaient pour l'âme du défunt monarque. Ses gardes le laissèrent faire, la tristesse commune les réunissait un instant car ils étaient tous saryens. Ils lui demandèrent de réciter encore et ils répétaient ses paroles. Il ne retenait plus ses larmes. Les soldats, qu'il ne pouvait pas voir, d'abord surpris, furent satisfaits de constater sa peine pour ce roi qu'il vénérait toujours. Ils pensèrent qu'il était redevenu, grâce au bagne, un homme digne de reposer les pieds dans leur cher pays.

L'arrivée au port d'Auriga ne se passa pas comme Maï l'avait d'abord redoutée et qui, dans un premier temps, avait craint l'animosité de ces militaires rustres dont le manque d'éducation était évident.

La ville portuaire, habituellement mouvementée, d'où s'élevait constamment des bruits de toutes sortes qui recouvraient le bavardage des ouvriers, était plus calme. Ils ne couraient plus et ne s'interpellaient plus à haute voix, comme écrasés par le poids de cette triste nouvelle. Ce roi, que la plupart d'entre eux, n'avait jamais vu, était aimé. Ils le pensaient juste et ses décisions sages, d'ailleurs n'avait-il pas mis fin aux hostilités qui avaient tué tant de monde ?

Le capitaine de leur caravelle avait fait installer par ses matelots des pavillons noirs. Avec agilité, ils avaient grimpé jusqu'aux enfléchures entre les haubans pour marquer aussi leur deuil.

L'équipage qui venait de terminer les manœuvres d'accostage, hélait du pont, les hommes sur le quai, posant mille questions sur la mort du souverain qui endeuillait le pays entier. De la mosquée située à l'extrémité des quais une procession s'était organisée. Les chants leur parvenaient et ils étaient repris par tous, interrompant les discussions et leur travail. Le capitaine de leur navire ordonna le silence et le recueillement. La marche solennelle arrivait vers eux. Les soldats tous en chœur reprirent le psaume. Le prince Mohamed lui toucha le bras :

- Chante aussi, prince.

Il entonna avec eux les chants qui racontaient les exploits de leur roi. Longtemps après, il fut conduit par son jeune protecteur et quelques soldats, sans brusquerie, à la prison du port qu'il avait connu vingt ans auparavant. Maï l'entendit recommander au surveillant de bien le traiter et s'adressant à lui en lui effleurant la main :

- Je reviens ce soir avec un bon repas et des nouvelles.

Le bagnard avait fort bien compris que l'attirance qu'éprouvait à son égard, le garde peu ordinaire, était due non seulement au fait qu'ils soient tous deux de famille princière mais aussi, que celui-ci aimait les hommes. Ses effleurements, ses paroles murmurées déjà un peu tendres, l'avaient renseigné sur ses mœurs. Bien qu'il soit resté attaché à l'un des mâts du bâtiment, le petit prince avait remarqué l'indulgence du capitaine qui l'avait laissé lui apporter réconfort et nourriture, l'avait fait parler et chanter. Il s'était attendu à le voir rester plus longuement sur le pont, surtout le soir, mais la caravelle ne se prêtait pas à des moments plus intimes. À la prison, cette nuit, ils pourraient s'aimer sans que quiconque ne les dérange...

Il arriva les bras chargés de victuailles. Les mets encore chauds parfumaient la cellule. Sans laisser aucun doute de ses intentions, il mit son panier sur la petite table puis déposa un baiser sur la bouche du détenu. Maï silencieux l'avait laissé faire, puis à son tour, parcourant son visage avec ses mains, il l'avait embrassé. Ils mangèrent et burent avec un excellent appétit en commentant les nouveaux renseignements que le soldat avait pu recueillir concernant le décès du souverain. Plusieurs séismes avaient détruit une région peu éloignée de la capitale et la ville voisine avait été détruite entièrement. Un mur en s'écroulant avait enseveli plusieurs soldats de la garde royale et le roi alors qu'ils cherchaient à quitter rapidement leur habitation. La panique s'était emparée des citadins qui restaient dans la rue, hébétés devant l'ampleur des dégâts. Les secours s'étaient organisés rapidement car les autorités de la ville comprirent qu'un grand malheur venait de s'abattre sur eux. Utilisant tous les outils qu'ils pouvaient trouver, ils dégagèrent rapidement les éboulis de la maison qui recevait leur illustre visiteur. Ils n'avaient retiré que des corps sans vie. Il y avait longtemps qu'on n'avait vu une pareille catastrophe. L'accès à la zone sinistrée restait pratiquement impossible car la terre trembla plusieurs fois faisant s'écrouler d'autres maisons. La prudence était de rigueur et les sinistrés attendirent en prière la fin du séisme. L'aide était arrivée rapidement d'une contrée proche, les hameaux et les maisons isolées n'avaient pas été oubliés. Des galettes de pain avaient été distribuées car partout ailleurs, dans le pays, la situation était normale. L'ampleur du tremblement de terre avait surpris tout le monde et l'alerte était maintenue par prudence. Le peuple pleurait la mort de Maximus de Pécen.

Le prince Yakouti ressentait sincèrement du chagrin pour ce décès qui aurait pu le laisser indifférent, mais pendant toute son enfance il lui avait été enseigné qu'il devait honorer et aimer son roi. Il ne dérogeait pas à la tradition. Tout en discutant, il s'aperçut que le jeune prince soldat, savait tout de son passé. Mohamed lui affirma qu'il ne devait pas désespérer. Il rédigerait avec le capitaine, un rapport concernant son séjour à l'étranger, ses soins reçus et son comportement de ces dernières semaines. Il insisterait pour que soit mentionné le chagrin qu'il avait manifesté à l'annonce de cette catastrophe et ses prières pour son souverain. Ce rapport destiné au chef des armées serait transmis plus tard, au nouveau monarque. Il ne faisait aucun doute, qu'il arriverait entre les mains de son père qui occupait, d'après son nouvel ami, toujours un poste de négociateur et de sénateur.

Mohamed promit qu'il veillerait à ce qu'on ne l'oublie pas et aiderait le prince Makassar à lutter pour que ses dernières années de détention soient moins rudes. Ses mains caressaient les siennes, l'attiraient à lui, enflammant les deux hommes d'un désir intense qui les submergea. Oubliant le lieu où ils se trouvaient, ne pensant qu'à leur soudaine passion, Maï entraîna le soldat sur sa couche pour faire l'amour avec lui.

Leur séparation leur brisa le cœur. Ils se jurèrent de ne pas s'oublier, gardant à l'esprit que le prisonnier verrait dans un avenir encore trop lointain les portes de son effroyable prison s'ouvrir. Amoureux l'un de l'autre, leur noblesse les rapprochait, mais la mine de diamants allait reprendre le prince Yakouti pour qu'il continue sa pénitence. Le bagnard voulait lui dire tant de choses mais il n'en avait guère le temps, l'enlaçant :

- Il faut que je te dise. Là-bas, j'ai un petit ami depuis tant d'années. Je lui dois la force pour survivre en enfer et je suis catholique.

Le jeune soldat l'embrassa une dernière fois :

- Je sais ça aussi. Je vais t'aider à t'en sortir.

Maï sourit, c'était un homme exceptionnel.

De nouveau seul, enfermé dans sa cellule, il écouta les bruits venant du port tout proche. Demain, il retournait au bagne où sa vie monotone faite de travail, de brimades et de coups, allait recommencer. Il sentait le découragement le gagner. Il songea à Mohamed à qui il avait promis de tout faire pour réussir à voir le moment, tant attendu de sa libération, arriver. Je serais là, lui avait-il affirmé. Serrant de rage les poings, il hurla :

- J'y parviendrai.

Le retour dans la diligence s'était bien passé. Il n'avait pas été ligoté pendant les deux jours de trajet. Il entendait ses gardes s'éloigner même un peu quand il réclamait d'aller faire ses besoins. Comme ils le sentaient triste, ils lui parlaient et Maï avait fini par rire de leurs plaisanteries. Devant la porte verrouillée de la porte du bagne, ils lui avaient dit au revoir en précisant :

- Courage, tu ferais mieux de te taire.

Le détenu fut fouillé dans les règles mais le garde lui redonna ses vêtements et ses sandales avant de le conduire immédiatement voir le médecin. Ses yeux, qui n'avaient pas été nettoyés depuis son départ, étaient un peu douloureux. Il s'assit sur le rebord d'une fenêtre et attendit. Il n'entendait aucun bruit, il était seul ici. Tous les évènements qu'il venait de vivre se brouillaient dans sa tête, ses sentiments étaient contradictoires. Il était déçu, il devait bien l'admettre, de ne pas avoir rencontré Jonathan. Il aurait aimé aussi rester avec Mohamed tout en étant heureux à l'idée qu'il allait retrouver Vaudémon. L'arrivée du médecin le sortit de sa rêverie, il tenait entre les mains le compte-rendu des deux interventions qu'il avait subi. Otant le bandeau et les pansements avec délicatesse, il constata leur état d'irritation. La poussière du fond du puits les irriterait s'il y retournait et les soins qu'il avait pu, par miracle subir, risqueraient alors de n'avoir servi à rien. Son examen et les soins terminés, il se dirigea vers le bureau du directeur qui avait lu également le courrier que lui avait adressé le capitaine de la caravelle. Il était très satisfait de ce qu'il lisait. Il conclut donc avec le médecin qu'un changement de condition de détention s'avérait possible pour ce bagnard qui apparemment était redevenu un bon élément. Il avait déjà constaté le bon comportement du groupe dans lequel ce prisonnier travaillait. Il devait à présent prendre un peu plus en compte sa noblesse car sa libération dans quelques années pourrait être envisagée si l'homme continuait à bien se conduire.

Ramené dans son baraquement, Maï attendit avec impatience l'arrivée des mineurs. Il ria en constatant leur surprise de le voir. Un à un, ils lui serrèrent la main sans un mot. Il devrait s'habituer à nouveau à ce silence forcé. Vaudémon serra sa main qu'il ne lâcha pas en l'attirant avec force sur sa poitrine. Maintenant enfermé dans cette grande cellule, il put raconter tout bas ce qu'il avait fait et où des soldats l'avaient emmené, sans rien dire qui aurait soulagé son inquiétude car il avait redouté de devoir subir des sévices. Ses compagnons étaient préoccupés de ne pas le voir revenir, imaginant le pire. Finalement des gardes avaient fini par leur dire que leur compagnon allait bien, sans aucune autre explication.

Maï pensait encore au prince Mohamed mais il croyait ne rien laisser paraître. Son amant qui le connaissait mieux que quiconque, comprit que quelque chose le gênait. Cette nuit, où grâce à l'obscurité ils pourraient être un peu isolés des autres, il le ferait se confier. Pour l'instant côte à côte dans la lumière qui déclinait, il le trouvait magnifique. Il avait grossi, ses traits n'étaient plus tirés et surtout il avait retrouvé le sourire qui souvent lui manquait. Que cachait-il ? Pourquoi restait-il mystérieux ?

Vaudémon était ravi de savoir qu'il avait été soigné et qu'il soit confiant en l'avenir. Lui aussi commençait à croire qu'un jour ils seraient tous les deux libres ou presque libres dans une coopérative agricole. La complicité de la nuit permis aux deux hommes l'échange de caresses puis vint les confidences. Le prince rassura son petit ami, il n'avait pas rencontré Jonathan. Il ajouta d'un air gêné :

- Je suis amoureux et je suis triste d'être loin de celui que j'ai rencontré. La surprise de l'homme qui le serrait dans ses bras fut grande. Il assura que pour sa part, les sentiments profonds qu'il éprouvait restaient inchangés et qu'il était normal que tout ce qu'il venait de vivre le perturbe. L'embrassant, il se tourna pour dormir. Le travail harassant de la journée se faisait sentir. Maï n'était pas content car il savait qu'il avait fait de la peine à son amant qui restait si amoureux et avait pleuré de joie en le revoyant. Toutefois, il ne voulait rien cacher à Vaudémon. Il resta éveillé, écoutant sa respiration régulière. Dès qu'il le sentit bouger, il se blottit dans ses bras et murmura à son oreille : Je t'aime.

Le groupe descendit au fond du puits sauf Maï qu'on envoya voir le directeur. Il n'avait pas été tondu et c'était bien la première fois que ça lui arrivait. Le directeur lisait, assis derrière son bureau. Il le fit asseoir, c'était inhabituel, et il lui demanda comment allait ses yeux. On ne posait jamais une pareille question. Il pensa tout de suite : Que se passe-t-il encore ? Il affirma qu'il avait moins mal. Il sut qu'il ne redescendrait pas au fond du puits à cause de la poussière mais qu'il rejoindrait tous les matins la ferme attenante à la prison. En fait, le directeur ne voulait prendre aucun risque pour sa carrière. Le rapport rédigé par le prince soldat Mohamed vantait un peu trop la fidélité et le repentir du prisonnier, rapport qu'il savait devoir faire suivre à l'émir Khagne, puisque celui-ci le réclamait par un courrier officiel qu'il avait reçu. Il n'avait pas été surpris de voir sa famille se manifester, il avait toujours pensé que son illustre père le ferait. Ses dernières années à purger ne devraient pas être aussi dures. Pour l'instant à cause du tremblement de terre, le peuple pleurait son roi et l'émir devait avoir bien des tourments. L'administration du pays reposait en fait sur ses épaules en attendant le couronnement du nouveau monarque. Les morts étaient enterrés à la hâte, afin de parer à l'éventualité d'une épidémie. Les survivants, répartis à la sortie de leur ville ravagée étaient abrités sous des tentes que les nomades du pays entier avaient mises à leur disposition. Les médecins opéraient les blessés grâce à l'organisation rapide des secours. Ils avaient eu quelques remèdes mais ceux-ci étaient encore insuffisants. Maï ne pouvait pas encore deviner que ce drame national aurait un rôle déterminant pour son avenir.

Pour l'instant, face au directeur, il demanda à l'aide de signes, que les bagnards utilisaient couramment entre eux pour communiquer, l'autorisation de s'exprimer. Sa requête ne fut pas acceptée. Il se demandait qui était le roi ? Tant de choses s'étaient passées que le prince Makassar avait essayé de lui expliquer. Mais cet homme qu'il aimait comme son véritable père, avait été un puissant ennemi, il ne pouvait pas être au courant de toutes les affaires que l'émir Khagne et le souverain Maximus de Pécen avaient réglées et de la diplomatie saryenne.

Deux décennies s'étaient passées avec leur lot d'intrigues, de défaites et de victoires pour enfin arriver à la paix.

Le petit prince pensa que le fils aîné du défunt roi devait régner. Il imagina la peine que devait ressentir son père qui venait de perdre son ami d'enfance. Le bagnard avait beaucoup de détails à demander au responsable de la prison. Savait-il si son père prenait de temps en temps de ses nouvelles ? Améliorerait-il à nouveau sa vie ou celles de tous les détenus dans le seul but d'adoucir l'existence de son fils ? Le prince coercien avait affirmé qu'il ne l'avait pas renié, qu'il l'aimait toujours. Un garde du tribunal avait dit la même chose en lui relatant les dernières heures passées ensemble à la prison. Alors pourquoi ne venait-il pas le voir ? Pouvait-il obtenir l'autorisation d'écrire à sa famille ? Il savait que c'était la une faveur, mais il ne rien dire de ses pensées. Il n'était pas question de désobéir. Il demanderait aux fermiers, même si eux ne pouvaient pas lui répondre, ils auraient l'opportunité de transmettre ses interrogations à leurs supérieurs.

Le petit prince essayait de prendre ses repères lorsqu'un garde le mena voir les fermiers qui partaient aux champs. Il recommencerait à compter les pas au retour mais dans cet univers fait d'innombrables obstacles inconnus et divers, il prenait conscience de l'énormité des difficultés qu'il aurait à surmonter pour réussir à se déplacer.

Le couple l'accueillit avec bienveillance. L'homme d'une soixantaine d'années s'appelait Gresham et sa femme Fokine. Ils l'aideraient à apprendre son travail. Maï les remercia poliment, ici au moins il avait le droit de parler. Il ne serait pas très utile tant qu'il ne connaîtrait pas les lieux et leurs habitudes. Il avait plutôt peur de les gêner et il entreprit de suivre la fermière, se guidant au bruit de ses pas. Comme ils avaient des chevaux, il pourrait les bouchonner. C'est le seul travail d'une ferme qu'il connaissait. Il s'ennuyait un peu et il aurait préféré travailler avec ses amis car avec leurs indications il pouvait pousser les wagonnets et il réussissait à piocher. Assis dans un coin, car il avait toujours la crainte de gêner ces gens et de recevoir des coups, il chanta de belles complaintes que le musicien de son groupe composait et pria pour l'âme du roi.

Il y avait quelque chose dont il voulait leur parler. On lui avait annoncé qu'il avait eu trois enfants mais jamais personne ne lui avait parlé d'eux. Où étaient-ils ? Que faisait-on d'eux ? Pourrait-il les rencontrer ?

Il aida Gresham à pousser une charrue, alors il lui parla de sa condamnation à vingt cinq ans de bagne, sans parler de sa trahison. Il raconta brièvement comment il avait eu trois enfants alors qu'il était prisonnier. Il ne les connaissait pas. Il lui dit qu'il était prince et que jamais il n'oublierait ceux qui l'avaient soutenu pendant sa détention.

Le fermier expliqua à son curieux esclave que beaucoup plus loin, les fermes étaient regroupées. Souvent les anciens bagnards allaient y travailler et fondaient une famille. Ils obtenaient quelques années après, le droit de partir où ils voulaient, alors plus personne ne les revoyait. Ils étaient seulement à ce moment-là, entièrement libres. Les villages étaient pauvres mais ils s'étaient regroupés, élevant sans distinction les enfants des villageois, ceux des anciens prisonniers et les orphelins. Ceux-ci étaient nombreux à cause de la guerre. La main-d'œuvre dans ces grands centres agraires était la bienvenue.

Maï leur fit comprendre qu'il désirait faire leur connaissance et Gresham promit que lorsqu'il rendrait compte de son travail, il en parlerait. C'était de braves paysans qui avaient eu jadis une petite condamnation. Obligés de travailler gratuitement quelques années pour le pays, ils avaient ensuite choisi de rester ici avec leurs enfants.

Le bagnard retourna à son baraquement avec le garde venu le rechercher. Il voulait qu'il reconnaisse son chemin car plus tard, quand il serait certain de ne pas se perdre, il devrait regagner seul la grande porte de la prison. Le prisonnier pensa qu'il aurait beaucoup de difficulté à réussir à rentrer sans aide. Son gardien ne se rendait pas compte des difficultés que cela représentaient pour un non-voyant, mais il ne dit rien.

Le médecin passa soigner un homme de son groupe qui s'était blessé. Le petit prince lui fit voir ses yeux, tout allait pour le mieux de ce côté là. Il demanda à cet homme de transmettre au directeur son souhait de rencontrer ses enfants.

Le responsable du bagne en poste depuis plus de trente ans s'occupait également du centre agraire. Il aimait son travail qu'il faisait avec beaucoup de sérieux. Il avait placé suffisamment d'officiers compétents pour être secondé efficacement.

Il savait que depuis peu, les soldats qui amenaient un nouveau détenu de la prison de la capitale, prenaient des nouvelles du prince Yakouti. Il était évident, qu'ils informaient leurs supérieurs. La famille princière du numéro 6420 s'informait de son état de façon indirecte. Beaucoup de réformes étaient intervenues depuis l'arrivée de ce prince félon, qui avaient amélioré progressivement la vie des prisonniers.

L'endroit le plus dur du bagne, appelé la zone blanche et où l'on infligeait les pires tortures aux hommes que les gardes n'arrivaient pas à discipliner et demeuraient insoumis malgré la vie difficile qu'ils leur faisaient mener, avait été fermé par une décision des sénateurs. Maï y était allé une seule fois comme la plupart des nouveaux arrivants. Les soldats avaient tous les droits sur eux et des décès étaient survenus plusieurs fois. Il avait été terrorisé par son court séjour. Il avait choisi depuis, d'obéir sans laisser voir ses sentiments, à tous les ordres. Il ne voulait pas retourner dans l'enfer blanc.

La nourriture s'était améliorée, entraînant un meilleur rendement et moins de maladies.

Les rapports, que le directeur devait faire parvenir à l'administration de la capitale étaient plus nombreux et les soins dispensés plus facilement. Il était vraisemblable que quelqu'un veillait de loin sur le prince, sans vouloir le libérer.

Maï fut appelé une nouvelle fois à se présenter devant le directeur le mois suivant. Malgré ses efforts, la bonne volonté dont il faisait preuve et la gentillesse du couple de fermiers, il n'arrivait pas à faire grand chose d'utile. Gresham avait fait part de son souhait de connaître ses enfants nés au centre agraire et indiquait les difficultés à procurer à cet homme aveugle, un travail correspondant à ses possibilités. Le responsable du bagne pensa qu'il serait mieux entouré et aidé dans le groupement de fermes qui formait une petite ville très étendue. En raison de son bon comportement, il verrait ses enfants nés pendant sa détention mais il veillerait personnellement sur lui et sévirait à la moindre entorse au règlement. En attendant son départ prochain, il resterait au baraquement, étant peu rentable chez le fermier.

Vaudémon fut mécontent de sa nouvelle affectation qui le séparait de son amant pour une durée qui serait très certainement longue. En plus, depuis les révélations du petit prince concernant ce fameux Mohamed, il était jaloux. Maï assura qu'il serait toujours dans ses pensées et qu'il ne prendrait pas de petit ami. Il avait tellement envie de rencontrer ses autres enfants ! Il les aimait autant que ses deux autres fils. Il voulait leur parler de leur famille et du sang noble qui coulait dans leur veine. L'embrassant il dit :

- Tu me rejoindras, réjouis-toi pour moi. L'autre fit un effort et parla de sa crainte qu'il ne l'oublie. Oui, il ferait une demande pour le rejoindre.

Le petit prince fut affecté au groupement de fermes deux jours après. Les amants s'étaient préparés à être une fois encore, séparés et s'étaient promis de s'attendre en restant fidèles l'un à l'autre. Il se réjouit à l'idée d'effectuer le trajet à cheval qui durerait deux jours. Ses camarades étaient déjà descendus au fond du puits lorsqu'un groupe de gardes vint le chercher. Son cheval était un animal très calme et il n'eut pas besoin d'aide pour grimper dessus.

C'était un réel plaisir de chevaucher par cette matinée tiède. L'air venant du désert sentait le sable chaud et devenait au fil des heures de plus en plus brûlant. Les plaines sableuses qu'ils traversaient étaient fréquentées. Le bagne était un lieu de production important. Les diamants de bonne qualité constituaient le principal commerce, entraînant tout un réseau d'activités diverses. Des soldats bien armés patrouillaient sans cesse la région pour en assurer la sécurité. Les pilleurs rôdaient eux aussi, convoitant les pierres précieuses. S'ils étaient pris en train d'attaquer un convoi, leur sort était vite réglé par les troupes chargées de les traquer. Ils étaient tués sans aucun procès. Elles étaient donc redoutées par les bandits, limitant de cette façon les attaques.

Le cheval de Maï, attaché à celui d'un garde suivait docilement. Les hommes de l'escorte ne brusquaient pas l'esclave et il l'aidait à se désaltérer pendant les courtes haltes. Finalement, il se décida à leur demander une faveur, voyant qu'ils n'étaient pas hostiles à son égard. Il était resté un très bon cavalier et monter restait un plaisir qu'il avait oublié et qu'il retrouvait. Cependant sa monture était trop sage. Il avait envie de faire un galop sur un cheval plus vif. Malgré sa cécité, il y arriverait s'il n'y avait pas d'obstacle devant lui. Un soldat lui répondit fermement :

- Tu veux t'échapper ?

Même s'il l'avait voulu, c'était impossible pour un aveugle. Il répondit qu'il était bon cavalier et ils acceptèrent en riant, persuadés qu'il serait désarçonné rapidement. Le petit prince s'approcha de sa nouvelle monture qu'il caressa longuement en lui parlant. Il était beaucoup plus nerveux que son vieux cheval. Il l'enfourcha et lui fit faire quelques pas.

Un garde s'approcha et touchant le bagnard de son fouet, il déclara :

- Rappelle-toi qu'ici les soldats ont tous les droits pour faire respecter l'ordre. Si tu tentes une évasion, tu es mort. Je galoperai à tes côtés. Le bagnard le savait bien et il s'élança dans un galop effréné. Il poussa son cheval dans sa plus rapide allure aussi longtemps qu'il sentit sa résistance puis il le fit ralentir quand celui-ci commença à faiblir. L'homme à ses côtés qui l'avait dirigé de la voix, reconnut que le cavalier n'avait rien perdu de son adresse. Il en conclut que le prisonnier devait bien connaître les chevaux.

Le soir arriva avec le froid vif habituel de cette région. Le campement rudimentaire fut installé rapidement par les soldats que la guerre avait obligés à d'incessants déplacements. Maï fut attaché après avoir eu droit à un repas simple. Fatigué par cette longue journée à cheval qui lui paraissait peu ordinaire, il eut juste le temps de penser que ces derniers mois son existence changeait et surtout qu'elle s'améliorait. Sa libération se profilait-elle à l'horizon ? Il s'endormit d'un sommeil profond, plein d'espoir en pensant à Vaudémon qui allait l'attendre tristement. Le voyage se poursuivit toute la journée du lendemain et le groupe d'hommes arriva sans problème au centre agraire.

Le détenu ne rencontra pas le responsable mais un de ses subordonnés habilité à recevoir les nouveaux arrivants, souvent dans la même situation, c'est-à-dire privés de liberté mais à qui il était accordé un début de réinsertion. Le fait qu'il soit non-voyant lui posait un énorme problème qu'il avait réglé en décidant qu'il serait placé aux écuries. Le dortoir proche lui éviterait de grands déplacements. Les paysans l'aideraient. Il verrait par la suite, suivant son comportement, s'il pouvait le destiner à l'instruction des enfants à qui il était enseigné uniquement la lecture et l'écriture. Son savoir serait le bienvenu s'il s'avérait être fidèle au roi, mais il devrait auparavant faire preuve d'une conduite irréprochable.

Le gérant des écuries était un homme sympathique d'une cinquantaine d'années, habitué à occuper ce poste. On lui confiait souvent des détenus en fin de peine. Il l'accueillit aimablement en se présentant et le conduisit près de la grande table où tous les employés sous ses ordres prenaient leur repas. Un palefrenier nommé Istiqlal s'occuperait plus particulièrement de Maï. Ici, comme il avait le droit de parler librement, il leur expliqua qu'il devrait tout d'abord se repérer dans le dortoir et sur son lieu de travail. Il continuait à conserver un bandeau sur ses yeux pour les protéger de la poussière et du soleil. Ses nouveaux compagnons voyaient qu'il ne pourrait pas se débrouiller seul, tout au moins au début. Il leur affirma qu'il connaissait bien les chevaux, c'était toujours un début.

Le dortoir était partagé en plusieurs parties égales de quatre places où les paysans de l'écurie pouvaient dormir. Le petit prince fut placé à côté l'Istiqlal qui l'aiderait de jour comme de nuit. Il n'avait pour le moment pas le droit d'aller plus loin et tous les matins il devrait se présenter devant le responsable ou son adjoint. Il restait un bagnard et demeurait soumis à une obéissance totale dont les déplacements étaient très limités.

Les premiers jours, il se serait perdu dans l'immense écurie si les autres ne l'avaient pas guidé. Il réussit à bouchonner quelques chevaux sages et il rangerait lui-même ses affaires pour être plus sûr de les retrouver.

Après le travail, Istiqlal bavardait avec Maï qui ne parlait ni de son homosexualité ni de son titre de noblesse, auquel de toute façon il n'aurait plus jamais le droit de mentionner officiellement. Le jeune palefrenier s'ennuyait de sa femme qui était restée dans une grande ville d'une contrée voisine. Il pensait en soupirant à ses deux enfants. Sa condamnation l'obligeait à travailler ici plusieurs années et il s'inquiétait pour sa famille dans l'obligation de s'en sortir sans son aide. Le bagnard parla de son travail si dur à la mine à son compagnon de labeur qui semblait s'intéresser au fonctionnement de cette prison. Il posait beaucoup de questions. Ici, peu d'événements nouveaux permettaient de varier les conversations alors les autres écoutaient également et plaignaient les détenus.

Un matin Maï demanda au responsable du centre agraire s'il pouvait rencontrer ses trois enfants qu'il ne connaissait pas. Celui-ci ne s'y opposa pas mais il demanderait l'autorisation à son supérieur, le directeur du bagne. De nombreux convois amenaient à la mine de diamants tout ce qui était nécessaire à son fonctionnement : outils, vêtements mais aussi céréales, fruits et légumes. Les filatures artisanales fournissaient de belles toiles aux ateliers de confection. Les artisans fabriquaient les outils, les écuries procuraient les chevaux pour les transports, l'agriculture et la mine de diamants apportaient les fonds nécessaires. Il promit d'adresser une lettre afin de permettre au détenu 6420 de rencontrer ses enfants dans quelques mois. Son attitude devrait être aussi correcte qu'elle avait été jusqu'à lors. Le petit prince venait donc tous les matins se présenter devant son bureau. Il était d'abord venu avec Istiqlal puis il avait, comme il le faisait toujours, compté les pas entre différents repères. Il avait décidé un jour d'essayer de faire le trajet seul. Une clôture, un arbre, un bâtiment le guidait. Ici, il pouvait demander de l'aide s'il s'égarait. Prudent, il avertit qu'il se dirigerait seul désormais et qu'il serait certainement en retard pour venir travailler. Il ne voulait contrarier personne.

Deux mois après, le directeur l'informa qu'il avait la permission, grâce à sa conduite sans reproche, de faire la connaissance de ses enfants. La nouvelle qu'il espérait l'ému jusqu'aux larmes, il arriva à balbutier quelques remerciements. Ses enfants seraient prévenus de sa présence ici.

Son travail ne variait pas car malgré l'aide d'Istiqlal, il ne pouvait pas faire autre chose que de frotter les chevaux avec de la paille. Il restait occupé toute la journée mais il s'ennuyait de Vaudémon. Le jeune palefrenier lui posait toujours autant de questions sur ce qu'il avait remarqué pendant son trajet. Il précisa qu'il aimerait être affecté dans le transport du ravitaillement pour voir du pays. Maï raconta en détail sa traversée des plaines sableuses qu'il avait fait en compagnie de ses gardes et que la connaissance de la géographie de son pays lui permit de décrire et de commenter. Croyant qu'il voulait changer d'activité, il décrivit le désert avec ses nombreux dangers, les frontières, les montagnes lointaines et le port d'Auriga. L'autre lui parlait du fonctionnement du centre agraire avec les villages qu'il pourrait un jour rejoindre lorsqu'il aurait fini de purger sa peine.

Le bagnard se disait qu'il n'avait guère envie d'aller dans ces villages. Bien sûr, si on l'obligeait, il irait, sinon il emmènerait son amant au palais de son père. Il aiderait les gars de son groupe à le rejoindre pour qu'ils travaillent dans le domaine familial. Il veillerait à ce qu'ils ne manquent de rien et surtout qu'ils soient libres. Il soupira mais ces projets, encore trop lointains, l'aidaient à vivre. Ici, malgré la convivialité des garçons d'écurie et son travail moins pénible, il se sentait un étranger parmi eux. L'amitié solide de ses compagnons du bagne lui manquait. Leur union, leur solidarité, leur sincérité avaient été leur survie. Tous étaient repentants de leur ancienne faute qui les avait conduit à la mine de diamants. Maï savait qu'ils méritaient de retrouver leur liberté dont ils avaient été privés trop longtemps et surtout qu'ils en feraient bon usage. Aucun d'eux ne désirait quitter leur pays qui les avait traités de manière si inhumaine et qu'ils aimaient. Ils voulaient être de bons citoyens. Le petit prince expliquerait à son père qu'ils méritaient d'avoir une chance de vivre sans être poursuivi par leur passé. Il les soutiendrait pour qu'ils ne soient pas rejetés par la société. Peut-être serait-il aussi repoussé par la noblesse ? Il repensait à son oncle, palefrenier chez son père bien que prince, mais condamné à rester qu'un simple paysan à cause d'une faute passée. Le nouveau roi était-il aussi intransigeant que son défunt père, Maximus de Pécen ?

Les caresses de Vaudémon lui manquaient. Il avait l'intention de tenir la promesse de fidélité qu'il avait faite avant son départ, d'ailleurs, il n'avait ressenti aucune attirance particulière depuis son arrivée. Les hommes ici semblaient tous avoir une femme soit au camp, soit dans un des villages qu'ils pouvaient retrouver quelques jours par mois. Personne n'avait paru remarquer son homosexualité et il n'avait fait aucune confidence. Son abstinence risquait de se prolonger fort longtemps et ses rêves érotiques le réveillaient dans un état d'excitation difficilement contrôlable. Dans ce grand dortoir, aucun paysan ne semblait se glisser dans le lit du voisin. Les bruits qui lui parvenaient étaient seulement ceux des paysans fatigués et qui dormaient tranquillement.

Voilà quatre mois qu'il était ici et c'est bien la première fois que le responsable le matin le faisait attendre si longtemps. Il le reçut enfin, l'avertissant qu'aujourd'hui il ne travaillerait pas à l'écurie mais irait dans un village chercher de la paille pour les chevaux. Il reviendrait seulement le lendemain. L'homme fit une pause et ajouta :

- Tes enfants sont là-bas, tu les rencontreras. Il s'agenouilla et remercia humblement. Quelqu'un venait d'arriver pour l'emmener, il se releva vivement, soudain inquiet à l'idée qu'ils le rejettent.

Le trajet fut très court, à peine deux heures. Il essayait de les imaginer mais en vain. Comment leur expliquer en si peu de temps pourquoi ils étaient nés ? Il devrait commencer par leur révéler qui il était et parler de sa condamnation.

Le convoi s'était arrêté, il comprit qu'il était au village. Les paysans qui l'accompagnaient, savaient ce qu'il venait faire ici et se réjouissaient pour Maï. Dès qu'il mit le pied à terre, un paysan l'entraîna un peu plus loin :

- Ils sont là tes enfants.

Il tendit les bras pour les toucher et sentit trois mains le frôler. Ému, il avait beaucoup de mal à parler :

- J'ai attendu si longtemps pour vous connaître. J'ai peu de temps pour vous expliquer tant de choses. Il frôla leur visage de ses mains. Le premier qu'il toucha se présenta :

- Je suis Youssoufia. Puis ce fut Rachid. Ma seule fille, dit-il en sentant de longs cheveux entre ses doigts, Loubna.

Maï leur demanda d'aller dans un endroit tranquille pour leur parler. Ils entrèrent dans un grand réfectoire désert à cette heure là. Il commença en leur disant que ce qu'il allait leur révéler était la vérité, même s'ils étaient très surpris. Il leur expliqua toute sa vie, sa noblesse, le palais de son père, sa carrière militaire, son homosexualité, la construction du pont, Jonathan et leur amour impossible puisqu'il était coercien, l'évasion de celui qu'il aimait grâce à son aide et sa condamnation.

Ensuite il raconta brièvement sa dure vie de bagnard en omettant de parler des sévices infligés, précisant cependant qu'on lui avait tout volé, même sa dignité, drogué pendant de longs mois pour l'obliger à coucher avec des femmes qui leur avaient donné la vie. Il ajouta que sans les connaître, il les avait autant aimés que ses deux fils dont le dernier était né au début de sa détention et qu'il n'avait jamais rencontré.

Youssoufia semblait être le responsable des trois. Il lui demanda s'il était toujours homosexuel. Alors il parla de Vaudémon toujours à la mine et son groupe uni pour lutter pour leur survie et leur future libération.

Maï à son tour, les écouta. Peu instruits, ils avaient tous les trois la facilité de retenir ce qu'ils lisaient. Les deux garçons avaient des emplois de bureau et sa fille enseignait aux enfants. Ils avaient passé leur vie au village avec leur mère respective. Bien souvent, ils s'étaient demandés qui était leur père et ils avaient appris depuis quelques jours qu'il était au centre agraire.

Le petit prince reprit la parole pour leur dire que dans à peu près quatre années, il serait libéré. Son père très certainement l'accueillerait parce qu'il était repentant et redevenu un bon saryen. Tous ses enfants seraient réunis et leur vie changerait même s'ils ne se revoyaient pas d'ici là. Jamais il ne les abandonnerait.

Dans les paroles sincères qu'il prononçait, Maï ne s'apercevait pas que souvent dans ses propos revenaient sans cesse des allusions au remord d'avoir trahi et que lui, il ne s'était pas encore pardonné.

Youssoufia lui demanda depuis quand il était aveugle. Le père ne voulait pas les impressionner en expliquant en détail ce qu'il avait vécu en prison, lui répondit que c'était depuis son arrivée à la mine. Il sentit sa main se poser sur son épaule, son fils avait compris.

Le petit prince avait pu leur exprimer la joie de les rencontrer, leur insuffler l'espoir l'une vie meilleure ensemble. Il leur demanda de ne pas l'oublier, d'être de bons saryens et de lutter pour sa libération.

Le peu de temps qu'ils passèrent ensemble créa des liens d'amour très forts entre ce père retrouvé et les trois enfants. La séparation fut difficile pour le bagnard. Youssoufia le rassura, ils se retrouveraient à sa libération. Il l'aida à monter dans une carriole qui repartait aux écuries. Tous avaient souvent entendu parler des tortures imposées aux bagnards. Cet homme qu'ils aimaient déjà, avait peu parlé de ce qu'il avait subi et repartait à regret finir quatre années de détention.

Maï était triste à son retour. Il était toujours séparé de ceux qu'il aimait, d'abord Jonathan, sa famille, Vaudémon, ses enfants à peine retrouvés et déjà éloignés de lui. Il se présenta au responsable du centre agraire comme il convenait de le faire. L'homme très occupé le regarda à peine. Le bagnard demanda s'il pouvait retourner à la mine mais il lui ordonna de rejoindre les écuries. Il s'y dirigea lentement en pensant à ses enfants. Il n'avait pas le cœur à travailler. Seul son amant aurait su prononcer les mots justes pour le consoler et le reste du groupe l'aurait entouré et soutenu. Comme à chaque épreuve, leur cohésion aurait été le meilleur remède à sa tristesse qu'ils auraient partagée.

Arrivé aux stalles dont il avait la charge, il ne trouva pas Istiqlal. Celui-ci lui indiquait d'habitude ce qu'il avait à faire et l'aidait à commencer son travail. Il trouva son matériel et fit ce qu'il pensait être le mieux. Pour lutter contre le désespoir, il chanta des psaumes à la gloire de Dieu à haute voix. Il se sentait seul et il continua en récitant les beaux textes de son enfance. Il chassa d'un revers de la main, une larme qui avait coulé sur sa joue. Il entendait les autres travailler un peu plus loin. Ne trouvant toujours pas le palefrenier, il se dirigea vers eux. Ils furent contents de le voir. Maï leur demanda où était Istiqlal. Ils pensaient qu'il était parti avec le bagnard. Constatant qu'il ne l'avait pas accompagné, ils commencèrent à s'inquiéter. L'homme le plus âgé parti avertir le responsable. Quelque chose d'anormal s'était passé.

Le directeur convoqua la dizaine de personnes qui travaillait avec le détenu. Tout alla très vite. Celui qui était toujours avec Istiqlal, c'était Maï. Sa vie bascula une nouvelle fois dans l'horreur. Les conditions de vie dégradantes et inhumaines qu'il avait déjà connues allaient recommencer. Tous les espoirs qu'il fournissait à l'égard du nouveau roi qui allait créer une société moderne et respectueuse des droits de l'homme, s'effondraient en un instant. Le jeune paysan qu'on cherchait partout, restait introuvable. Personne ne s'était inquiété, le croyant parti avec le détenu qu'il était chargé d'aider et bien sûr de surveiller.

Le prince sentait les soldats s'énerver. Ils estimaient leur rôle important dans ce long parcours vers la réinsertion. Les prisonniers qui arrivaient ici étaient sous leur responsabilité. On leur confiait car la société les avait condamnés et eux par le travail les remettaient dans le droit chemin. Quand ils avaient à encadrer ici des bagnards, leur tâche était plus délicate. Ces hommes, accusés des pires crimes purgeaient de longues peines. Les années précédant leur libération permettaient d'estimer leur capacité à réintégrer la société sans être un danger pour celle-ci. C'était leur dernière épreuve. Ici, avec les paysans, les prisonniers étaient bien traités s'ils travaillaient en respectant les règles strictes du camp, ils savaient qu'ils en partiraient libres.

Maï ne savait vraiment rien de ce qui avait pu arriver à son compagnon de travail. Le responsable ne le croyait pas, il restait méfiant vis-à-vis de ces anciens criminels. Il l'accusa de l'avoir aidé à s'enfuir. Le petit prince le supplia à genoux qu'il n'y était pour rien, mais en vain.

Parce que jadis, il avait été un criminel, il n'était plus crédible. Bien des années s'étaient écoulées depuis, pendant lesquelles il avait démontré qu'il se repentait d'avoir agi si cruellement. Sa détention dans ce lieu atroce où sa liberté lui avait été ôtée, il l'avait acceptée. Par son obéissance sans faille, son désir de se racheter, il avait reconnu avoir mal agi et affirmait sincèrement qu'il voulait redevenir un bon saryen. Il payait cher sa trahison mais il avait fait peu de cas de la vie de ses soldats, choisissant de les tuer pour libérer un ennemi. Il méritait d'être puni mais après avoir travaillé vingt ans au bagne, il avait espéré que la société lui permettrait d'essayer de redevenir un sujet du roi et qu'enfin les hommes de cette terre lui fassent de nouveau confiance. Un bagnard rebelle ou qui n'éprouverait pas un vif regret d'avoir commis un tel crime aurait été éliminé. Le responsable le savait mais ne lui accordait aucune confiance. Maï comprit enfin, que même libéré, sa famille, ses anciens amis et toute la noblesse seraient comme cet homme, incapables de l'accepter parmi eux. Sa lutte continuerait, son but serait maintenant que ses deux fils aînés le comprennent et ne le considèrent jamais comme un traître.

Maï sut qu'il allait le brutaliser, il entendait à travers ses paroles son mépris. Les ordres fusèrent dans le silence pesant qui s'était installé. À nouveau humilié parce qu'on lui avait arraché ses vêtements et qu'il se retrouvait nu, il reçut des coups de poing en plein visage qu'il ne pouvait bien sûr pas éviter. Son nez se mit à saigner. Baissant la tête en signe d'humilité, il comprit en entendant le fouet claquer en l'air que les tortures allaient commencer. Il eut juste le temps d'affirmer une nouvelle fois, qu'il ne savait rien avant de sentir sur son dos, la morsure des lanières de cuir. En l'insultant, ils le fouettèrent longtemps malgré ses gémissements de douleur sans qu'aucun homme prenne sa défense. Au contraire, sa souffrance les réjouissait, que la proximité du bagne avait habitué à la violence. Ils ne s'en offusquaient pas, la considérant comme naturelle pour cette catégorie de détenus. Ils ne leur venaient pas à l'esprit qu'il pouvait être innocent et tout ignorer des circonstances de cette évasion. Il s'écroula sous leur brutalité accrue. Il put à peine prononcer quelques mots pour renouveler les mêmes affirmations : il ne savait rien. La colère du responsable ne faiblissait pas, il n'acceptait pas qu'il y ait eu une évasion dans le centre qu'il dirigeait. Le petit prince étranglé par une cordelette autour du cou, fut ligoté à un poteau sans ménagement et abandonné.

La nuit fut longue et froide. Désespéré devant leur obstination à lui faire dire quelque chose qu'il ignorait, il ne voyait aucune issue pour se sortir de là. Il n'avait plus d'énergie pour réfléchir. Son ultime résistance était concentrée sur ce lien qui lui serrait tant le cou, qu'il ne pouvait plus respirer. Pourquoi essayait-il de lutter ? Il aurait été si facile de laisser cet engourdissement l'envahir et la mort viendrait. Elle lui apporterait la liberté qu'on lui avait prise et la souffrance s'arrêterait. Il avait si souvent rêvé du jour de sa libération que c'était là une source d'espoir qui l'avait si souvent aidé à vivre. Il rassembla ses dernières forces, ce moment béni arriverait, il devait vaincre. Il pensa à Vaudémon et il savait les paroles qu'il lui murmurerait pour le stimuler. Épuisé, il pensa juste : obéir pour survivre et il se calma pour mieux respirer.

Il resta ainsi toute la nuit, seul, mais il eut à boire après qu'un soldat lui ôta la cordelette. Il lui posa les mêmes questions, sans lui prodiguer de méchants coups et affirma que ce soir il parlerait. Maï frémit en entendant ces paroles. Qu'allait-on lui faire ? Il ne voulait pas montrer qu'il avait peur en pensant que l'enfer allait recommencer. Ses jambes tremblaient. La chaleur de la journée s'éleva progressivement jusqu'à devenir étouffante. Plus personne ne s'occupait de lui, il réclama à boire faiblement. Le même homme lui apporta de l'eau en silence.

En fin de journée l'animation de la cour attira son attention. Il entendait des bruits de chevaux et les voix des cavaliers se rapprochaient maintenant. Il entendit un soldat :

- Parle-lui.

Maï sentit alors des mains se poser sur son bras qu'il reconnut instantanément puis la voix chérie :

- Tu dois leur dire où il est. Il allait enfin pouvoir expliquer à quelqu'un, qui ne mettrait pas en doute sa parole, qu'il ne savait rien. Très bas, il dit :

- Que dois-je faire ?

Vaudémon l'enlaça tendrement et lui demanda de parler d'Istiqlal. Il était déjà jaloux. Le petit prince ne savait pas pour où commencer. Alors il raconta son arrivée et ses premiers jours à l'écurie. Il s'interrompit un instant :

- Tu me fais parler parce que tu en as reçu l'ordre n'est-ce pas ? J'entends et je sens la présence des soldats près de nous.

Son petit ami lui répondit, oui, mais continue, dis-moi tout ce qu'il te disait car ils veulent le retrouver.

Il continua :

- Il posait beaucoup de questions sur les contrées voisines. Il se rendait compte qu'il s'informait mais jusqu'à présent cela ne lui avait pas paru anormal. Il avait décrit avec précision les contrées lointaines verdoyantes et riches mais aussi le désert proche et impitoyable. Il l'avait prévenu que seuls les bédouins pouvaient le traverser, toute autre personne y perdrait la vie. Il ne pouvait pas être parti par-là mais plutôt vers Auriga malgré la longue distance. Il lui avait parlé du port, des bateaux et de sa dernière traversée en direction de la Coercie où plus aucun bruit de bataille ne lui était parvenu aux oreilles. Il avait répondu à toutes ses questions, n'ayant jamais pensé qu'il voulait s'évader.

Il sentit qu'enfin il était détaché. Il demanda s'il pouvait retourner travailler à la mine de diamants avec son ami. Il s'écroula épuisé mais les puissants bras de Vaudémon le retint. Il l'embrassa sur la bouche sans aucune retenue, osant dévoiler qu'ils étaient amants à ces étrangers, tant le moment était empli d'émotion. Il prononça encore :

- C'est bien, les soldats savent où le rechercher. Ce maudit garçon d'écurie t'a bien piégé. Je ne peux vraiment pas te laisser tout seul ici, tu ne sais pas te défendre. Maï ne le voyait pas interroger du regard le responsable en prononçant ces derniers mots.

Alors qu'un soldat les menait vers une cellule, le directeur leur cria de bien profiter de leur nuit car dès demain ils repartaient tous les deux au bagne. Sans vouloir paraître leur accorder ce qu'ils demandaient, il reconnaissait l'innocence du N° 6420 qui s'était fait abuser et les laissait regagner ensemble la mine.

Maï s'en sortait bien mais prenait conscience des difficultés que ses amis et lui rencontreraient. Malgré qu'ils auraient payé leur dette à la société, beaucoup d'hommes mettraient en doute leur sincérité quoiqu'ils fassent. Ils avaient perdu leur crédibilité et resteraient à tout jamais solidaires le reste de leur vie.

Le retour vers le bagne se fit à faible allure avec des gardes peu exigeants, ravis cependant de l'innocence de Maï. Ils avaient beaucoup à faire avec les prisonniers de guerre. Ces hommes qu'ils ramenaient pour travailler à l'extraction des diamants, restaient des saryens, qui de surcroît, semblaient contents d'y retourner, sachant que la libération s'approchait. Leurs efforts pour leur réinsertion n'étaient donc pas inutiles, ils en avaient un exemple en ces deux amis.

Les soldats riaient de les voir s'enlacer et qui paraissaient si heureux de se retrouver. Attachés par l'anneau qui enserrait leur cheville droite au fourgon, ils passèrent la nuit seuls à l'abri d'une tente. Maï avait beaucoup de choses à dire à Vaudémon, il profita de leur intimité toute relative pour exprimer ce qu'il avait ressenti. Dès son arrivée au centre agraire, il s'était senti si seul malgré les nombreux paysans qui y travaillaient. Il était différent, non seulement à cause de sa cécité, de sa noblesse qu'il ignorait, mais aussi parce que ces hommes très peu instruits n'avaient pas le même but. Le petit prince voulait se racheter, eux aspiraient à une existence tranquille sans que l'opinion des autres les intéresse. L'amitié et la solidarité de ses amis l'avaient aidé jusqu'à présent à surmonter les nombreuses épreuves et lui manquaient là-bas.

L'amour de cet homme, il le savait encore plus maintenant, lui était indispensable. Il avait cru mourir de chagrin sans lui. Il était son regard, son aide, sa joie de vivre. Maï sentait en parcourant son visage avec ses mains, qu'il souriait et il ajouta :

- Tu resteras avec moi quand les portes du bagne s'ouvriront pour toujours, tu le veux n'est-ce pas ? Je suis trop malheureux sans toi.

C'était la plus jolie promesse d'avenir que Vaudémon entendait. Il avait redouté de perdre son amant, redouté qu'il retourne dans les bras de Jonathan. C'était là, un je t'aime qui teintait agréablement à ses oreilles. Ces quelques mois de séparation, leur avaient permis de tester leur attachement mutuel, leur amour s'en trouvait grandi. Malgré tout, il savait bien que le petit prince voudrait retrouver son coercien et qu'il serait jaloux. Il connaissait ses faiblesses et ce prince étranger était irrésistible pour son amant. Le serait-il toujours autant ? Il craignait qu'il ait conservé son charme et son attirance sur Maï, malgré les années.

À peine les portes du bagne franchies, Maï fut conduit devant le directeur qui appréciait son innocence. Voyant son état lamentable, il l'envoya sans plus attendre voir le médecin. Ses yeux, que le bagnard avait soigné lui-même au centre agraire n'étaient pas trop sensibles. L'homme ne dit rien mais il voyait le bénéfice des interventions qu'il avait subi. Jamais jusqu'à présent, il n'avait pu se passer aussi longtemps de soins. Les lotions à base de plantes semblaient être suffisantes, toutefois il remis un bandeau sur ses yeux à cause de la poussière qu'il retrouverait au fond du puits.

Il soigna son corps mutilé par le fouet et les multiples coups. Il les garda tous les deux pour la nuit, soupçonnant que le moral du petit prince devait être au plus bas. Ils avaient tous ici redouté qu'il ait commis une imprudence, ne pouvant pas croire à une nouvelle trahison. Le nouveau rapport envoyé à l'émir Khagne indiquerait avec précision le bon dénouement de cette affaire.

Le bagnard 6420 resterait à travailler au fond du puits, au moins il connaissait parfaitement ce qu'il avait à faire. Ne s'étant jamais rebellé, le directeur pensa qu'il y avait de grandes chances pour que les cinq années de détention qui lui restaient à purger se passent sans aucun problème. Il s'attendait toujours à voir un jour son père en personne se manifester mais il renverrait le prince travailler au fond du puits, sans autre privilège que des soins appropriés à son état. Il veilla de nouveau à ce que tout le groupe soit respectueux de leur engagement de fidélité au roi, leur fit une fois de plus énoncer qu'ils étaient repentants. Les prisonniers devaient garder à l'esprit qu'ils étaient coupables et qu'ils méritaient leur détention. Jusqu'au dernier jour, ils devaient être obéissants et soumis. Accomplir leur peine de prison ne suffisait pas pour obtenir leur libération.

Les deux jours que les deux amis passèrent à se soigner remis le prince en meilleure forme. Il espéra à nouveau voir un jour les portes de la prison s'ouvrir. Leur enlever l'espoir, consistait à les laisser mourir lentement, le directeur le savait mieux que quiconque. Il n'avait pas voulu punir ce bagnard qui faisait l'objet de multiples rapports exigés par son père, mais améliorer ses conditions de détention. Il s'était ennuyé de ses amis. Un groupe, comme celui dans lequel il était depuis si longtemps, luttait ensemble, faisant eux-même une sorte de règlement et remettait dans le chemin du repentir celui qui renonçait à œuvrer pour sa libération. Maï encore meurtri par les coups qu'il avait reçu, fut accueilli joyeusement par ses anciens compagnons de travail. Demain, avant d'aller au fond du puits, ils prononceraient un à un, les propos qui indiqueraient une fois encore leur culpabilité, leur remord et leur désir d'être libérés puisqu'ils étaient redevenus des bons éléments. Vaudémon aida son amant qui avait des difficultés à se déplacer à cause d'une hydrocèle consécutive aux nombreux coups de pied dirigés volontairement vers son sexe et qui mettrait plusieurs jours à disparaître. Les autres s'étaient gentiment moqués de lui quand il grimaçait de douleur.

Sa dure vie de bagnard repris avec les exigences habituelles, travail, soumission et silence. Un wagonnet blessa l'un d'eux. Trop chargé, il avait dévalé la pente en marche arrière à toute allure. Leur compagnon blessé avait la jambe cassée et il fut rapidement évacué pour être soigné. L'accident était de leur faute, ils avaient été négligents. Trop lourd, le chariot avait échappé à celui qui le poussait. Les gardes leur crièrent dessus et distribuèrent quelques coups. Ce soir, en guise de punition, ils travailleraient un peu plus tard.

Le blessé dormait habituellement à gauche de Maï dans le baraquement, près du mur alors que Vaudémon était à sa droite. Sa paillasse resta vide plusieurs semaines. Un soir, en remontant du puits, ils virent que l'accidenté avait été remplacé par un nouveau. L'homme était jeune et dit s'appeler Peter. Il semblait peu enclin à parler et s'était tourné vers le mur. Il ne répondit pas à leurs questions et sembla s'être endormi. À leur surprise, le lendemain matin, il ne descendit pas travailler avec eux. Ils virent en quittant leur baraquement, que beaucoup de nouveaux soldats avaient remplacé quelques gardiens. Les autres les mettaient au courant des règlements qu'il ne fallait pas changer. Les militaires n'embêtèrent pas les prisonniers et paraissaient inspecter consciencieusement le minerai. Ils semblaient plus habitués à faire la guerre qu'à surveiller des bagnards. Comme le nouveau ne descendait toujours pas avec eux pour extraire les roches brillantes, ils pensèrent qu'il devait être prostitué pendant la journée. Le jeune homme restait muet dans son coin. Pour le mettre à l'aise, ils lui dirent que la plupart des détenus ici, avaient connu la prostitution les premières années. Il ne devait pas en avoir honte, il s'en accommoderait par obligation. Quand il aurait envie de parler, de se confier, ils pourraient le comprendre et ne le jugeraient pas. Sans obtenir de réponse, petit à petit, ils lui expliquèrent ce qu'ils faisaient au fond du puits. Il irait sûrement dans quelques mois.

Enfin, un soir Peter parla. Il était bien prostitué. Il était content d'être avec eux car ils étaient sympathiques et solidaires. Il répondit à leurs questions : il avait été condamné à quinze ans de détention. Son langage était soigné et il parlait avec des expressions identiques à celles de Maï. Quand il apprit que son voisin de chambrée était prince, il répondit que lui ne l'était pas, mais il avait eu de bons professeurs, d'où sa façon de s'exprimer. Il resta discret, ne révélant rien de plus et parla peu les deux premières semaines. Il finit par échanger quelques propos avec le petit prince, puisque leurs paillasses étaient proches. Il avait remarqué qu'il était avec Vaudémon et ajouta un jour, qu'il était comme eux homosexuel.

Maï se glissait tous les soirs près de son amant. Le nouveau, copiant son attitude sur celle des autres, se tournait quand ils s'aimaient.

Peter qui n'avait toujours pas rejoint les autres pour extraire des diamants, ne semblait pas éprouvé par son travail un peu spécial. Le groupe d'amis se l'expliquait par le fait que ses clients certainement devaient l'apprécier et ne le brutalisaient pas. Maï avait envie de se glisser près du nouveau quand l'obscurité serait établie. Il le dit tout bas à l'oreille de son petit ami, bien que son amour soit toujours aussi fort. Dans leur univers clos, c'était une pratique peu exceptionnelle qui n'entraînait pas de rupture dans les couples établis. Le nouveau ne l'entendait pas ainsi, il le renvoya fermement sur sa paillasse.

Le petit prince essaya sans succès plusieurs soirs de suite sans qu'il lui fournisse une explication. Peu à peu, le nouveau parla avec son voisin dans la cellule et finit par l'interroger sur la cause de sa condamnation. Maï expliqua qu'il regrettait avoir tué des soldats et qu'il voulait redevenir un bon saryen. Il cacha toutefois son haut grade dans l'armée.

La nourriture était plus abondante et plus variée ces jours ci. Les conditions de travail toujours pénibles, leur valaient plus de pauses. La saleté dans leur chambrée était présente mais leur baraquement avait été nettoyé et blanchi. Ils pensèrent, qu'arrivant en fin de peine, le directeur leur accordait plus de faveurs. Pour se laver, ils avaient même eu droit à du bon savon et ils pouvaient se faire raser la barbe tous les deux jours. Ils s'en amusaient car c'était pour eux comme un avant goût de liberté. Peter les rejoignait après qu'ils avaient été enfermés pour la nuit, il était propre et avait mangé.

Une nouvelle fois Maï essaya de se glisser près du nouveau, le soir dans la pénombre. Il ne fut pas repoussé mais le jeune homme empêcha ses mains de le caresser. Le petit prince l'embrassa sur la bouche d'un petit baiser furtif, que l'autre accepta mais ne l'autorisa à rien de plus. Ils bavardèrent à voix basse. Le prince Yakouti apprit que le roi était maintenant Tonesco Indy, fils aîné de Maximus de Pécen. Peter, tout en parlant à voix basse, lui demanda :

- Aimes-tu ton roi ? Lui seras-tu fidèle ?

Le bagnard le disputa, il était prince et il n'était pas question dans sa famille de ne pas être un bon saryen. Depuis vingt ans, il reconnaissait sa faute et son roi avait été juste en le punissant. Il ajouta, un peu en colère :

- Toi non plus, tu ne dois jamais avoir de rancune contre ton souverain malgré ta condamnation. Il se dit que son éducation, malgré tout, n'avait pas été aussi bonne que ça et qu'elle lui avait laissé peu de souvenirs. Il apporterait un remède à cette lacune, pensa-t-il en retournant sur sa propre paillasse.

Vaudémon était mort de jalousie quand il le voyait ainsi la nuit se rapprocher d'un autre du groupe mais il le laissait faire. Dans leur triste vie, un peu de bonheur stimulerait son amant et par amour, il lui faisait ce cadeau. Cependant, dès qu'il l'entendit revenir sur sa couche, il le serra dans ses bras en l'embrassant. Comment lui dire tout son amour et sa jalousie mais qu'il avait son accord pour qu'il aime Peter quelques soirs ? Maï savait bien ce que son amant ressentait et il murmura à son oreille des mots d'amour, c'est lui qu'il aimait. Il expliqua que désormais, il leur réciterait des textes qu'il avait aimés, des poésies mais aussi qu'il leur expliquerait les lois. Il se sentait l'obligation de les préparer à leur nouvelle vie. Il s'apercevait que ses amis seraient incapables de s'intégrer au monde libre, après tant d'années de détention.

Le lendemain, il demanda à voir le médecin. La poussière lui irritait à nouveau ses yeux trop sensibles. Il pourrait au moins expliquer au médecin, sans se faire rabrouer, ce qu'il pensait pouvoir faire pour ses compagnons afin qu'ils aient plus de chance à réussir à être intégrés dans la société. Ils étaient pleins de bonne volonté mais les hommes qui ne les comprendraient pas les rejetteraient. Pourrait-il avoir la permission de voir le directeur ? Il voulait écrire à son père dont il n'avait jamais eu de nouvelle, lui exprimer la joie qu'il se faisait de le revoir et implorer son aide. Il s'inquiétait pour ses yeux redevenus aussi douloureux que les premières années.

Le rapport qu'envoya le directeur à l'émir Khagne était alarmant, le prince Yakouti avait une fois de plus besoin de faire soigner ses yeux très sérieusement. Il reçut le prisonnier et ne l'autorisa pas à écrire à sa famille. Il déciderait plus tard et il le gronda pour son audace d'avoir demandé un tel privilège. Maï ne redescendit pas au fond du puits mais il fut chargé de nettoyer le baraquement. Il aurait de l'aide si c'était nécessaire. Il se rendit compte que les allées et venues près de leur logement étaient plus nombreuses qu'à l'ordinaire. Sans faire voir qu'il écoutait, il tendit l'oreille. Personne ne faisait attention au fait qu'il avait une ouïe très fine. Il écouta mais n'apprit rien de spécial.

En réalité, le rapport du directeur n'eut pas besoin de suivre la filière ordinaire. Il arriva dans l'heure suivante entre les mains d'un haut général présent au centre de détention. Le petit prince ne s'était pas trompé, quelque chose d'exceptionnel était arrivé. Il était de plus en plus angoissé au point de ne plus pouvoir dormir sans faire de cauchemars. Il s'inquiétait pour l'avenir, ne sachant pas si sa famille l'accepterait. Il ignorait quand très exactement, il serait libéré. Il y pensait sans cesse et il finissait par redouter ce moment qu'il avait pourtant tant attendu. Il en parla un soir à ses compagnons qui étaient tous aussi inquiets. Il commença à leur parler des lois car ses amis avaient tous eu peu d'instruction. Ils le regrettaient et ils imaginaient qu'ils n'auraient peut-être pas commis de crime s'ils n'avaient pas été des ignorants. Maï se sentait chargé de la mission d'augmenter leurs connaissances au nom de l'amitié qui les unissait. Peter était le seul à ne pas s'inquiéter, il cherchait à les rassurer. Il était parmi eux depuis un mois. Il parla des changements intervenus dans certaines lois que le petit prince leur expliquait. Les bagnards comprirent que le nouveau était très instruit. Il n'avait jamais voulu parler de lui et il semblait bien supporter la prostitution. Il disparut aussi soudainement qu'il était apparu quelques semaines auparavant.

Le détenu 6420 reçut à la surprise de tous, la permission d'envoyer une lettre à son père et Vaudémon l'aida pour qu'elle soit lisible. Ils passèrent la journée entière à écrire la lettre, installés à une petite table près de la salle des gardes. Il demanda pardon à l'émir Khagne et il l'implora d'être présent lorsque les portes de sa prison s'ouvriraient enfin. Le camp semblait plus calme, il n'y avait plus ces incessants mouvements de troupe inhabituels. Il remit son message au directeur qui l'accepta et obtint la certitude qu'elle suivrait l'acheminement normal de la correspondance. Maï aurait dû se retirer comme son ami mais il demeura devant le bureau tête baissée. L'homme avait très bien vu qu'il voulait quelque chose mais ne l'encourageait nullement à s'exprimer. Le petit prince ne ressentait aucune animosité contre lui, osa alors poser une question :

- Où est Peter ? Le responsable le gronda en élevant la voix mais le bagnard semblait percevoir comme un peu d'ironie dans ses propos, qu'il aurait dû, à cause de son audace inadmissible, accompagner d'une sanction. Il ne reçut que ce simple avertissement lui montrant qu'il dépassait les limites fixées. S'inclinant, il sortit en entendant le responsable dire :

- Il reviendra sous peu.

Bien que tout le groupe constatait des changements dans le fonctionnement du bagne où la violence extrême encore récente, était progressivement remplacée par des punitions infligées sans haine mais distribuées à la moindre entorse de leur trop strict règlement, leur vie consistait à descendre comme à l'ordinaire pour extraire les précieuses roches.

Le prince Yakouti ne pouvait pas savoir que Peter était un bagnard très particulier, si particulier qu'en fait, il n'était pas du tout un prisonnier. La famille de Maï ne l'avait pas entièrement abandonné mais elle restait fidèle à leurs traditions immuables empreintes de respect pour leur bien aimé souverain. À cause de son immense affection pour son fils, l'émir Khagne se sentait coupable de ne pas avoir réussi à lui inculquer suffisamment de dévotion pour son roi qui aurait dû stopper son ardeur à vouloir libérer son esclave pour lequel il ressentait une passion irraisonnée.

Il attendait avec impatience son retour en compagnie de sa femme et de ses deux petits-fils. L'emprisonnement de leur aîné avait rapproché le couple qui sans leur soutien mutuel aurait renoncé à conserver l'espoir de le revoir libre. Affida avait peint une petite aquarelle de leur fils absent et le représentant à vingt ans habillé simplement. Elle l'avait offert à son mari qu'elle avait senti sur le point de se laisser progressivement gagné par une lente et irréversible mélancolie. Ce grand seigneur devait à son épouse d'avoir pu trouver assez d'énergie pendant ces longues années.

Il occupait toujours un poste de sénateur, très attentif aux affaires du royaume, son rôle d'ambassadeur l'obligeait à de fréquents déplacements. L'âge commençait à peser lourd sur ses épaules et il aurait dû laisser, sans cette triste affaire, ses fonctions à son fils chéri emprisonné à cause de sa trop grande sensibilité qu'il tenait de sa mère. La mort du roi Maxuimus de Pécen, son ami d'enfance, l'avait attristé. Il lui devait la grâce de Maï et les deux amis avaient compris que la guerre et ses importantes responsabilités qu'ils avaient tous deux attribuées au jeune prince, l'avait transformé trop rapidement alors qu'il sortait à peine de l'adolescence. L'émir Khagne avait donc côtoyé son fils aîné, Tonesco Indy depuis sa tendre enfance. Malgré le désir des deux amis de ne pas parler du détenu, ils n'avaient pas pu empêcher la conversation de dévier de temps en temps sur l'absent. La tristesse se lisait sur le visage du père et le défunt roi n'avait nul besoin de l'interroger, il connaissait ses pensées. Il lui tapotait amicalement l'épaule pour le soutenir et avait pris quelques réformes. Elles avaient permis un peu plus d'humanité dans les bagnes sans pour autant libérer le prince félon. Le fils avait succédé à son royal père et connaissait sans l'avoir vu, ce prisonnier, rien qu'en écoutant les deux hommes. L'exigence du prince Makassar, lors des ultimes négociations de paix, qui considérait le prince Yakouti comme son fils adoptif, l'avait étonné. Tous semblaient l'aimer, malgré sa trahison, ce qui restait incompréhensible pour ce jeune monarque. Les rapports réguliers que le roi, son père, et lui ensuite avaient exigés du directeur du centre de détention lui avait donné envie de le connaître. Le bagnard paraissait courageux, discipliné et repentant. Méritait-il de vivre en Sarye après sa libération ou devrait-il l'expulser du pays ? Cet homme, prince issu d'une des plus anciennes familles du royaume n'était pas un homme ordinaire et lui en tant que souverain devait contribuer à conserver les valeurs traditionnelles mais aussi protéger les familles princières et non détruire l'une d'elles. Il avait eu donc l'idée originale de se faire passer pour un nouveau condamné, profitant du fait que venant d'accéder au pouvoir, on ne le reconnaîtrait pas. Quelques gardes avaient conservé leur fonction auprès des prisonniers et ils avaient été prévenus de l'arrivée incognito de leur roi. Sa nombreuse garde personnelle l'avait accompagné, prête à intervenir à son moindre appel.

Le bagnard 6420 avait donc à juste raison, perçu les mouvements peu coutumiers de nombreux soldats à l'intérieur du camp. Les détenus avaient constaté la venue de nouveaux surveillants braillards mais qui fouettaient l'air plutôt que leurs dos. Ils ne pouvaient pas imaginer que le dernier prisonnier arrivé, était en fait leur souverain qui les avait rejoint seulement lorsque sa garde spéciale s'était habituée à sa fonction peu ordinaire. Il fut convenu qu'il passerait uniquement la nuit dans le baraquement avec le groupe d'hommes qu'il voulait approcher. L'accident de l'un d'eux fut l'occasion inespérée de s'introduire dans le groupe sans éveiller de soupçon. Plutôt que de raconter des balivernes, le nouveau qui avait déclaré s'appeler Peter, avait choisi de se taire sur ses origines et de peu parler pour mieux les écouter. Lorsqu'ils avaient trouvé qu'il supportait bien la prostitution, il avait donc été contraint d'annoncer qu'il était homosexuel, ce qui n'était qu'une pure invention pour justifier son calme apparent.

Son cousin, le prince Mohamed qui se trouvait à bord du bateau qui avait ramené le bagnard Yakouti de la Coercie vers la Sarye après ses opérations des yeux, avait raconté avec précision l'attitude du détenu à l'annonce de la mort du roi, son père. Sa peine était sincère, les larmes avaient coulé sur ses joues et il avait fait prier l'équipage pour l'âme du défunt. Son attitude avait été celle d'un homme aimant son souverain et ce simple fait l'avait convaincu de l'approcher sans qu'il connaisse sa véritable identité.

Peter avait dû repousser Maï venu le rejoindre sur sa paillasse et qui avait voulu commencer à le caresser. Petit à petit, il l'avait laissé le rejoindre. Un simple appel de ses gardes à portée de voix et ils surgiraient pour le protéger. La nuit serait le moment propice des confidences du petit prince. Il n'avait pas imaginé qu'il pouvait se faire rabrouer par l'homme qu'il désirait connaître et qui à plusieurs reprises avait estimé qu'il n'était pas assez respectueux vis-à-vis de son roi. Il s'était retenu de rire et plus les jours passaient, plus il le trouvait sympathique, soucieux de leur avenir à tous et non que de celui du prince Yakouti, toujours respectueux des traditions. Peter, finalement était resté un peu plus longtemps avec eux pour leur faire comprendre que tout irait bien. Il avait dû repartir pour la capitale avec ses soldats, sa fonction le rappelait loin d'ici. Il rejoignit le sénat lors d'une séance et déclara qu'il abrégeait la condamnation du prince Yakouti ainsi que celle de ses compagnons. Un lourd silence suivit sa déclaration qu'il termina par un : « c'est un ordre » cinglant qui n'admettait aucune protestation. Il raccourcissait ainsi sa peine de trois ans.

L'émir Khagne, ému, s'agenouilla devant son jeune roi en signe de remerciement et d'allégeance.

Peter, très occupé à la capitale pendant une quinzaine de jours, décida de rejoindre le bagne après avoir envoyé là-bas une partie de sa garde. Il devait les préparer à leur libération mais il avait envie de revoir Maï. Il occupait un peu trop ses pensées et tout d'abord, il devait stopper ses souffrances morales. Il convoqua l'émir Khagne qui repartait en Coercie pour parfaire le rapprochement des deux pays. Il le pria d'organiser la venue de son fils dans le même lieu où il avait été soigné, afin d'être sans tarder, revu par le célèbre spécialiste qui l'avait opéré. Il devait être de retour à la fin du mois. Son fils serait alors libéré, et il exigeait que sa famille soit là, au complet, à l'accueillir joyeusement. La cour jugeait favorablement sa décision. Ses informateurs lui avaient rapporté ce qui se disait dans les salons en dehors de sa présence.

Une nouvelle fois, les bagnards constataient des changements autour d'eux. Leurs gardes furent remplacés par les mêmes hommes que la dernière fois et de nombreuses troupes manœuvraient à l'intérieur du camp. Peter arriva peu après et il les rejoignit au fond du puits car ils avaient déjà commencé leur besogne. Comme à l'accoutumée, Maï piochait sous la direction de Vaudémon. Tous, comme le règlement les obligeait, gardaient le silence, lorsqu'un joyeux bonjour du nouveau rompit à leur grande surprise. Il passa la main sur l'épaule du prince, lui prit l'outil des mains et voulut piocher à sa place, s'arrêtant vite à cause d'un garde arrivant en brandissant son fouet, menaçant. Le garde fut interpellé immédiatement par un soldat et disparut. Le petit prince reprit sa pioche en murmurant :

- Regarde, je fais ça mieux que toi.

Peter à son tour répondit faiblement :

- J'avais envie de te revoir.

Le détenu sourit et Vaudémon haussa les épaules, déjà jaloux. Malgré son désir de laisser son amant prendre un peu de bonheur, il voyait avec mécontentement, l'homme revenir et ses craintes avec.

Le nouveau travaillait lentement, toujours à côté de Maï bien sûr, prenant le temps d'examiner les roches dont certaines contenaient de petits diamants. Le groupe fut prévenu que leur baraquement serait fouillé. Il l'était plusieurs fois par an pour éviter la détention d'armes donc d'évasion. Les travailleurs remontèrent à la surface en milieu de journée exceptionnellement. Le roi savait très bien que sa garde ne trouverait rien de prohiber, mais la fouille complète donnerait lieu à un bon nettoyage. Il avait l'intention de rester quelques jours mais il désirait que l'endroit soit propre. Un peu d'exercice au fond du puits lui permettrait de mieux comprendre leurs efforts intenses mais il n'était tout de même pas un bagnard. Les prisonniers étaient sales et c'était pour eux, l'occasion de se laver et de se faire raser la tête. Peter échappa à la tonte car un soldat déclara qu'il repartirait sous peu afin de faire son travail habituel. Le roi, toujours incognito, entraîna le princier prisonnier à l'écart, s'il l'emmenait voir le médecin, là, il pourrait lui parler. C'était pour ça qu'il était revenu, le rassurer sur son avenir. Un soldat les accompagna et les laissa seuls, le médecin étant absent.

Les deux hommes n'avaient guère pu échanger que quelques mots jusqu'à présent mais le souverain avait écouté les autres détenus parler à voix basse. Il constatait une fois encore leur complicité amicale. Le prince après le départ du militaire se serra contre le nouveau et ses mains parcoururent son visage déjà connu. Ne se sentant pas repoussé, il pressa ses lèvres contre les siennes. Il le questionna :

- Où était-il depuis presque un mois ?

Bien sûr, il n'avait pas besoin de répondre, il savait. Alors il le rassura, il comprenait. Il n'oublierait jamais mais ce serait moins douloureux avec les années. Ses mains touchaient ses fesses, ses hanches sans que l'autre se dérobe. Il sentait leur désir partagé les envahir et la gêne de Peter. Maï prit alors les initiatives de leurs caresses, il voulait profiter de ce qu'ils étaient seuls pour lui faire l'amour. Peter savait qu'ils ne seraient pas dérangés et il lui murmura :

- Je n'ai pas l'habitude, tu sais.

Le bagnard fut tout de même étonné par ses propos et le rassura, il serait patient et tendre mais leurs caresses ne cessèrent pas puis tout alla si vite... Ils ressortirent longtemps après, ils étaient amants. Leur plaisir était encore visible sur leurs visages.

Le médecin arrivait juste. En fait, la garde royale l'avait empêché d'entrer dans le bâtiment car il était arrivé depuis un moment. Il savait qui était le nouveau, savait aussi qu'il ne devait rien laisser paraître dans ses propos et bien sûr, il était embarrassé sur l'attitude à adopter. Un regard du roi accompagné d'un geste signifiant silence lui indiqua qu'il devait faire attention. Prenant son courage à deux mains, il s'adressa à Maï :

- Avait-il mal aux yeux ? Puis se tournant vers Peter :

- Je ne te connais pas encore beaucoup. Le prince demanda au médecin d'examiner le nouveau qui était prostitué et de regarder s'il n'avait pas attrapé de maladie. Celui-ci protesta, il ne voulait pas. Malgré l'insistance du petit prince, le nouveau ne céda pas mais il demanda à rester à se reposer jusqu'au soir, ce qui fut tout de suite accordé. Il voulait une dernière fois faire parler le prisonnier pour lequel il avait monté cette mise en scène, le préparer à sa sortie proche et aussi commencer à lui révéler qui il était. Il constata que le bagnard avait peur, peur d'être rejeté, peur du monde libre, peur d'être confronté à des situations qu'il ne saurait pas évaluer et le ferait rechuter, peur de revoir Jonathan et de tant de choses. Alors le roi n'eut plus rien d'autre à faire que de le rassurer, affirmant que sa lettre avait été reçue par son père et que celui-ci serait là. Pour Maï, rien n'était certain. Peter déclara :

- Tu sors dans quelques semaines car tu as obtenu une remise de peine de trois ans. Silence.

Il continua :

- Mais, c'est vrai. Silence

Il vit qu'il allait se fâcher. Avant qu'il ne parle, il lui dit encore :

- Je vais te dire qui je suis, mais tu ne me croiras pas.

Le petit prince était maintenant en colère :

- Tu me racontes n'importe quoi parce que je suis aveugle et donc plus vulnérable que les autres. Je ne te savais pas méchant.

- Je ne suis pas méchant, je ne suis ni prisonnier, ni prostitué.

- Allons donc, qui es-tu ?

- Le roi.

Silence. Maï haussa les épaules et sortit. Il lui cria en s'éloignant :

- Tu es fou.

- Où vas-tu ? Reviens, ils vont nous servir un bon repas.

S'adressant à un soldat de sa garde :

- Ramène-le.

Il lui redit :

- Tu es libéré avec tous tes amis par ma propre volonté. Viens, j'ai faim. Que penses-tu de tout ça ?

- Je ne te crois pas.

Le prince silencieux entendit que quelqu'un dressait une table. Il réfléchissait aux écarts de conduite de cet homme qui n'était jamais puni mais juste réprimandé de la voix. Ses arrivées dans leur baraquement survenaient toujours quelques jours après des mouvements de troupe inhabituels et lorsqu'il partait le calme revenait. Était-ce seulement une coïncidence ? Et maintenant que se passait-il ? Plusieurs personnes étaient entrées et apportaient des plats car des effluves odorants parvenaient jusqu'à ses narines. Mon Dieu pensa-t-il, qui est-il vraiment ?

Peter parlait à nouveau en touchant son épaule pour le faire sortir de ses pensées :

- Prince Yakouti, mon ami, ça va ?

- Oui, mais je ne t'ai jamais dit mon nom, juste que j'étais prince.

- Je suis le roi, je sais tout et je peux tout. Tu sors du bagne dans quelques jours.

- J'ai peur Peter d'être libre. Il continuait à l'appeler ainsi, peu convaincu qu'il devait être le roi. Il pensa mais n'ajouta pas : Il exagère tout de même un peu, le nouveau.

- Je sais ça aussi.

Le petit prince avait l'impression de rêver. Voilà à présent que celui qui l'appelait mon ami et se prétendait être le souverain de la Sarye, lui parlait de ses fils devenus de jeunes hommes passionnés de politique, que le roi défunt et l'émir Khagne étaient restés amis malgré sa trahison. Sa femme, Angélina toujours dans leur palais, avait consacré sa vie à élever leurs deux enfants avec l'aide de son père dont le caractère s'était bien adouci. En tant que bagnard, il n'avait plus aucun bien, mais ce n'était pas là le plus important. Lui, Peter, il l'aiderait à s'adapter à sa nouvelle existence et le groupe d'amis ne serait pas séparé puisqu'il les libérait aussi. Il les installerait soit chez son père, soit chez son frère Mohamed. Il l'assura qu'il serait son protégé et qu'ils resteraient amis. Il prit sa main car Maï restait silencieux par l'étonnement. Faisant un signe pour éloigner ses serviteurs, il donna l'ordre à son garde du corps de sortir. Ils étaient seuls.

- Commences-tu à me croire ?

- Oui, il est évident que tu es un personnage important, mais tu es sûrement un prisonnier comme nous.

Le roi éclata de rire.

La journée n'était pas encore terminée mais Peter essayait encore de le convaincre. Il s'était attendu à la difficulté de lui faire admettre la réalité. Sa réinsertion s'avérait encore plus délicate qu'il l'avait imaginé. Le prince Yakouti s'était construit tout au long des années, une protection qu'il devrait délicatement ôter sans le faire souffrir. Il aurait besoin de tous ses compagnons pour survivre, de sa famille et de son amitié qui seule parviendrait à faire taire l'hypocrisie des courtisans. Il s'approcha tendrement lui disant de continuer aussi longtemps qu'il le voudrait à l'appeler Peter, sans observer l'étiquette. L'embrassant comme un amant amoureux, il ajouta :

- Tu finiras par t'apercevoir que je t'ai dit la vérité. Comme il aimait le toucher, constatait Peter. Il se dégageait de cet homme un magnétisme irrésistible et c'était pour le monarque une expérience amoureuse nouvelle. Jamais il n'avait pensé connaître un tel attrait pour un homme bien que l'homosexualité dans le pays soit relativement courante mais discrète.

Les deux hommes se dirigèrent vers le baraquement où le groupe qui s'était installé dans la cour profitait du soleil faiblissant. Le bagnard qui s'était cassé la jambe était là avec ses béquilles. Il arriva vers eux en clopinant et s'adressant à Peter :

- J'ai entendu parler de toi, murmura-t-il en souriant.

Le roi appela sa garde personnelle en un seul geste. Il vit le mouvement de surprise des hommes qui gardaient le silence mais restaient attentifs. La main sur l'épaule de Maï, afin qu'il demeure à ses côtés, il commença un petit discours :

- J'ai une très bonne nouvelle pour vous. Dans quelques jours vous serez libérés. Même toi, s'adressant au boiteux. Moi seul, ai le pouvoir de vous ouvrir les portes du bagne. Je ne suis pas un détenu comme je vous l'ai fait croire et pas seulement prince. Je suis le roi venu connaître les hommes comme vous, condamnés à de très lourdes peines pour savoir ce qu'il convient de faire. Voleurs, menteurs, arrogants, méprisables, vous seriez restés ici pour le reste de vos jours. L'entraide, la loyauté, le repentir de vos mauvaises actions que j'ai constaté chez vous, font que je vous déclare mériter d'être libérés. Amusé, il continua, malgré les rumeurs qui s'élevaient, j'ai même eu droit à une bonne leçon du petit prince qui m'a trouvé irrespectueux envers le nouveau monarque.

Les bagnards n'osaient pas répondre et étaient stupéfaits par ce qu'ils venaient d'entendre. Maï leur dit que Peter lui avait affirmé la même chose. Ils allaient prier, car eux aussi avaient remarqué d'étranges coïncidences. Le directeur confirma que Peter disait la vérité et qu'à partir d'aujourd'hui, ils pouvaient parler sans aucune restriction. Les prisonniers voyaient les marques de respect que militaires, gardes et serviteurs adressaient à ce fameux Peter et admirent que c'était bien leur roi. Ils prièrent pour lui et Dieu afin qu'ils les soutiennent puis leur chant s'éleva. Il parlait de leur espoir, de leurs souffrances et de l'amour pour leur pays grandi dans les épreuves.

Pendant ce temps, Peter se fit apporter les symboles de la royauté : sa bague, sa couronne et sa crosse. Seul son ami ne pouvait pas voir sa transformation, alors il prit ses mains pour qu'il tâte ces trois signes figurant la royauté et qu'il connaissait depuis toujours. Le petit prince était pâle, voyant avec ses doigts ce qu'il ne pouvait pas voir avec ses yeux et il pleurait. Il s'agenouilla car c'était bien le roi et tous l'imitèrent, soudain effrayés en pensant à l'attitude qu'ils avaient eue avec le nouveau.

Cet univers clos qu'était le bagne, si soigneusement isolé du reste des hommes, était mal connu par les sénateurs. Bien qu'élaborant les lois et les règlements de la Sarye, jamais ils n'avaient voulu y pénétrer. L'horreur de ces lieux dont pourtant ils administraient le fonctionnement, ils ne faisaient que l'imaginer. Ce jeune roi, courageux, impressionné depuis son adolescence par les conversations de son père avec son plus cher ami, avait toujours pensé qu'il était de son devoir d'avoir une vision exacte de ce monde volontairement oublié. Ses soldats avaient organisé sa venue, aplanissant les innombrables difficultés que ce projet avait soulevées, pour qu'il puisse y accéder sans que les prisonniers et la plupart des surveillants connaissent sa véritable identité. Peter était né. Malgré son mutisme des premiers jours, il avait été très affecté par l'extrême dureté de la vie des captifs. Pourtant ces hommes qu'il avait rejoint étaient dociles et travailleurs. La violence de certains gardes l'avait impressionnée. Les premiers coups de fouet qu'il avait vu appliquer avec vigueur sur leurs dos musclés lui avaient fait mal, comme s'il les recevait. Des stries zébraient leur peau et progressivement les lanières de cuir s'abattaient avec plus d'intensité, leur arrachant seulement quelques plaintes malgré la souffrance que leur visage exprimait.

Sans leur arrestation et leur condamnation à une existence rude et prolongée, la plupart de ces détenus seraient restés des meurtriers dangereux pour la société, pensait le souverain. Ces hommes, qui s'étaient rachetés par leur bonne conduite dans ce bagne depuis de nombreuses années, méritaient d'avoir une chance de rejoindre le monde libre. Il s'apercevait maintenant de la nécessité de tous les aider dans leur quête pour enfin recommencer une vie plus douce mais beaucoup les repousseraient. Lui, le roi devait modifier les mentalités et commencer par transformer les bagnes en prisons plus humaines. Il prenait conscience de l'ampleur de cette difficile besogne qui lui prendrait bien des années.

Peter aida Maï à se relever et l'emmena dans le baraquement, il voulait rester seul avec son ami qui attendait en silence depuis la fin des chants. Il était nécessaire de le rassurer une dernière fois avant son départ. Dans peu de temps, il serait affranchi et partirait sans tarder en Coercie soigner ses yeux. Il n'ignorait pas ses peurs et sans aucun doute, cette fois-ci Jonathan serait là à l'attendre. Quels seraient les sentiments du bagnard à l'égard de cet homme pour qui il avait ressenti une si grande passion ? Beaucoup de souvenirs enfouis allaient ressurgir entraînant inexorablement des émotions.

Maintenant seul, le roi l'enlaça, posa ses lèvres sur le coin de sa bouche et le vit légèrement sourire. Son ami commençait à se détendre et il allait continuer à le mettre en confiance. Il avait appris à connaître sa sexualité débordante et c'était là, une première expérience amoureuse imprévue.

Le détenu hésitait à poser ses mains sur ses fesses.

- Maintenant que tu es roi, je n'ose plus.
- Je serai pour toi que Peter.
- Continue ainsi et tu vas avoir une deuxième expérience.
- Je suis ici pour apprendre.
- Vraiment.
- Oui, même ça, bien que ce n'était pas prévu.
- Je ne veux pas être qu'un professeur.
- Idiot, répondit le royal ami en l'embrassant. Ses mains se glissaient déjà sous ses vêtements. Ose.

Ils s'aimèrent sur cette simple paillasse, oubliant un instant, le reste du monde et le lieu insolite qui les réunissait.

La nuit était venue. Le nouveau appela. Aussitôt son garde du corps arriva. Le souverain désirait laisser entrer les autres prisonniers qui attendaient dans la cour. Ils arrivèrent, embarrassés. Ils n'osaient pas s'approcher. Il alla au devant d'eux :

- Ici, je ne suis que Peter. N'ayez aucune crainte, je vous ai jugé et trouvé digne de rejoindre la société. Préparez-vous à être libres, je veillerai sur vous car sinon vous seriez perdus dans ce monde si différent du votre et que vous ne connaissez plus. Laissez-moi cette amitié que vous me prodiguez avec sincérité. C'est une chose rare et c'est un cadeau inestimable que vous me faites à moi, votre roi. Continuez à m'appeler comme vous le faites avec simplicité. Une inclination de la tête vous suffira, à vous qui ne connaissez pas l'étiquette, à me prouver votre déférence.

Dormons, bien que votre travail au fond de la mine soit terminé, demain nous descendrons prendre une pierre. Quand notre regard se portera sur ce petit diamant, nous repenserons à cette belle amitié qui nous unit à jamais. Il s'approcha et leur serra à tous la main. Il resterait avec eux une dernière nuit près de Maï et de Vaudémon qu'il rassura. Le boiteux reprit sa place que lui avait empruntée le nouveau.

Il ne leur dit pas cette chose incroyable qu'il ressentait, lui, le roi. Il n'arrivait pas à oublier cet homme qu'il avait désiré approcher. Était-il amoureux du prince félon Maï Yakouti ? Il discernait l'inquiétude de l'amant de celui-ci. Voilà que Peter avait un rival un peu spécial, un bagnard...

Le souverain partit le lendemain après qu'ils aient tous ramassé une belle pierre. Il les sentait inquiets, dans peu de jours les portes de leur prison s'ouvriraient sur ce monde inconnu qui les attendait. Il prit les deux mains du petit prince :

- Va te faire soigner en Coercie, ne perd pas de temps et reste mon ami. Il préféra partir rapidement, sachant qu'il les laissait désemparés.

Le groupe de bagnards n'avait plus de contrainte, plus de travail à exécuter. Bien que les hommes savaient qu'ils ne seraient pas séparés, l'ignorance de ce qui allaient leur arriver, faisait qu'ils n'étaient plus aussi pressés de sortir. Propres, vêtus simplement, soignés et nourris, c'était déjà un grand changement.

Maï informa le directeur qu'il ne sortirait qu'avec ses amis, incapable de se séparer d'eux. Le jour de leur libération fut fixé mais la seule chose qu'aucun homme ici ne pourrait lui redonner, c'était la vue. Vaudémon l'avait décidé à partir immédiatement pour la Coercie afin de se faire examiner par le spécialiste et l'accompagnerait. L'homogénéité de leur groupe leur manquerait s'ils ne pouvaient pas tous l'accompagner. Le petit prince redoutait aussi l'entrevue avec Jonathan et son amant avait déjà avec le roi un rival de taille, il n'avait nullement envie que le coercien en soit un autre.

Ils dormaient tous si mal que le médecin leur prépara une forte boisson à base de plantes pour les calmer.

Le jour attendu et redouté à la fois arriva. Le directeur les fit se rassembler en début d'après-midi devant leur baraquement et leur annonça qu'il allait les libérer officiellement. Tour à tour les détenus récitèrent une dernière fois leur accusation puis ils prièrent. Aucun écart de conduite ne leur serait permis sous peine de se retrouver une nouvelle fois incarcérés. Il les emmena jusqu'à la lourde porte verrouillée, ajouta en leur souhaitant bonne chance qu'ils étaient tous attendus.

Vaudémon, la main sur le bras de Maï pour le guider, sortit suivi des autres hommes de son groupe. Le petit prince lui demanda très vite :

- Que vois-tu ?

Un groupe de personnes et de nombreux attelages les attendaient. Ils n'avaient pas été oubliés comme ils l'avaient souvent imaginé. Trouveraient-ils enfin un peu de bonheur ? Ils s'agenouillèrent et prononcèrent une prière de remerciements, soucieux quant à leur avenir.

L'émir Khagne et son épouse avaient également tant souhaité voir ce jour arriver. Ce père, jadis trop sévère, était venu, heureux de revoir ce fils rebelle si longtemps reclus dans ce bagne éloigné. Maï se rappelait-il qu'il l'avait bercé dans ses bras à la prison du tribunal ? L'émotion l'empêchait de se précipiter vers lui. Le bandeau qui masquait ses yeux permettait de le distinguer parmi les autres. Il avait du mal à le reconnaître. Il était si jeune lorsqu'il avait été emmené. Il s'approcha d'eux pendant leur prière. Vaudémon qui tenait toujours le petit prince par le bras murmura à son oreille :

- Je pense que c'est ton père, il est juste devant toi.

Maï appela :

- Père ?

- Oui, fit-il d'une voix étranglée.

- Pardon, père. Le trouble l'empêchait d'en dire davantage.

- Je t'ai pardonné depuis si longtemps. À la prison, j'ai pleuré en te voyant souffrir et je t'ai dit tout mon amour. Il le serra sur son cœur et le fils sentit une larme coulée sur la joue du vieil homme.

Non, Le prince Yakouti ne se rappelait de rien et il pleurait à son tour maintenant, heureux de le retrouver. Sa mère le consola comme s'il n'était resté qu'un adolescent et lui était à présent, incapable de parler. Les paroles viendraient petit à petit. Ils avaient plus de vingt ans à se raconter et à se pardonner.

Vaudémon était demeuré près de son amant pendant les retrouvailles comme il lui avait souvent demandé lorsqu'ils évoquaient leur libération. Il savait que par le seul contact de sa main, il aurait moins peur, alors comme convenu, il le toucha. Maï sourit à travers ses larmes. Il l'aimait tant et avait depuis qu'il l'avait rencontré si besoin de son amour. Comment ferait-il pour continuer à vivre s'il n'était pas là ? Il était un repère fondamental qui le remettait sur la bonne voie quand son équilibre mental semblait perturbé par trop d'épreuves.

Il le présenta à ses parents en leur disant :

- C'est mon plus cher ami, l'homme que j'aime et à qui je dois la force d'avoir résisté à la dure vie de bagnard.

Montrant de la main ses compagnons qu'il savait restés en retrait, sans eux, j'aurais arrêté de lutter pour survivre. L'émir Khagne serra Vaudémon dans ses bras et s'approchant des autres hommes, il leur donna l'accolade, prononçant des paroles de remerciement. Le moment était venu de partir, de s'éloigner de cet endroit maudit. Venez nous partons, leur indiqua-t-il et s'adressant à son fils, nous rentrons à la maison avec tes amis. Tes fils nous attendent dans un village voisin où ils ont rencontré tes enfants nés au bagne. Nous les emmènerons avec nous, j'ai hâte de les connaître. J'ai la joie d'avoir une unique petite fille.

Le petit prince les avait vus une seule fois, vus avec ses mains qu'il avait passé sur leur visage pour distinguer leurs traits. Il avait pu leur dire qu'il les aimait mais était resté très peu de temps en leur compagnie. Ce privilège il n'oubliait pas qu'il l'avait gagné par sa bonne conduite mais son impitoyable destin l'avait une nouvelle fois éloigné d'eux. Il sentait ses larmes couler, il éprouvait d'énormes difficultés à retrouver son calme. Son amant le prit par le bras et l'emmena loin des voitures sans s'occuper de ce que venait dire son père. Il devait s'occuper de l'homme qu'il aimait, le moment n'était pas encore venu de partir. Il l'étreignit longuement, lui parla et l'embrassa comme s'il s'agissait d'un enfant. Il appela d'un geste les autres, beaucoup pleuraient. Ce moment attendu depuis plus de vingt ans, était arrivé. Ils s'étaient promis de ne pas se séparer quand ils faisaient des projets, enfermés dans leur baraquement. Ils se le jurèrent une fois de plus. Ils iraient tous ensemble chercher ses enfants et continueraient à vivre en groupe. Leur chant s'éleva mélodieux, il leur apportait l'apaisement. Maintenant, ils étaient prêts à quitter le bagne.

La prochaine étape allait amener une grande joie au prince Yakouti. Il rejoignit, non loin de là, tous ses enfants rassemblés dans un village. Quelques fidèles amis seraient là à l'attendre. Le groupe fut réparti dans plusieurs calèches et le trajet dura tout le reste de l'après-midi. Les hommes silencieux, regardaient le paysage défiler sous leurs yeux. Ils avaient oublié que leur pays était si beau. Seul Maï ne le voyait pas. Vaudémon décrivait la campagne et l'émir Khagne apportait quelques précisions sur les petites villes qu'ils traversaient mais surtout il observait son fils et son amant, s'apercevant de leur amicale complicité. Il préférait qu'il en soit ainsi mais qu'allait-il se passer lorsque Jonathan les accueillerait ? Il comprenait qu'ils ne se sépareraient pas. Il espérait que les deux décennies qui venaient de s'écouler aurait effacé l'amour du coercien car l'homme qui accompagnait son aîné semblait veiller sur lui en permanence avec une tendresse infinie à laquelle il répondait en toute confiance.

- Vous m'observez, père. Je sens votre regard constamment tourné vers moi.

- Oui, dit-il en riant, je vois que vous vous aimez. Tu n'as changé que physiquement. Il y aura beaucoup de monde venu t'attendre, tes enfants avec ta femme, tes cousins, ton majordome Païra, le prince Mohamed et un certain Peter.

- Je m'attendais bien à ça, soupira Vaudémon.

Il était jaloux et ne le cachait pas. La situation semblait surprenante à l'émir qui connaissait comme tous ceux venus les attendre, la véritable identité de celui qui se cachait sous le nom de Peter. Comment poser la douloureuse question à son fils qui lui ferait entrevoir ce qu'il avait enduré ? Il posa sa main sur la sienne :

- Je n'ose pas te demander si tu as beaucoup souffert.

- L'enfer est sur terre car le bagne existe, il m'a tout pris. Mes tourments physiques et moraux ont été insupportables et j'ai dû par tous les moyens réussir à vivre avec eux. Dans son immense bonté, notre roi a compris et pris pitié de notre souffrance tout en réalisant que nous étions restés des hommes et non des animaux à qui les gardes peuvent tout faire subir. C'est un souverain intelligent, soucieux du bien-être de tous ses sujets, comme notre pays en a peu connu. Il fera beaucoup de réformes pour le bonheur de tous. Je lutterai pour redevenir un bon saryen, pour mon roi, pour mon amant et mes enfants et pour moi-même. Visiter le bagne, père si vous m'aimez toujours et vous verrez l'ignominie de cet endroit pour un grand royaume comme la Sarye.

Il s'énervait un peu et dans sa colère grandissante, il prononça durement, irrespectueusement :

- Pourquoi n'êtes-vous jamais venu me voir ? Aviez-vous si honte de moi ? Vous saviez que j'avais agi par amour pour un homme. J'avais besoin de vous.

- Tu devais être puni pour ta trahison encore plus fermement parce que tu es prince et que tu as manqué d'humanité vis-à-vis de tes soldats. Tu devais renoncer à faire évader Jonathan lorsque la situation a mal tourné. Pour retrouver ta dignité, il fallait te laisser là-bas malgré mes larmes. Il l'attira, lui redit, en laissant enfin paraître ses plus profonds sentiments, qu'il n'avait jamais cessé de l'aimer comme un fils.

Vaudémon savait bien que Maï avait besoin d'entendre son père lui dire qu'il ne l'avait pas renié et lui aussi sentait ses yeux pleins de larmes. La femme de l'émir laissait les deux hommes s'expliquer. Elle connaissait la profonde douleur de son mari qui peu à peu avait été transformée par leur épreuve commune et qui les avait rapprochés. Elle savait mieux que quiconque l'extrême sensibilité de son fils qui lui ressemblait tant et qui avait eu le tort de s'être laissé submerger par sa trop forte passion. Elle consola cet inconnu trop ému pour cacher sa mélancolie et grâce à qui son enfant avait trouvé assez d'énergie pour survivre. Cet homme avait besoin lui aussi de la tendresse d'une mère et elle serait là pour veiller sur eux.

Maï, maintenant calmé, car en réalité, il réclamait par ses propos violents l'amour paternel qui lui avait manqué, continua :

- Père, un jour, un garde de la prison du tribunal de la capitale, arrivé exceptionnellement au bagne pour amener un nouveau condamné, m'a raconté ce que j'avais oublié. Je ne me souvenais que de ma douleur. Il m'a parlé longuement. Il vous a aidé à me soigner dans ma cellule avant mon départ pour le bagne. Je l'ai chargé de vous dire pardon, que je vous aimais et que j'avais besoin d'aide. Grâce à ce garde, j'ai appris que mon deuxième enfant était un garçon et que ma femme était demeurée dans notre château. Sans cet homme, malgré les années qui s'étaient écoulées, je n'aurais eu aucune nouvelle. Je l'avais chargé de ce message.

Ce soldat était venu rapporter ses paroles à l'émir et à sa femme. Ils s'en souvenaient. Alors le puissant seigneur avait changé petit à petit le règlement intérieur qui améliorait tant de choses pour tous les bagnards et surtout pour le petit prince qu'il n'avait jamais oublié.

Les prisonniers avaient eu droit à une alimentation plus riche et variée alors qu'auparavant, ils mouraient de faim. Les soins leur avaient été dispensés plus facilement, la terrible zone blanche avaient été fermée et les châtiments corporels étaient devenus moins ignobles.

L'émir Khagne leur promit qu'il irait prochainement visiter le bagne et adoucirait encore le sort des détenus, il leur en faisait la promesse.

Le silence s'établit, chacun gardant ses pensées. Vaudémon laissait sa main sur le bras de son amant apaisé. Ils s'endormirent sous le regard plein d'affection du couple heureux de retrouver leur enfant.

Le convoi arriva quelques heures après dans le village où les détenus étaient attendus. La vie de cette bourgade d'ordinaire si tranquille avait subi de grands changements par l'apparition d'une troupe militaire nombreuse qui avait établi son campement sur la place principale. Le bourgmestre était terrorisé depuis qu'il avait eu connaissance de la venue imminente du roi car il n'avait jamais reçu d'importantes personnalités. Le souverain était présent avec une cinquantaine de personnes depuis le matin et il avait fait se rencontrer les deux fils aînés de Maï avec ses autres enfants nés en détention. Ces derniers n'avaient plus eu aucune nouvelle de leur père depuis la seule visite qu'on lui avait autorisé. Leur surprise avait été grande d'apprendre que le roi en personne s'intéressait à eux ainsi que leur grand-père et que les deux hommes les conviaient à venir les rejoindre dans ce lieu éloigné de la capitale. Les villageois étaient pauvres, ignorants mais ravis d'approcher leur jeune monarque. La salle, grande mais fort simple, servait à la célébration des mariages et elle avait été décorée en toute hâte. Les habitants, de robustes travailleurs, étaient exceptionnellement restés accueillir leur illustre visiteur.

Le prince Yakouti descendit de la calèche que le cocher avait arrêtée près de la tente principale. Quatre jeunes hommes entouraient une jeune femme. L'un d'eux s'approcha et lui prit la main :

- Tes enfants sont tous là, père. Je suis ton fils aîné et voici mon frère que tu ne connais pas. Le bagnard serra les deux princes dans ses bras, parcourant de ses mains leur visage pour les découvrir. Le jeune prince en l'embrassant lui dit tout de suite :

- Grand-père nous a souvent parlé de toi, tu nous as beaucoup manqué. Voici tes autres enfants que tu as déjà rencontrés.

Youssoufia, Rachid et Loubna étaient là à l'attendre, heureux de le revoir.

La petite assemblée s'écarta pour laisser place au roi qui s'avançait. Il déclara en riant :

- Maï me fait faire beaucoup de déplacements.

Il lui toucha l'épaule :

- Je suis toujours Peter pour vous.

Le petit prince sans plus attendre et sans s'occuper le l'étiquette, le serra dans ses bras, effleurant son visage de ses doigts. Le monarque Tonesco Indy était venu comme il leur avait promis pour leur libération. Sachant que le père et le fils avaient quelques explications à se fournir, il avait choisi de les attendre dans ce petit village pour leur laisser le temps nécessaire de se retrouver en famille.

Les courtisans avaient fait entendre leur étonnement en voyant avec quelle simplicité ces hommes le saluaient et avec quelle joie non feinte, celui-ci les embrassait. La situation était vraiment surprenante car tous étaient très heureux de se retrouver et les anciens bagnards n'étaient nullement impressionnés par sa présence.

La princesse Angélina s'approcha. Maï s'agenouilla devant sa femme en lui demandant pardon de l'avoir tant fait souffrir. Pleine de sagesse, elle déclara :

- Allons, nous ne devons plus être triste puisque nous sommes réunis.

Le fils du prince Yakouti né au début de sa captivité, Lomé avait souvent entendu sa grand-mère lui dire qu'il ressemblait beaucoup à son père. Il lui avait posé toutes les questions qui lui passaient par la tête à son sujet. Il prit son père par la main qui lui toucha le visage et sourit en reconnaissant son plus jeune prince, Lomé.

- Quand je parlais de toi, je disais, mon bébé car je n'ai pas su que tu étais un garçon. Je l'ai appris par hasard. J'ai souvent rêvé à de jeunes enfants sans parvenir à distinguer un visage. Je te voyais en dormant avec Ménélik.

Mohamed, le frère du prince Yakouti s'approcha d'eux :

- J'ai dit à tes enfants tout ce que je savais sur toi. J'ai raconté notre enfance, ta vie militaire, la carrière avec ses esclaves, Jonathan, sans rien omettre tout en montrant ta générosité et ton désarroi qui a précipité ta perte.

Lomé te ressemble en tous points et Ménélik à son grand-père qui a dû avec mon aide modérer une trop grande rigueur.

Maï répondit qu'il connaissait peu ses trois autres enfants en leur serrant les mains. Il se rappelait toutefois que Youssoufia était le protecteur des deux autres et il chargea ses quatre fils de veiller sur leur sœur.

Il ne savait pas ce qu'avait décidé l'émir Khagne et Peter ou plutôt le roi pour leur retour à la vie libre. Il verrait plus tard. Il s'approcha avec Vaudémon de Peter, le remerciant d'être là. Il ajouta :

- Tu sais, je suis incapable de prendre les bonnes décisions pour nous tous. Je voudrais que tu restes seul avec nous comme au bagne. Je sens les autres pas très à l'aise. Isolons-nous, j'ai besoin d'être avec eux après toutes ces émotions. Je ne sais plus vivre sans leur présence et leur soutien.

- J'ai préparé une tente un peu à l'écart, nous y serons bien pour la nuit.

Leur protecteur n'était nullement surpris d'entendre ses mots.

Le petit prince leva la main pour demander à ce qu'ils l'écoutent :

- Merci d'être là pour notre libération car par votre présence, vous nous faites comprendre que par ces années de bagne, nous avons gagné le droit d'avoir une chance de finir notre vie dans la dignité. Nous n'avons plus l'habitude de la foule aussi nous allons nous retirer pour la nuit car tous ces évènements sont chargés d'intenses émotions.

Peu après de leur tente s'élevèrent, comme à leur habitude pour retrouver courage et sérénité, de beaux chants que tous entonnaient y compris le nouveau.

Le roi les rassura. Il les installerait soit près de la capitale, ce qui fit grogner Vaudémon qui restait sur le qui-vive, soit au château du frère de Maï. Ils devraient tous s'instruire ce qu'avait déjà entrepris le petit prince depuis de longues années. Il aimait l'enseignement pour lequel il semblait doué. Il continuerait mais surtout les hommes apprendraient à lire et à écrire car dans leur prison les cours qu'il leur avait prodigué étaient juste murmurés.

Peter leur appris qu'ils partaient tous pour un long voyage qui leur apporterait joie, d'autres émotions et une retrouvaille attendue et redoutée à la fois. Vaudémon soupira et les autres éclatèrent de rire. Ils partaient pour la Coercie car il était impossible de séparer le groupe. Tous étaient d'ailleurs en mauvaise santé, la mine avait détérioré peu à peu leurs poumons et ils pourraient profiter pour se faire soigner.

Le prince Makassar viendrait à la rencontre de son fils adoptif auquel il apporterait réconfort, amour et protection. Il le savait fragilisé par sa détention et il serait un hôte bienveillant pour ces anciens bagnards qui pouvaient si facilement être manipulés et retomber dans l'illégalité. Bien sûr ils pensaient à Jonathan. Qu'allait-il se passer ?

Ils restèrent rassemblés deux jours dans ce village modeste. L'émotion intense de la veille était légèrement retombée. Les nobles constatèrent à plusieurs reprises et avec stupeur, l'amitié, sincère et surprenante de ces prisonniers sortis de l'ombre, avec leur roi. Celui-ci savait qu'ainsi il les protégeait. Les grands du royaume avides de pouvoir, flatteurs, souvent dénués de sincérité, veilleraient à ne pas le contrarier en s'en prenant à eux. Il n'avait pas fait de discours mais lors des repas pris en commun, il leur avait recommandé : - Respectez-les, ce sont mes amis.

Ce monarque était exceptionnel, assurément, il prendrait des mesures peu ordinaires pour le pays.

Le groupe d'amis était arrivé au palais de l'émir Khagne, où tout avait été prévu pour les recevoir ainsi que le roi. Le long voyage vers la capitale se poursuivrait dans quelques jours. Le père de Maï avait accueilli Vaudémon dans sa luxueuse propriété par ces mots :

- Ainsi, puisque tu es aussi mon fils, bienvenue chez toi.

Et le fils l'avait remercié pour les paroles qu'il adressait à son amant. Puisque ses parents lui avaient attribué le même appartement que lorsqu'il était enfant, il l'entraîna en déclarant qu'il serait capable de retrouver son chemin dans le dédale de couloirs. Un majordome emmena les autres bagnards vers leurs chambres toutes communicantes et à proximité de celle du petit prince mais ils se précipitèrent tous chez lui dès que le serviteur eût tourné les talons. Ils décidèrent de rester là, bien que l'endroit soit un peu exigu pour eux tous. En se serrant, ils seraient très bien sur les tapis pour y dormir. Ils éclatèrent de rire, ils n'avaient vraiment pas envie d'être séparés.

Païra arriva peu après, l'ancien majordome avait envie de reprendre pour Maï ses anciennes fonctions pendant son court séjour. Il n'avait tout de même pas prévu de s'occuper de tant de monde. Les bains réservés aux invités seraient plus appropriés. Les anciens mineurs se retrouvèrent dans une vaste pièce chaude remplie de vapeur parfumée où l'eau tiède coulait sur leurs corps musclés. Les jeunes serviteurs les aidaient à utiliser les installations et commençaient à les masser légèrement.

Vaudémon murmura à l'oreille de son ami :

- Je les vois les caresser, ils aiment les hommes.

- Il en a toujours été ainsi, répondit le prince. Hélas, ils sont à la disposition des invités. C'est leur devoir mais ils seront libres dans quelques années. J'ai été entouré dès l'enfance par de jeunes serviteurs qui m'ont fait aimer leurs caresses sans que cela n'offusque quiconque.

Païra massa Maï avec les mêmes gestes doux et précis. Il passait, comme il l'avait fait jadis tant de fois, ses mains sur son corps entier, s'arrêtant aussi bien sur ses fesses et son sexe que sur son torse. Il n'avait pas perdu ses talents de masseur malgré sa belle carrière militaire. Son ancien élève était détendu et retrouvait ce plaisir oublié. Le majordome indiqua à Vaudémon comment s'installer et recommença son massage sans aucun exception en lui murmurant de se relaxer et de laisser les choses se faire, sans en être gêné. Son amant lui avait pris la main, complice de son plaisir. Les autres eurent droit au même genre de massage par les jeunes serviteurs et évidemment, cette première expérience des bains du palais les enchantèrent. Ils furent surpris de constater que l'émir savait très exactement ce qui venait de se passer aux bains. Le petit prince rit : Son père était toujours tenu au courant de tout. Les habitudes étaient identiques que par le passé, son fils et ses amis avaient renoué avec les traditions. Le roi vint à leur rencontre quand leur bain fut terminé. Il avait dû avoir, comme c'était la coutume, droit à des soins identiques par ses serviteurs personnels. Il repartait dans quelques heures pour la capitale en leur affirmant que prochainement il viendrait leur rendre visite. Il avait chargé l'émir Khagne de veiller personnellement à leur installation dans une grande ferme moderne qu'il avait fait aménager pour eux, les trouvant encore peu disposés à s'intégrer à la vie de la capitale.

En attendant son départ, le roi voulut rester seul avec le prince Yakouti. Il renvoya ses serviteurs mais son garde du corps ne s'éloigna pas.

- Je crois que tu devras t'habituer à la présence d'un garde du corps car souvent le soldat chargé de cette tâche refuse de s'éloigner. Toutefois, quoiqu'il se passe, il est discret, jamais il ne divulguera ce qu'il a vu et entendu.

Il se fit alors plus câlin, commença à l'embrasser :

- Tu vas de nouveau être avec Vaudémon, prononça-t-il avec jalousie.

Maï souriait, il était heureux.

Le monarque continua :

- Vous méritiez d'être libres et je t'aiderai maintenant à les instruire. Auparavant, tu vas aller te faire opérer comme je te l'ai déjà dit, il y a peu de temps. Pars en Coercie car la seule chose que je ne peux pas te restituer, c'est la vue, mais je veux au moins essayer.

Toujours jaloux, il le mit en garde :

- Fait attention de ne pas succomber aux charmes de Jonathan qui d'après son père, ne t'a pas oublié.

Il lui caressait les fesses tout en parlant et avoua tout bas qu'il était jaloux mais qu'il était libre d'aimer l'homme qu'il voulait.

Maï répondit à ses avances, il n'était pas insensible au charme de Peter et oubliait facilement la très haute noblesse du nouveau.

Le roi repartit après que l'ensemble du personnel et les courtisans l'eurent salué. Les anciens bagnards agenouillés, prononcèrent des paroles de remerciements puis entonnèrent un chant de louanges pour leur souverain. Cela le fit sourire, il n'y a pas si longtemps, le bagnard 6420 l'avait sermonné parce qu'il ne montrait pas assez d'entrain et de dévotion en chantant.

C'était au tour de Vaudémon d'être jaloux, il n'avait pas eu besoin que son petit prince lui fournisse quelques explications pour savoir ce qui s'était passé. Son amant devait admettre que Peter était le roi. Il n'aimait plus le voir aller le rejoindre dans son lit.

L'émir Khagne vint au secours de son aîné en proposant au groupe de leur faire visiter le parc, les écuries et le pont qui était terminé depuis de nombreuses années.

Ils traversèrent l'immense parc qui aboutissait aux prairies où étaient parqués les chevaux. L'émir leur apprit que le vieux régisseur était mort il y a une dizaine d'années. Il avait été placé parmi les autres membres de la famille dans le grand cimetière où reposaient plusieurs générations. Ainsi, il était réconcilié avec les ancêtres et pardonné de ses fautes passées. Aucun homme n'est entièrement mauvais, tous un jour rachetaient par leur repentir, leur mauvaise action. Il tenait son fils par le bras pour le guider et s'adressant à lui :

- Tu aurais été enterré dans ce vaste tombeau familial grâce à ton remords et aussi parce que le destin a été trop dur avec toi. Comme pour vous tous ajouta-t-il.

Il laissa Maï se recueillir sur la tombe du vieil homme et entraîna Vaudémon un peu à l'écart :

- Il y a trop de jalousie en toi. Le roi est loin maintenant.

- Comment savez-vous ?

- Je sais lire sur ton visage et sur celui de mon aîné. Apprends que je sais toujours tout, mon fils.

L'émir l'appelait, mon fils. Merci pour ce mot, répondit-il.

- Vous allez avoir votre première leçon. Voyons un peu ce qu'on a comme chevaux pas trop nerveux, fit-il en s'approchant du responsable de l'écurie.

Seule Loubna n'avait jamais monté. Il lui avait fait préparer une belle tenue pour qu'elle puisse, elle aussi, faire de l'équitation :

- Je t'offrirai un beau cheval de nature docile quand tu seras dans une école pour jeunes filles. Tu ne pourras pas suivre tous ces hommes dans leur nouvelle demeure mais tu peux tout de même aller en Coercie avec eux si tu le désires. Le prince Makassar veillera sur toi là-bas.

Maï sourit, il savait ça aussi. Il souriait aussi d'entendre son père prendre soin de ses trois nouveaux petits enfants et de s'occuper plus particulièrement de Loubna qui semblait s'entendre à merveille avec son grand-père. Il était très touché de l'entendre s'occuper de tous avec tant de patience, d'indulgence et d'amour. Il s'approcha de son père :

- Comme c'est bon d'être en famille et d'avoir des parents qui pensent à vous. Il l'embrassa et déclara qu'il pouvait trotter même sans y voir.

Peu persuadé, l'émir l'aida à grimper sur un vieux cheval sur lequel il ne risquerait pas grand chose. Il n'avait pas envie qu'il se casse le cou.

Les anciens bagnards étaient de fort mauvais cavaliers. La plupart étaient d'origine paysanne mais n'avaient eu à faire qu'à des chevaux de trait. Il s'avérait indispensable qu'ils puissent chevaucher correctement pour pouvoir exercer un métier rapidement. Peu instruits, le problème serait de discerner le domaine dans lequel ils seraient compétents. Le pays avait besoin d'améliorer entre les différentes régions la transmission des consignes venant de la capitale. Ils seraient très utiles dans ce domaine sans avoir besoin de trop apprendre. De toute façon, ils seraient libres de leur choix, mais leur réinsertion passait par le fait que tous devaient se sentir utiles pour leur pays.

Une fois en selle et après quelques tours de manège, ils se dirigèrent vers le pont. La carrière n'était pas entièrement fermée mais ne connaissait plus l'intense activité de jadis. Toutefois, elle produisait encore de belles pierres extraites par quelques esclaves. Maï n'entendait plus ni coups de fouet, ni allées et venues de surveillants, ni les tailleurs de pierre dont Jonathan faisait partie. Le pont devait être superbe car les plans conçus par son bel esclave étaient audacieux avec de beaux ornements en rosace.

Il se fit décrire l'ouvrage par son père qui les emmena près du premier pilier. Le pont permettait de rejoindre plus rapidement la frontière avec le Sanal, un pays voisin. Dès que les observateurs constataient des mouvements de troupe, ce qui arrivait parfois, une division l'empruntait pour arriver au plus vite vers les occupants afin de les impressionner car ce pays, avait de tout temps, envié leurs richesses.

Les souvenirs se pressaient dans la tête de Maï et le rendaient triste. Vaudémon le constatait, il savait à qui il pensait. Hélas, bientôt, le petit prince allait rencontrer le fameux Jonathan. Il avait peur que son amant ait à nouveau envie de revivre avec le coercien. Inquiet également, il prit Maï par les épaules et déposa un tendre baiser sur sa joue :

- Je suis là, ne m'oublie pas.
- Je suis juste triste, répondit-il pour le rassurer.

Même s'il se taisait aujourd'hui, le prince Yakouti avait maintes fois affirmé à tous ses amis, qu'il redoutait l'instant de leurs retrouvailles. Tous bien sûr pensait à ce prince architecte.

Peu habitués à monter à cheval, les hommes eurent tous mal aux fesses après leur longue visite du domaine. Le repas les rassembla, la bonne humeur était revenue et Maï paraissait avoir oublié sa tristesse passagère. La nourriture était succulente et tous faisaient des efforts pour bien se tenir à table.

Ils y réussissaient assez bien, ce qui étonnait l'émir Khagne. L'un d'eux, nommé Zagra, affirma qu'ils avaient eu un excellent professeur. Dans ce domaine là aussi, le petit prince leur avait appris comment on devait se comporter chez lui. Les détenus s'étaient accrochés à la vie par tous les moyens, même par celui là, afin de ne pas devenir semblables à des animaux parqués et rester malgré tout, des hommes.

L'émir Khagne les découvrait peu à peu et commençait à entrevoir leur force de caractère qui leur avait été indispensable pour résister à leur dure existence.

Il leur conseilla d'utiliser ce soir, leurs chambres beaucoup plus confortables que les tapis de l'appartement de son fils.

Les hommes éclatèrent de rire en l'assurant qu'ils étaient bien plus épais et chauds que leurs misérables paillasses du bagne et qu'ils ne songeaient pas un seul instant à se séparer de leur ami.

Leur hôte voyait que décidément, il devrait organiser le départ de son fils pour la Coercie mais aussi celui de l'ensemble du groupe.

De toutes façons, le prince Makassar veillerait sur eux, il avait promis de lui rendre compte de tout ce qui se passerait car ils avaient parlé de la vulnérabilité de leurs fils et de la nécessité de les protéger. Jonathan, c'était certain n'apprécierait pas la présence de Vaudémon. Que ferait Maï ?

Le groupe d'amis inséparables repartit avec l'émir pour les abords de la capitale sans avoir changé leurs habitudes et sans avoir dormi dans leurs chambres respectives.

Les anciens bagnards savaient maintenant qu'ils partaient tous dans une semaine avec le petit prince pour la Coercie et qu'il rencontrerait dès son arrivée, le célèbre chirurgien qui l'avait déjà opéré. Le trajet vers leur nouvelle demeure fut effectué lentement. L'émir Khagne prenait le temps de leur expliquer ce qu'ils voyaient, les nouvelles cultures, l'artisanat qui se développait, les mosquées plus nombreuses qui côtoyaient les églises et où l'on trouvait de beaux objets d'art. Zagra, l'artiste du groupe déclara que jadis il peignait et le puissant seigneur lui demanda si ça lui plairait de recommencer. Les artistes avaient leur place dans la société.

Leur protecteur commençait à les instruire car ils ignoraient pratiquement tout de leur pays. Il constatait avec plaisir qu'ils étaient patients, attentifs, intéressés par ce qu'ils voyaient. C'était un bon début. Il était satisfait d'eux et il continuerait à les aider, ils ne pouvaient pas s'en sortir seuls, trop de choses avaient changé. Le sénateur entrevoyait la nécessité d'apporter d'importantes réformes pour que le tribunal puisse être plus indulgent. Les trop longues condamnations enlevaient aux prisonniers toute chance d'être à nouveau capables de subvenir à leurs besoins et à ceux de leur famille. Ils replongeaient en fait dans la violence et l'illégalité.

La vaste ferme où ils séjourneraient était moderne. Il leur fut attribué toute une aile, petit à petit le fermier responsable leur laisserait gérer leurs affaires, mais rien ne pressait. Il leur souhaita la bienvenue, il pouvait compter sur lui.

Pour l'instant, tous pensaient à leur grand voyage et les cinq enfants de Maï les accompagneraient. Ils se demandaient ce qu'ils auraient fait à la sortie du bagne, sans aide, seuls dans ce monde presque inconnu. Beaucoup n'avaient jamais revu leur femme depuis leur arrestation qui ne voulait plus d'eux et ils ne possédaient plus rien.

Il est vrai que même si la guerre était terminée depuis fort longtemps, elle avait tué tant d'hommes, qu'il fallait que des familles se recréent et qu'il y ait de nombreuses naissances. Les anciens détenus ne semblaient absolument pas attirés par les femmes qu'ils avaient croisées. Il ne fallait pas trop compter sur eux pour repeupler la Sarye. La tendresse qui se dégageait des couples était touchante et l'émir Khagne n'envisageait pas encore la possibilité de les laisser seuls. Il resta avec eux jusqu'au départ mais le palais royal était proche et sa majesté arriva avec une petite escorte rendre visite à ses amis qui étaient toujours aussi à l'aise et peu soucieux des conventions. Il l'appelèrent comme à l'ordinaire Peter et ils lui faisaient entièrement confiance. Un grand voilier avait été préparé pour leur traversée, ils partiraient sous peu d'Auriga pour le port de Botech en Coercie.

Maï exprima clairement son inquiétude à rencontrer Jonathan. Vaudémon le rassura, il n'avait vraiment pas envie de le laisser seul avec lui et le coercien devrait se tenir correctement. Il y veillerait comme il surveillait Peter à qui il déclara qu'il savait ce qu'il avait fait avec le prince avant son départ du palais de l'émir et qu'il ne voulait pas qu'il recommence.

Les anciens bagnards le considéraient encore comme le nouveau et il devait se plier aux règles qu'eux-mêmes s'étaient établies. De cette façon, il demeurerait leur ami.

Pour l'instant le groupe n'avait pas envie d'aller au palais royal, redoutant d'y être mal accueilli. Les chuchotements qu'ils entendraient et peut-être le mépris qu'ils liraient sur le visage des courtisans, ces hommes ne se sentaient pas assez forts pour les affronter. Ils se promenèrent avec l'émir Khagne dans la capitale qu'ils découvraient pour la première fois.

Le jour du départ arriva. Païra était chargé de les accompagner et de veiller sur eux. Le père souhaita à son fils de retrouver la vue et de conserver l'espoir d'une amélioration, d'avoir en toutes occasions une attitude réfléchie, de ne rien précipiter. Il le confia à Vaudémon qu'il chargea de l'empêcher de commettre des actes qu'il pourrait regretter.

Le bateau rapide pouvait accueillir cinquante personnes en plus de l'équipage. Le groupe d'amis escortait Maï ainsi qu'un petit détachement militaire. Ils lui faisaient comprendre que Jonathan n'avait maintenant plus d'importance. Vaudémon était dans sa vie depuis vingt deux ans. Le petit prince leur affirma que le coercien n'était qu'un lointain souvenir de sa jeunesse. Malgré ses dires, il n'était pas à l'aise.

Païra qui connaissait que depuis peu les ex-prisonniers, découvrait leur personnalité avec étonnement. Comme Peter l'avait fait auparavant, il voyait leur cohésion amicale qui lui expliquait comment ils avaient résisté à leur enfermement. Ils l'avaient accepté facilement mais l'ancien majordome s'était senti observé, jugé et même testé que l'espace réduit de la goélette rendait plus facile. Contrairement à ce qu'ils avaient l'habitude, l'escorte n'était pas là pour les surveiller mais pour les accompagner et veiller à leur sécurité en Coercie. Les soldats les traitaient en égaux, ce qui pour eux était nouveau. Païra avait senti, au départ de leur voyage, leur surprise mêlée de méfiance pour les militaires. Ceux-ci ignoraient à qui ils avaient à faire et ils se contentaient d'obéir aux ordres de leur supérieur.

Le premier repas pris en commun à bord fut emprunt de tension. Le groupe entier restait sur la défensive. Les jeunes soldats étaient gais et se réjouissaient de la traversée que la paix établie depuis plusieurs années rendait agréable.

Les accords passés entre les deux pays étaient respectés, aussi les bateaux qui naviguaient entre les deux grands ports jadis ennemis, étaient surtout des voiliers pratiquant du commerce.

Ces hommes, enfermés depuis plus de vingt ans, découvraient comme de jeunes enfants tout un vaste univers. La navigation leur était encore plus inconnue que l'équitation. Ils commençaient à se rendre compte que la protection de l'émir Khagne n'était pas qu'un vain mot mais une immense aubaine et que son pouvoir de décision, pour tout ce qui concernait la direction du pays, était pratiquement aussi important que celui du roi. Le terrible sort qui s'était abattu sur eux, semblait se transformer en une vaste chance grâce au fait d'avoir été en réclusion avec un prince.

La mer pourtant calme en rendit malade quelques-uns, d'autres comme Zagra, s'émerveillaient des couleurs du ciel et de l'eau vert-bleu. Habitués aux profondeurs de la terre, ils n'avaient nullement envie d'accompagner les matelots dans les mâts.

Ils voyaient que certains de leurs gestes tendres, qu'ils se prodiguaient de façon spontanée, attiraient le regard des jeunes militaires. Ils redécouvraient petit à petit la vie en société et le sourire qu'ils voyaient sur leurs visages amusés, leur firent comprendre qu'ils devaient être plus discrets. Ils avaient oublié les règles élémentaires de ce qui était permis de faire en public. Ils avaient tout à apprendre mais maintenant, ils appréciaient l'instant présent. L'étendue infinie de la mer où nulle clôture ne barrait le paysage leur faisait voir la liberté que rien ne pouvait entraver, oui, ils étaient libres de leurs actions. Ils s'éloignaient de la Sarye sans aucune crainte de ne plus pouvoir y revenir. Ils étaient confiants en l'avenir.

Maï savait que Jonathan serait sur le quai à attendre l'arrivée de leur bateau. Il lui avait tant de fois parlé du bagne dans sa tête mais voilà qu'il avait oublié tous ses beaux discours. L'émotion l'envahirait dès qu'il toucherait son visage. Vaudémon le sentait tendu et nerveux comme jamais il ne l'avait vu. Cet étranger qu'il ne connaissait que par les propos de son amant, il allait enfin le rencontrer. Quelles qualités possédait-il pour avoir détourné de sa destinée un prince que tout semblait privilégier et promis à une brillante carrière militaire ?

La vigie du haut du mât cria, terre en vue. Malgré la vitesse rapide et le vent favorable, deux heures seraient nécessaires avant d'entrer dans le port de Botech. Les anciens détenus ne se précipitèrent pas sur le pont, un des leurs avait besoin d'aide. Par leur cohésion restée intacte malgré l'amorce de leur nouvelle vie, par leur simple présence, ils apportaient au petit prince le soutien indispensable pour franchir avec succès cette nouvelle épreuve. Comme à chaque fois dans une situation difficile, leurs chants mélodieux, prières destinées à Dieu, s'élevèrent. Mieux que de simples paroles, ils leur apportaient la force d'affronter cet ultime obstacle.

Le prince Yakouti était prêt. Ils pouvaient tous maintenant regagner le pont. Le navire, voilure réduite, franchit les fortifications de la ville lentement. Maï se faisait décrire ce que ses compagnons voyaient. Un peu plus pâle qu'à l'ordinaire, il restait cependant serein grâce à son amant qui le gardait enlacé dans ses bras. L'ancre se déroula bruyamment et la passerelle fut rapidement installée. Le capitaine, seul maître à bord, accorda la permission de débarquer. S'approchant du prince, il l'enjoignit à descendre le premier. Vaudémon lui murmura :

- Ce doit être lui que je vois.

Maï traversa lentement l'appontement, gardant sa main sur le bras de son ami qui savait que simplement par le toucher, il l'aidait à rester calme et maître de ses émotions.

Jonathan souriait, il l'avait reconnu dès qu'il avait commencé à descendre. Malgré les années écoulées, son visage n'avait pas trop changé. Il avait conservé cette allure naturelle un peu fière qui le distinguait de ses amis. Très ému, il put juste prononcer en posant ses deux mains sur ses épaules :

- Maï.

Celui-ci réussit à prononcer :

- C'est toi Jonathan.

Le prince Makassar s'approcha, embrassa Maï :

- Mes deux fils sont enfin réunis. Vaudémon ne s'était pas éloigné comme il avait été convenu et le prince habilement vint à l'aide des trois hommes. En s'adressant à celui qu'il devinait être l'amant de son fils adoptif, il lui serra la main en disant :

- Il paraît que tu deviens aussi mon fils.

Le père attentif, indiquait ainsi à Jonathan que les deux hommes étaient unis et qu'il ne devait pas devenir un obstacle à leur amour. Il avait réussi en une minute par sa réflexion appropriée à éclaircir la situation qui aurait pu évoluer vers une mésentente. C'était un seigneur très intelligent. Ils prirent le temps de bavarder tous les quatre debout près du voilier pendant que leurs amis débarquaient. Le prince yakouti les présenta à son père adoptif en précisant toutefois qu'il ne pouvait pas se séparer d'eux.

Le prince coercien le rassura en riant :

- Mon château est assez grand pour vous recevoir tous. Il alla leur serrer la main en leur souhaitant la bienvenue dans son pays.

Jonathan entraîna Maï un peu à l'écart en le prenant par le bras et laissa ses paroles trop longtemps contenues jaillir :

- Pourquoi as-tu pris les armes contre tes soldats ? Tu ne devais pas faire ça même si je ne pouvais pas sauter à l'eau. J'ai compris seulement à ce moment précis, que tu n'avais pas prévu de retour pour toi. J'ai sauté car je ne pouvais rien faire pour t'aider mais seulement plonger pour que tu n'aies pas pris les armes pour rien mais pour me libérer de l'esclavage par amour pour moi. Plus bas, il ajouta, je t'aime toujours.

Maï redoutait cette question qu'il savait qu'il poserait :

- Tu te laissais mourir et je t'aimais trop pour que tu meures. Je n'ai jamais regretté ce que j'ai fait mais j'ai regretté d'avoir utilisé ce moyen qui m'a fait trahir mon pays. Tu aurais dû t'enfuir lors de notre randonnée à cheval lorsque je t'en offrais la possibilité.

- C'est toi que j'aurais trahi et j'avais peu de chances de réussir à traverser ton pays que je ne connaissais pas. Tu ne m'aimes plus ?

- J'aime Vaudémon, fit-il en rougissant légèrement.

Le prince Makassar s'approchait, il savait déjà qu'il ne devrait jamais les laisser seuls. Il aurait à consoler son fils, il n'en avait jamais douté. Ses deux fils auraient à lutter contre leurs sentiments respectifs seulement endormis :

- Maï, je crois qu'avec tes amis, tu auras à nous parler d'un certain Peter. Montons dans les calèches, nous allons au château.

Enfin, en ce moment solennel, le prince Yakouti pouvait cesser de sentir le monde avec méfiance et il laissa percer en lui ses sentiments secrets. Au plus profond de son âme, il savait qu'il devait à ce père si chéri, sa liberté retrouvée. Il devinait le long travail qu'il avait entrepris : changer la façon de penser des dirigeants saryens pour les amener à avoir plus d'indulgence envers les gens comme lui qu'ils auraient éliminé sans pitié. Il dit à ce père qu'il aimait, son respect, sa reconnaissance et sa fidélité, se serrant contre lui, il le remercia de lui redonner la vie.

Le prince Makassar, ambassadeur auprès du roi saryen, Maximus de Pécen, avait d'abord eu comme priorité, de ramener la paix entre les deux nations. Il avait appris à mieux connaître les seigneurs saryens, ses ennemis qui désiraient comme eux en finir avec les hostilités. Bien que l'entente de paix soit souvent rompue, les négociateurs reprenaient toujours leurs discussions interminables. Elles n'avaient pas abouti rapidement à un accord mais ils se comprenaient mieux. La paix durable s'était progressivement rétablie. L'ambassadeur coercien avait été reconnu comme un honnête homme très intelligent par le souverain et l'émir Khagne qui avaient été ses deux principaux interlocuteurs.

Sans jamais prononcer le nom du prince Yakouti, l'ambassadeur coercien avait œuvré pour que la répression interne de la Sarye soit moins sévère. De nombreux soldats avaient déserté et partaient à l'étranger. Peu à peu, les nouvelles dispositions prises à l'égard de ces mutins leur avaient permis de sortir de l'ombre, grâce à une répression moins rigoureuse.

Enfin, un jour l'émir Khagne lui-même avait parlé de son fils devant son roi et le négociateur Makassar. Il ne l'avait pas oublié mais avait seulement amélioré ses conditions de détention précisa-t-il. Le décès accidentel du monarque lors du tremblement de terre, avait ralenti sa libération qu'il avait envisagée. Un texte écrit de sa main avait fait que son fils, Tonesco Indy, avait commencé à réfléchir sur le grave problème des hommes condamnés à de très lourdes peines. L'idée lui était ainsi venue de faire naître Peter afin d'approcher le bagnard dont son père et son ami, l'émir Khagne parlaient ensemble parfois.

Le jeune roi, malgré la réprobation de ses proches, avait décidé de s'introduire parmi eux en se faisant passer pour un nouveau condamné nommé Peter.

Ils arrivèrent au château. Maï prit Vaudémon d'un côté et Jonathan resta de l'autre, il avait envie de connaître ce lieu que son cher architecte avait jadis tenté de lui décrire. Il se tourna vers ses amis, tendit les mains et reconnu les visages familiers. Leur hôte qui ne s'éloignait pas de son fils, décrivit le palais qui s'élevait au milieu d'une nature verdoyante. La forêt s'étalait à perte de vue sur les basses collines puis plus loin se trouvaient les faubourgs précédant la capitale. Fine et élancée cette résidence princière était dotée de quatre tours dont une faisait office d'église car la Coercie était majoritairement catholique.

Zagra déclara qu'ils devaient encore prier pour remercier Dieu et les anciens détenus approuvèrent. Le prince Yakouti serré contre son amant se laissait embrasser par lui. Certains rirent de voir la gêne de Jonathan qui voyait bien que c'était leur façon de lui annoncer qu'ils s'aimaient et qui avait espéré pouvoir reconquérir son petit prince. Hélas, ce ne serait pas aussi simple et le revoir ravivait son amour à peine endormi. Le groupe pénétra dans l'église et le prince-architecte avait aussi grand besoin d'un peu plus de sérénité, l'endroit était propice pour trouver l'aide divine qu'il réclamait.

Les anciens détenus conservaient cette habitude, leurs prières souvent des chants avaient été pendant si longtemps leur unique réconfort. L'un d'eux, nommé Kadéra, entonna comme à l'ordinaire le premier, un air familier. C'est lui qui leur avait appris à chanter au début de leur emprisonnement. Ils recevaient l'ordre de chanter malgré le chaud ou le froid, la faim, la soif, la brutalité de leurs gardes et leurs souffrances. Kadéra était un troubadour devenu petit à petit un bandit de grands chemins puis un criminel. Fils de musiciens, il leur avait fait aimer chanter et s'évader ainsi par la pensée. Dans les moments les plus durs de leur misérable existence, ils retrouvaient alors un peu d'énergie pour survivre. Tout naturellement, ils avaient recours à ce moyen pour calmer leur inquiétude, leurs émotions et ce moment de retrouvaille était fort en sentiments. Tous constataient l'amour de Jonathan pour Maï, jalousement gardé par Vaudémon.

Dans leurs prières, chacun s'exprimait librement : certains demandèrent ouvertement : Dieu contient l'amour du coercien pour Maï, envoie plus de sagesse à notre ami, calme la jalousie de Vaudémon. Sans aucune gêne vis-à-vis des deux princes, ils prononçaient des mots que souvent dans le monde dit libre, ils auraient dû taire. Ils possédaient une rare qualité, la franchise, que le fameux Peter avait remarquée et appréciée.

Le prince Makassar était demeuré parmi eux et les avait écoutés en restant à côté de son fils qu'il sentait déjà en peine :

- Tu te doutais bien qu'il en serait ainsi.

Oui, l'architecte le savait, il était vivant, c'était l'essentiel. Il le voyait si vulnérable ainsi que ses amis qu'il en était effrayé. Malgré la douleur de le voir ainsi aimer quelqu'un d'autre, il le laisserait faire car c'était de sa survie qu'il s'agissait.

La journée avait apporté aux anciens bagnards un nouveau goût de liberté. Leur hôte les avait reçus avec une gentillesse qu'ils avaient appréciée et partagée. Il leur avait démontré qu'ils en étaient quitte avec leur dette passée. La politique de rapprochement des deux pays leur avait été favorable et ils se rendaient compte que le « nouveau » faisait preuve de beaucoup d'audace pour oser se montrer aux yeux des courtisans comme leur ami. Les princes coerciens pouvaient ainsi, sans risquer de provoquer une crise diplomatique, recevoir et aider les anciens détenus. La vieille amitié de l'émir Khagne avec son ami défunt le roi Maximus de Pécen, se révélait encore efficace à ce jour.

Quelques jours après, le prince Yakouti se déclara prêt à aller voir le spécialiste pour ses yeux et à affronter la vérité quelle qu'elle soit. Il gardait en permanence un bandeau à cause de la poussière que le vent venu de la mer soulevait et pour le protéger d'éventuels heurts. Malgré son adresse à se déplacer avec sa canne, les endroits plus diversifiés dans lesquels il évoluait, restaient emplis de danger pour un non-voyant. Ils partirent tous pour Botech, lieu privilégié pour les soins dispensés autrefois principalement aux soldats et qu'il connaissait. Les autres amis en profiteraient pour visiter la ville. Ensuite une réception très simple les réunirait chez un cousin du prince Makassar.

Le chirurgien qui l'avait soigné il y a quelques années, se souvenait très bien de ce prisonnier très spécial, si étroitement surveillé par les gardes saryens qui lui interdisaient tout. Maï reconnut ses mains, sa voix et le remercia de l'avoir tant aidé. Alors qu'il n'avait pas le droit d'être soulagé de la sensation de brûlure intense qu'il ressentait après ses interventions, le spécialiste lui administrait en cachette ses remèdes et cet homme très bon avec tous, fut content qu'il ait pu retrouver sa liberté.

Ces dernières années, ses yeux ne le faisaient plus souffrir car le médecin du bagne les soignait presque chaque jour. La petite luminosité qui se révélait à lui, l'avait sorti du noir continuel dans lequel il était plongé.

Maï expliqua clairement qu'il espérait plus de ses prochaines opérations mais qu'il attendait aussi qu'il lui dise la vérité. Il voulait savoir s'il devait se préparer à rester aveugle le reste de sa vie. Il avait toujours gardé espoir d'y voir à nouveau.

Le médecin pratiqua quelques tests, une nouvelle tentative pouvait apporter des améliorations. Il fut prévu l'opération délicate d'un œil pour le lendemain. Vaudémon et Jonathan se réjouirent avec lui, il était déjà sûr de ne pas souffrir comme la dernière fois. Non, il n'avait pas peur d'un échec. Vous m'aideriez à supporter cette triste nouvelle déclara-t-il.

Ils retrouvèrent leurs compagnons chez le cousin de leur hôte et tous furent ravis à l'annonce de la nouvelle tentative de cet homme célèbre.

La petite réception préparée par un couple de nobles coerciens était simple pour que tous s'y sentent à l'aise. Les tenues confortables mais élégantes les avaient transformés. La musique jouée par un quatuor leur était inconnue et d'un style nouveau. Les mets qui furent servis les ravirent. Ils avaient appris à se tenir correctement depuis leur arrivée mais déjà au bagne, Maï leur avait expliqué comment se comporter pour un repas. Les leçons qu'il leur donnait leur avaient fait passer le temps, aussi savaient-ils s'exprimer dans leur langue correctement. Ils en avaient à chaque fois ri, quand dans leur prison, ils apprenaient à soigner leur langage, toujours à voix basse pour ne pas trop attirer l'attention des gardiens. Ils avaient eu ainsi l'impression de rester des hommes et de ne pas devenir des bêtes malgré leur dure condition de prisonnier. Leur moral avait également ressenti le bénéfice de leurs efforts pour ne pas sombrer dans l'abrutissement.

Bien sûr, leurs hôtes étaient indulgents, jamais le prince Makassar n'aurait risqué de les mettre dans une position délicate et celui qui avait le plus de difficultés à manger correctement était bien le petit prince.

Jonathan demanda à Vaudémon s'il pouvait aider Maï, qui depuis une semaine gardait l'un d'un côté et l'autre de l'autre. Le coercien commence à prendre de bonnes habitudes pensa l'amant. Puisqu'il avait compris qu'il ne pouvait pas disposer à sa guise du petit prince, il lui accorda volontiers ce droit.

La soirée se déroula sans problème et leurs hôtes les remercièrent d'être venus. Le groupe d'amis déclara qu'ils leur redonnaient l'espoir d'être acceptés parmi les hommes libres. C'était en fait leur première réception officielle.

Les anciens prisonniers venaient tous d'arriver dans l'établissement de soins pour accompagner le prince Yakouti, le soutenir et partager son espoir de guérison car bien sûr il n'était toujours pas question de se séparer. Le prince Makassar annonça que puisqu'ils étaient des hommes libres, ni lui ni son fils ne les accompagneraient. Les calèches restaient à leur disposition. Il fallait qu'ils commencent à prendre leur vie en main, d'ailleurs le prince envisageait de leur faire prendre quelques décisions concernant leur avenir ou tout au moins à y réfléchir sérieusement. Ils avaient envahi la pièce pour attendre avec Maï le chirurgien, qui fut surpris lorsqu'il vint chercher son patient. Il n'avait pas prévu qu'ils seraient si nombreux à l'accompagner. Ils annoncèrent qu'ils resteraient tous là tant que leur ami y serait. L'homme sourit, son patient était toujours quelqu'un de spécial. Il n'eut pas d'autre choix que d'accepter leur présence. Ils restaient silencieux car ils ne voulaient pas causer de gêne, ils avaient traversé des salles bondées de malades. Ici aussi, la guerre avait fait beaucoup de ravages, ils le constataient.

Maï fut emmené peu après pour sa délicate opération. Il restait confiant et se laissa administrer les drogues qui le plongèrent dans un sommeil profond.

À son réveil, il sentit immédiatement la brûlure de son œil opéré. Il voulut porter la main sur son pansement mais il n'y parvint pas. Il se rendormit en gémissant parmi ses amis attentifs et inquiets. Longtemps après, il put murmurer quelques mots et Vaudémon lui conseilla de se reposer et d'essayer de dormir encore. Il y avait eu des complications mais maintenant tout allait bien. Il avait très mal et s'agitait mais tous lui répondirent que l'opération avait réussi. S'ils ne lui avaient pas tenu les mains, il aurait tout arraché mais ils le maintenaient si fermement qu'il ne réussissait pas à bouger un doigt. Il entendait leurs paroles d'encouragement et il se sentait si faible qu'il s'en remit entièrement à eux. Sa souffrance l'épuisait. Les premiers jours lui parurent une épreuve presque insupportable tant sa douleur était grande. Seuls ses amis parvenaient à l'aider et à lui redonner assez de courage. Il se rendormit enfin, épuisé par sa lutte de plusieurs jours et le chirurgien entrant doucement pour examiner son patient, trouva le groupe entier dormant tranquillement. Ils l'avaient tous veillé avec patience et sans relâche. Ils profitaient de son sommeil pour prendre un peu de repos bien mérité.

Le prince Makassar n'était pas resté sans venir prendre des nouvelles de son protégé. Il envoya un messager en Sarye prévenir l'émir Khagne que l'état de son fils nécessitait un séjour plus prolongé que prévu afin qu'il se rétablisse. Sa longue captivité au fond de la mine était responsable des complications pulmonaires survenues. Le médecin entendait tous ces hommes trop maigres, tousser. Leur état de santé l'inquiétait et il s'avérait urgent et indispensable de leur donner à tous, des soins appropriés.

Jonathan n'avait pas eu l'autorisation de son père de rester auprès de Maï et il avait été envoyé auprès de son roi, Saint Hugues le Conquérant. Une autre carrière allait peut-être s'offrir à lui et c'était bien là l'occasion inespérée, de le faire penser à autre chose.

Le prince Jonathan Makassar avait repris son métier d'architecte après ses dix ans passés au monastère. Pourtant son père aurait pu lui faire prendre une autre voie mais aimants et attentifs, ses parents lisaient sur son visage, la souffrance qu'il ne voulait plus exprimer avec des paroles. Ils l'avaient laissé reprendre le seul travail qui semblait réussir à le captiver suffisamment pour lui faire oublier un moment ses remords. Le prince coercien savait être la cause de la trahison de celui qui avait été son amant et n'arrivait pas à se le pardonner. Maintenant, son amour s'était ravivé depuis qu'il l'avait revu. Son père devait éviter que ses deux fils à présent se déchirent car Vaudémon, il l'avait constaté, était très épris de Maï.

Le prince Makassar arriva pour voir son fils adoptif, il s'était occupé de Jonathan dont le comportement nécessitait sa présence. Il embrassa affectueusement son protégé, il savait qu'il avait tant souffert ces jours derniers. Son fils et lui avaient prié pour son rétablissement et il ne cacha pas qu'il avait refusé que celui-ci l'accompagne. Maï murmura :

- Je comprends, il m'aime toujours.

Il avait été éloigné volontairement mais il lui présentait ses vœux de prompt rétablissement et lui souhaitait de retrouver la vue rapidement.

Vaudémon le remercia de sa sincérité et de sa clairvoyance.

L'opéré fut ravi de savoir que son père était informé de son état de santé et l'émir transmettrait les nouvelles au roi. Son père adoptif semblait savoir aplanir les difficultés. Le chirurgien était venu le plus rapidement possible et en personne lui apporter des nouvelles du prince Yakouti. Il lui avait remis un rapport médical complet pour l'émir Khagne. Il s'avérait que l'opéré avait présenté de sérieux problèmes respiratoires pendant son intervention. Une nouvelle intervention de son autre œil ne serait possible qu'après avoir soigné ses poumons.

Le bandeau qu'il avait posé, ne serait ôté seulement que dans un mois. Il était permis d'espérer une amélioration notoire.

Le chirurgien avait examiné tous les saryens présents autour de son patient. Leur longue détention et leur travail de mineur avaient eu de lourdes conséquences sur leur état général. Il fallait les soigner rapidement. La Coercie avait favorisé plus que tous les pays voisins la formation de médecins en reprenant les techniques des Égyptiens de l'antiquité qui avaient été perfectionnées. Des centres de soins adaptés avaient été installés aux abords des hauts plateaux non loin de la frontière avec le Sanal. Les anciens détenus y seraient mieux soignés qu'à Botech où l'établissement avait en priorité choisi de s'occuper des soldats mutilés par les guerres successives.

Le prince Makassar choisit de les rassurer, ils resteraient tous ses protégés aussi longtemps que leur état nécessiterait leur présence dans son pays. Il les aiderait lui aussi à organiser leur vie future. Les relations commerciales s'intensifiaient, le développement culturel prenait un nouvel essor de part et d'autre des frontières. Avec la paix revenue, chacun trouverait un métier qui lui convenait mais ils devraient petit à petit apprendre à se séparer. C'était un point qu'ils n'étaient pas encore prêts à accepter.

Ils partirent tous quelques jours après pour un nouvel établissement. Le prince Makassar les accompagna afin qu'ils ne se sentent pas trop isolés. Ils auraient un emploi du temps chargé car il s'avérait indispensable qu'ils apprennent la langue de ce pays tout en connaissant son histoire. Un professeur apprendrait à lire, à écrire et à compter à ceux qui n'avaient pas été instruits.

Il prit son fils adoptif à part, il devait en tant qu'aîné s'attendre, malgré sa condamnation, à prendre la succession de l'émir Khagne, son père, en ce qui concerne son rôle politique. Celui-ci aurait dû lui en parler à son retour mais le séjour prolongé des anciens prisonniers, faisait qu'il l'avait chargé d'entreprendre activement, l'organisation de la future vie professionnelle de tout le groupe.

Vaudémon qui avait une excellente mémoire et était doté d'une logique à toute épreuve, ferait un collaborateur efficace.

Tous d'ailleurs, devaient s'attendre prochainement, à un grand événement. Il n'accepta pas d'en dire plus et se contenta d'éclater de rire mystérieusement.

Cet homme dans sa bonté immense, comblait son fils adoptif de toutes les attentions qu'un père pouvait prodiguer, afin que celui-ci ne sombre pas et au contraire, retrouve la vigueur nécessaire pour parvenir à nouveau à vivre et à exercer son rôle de fils aîné d'une famille princière.

La vie prit une fois encore une tournure différente pour ces hommes que l'amitié sans faille unissait à tout jamais. Le prince promit de revenir sous peu, restant vague, un petit sourire aux lèvres. En retour, les anciens captifs promirent qu'ils seraient des étudiants attentifs.

L'air pur de la basse montagne, associé à des traitements adaptés, fit que leurs quintes de toux s'espaçaient mais sans disparaître entièrement. Le mois s'écoula et le moment tant attendu par Maï était venu. Il n'attendait plus que le célèbre chirurgien. Un léger coup à la porte du dortoir leur fit tourner la tête :

- Acceptez-vous un nouveau malade parmi vous ?

Ils reconnurent instantanément sa voix. Bien sûr, dit l'un d'eux puisque tu es l'éternel nouveau. Peter était là. Comme à son habitude, sa témérité le poussait à cette action peu ordinaire.

Ils l'entourèrent et l'embrassèrent tour à tour, comme ils le faisaient jadis au bagne, sur la bouche, sans s'occuper qu'il soit le roi, puisqu'il avait une fois affirmé que pour eux, il resterait Peter. Ils n'avaient même pas pensé à incliner légèrement la tête devant leur monarque, trop surpris par sa présence. Leur joie non feinte, lui faisait chaud au cœur. Il était venu partager le bonheur du prince Yakouti retrouvant la vue ou l'aider à surmonter l'échec si c'était nécessaire.

Arrivant en simple dignitaire avec quelques soldats chez le prince Makassar, il voulait aussi leur montrer qu'il ne les oubliait pas. Il précisa au petit prince que son père dirigeait le pays pendant son absence restée secrète. Il lui avait rédigé une longue lettre et l'avait chargé de l'embrasser, ce qu'il fit sans plus attendre car il en avait fort envie et profitait de l'occasion de pouvoir le faire.

Le praticien était là aussi pour retirer le bandage. Maï tremblait un peu. Vaudémon lui parla doucement, il lui enlèverait lui-même les pansements. Le dernier fut enlevé mais le prince Yakouti gardait les yeux fermés. Son amant continuait à lui parler en prenant sa tête entre ses mains. Son visage était tout près du sien, il ouvrit alors les yeux. Les secondes s'égrenaient lentement et tous retenaient leur souffle. D'abord il ne vit rien puis une trop forte luminosité lui fit les refermer pour les rouvrir à nouveau. Le silence était pesant. Il devrait certainement s'habituer à cette lumière vive qui lui faisait cligner la paupière. Alors peu à peu, il distingua une forme, tendit la main vers elle et trouva le visage connu. Les contours flous qu'il apercevait étaient bien ceux de son petit ami. Il dit enfin :

- C'est si trouble que je ne vois même pas tes yeux mais je vois un peu, c'est gris avec trop de lumière autour. Il sourit tristement et ajouta :

- Je suis content même de ça.

C'était un demi-succès, mais pas vraiment un échec. Il conserverait sa canne pour se diriger.

Le chirurgien le rassura en lui rappelant qu'un jour il opérerait son autre œil. Il fallait qu'il conserve un espoir d'amélioration.

Maï pleura dans les bras de Vaudémon et Peter lui caressait les cheveux pour le consoler. Le roi resta quelques jours avec eux, dissimulant sa véritable identité. Sur les conseils des médecins, il laissait ses amis ici pour qu'ils guérissent de leur toux qu'il entendait encore. Le climat plus doux et plus sec leur conviendrait mieux. Rien ne pressait pour qu'ils rentrent, en attendant leur guérison, ils ne devaient pas oublier d'améliorer leur niveau d'instruction. Il commença à leur parler de commerce entre les deux pays, sans pour autant oublier qu'il y avait deux artistes parmi eux qu'il encourageait dans leur vocation. La Sarye avait besoin aussi de musiciens et de peintres. Il affirma qu'un jour, Maï siègerait à nouveau au Sénat et qu'il remplacerait son père lorsque trop vieux, il abandonnerait sa carrière politique. Il était venu en ami mais comme souverain, il leur rappelait qu'il était très attaché au fait de la nécessité pour eux d'apprendre et de comprendre que tous avaient un rôle à jouer dans la société saryenne.

La lettre de l'émir Khagne que leur roi avait lu au prince Yakouti était pleine d'espoir de guérison et reflétait l'amour ainsi que l'inquiétude d'un père pour son fils. Maï en avait été très touché et voyait une fois de plus que lui aussi avait tant souffert, qu'il était devenu plus indulgent.

Le roi repartit avec le prince Makassar qui l'emmenait pour son court séjour dans son château où l'attendait avec impatience Jonathan. Celui-ci se tenait toujours éloigné des saryens parce que son père lui avait ordonné alors que son cœur aspirait à être près du petit prince qui occupait de nouveau ses pensées.

Maï semblait en proie à de tristes pensées. Il avait compris que son prince coercien l'aimait, quant à Peter qui n'avait pas hésité à venir le voir, il avait beau être le roi, il sentait qu'il lui plaisait un peu trop. Avec tout ça, Vaudémon était de plus en plus jaloux. Il soupira. La situation risquait de se compliquer s'il n'exprimait pas clairement son choix mais voilà qu'à présent ses idées se brouillaient dans son esprit.

Les mois passèrent. Leur santé, sous le climat propice s'améliorait sauf pour Maï qui paraissait même plus chétif qu'avant et toussait toujours autant. Leurs journées s'écoulaient entre activités sportives et enseignement. Leur carrure d'athlète à cause de leur travail de mineur leur permettait d'exceller dans tout ce qui demandait une puissance musculaire. Les amis du petit prince montaient à cheval correctement et commençaient à connaître la région.

Les longues heures d'étude quotidienne portaient leurs fruits. Ils maîtrisaient tous la langue du pays et l'enseignement de base avait été remplacé par des cours plus adaptés à des professions commerciales.

Maï se sentait épuisé mais il avait les idées plus claires. N'ayant plus revu depuis quelques mois ni Peter, ni Jonathan, il sentait à nouveau s'épanouir son amour pour son amant qui pour l'instant n'avait plus de rival. Il eut la joie de voir arriver ses quatre fils qui chaperonnaient sa fille. Le prince Makassar et sa charmante femme veillaient sur leur protégé. Ils s'inquiétaient de voir sa toux persister et son état de santé se dégrader. Pour le moment, l'intervention de son deuxième œil n'était pas envisagée.

Sous l'égide de son père adoptif, le petit prince et ses compagnons étaient respectés. Leur vie était transformée depuis leur libération à un tel point, qu'ils étaient considérés comme des personnes importantes puisqu'ils étaient les amis d'un puissant seigneur. Ici, tout le monde continuait à ignorer leur long emprisonnement en Sarye. Ils s'amusaient de voir les précautions des serviteurs qui soignaient leur langage que maintenant ils interprétaient.

Les anciens bagnards avaient peu à peu appris à connaître le père de Jonathan. Malgré que Maï semblait l'aimer, les premiers jours, ils étaient restés plutôt observateurs et n'avaient accordé au père qu'il s'était choisi, qu'une confiance limitée. Puis ils avaient vu la tendresse paternelle de cet homme pour leur ami et surtout, ils savaient que Vaudémon, lui non plus, n'avait pas à craindre qu'il pousse son amant dans les bras de son fils. Bien au contraire, le seigneur éloignait son fils, laissant au prince Yakouti le choix de décider quelle direction il donnerait à sa vie. Il parlait peu de la souffrance de son fils unique qui n'avait jamais cessé et qui en revoyant son petit prince revivait un enfer en restant éloigné.

Maï voyait que son père adoptif était inquiet bien qu'il ne confiait pas ses pensées. Pouvait-il faire quelque chose ?

Il se décida à le questionner en l'entraînant à l'écart sous le prétexte d'une longue promenade. Les autres de connivence, répondirent qu'ils ne voulaient pas faire attendre leur professeur pour leur prochain cours.

Il n'entreprit pas tout de suite de l'interroger. Leur long tête-à-tête dans les collines qu'ils parcouraient par un large sentier lui permit d'amener avec habilité la conversation sur le sujet voulu. Il devinait ce qui pouvait être la cause de sa tristesse. Il posa enfin la question qui dès le début, s'imposait à lui, qu'au bout d'un très long moment. Il l'avait d'abord écouté décrire le paysage et parler avec véhémence de son pays qu'il chérissait.

- Comment va Jonathan ?

Le prince Makassar ne répondit pas, préférant ignorer la question. Le petit prince se plaça devant lui, essayant de le regarder sans y parvenir, et répéta sa question :

- Comment va-t-il ?

- Il ne pense de nouveau qu'à toi au point de ne plus savoir organiser sa vie et j'ai peur pour lui.

Maï avait craint qu'il en soit ainsi, quand il avait ressenti à nouveau son amour qu'il n'avait pas réussi à taire.

- Je vais aller le voir mais j'irai avec Vaudémon qui me laissera lui parler seul à seul. Il ajouta plus bas, bien qu'il n'y ait personne d'autre :

- Père, il y a encore quelque chose que je ressens pour lui, comme un amour qui ne voudrait pas mourir, mais il ne doit pas le savoir sauf si sa vie est menacée.

Après un silence et en hochant la tête avec un rire amer :

- Nous sommes de bien mauvais maris mais nous avons assuré notre descendance et nous adorons nos enfants. Nous avons fait notre devoir de prince.

Ils décidèrent de rentrer et d'aller retrouver ses amis qui tenaient compagnie à Loubna, Youssoufia, Rachid, Ménélik et Lomé. Le père et le fils adoptif allaient unir leurs efforts pour sortir celui qu'ils aimaient du désespoir et sans pour cela délaisser Vaudémon.

Le lendemain ils partirent tous pour le domaine du prince Makassar. Maï avait été tendre avec son amant et lui avait prononcé des mots d'amour après lui avoir annoncé qu'il s'avérait indispensable d'aider l'architecte. Bien sûr il s'était attendu à ce que son bien-aimé laisse poindre sa jalousie et il avait tout d'abord précisé que Jonathan ne l'aimait plus, puis il avait reconnu qu'il devait être malheureux depuis qu'il avait vu qu'ils restaient unis et qu'ils s'aimaient.

Vaudémon rappela à son petit ami, que depuis longtemps, il lui avait juré de ne jamais rester seul avec cet homme. Le petit prince n'avait pas l'intention d'outrepasser sa promesse.

Ils apprirent pendant le trajet par le prince coercien que son fils devait être encore dans son château. Plus le temps passait, plus Vaudémon protestait et ne cachait pas que cela ne lui convenait guère. Il ne s'éloignerait pas d'eux.

Le seigneur le remercia de sa largesse d'esprit et il admettait qu'il puisse s'inquiéter. Toutefois, il le rassura en déclarant que la conduite de son fils resterait irréprochable. Ce serait déjà une grande joie pour lui de le revoir et il lui parlerait encore dès leur arrivée afin que sa conduite soit raisonnable. Il essaierait de calmer son ardeur.

Leur hôte fit exactement ce qu'il avait annoncé. À peine le pied posé à terre, devant les marches du perron, il demanda à son majordome de le conduire près de son fils pendant qu'on servirait des rafraîchissements aux invités.

Il le trouva un verre d'eau de vie à la main, visiblement il en avait bu plusieurs. Il se saoulait rarement et le trouver ainsi, hilare, signifiait qu'il n'avait pas trouvé d'autre solution pour soulager sa peine que les vapeurs d'alcool. Cependant pas encore ivre, il se leva en chancelant légèrement pour saluer son père qui éloigna immédiatement la bouteille :

- Nous avons des invités.

Son fils le regardait, attendant la suite.

- Tu n'es pas présentable, mais ça ira avec un bonne douche.

Malgré sa faible coopération, il l'entraîna puis comme pour un petit garçon, il le déshabilla et le lava.

Jonathan se dégrisait progressivement. Maintenant, habillé et parfumé, il avait une allure correcte.

Le prince lui annonça l'arrivée de Maï et il le vit tressaillir mais conserver le silence. Continuant, il ajouta qu'il n'était pas seul et qu'il serait constamment avec son petit ami. Lorsqu'il lui apprit que Vaudémon acceptait qu'il rencontre l'homme que tous les deux aimaient intensément, son fils eut un petit sourire énigmatique.

Son père le secoua par les épaules :

- C'est le seul moyen que tu as pour le voir, alors accepte la présence de son ami à ses côtés, promets-le moi.

Tristement, Jonathan promit, il serait respectueux et poli malgré l'alcool qui lui troublait l'esprit. Il demanda à son père de rester aussi, restant chancelant et afin qu'il veille sur lui pour qu'il respecte la promesse qu'il venait de faire.

Malgré qu'il aurait préféré être seul avec Maï, il dit simplement qu'il était content de le revoir et qu'il se sentait prêt.

Le prince Jonathan Makassar l'aperçut en descendant l'escalier menant à la grande salle où se tenaient les invités. Un sourire illumina son visage. Son père qui le tenait par le bras pour le soutenir pensa : Mon Dieu, pourquoi l'aime-t-il encore autant ?

Le regard de l'homme grisé par ses bouteilles d'alcool, croisa celui de son rival ne révélant ni haine, ni amitié. Il se dirigea vers Maï averti par son amant de son arrivée.

- Bonjour, fit-il, pardon mais j'avais bu.
- Tu bois souvent ?
- Seulement quand je suis trop triste.
- Donc tu étais triste.
- Oui, mais tu es là, alors c'est fini.

Tendant les mains vers son visage, le prince coercien demanda à Vaudémon :

- Je peux le toucher ?

Il effleura sa joue et fit glisser sa main sur son bras qu'il tâta. Que tu es musclé malgré ta maigreur. Autant que moi lorsque j'étais ton esclave.

- C'est moi qui devrais passer la main sur toi car c'est ma seule façon de te voir.

Vaudémon à son oreille faiblement :

- Tu as le droit, je suis avec toi.

Le petit prince posa ses mains sur son visage, son torse et déclara en riant :

- Tu es moins musclé que nous. Ne te saoule plus.

- Tu préfères que je me balance au bout d'une corde.

Jonathan regretta aussitôt d'avoir prononcé ces mots si durement. Ils étaient venus trahissant ses pensées secrètes. Oui, il y avait souvent songé et toute l'assemblée le savait maintenant. Il n'avait pourtant pas voulu lui annoncer de cette façon mais le préparer peu à peu à sa mort qu'il désirait proche.

Maï se mit en colère et ses enfants présents également au château du prince Makassar, le retenirent. Il lui dit tout ce qui lui passait par la tête, il n'avait pas le droit, il était croyant et c'était un grave péché, il ne supporterait pas la responsabilité de sa mort... La princesse Anne entraîna à l'extérieur tous les enfants qu'elle sentait affolés par les propos funestes de son fils.

Jonathan toujours aussi calmement répondit :

- Oh, tu m'aimes donc encore un peu !

Maï le cajola sans répondre à son affirmation :

- Tu sais sans cet homme, je n'aurais pas supporté tout ce qu'on m'a fait subir au bagne. Je lui dois d'être en vie et sinon je ne serais pas aujourd'hui devant toi. Il a tout fait pour m'aider. Jour après jour, il m'a guidé pour que je travaille et que je sois assez productif pour ne plus être prostitué ou tout simplement éliminé. C'est dur à entendre mais je l'aime.

- Tu l'aimes et moi je t'aime tant.

- Vis pour moi si tu m'aimes, reste mon ami.

- Je ne peux même pas te voir et te parler.

- Je suis là et je te parle.

- Il est là aussi.

- Oui, il est là mais il est aussi ton ami.

- Ça l'arrangerait que je sois mort.

- Alors vis pour moi, je te promets que tu pourras me parler autant que tu voudras, que je ne te fuirai plus.

- Tu me laisses t'aimer un peu ?

- Tu as le droit de me dire que tu m'aimes.

- Mais pas le droit de t'enlacer, répondit-il en lui caressant l'épaule.

- Promets de ne pas te supprimer et de ne pas risquer ta vie. Fais encore cela pour moi.

- Je te le promets puisque tu m'aimes un peu.

Vaudémon, le prince Makassar et sa femme étaient bouleversés par les paroles de Jonathan qui traduisaient son désespoir. Leur hôte près du rival de son fils lui murmura :

- Ne sois pas trop dur avec lui pour qu'il ne se tue pas.

L'ancien bagnard répondit, à peine audible :

- Je vous fais la promesse d'être indulgent.

Alors très ému par la souffrance de celui qui restait tout de même son rival et pourtant si vulnérable :

- Tu peux tout lui dire même si je suis là. Au bagne, le manque d'intimité fait que nous connaissons tout des uns et des autres, y compris jusqu'aux actes d'amour et nous n'étions pas des pervers mais des hommes captifs qui s'aimaient. J'ai l'habitude de voir et d'entendre ce que je ne devrais pas.

Il prit Jonathan dans ses bras dont les larmes coulaient et ajouta :

- Je te ferai comprendre comment là-bas nous respectons les couples formés tout en accordant un peu d'amour aux autres.

Maï comprenait bien sûr, à quoi son amant faisait allusion et parla à Jonathan avec humour pour chasser son désarroi mais également le sien, il s'approcha et l'enlaça :

- J'aurais dû t'envoyer au bagne, tu serais un des nôtres.

Les trois hommes étaient proches les uns des autres, Vaudémon tenait Maï et l'embrassa sur les lèvres qui à son tour embrassa, sur la bouche en glissant un peu, trop peu sa langue entre ses lèvres, Jonathan, qui surprit de la tournure de la situation, le laissa faire.

Que voulaient-ils lui faire comprendre ? Est-ce ça qu'ils pouvaient lui accorder ?

L'alcool lui brouillait la tête et devait être responsable du fait qu'il n'arrivait plus à avoir les idées très claires.

Pendant ce temps, la princesse Anne Makassar avait réuni les enfants du prince Yakouti et ceux de Jonathan. Elle leur avait permis de faire connaissance. Son premier petit-fils, Josué présenta ses deux frères, Auguste et Gadhaïa ainsi que sa sœur Harmony. Les quatre garçons de Maï entouraient leur sœur Loubna et les deux jeunes filles qui n'avaient que des frères étaient ravies de pouvoir se rencontrer et avaient sympathisé immédiatement.

Les deux fils aînés de Maï, Ménélik et Lomé, avaient continué à enseigner à leurs deux frères, Youssoufia et Rachid, les règles de bonne conduite qui à présent étaient à l'aise en société. Toutefois, leurs connaissances dans tous les domaines restaient très limitées et leurs professeurs étaient ceux qui avaient enseigné à leurs frères quelques années auparavant. Ils espéraient pouvoir combler rapidement les lacunes des élèves. Tous, sans distinction avaient le titre de prince et de princesse.

Les garçons trouvaient les deux demoiselles fort à leur goût et les courtisaient.

Youssoufia était homosexuel comme son père Maï et ne s'en cachait pas.

Il trouvait d'ailleurs très séduisant le fils aîné de Jonathan, Josué.

Les jeunes gens qui n'avaient pas assisté à l'échange verbal entre leurs pères, furent conviés par la Princesse Anne à rejoindre l'assemblée, à présent que l'atmosphère était détendue.

Jonathan encore sonné par les fortes boissons qu'il avait absorbé, avait retrouvé le sourire grâce au petit baiser de celui qu'il aimait. Il avait ensuite déclaré qu'il se sentait incapable de poursuivre une conversation sérieuse mais qu'il ne manquerait pas de le faire quand il serait dégrisé. Il demanda à son père l'autorisation de se retirer.

Maï fit comprendre à son amant qu'il désirait accompagner Jonathan. Il était inquiet à cause des révélations sur ses pensées secrètes qu'il avait réussies enfin à montrer et qui laissait voir qu'il souffrait plus qu'il ne pouvait le supporter. Les deux hommes sortirent donc à sa suite, pendant que le prince Makassar racontait à la princesse Anne et aux jeunes personnes, l'émotion qu'avait suscité, les explications de ses deux fils. Il n'omit aucune de leurs paroles qu'ils avaient prononcées et demanda l'aide de tous pour éviter que son fils en vienne à faire ce qu'il avait menacé de mettre à exécution. Les anciens bagnards répondirent qu'une solide amitié pouvait lui enlever de telles idées morbides de la tête. Ils en avaient maintes fois fait l'expérience en prison. Bien sûr, la situation était différente mais si le prince coercien pouvait demeurer avec eux, il s'apercevrait que l'amitié ne mourait pas et que l'amour, lui, pouvait s'éteindre.

Enfin, ils étaient persuadés que l'architecte changerait à leur contact, seulement voilà, eux ne pouvaient pas comme Jonathan, prétendre exercer un rôle politique quelconque.

Le prince Makassar réfléchissait. Jonathan serait bientôt amené à faire de fréquents déplacements entre les deux pays en tant que futur ambassadeur. Ces hommes peu instruits pourraient-ils occuper un poste à l'ambassade de Coercie récemment installée dans la capitale de la Sarye ? Peut-être servir de relais entre les deux ambassades ? Il y avait peut-être là une solution. Les deux souverains pourraient eux seuls en juger. Toutefois la venue incognito du fameux Peter en Coercie, qui avait pour but d'aller voir le prince Yakouti, s'était terminée par une visite au roi Saint Hugues le Conquérant. Peu de monde avait eu connaissance de sa venue et personne ne savait ce qu'ils s'étaient dit en tête à tête.

Dans quelques jours le prince Makassar regagnerait la capitale de son pays avec Jonathan et il verrait quel rôle son roi voulait qu'il exerce ainsi que son fils pour maintenir durablement la paix. Il se demandait ce que les trois hommes pouvaient se dire car il les avait vus pénétrer ensemble dans l'appartement de Jonathan.

Toujours un peu ivre, le prince coercien s'était rapidement endormi et les deux autres qui étaient restés près de lui, avaient fini par s'endormir à leur tour.

Le père soucieux de voir si tout se passait bien, était entré sans bruit. Il sourit en les trouvant ainsi. Il avait désormais trois fils très différents les uns des autres, dont il devrait diriger la vie afin d'éviter qu'ils se déchirent mutuellement.

Jonathan s'éveilla le premier. Il se rappelait que Maï et Vaudémon l'avaient accompagné dans sa chambre où il s'était écroulé. La toux qui secouait leur poitrine l'avait tiré de son profond sommeil. Oh ! Bien sûr, il aurait préféré trouver son prince seul près de lui mais malgré tout, il éprouvait un plaisir immense à le voir là, roulé en boule. Il lui aurait été facile à cet instant, de planter un poignard dans le torse de son rival endormi mais il savait que Maï l'aimait et il n'aurait pas accepté qu'il le tue. Alors il ne bougea pas, ignora l'autre pour ne voir que le visage aimé.

Il n'avait que depuis peu, pris l'habitude de se saouler mais il ne l'avait vu que très peu de fois depuis sa libération. Son père l'avait éloigné et il avait obéi mais il ne supportait plus de le savoir libre, dans son pays et ne pas pouvoir l'approcher. Les paroles qui s'étaient échappées de sa bouche à cause de son état d'ébriété les avaient sûrement tous affolés surtout ses parents. Il avait décidé de se donner la mort, voyant que jamais on ne le laisserait s'approcher de Maï. Il préférait en finir une fois pour toute avec cette vieille souffrance

Un petit sourire éclairait le visage de Jonathan, si souvent triste, constatant que tous les trois étaient nus. Ses yeux s'arrêtaient sur le corps de l'homme qu'il aimait et qui dormait toujours. Le voir ainsi éveillait ses sens que souvent il avait fait taire. Il avait une envie folle de le caresser. Son dos arrondi aux muscles saillants était couvert de cicatrices. Ses fesses le touchaient presque. Il avança la main mais s'arrêta. Malgré le désir qui embrasait son corps, il savait qu'il devait le respecter. C'était déjà un miracle qu'il soit près de lui dans son appartement. Dieu avait-il enfin perçu son immense souffrance ? Son attention fut attirée par le regard de Vaudémon fixé sur lui. Il s'était réveillé, n'avait pas bougé et l'observait.

Jonathan ne chercha pas à cacher sa verge raidie malgré la gêne qu'il éprouvait à se dévoiler ainsi à cet homme, que malgré la rivalité pour l'amour du petit prince, il comprenait.

À sa grande surprise, il sentit la main de celui qu'il aurait pu tuer, se poser sur sa cuisse et remonter lentement vers sa hanche. Il n'osait plus le regarder. Pourquoi faisait-il ça ? C'était uniquement Maï qu'il désirait mais l'autre continuait ses caresses frôlant maintenant son sexe.

Jonathan ne le repoussait pas, se rappelant que tous les deux lui avaient affirmé que s'il était un des leurs, il saurait qu'ils pouvaient lui accorder un peu de tendresse, s'il les respectait et admettait qu'ils s'aimaient. Il aurait préféré être bagnard en la compagnie de celui qu'il aimait, plutôt que d'avoir été séparé vingt deux ans de lui.

Quand il avait appris la condamnation si lourde du prince Yakouti, il avait regretté d'avoir voulu s'évader. Empli de remords, il survivait depuis difficilement. Fils unique du prince Makassar, il était sorti du monastère où il s'était enfermé pour accomplir son devoir de prince. Il lui avait fallu se marier et avoir des enfants. Il l'avait fait par obéissance et non pas par amour pour sa femme Charlène pour laquelle il éprouvait une sincère amitié. Patiente et douce, elle lui avait été d'un grand secours dans sa lutte permanente pour survivre et attendre la libération de Maï. Toujours trop honnête et aussi parce qu'il était trop malheureux, il ne lui avait rien caché. Il n'avait jamais eu envie d'une autre expérience homosexuelle. Il se sentait à nouveau déstabilisé en voyant que son cher prince saryen, dont il était amoureux, avait un amant.

Se trouver au lit, nu, en compagnie de ces deux hommes nus également, était une expérience nouvelle à laquelle il n'aspirait guère. Il ne connaissait pas les règles de vie qu'ils s'étaient forgés au bagne. Il était évident, qu'elles ne respectaient nullement les conventions. Il comprenait soudain, qu'il devrait s'y soumettre. Seulement à cette condition, son rival, lui faisait à présent savoir qu'il pourrait approcher ce prince qu'ils aimaient tous les deux jusqu'à la passion.

Il soupira et vit Vaudémon sourire, semblant deviner ses pensées, frôlant toujours son sexe, sans le toucher vraiment. Jonathan murmura :

- C'est de ses caresses auxquelles j'aspire.

- Je sais mais tu devrais laisser faire les choses.

Il protesta et un « non » prononcé trop fort fit bouger Maï qui s'éveilla à son tour, se tourna pour se coucher sur le dos, dévoilant lui aussi son sexe raidi.

Vaudémon commença par déposer un petit baiser tendre à celui qu'il aimait et lui expliqua que leur hôte ne l'avait pas repoussé sans l'autoriser à aller plus loin.

Le prince coercien n'était pas mécontent de la tournure qu'avait pris les derniers événements. Les heures qu'il venait de vivre malgré son ivresse, depuis l'arrivée du groupe d'amis peu ordinaires, semblaient apporter de grands changements qui lui redonnaient espoir. Aucun des trois hommes n'avait provoqué l'un d'entre eux. Ils ne s'étaient pas unis mais ils avaient amorcé l'ébauche de quelques caresses.

Le début d'explications qu'ils commençaient à lui fournir, lui permettrait de mieux les comprendre et surtout d'approcher le prince Yakouti, d'espérer plus et de ne pas sombrer dans une morbide solitude.

Jonathan se disait qu'il avait la chance d'avoir Maï dans son appartement, lui qui hantait sa vie. Il l'aidait à présent, bien sûr avec Vaudémon qui ne s'éloignait pas, à se repérer pour gagner la pièce attenante où le majordome les baignerait et les masserait. Malgré sa difficulté à se déplacer dans ce lieu qu'il ne connaissait pas, le petit prince affirma qu'en comptant les pas et si on ne déplaçait pas les objets, il arriverait rapidement à ne pas se perdre dans l'appartement, sans toutefois promettre de ne rien casser. Il valait mieux enlever tout ce qui était précieux.

Ils commençaient à prendre un léger repas quand le prince Makassar arriva. Il avait été rassuré en les voyant dormir dans le même lit, dévêtus. Il vit en pénétrant chez son fils, qu'il était moins nerveux et qu'il arborait même un petit sourire. Le père préoccupé, venait s'enquérir de l'évolution de la situation. Posant la main sur l'épaule de Vaudémon, il le remercia. Celui-ci répondit :

- Il va devoir comprendre et accepter notre façon de vivre et admettre ma présence.

Jonathan : Tu veux dire accepter ce que tu voulais tout à l'heure.

Maï : Oui, il a essayé de te le faire savoir en avançant la main vers toi.

Jonathan : Et toi, tu acceptes ça ?

Maï : C'est indispensable si tu veux être avec moi.

Jonathan : Tu l'aimes, hélas.

Maï : Oui, mais je ne t'ai pas oublié sinon je ne serai pas chez toi, ni même dans ton pays. Tu verras, il nous faudra beaucoup de bonne volonté pour parvenir à être ensemble. Tu as le mérite de nous avoir reçus tous les deux, ici dans ton appartement, mais tu n'as pas le choix, tu dois admettre que vingt-deux années de détention dans d'effroyables conditions, m'ont changé au point d'aimer Vaudémon et de ne plus envisager l'avenir sans lui, même si tu peux y avoir une place.

Vaudémon :

- Reste avec nous et toi aussi tu changeras.

Les jours qui suivirent, virent le départ du prince Makassar pour le palais royal de Saint Hugues le Conquérant. Le prince Yakouti, accompagné par ses amis, rencontra le médecin pour ses yeux. La lueur qu'il apercevait grâce à son œil opéré il y a quelques mois, ne lui donnait pas la possibilité de discerner quoi que ce soit. Il l'informa tout de suite qu'il escomptait y voir plus un jour. L'examen minutieux de ses yeux, lui laissa un petit espoir bien qu'aucune opération ne soit envisagée dans l'immédiat. Maï, malgré ses propos, était un peu déçu mais ses compagnons le furent encore plus.

Jonathan aimait son travail d'architecte et appréciait l'art. Il décorait avec talent les monuments qu'il édifiait. Cependant il était destiné à jouer un rôle politique dans son pays aux côtés de son père. Il avait jusqu'à présent refusé le poste de sénateur qui lui avait été proposé. Il avait bien compris que la libération du petit prince allait l'obliger à entreprendre, sans tarder, une carrière différente. La grosse fortune de sa famille lui suffisait amplement pour vivre aisément sans avoir à continuer à bâtir des édifices plus beaux les uns que les autres. Son père lui avait demandé de l'accompagner au palais royal.

Le souverain connaissait Jonathan ainsi que l'histoire de sa vie. Il avait dû renoncer, par égard pour le prince Makassar, à l'obliger à s'intéresser à la diplomatie. Le voir dans la capitale était rare.

Les deux princes furent reçus par leur souverain qui manifesta sa surprise de le voir ici. Le père expliqua que son fils, grâce à la libération de celui qu'il aimait, semblait reprendre goût aux affaires du gouvernement. Il était grand temps qu'il comprenne qu'il aurait à prendre la relève dans quelques années pour représenter son pays en Sarye.

Le roi fit parler Jonathan qui déclara clairement qu'il voulait voir le plus souvent possible le prince Yakouti tout en servant la Coercie et la paix mais que celui-ci, hélas ne pouvait pas se passer de ses amis.

Saint Hugues le Conquérant sourit voyant poindre la jalousie de l'homme transparaître dans ses paroles. Il ne doutait ni de sa loyauté ni de ses compétences. Satisfait de le voir s'intéresser à la vie publique, il déclara que les relations enfin amicales et stables entre les deux anciens ennemis permettraient, à ces anciens bagnards qui parlaient leur langue et qui de plus étaient amis avec Tonesco Indy, d'avoir un rôle à jouer dans la diplomatie, lorsque leur niveau d'instruction serait meilleur. Le roi de la Coercie était parfaitement au courant de tout ce qui se passait sur son territoire. Il renseignait le prince Jonathan sur ses intentions. Elles étaient bienveillantes et celui-ci se doutait, avant son entrevue avec son monarque, que leur ignorance était un des principaux inconvénients de la situation. Jonathan réprima un soupir, approuva, remercia et salua son roi, et resta songeur laissant les deux amis aborder des sujets urgents.

Sans plus tarder, le prince Makassar devrait veiller à accélérer le rythme de leurs leçons particulières. Tous sauf Maï, semblaient être en meilleur santé, et les progrès évidents qu'il constatait étaient dus à leur bonne volonté. Il pourrait augmenter considérablement le nombre d'heures de cours afin de parvenir à combler leurs lacunes. Toutefois la toux tenace ne les quittait pas et ils resteraient à se soigner loin de la capitale coercienne. Voilà qui éloignait le groupe d'amis de Jonathan qui de toute façon, aurait fini par étrangler Vaudémon en le voyant rester en permanence près de Maï. Il reviendrait près d'eux autant que possible puisque son rival paraissait admettre sa présence. Un peu de distance lui permettrait à chaque visite d'être plus conciliant, de réussir à comprendre leur façon de vivre et surtout de s'aimer. Il jaugerait leurs connaissances et leur perfectionnement car ils devaient avoir les aptitudes suffisantes pour évaluer les difficultés de la politique et du commerce. Sans vouloir les faire accéder à de hautes fonctions, l'émir Khagne leur trouverait un emploi correspondant à la possibilité de chacun. Il aurait été plus facile pour l'architecte de vivre avec Maï s'il avait accepté de se séparer de ses amis.

Il était évident que ses souffrances passées l'avaient rendu vulnérable, il le comprenait même si cela compliquait considérablement leurs projets d'avenir commun. Malgré tout, Jonathan pouvait l'approcher, c'était là l'essentiel. Il se préparerait mentalement, pour ne pas tout gâcher, à laisser son rival poser les mains sur lui si c'était la seule solution. Son cher prince lui avait laissé voir qu'il n'avait pas d'autre choix. Il y avait beaucoup pensé et sentait l'originalité de la situation.

Son père qui s'approchait le tira de ses pensées. Le roi déclara qu'il le présenterait lui-même à la prochaine cession du Sénat afin qu'il soit élu par ses pairs. Le prince Jonathan s'agenouilla devant son souverain, ému par tant de bienveillance. Il promit d'être digne de sa future fonction puisqu'il ne serait pas éloigné du prince Yakouti. Il laissa les deux hommes seuls, qui en avaient terminé avec les affaires officielles. Comme à l'accoutumée, leur passion commune pour les arts serait l'objet de leur conversation. Demain serait un grand jour, les sénateurs voteraient pour son élection et très certainement ils n'iraient pas contre la proposition de leur roi. Il abandonnerait sa profession d'architecte pour reprendre la tâche qui lui incombait mais qui lui avait été impossible d'exercer. Les durs événements de sa vie l'avaient détourné de son devoir de fils d'un prince coercien. Il y revenait avec d'autant plus de confiance qu'il savait que l'homme qu'il aimait se retrouvait dans la même situation. Le destin avait-il choisi de les réunir à nouveau ? Il le pensait et c'est plein d'espoir qu'il se dirigea vers l'église du palais royal pour implorer l'aide divine. Il y resta longtemps et songea que cette journée lui apportait des nouveaux projets d'avenir. Il avait retrouvé l'énergie nécessaire pour continuer à vivre.

Sa rentrée au Sénat en compagnie du prince Makassar, fut immédiatement remarquée. Il fut félicité d'avoir pris conscience de sa nécessaire présence par les nobles présents qui arrivaient et saluaient son père. Le silence instantané, marqua l'arrivée du souverain qui en quelques mots indiqua qu'il espérait voir élu le prince Jonathan afin qu'il apporte son concours à la bonne administration du pays. L'élection n'apporta aucun surprise, aucun homme de l'illustre assemblée ne manifesta de réprobation. Il était désormais sénateur.

Il prononça un discours de remerciements et réaffirma devant tous, sa fidélité au roi. Il savait parfaitement bien que son rôle de sénateur l'appellerait souvent dans la capitale. C'était un premier pas vers le poste d'ambassadeur en Sarye. Il abandonnait définitivement l'architecture qui le passionnait.

Les affaires de l'État occupèrent les sénateurs une quinzaine de jours et il participa à l'élaboration d'importantes décisions, nullement découragé par la complexité de la tâche. Il repartit avec son père, satisfait de ce qui avait été fait pour asseoir les bases du futur poste qu'il convoitait.

À l'arrivée au château familial, ils constatèrent que le groupe d'amis n'était plus là. L'intendant leur appris qu'ils avaient rejoint l'établissement où ils se soignaient. Vaudémon lui avait écrit une lettre, bien que courte, elle était amicale. Il lui souhaitait le succès dans son futur travail, lui indiquait la nécessité pour eux et surtout pour Maï, de continuer à se soigner. Il terminait en n'hésitant pas à affirmer que sa présence leur manquerait à tous, spécialement au petit prince et à lui-même. Il précisa qu'il souhaitait terminer ce qu'il avait ébauché dans son appartement et finissait poliment sa lettre.

Son écriture était belle, le texte bien écrit et les allusions qu'il énonçait lui indiquait clairement que s'il venait, il était nécessaire qu'il accepte ses caresses. En fait, il acceptait sa venue à cette seule condition.

Il fit lire sa missive à son père, choisissant de ne rien lui cacher. Était-il disposé à cela ? Bien que réticent, il répondit qu'il était prêt à tout pour ne pas perdre celui qu'il aimait, même à ça, précisa-t-il. Son père ajouta qu'il lui faudrait beaucoup d'indulgence et de patience pour apprendre à supporter son rival dans la bonne humeur et aussi pour ne pas en tenir rigueur à Maï.

Jonathan aurait pu se précipiter pour les rejoindre mais il n'en fit rien. Comment accepter cette proposition ? Ils n'avaient donc plus de moralité. Il tournait en rond dans son appartement, incapable de s'imaginer pouvoir être l'amant d'un homme qui restait son rival. Ces anciens prisonniers se disaient catholiques mais ils étaient dans le pêché. C'était à eux de changer. Contrairement à ce qu'il venait de dire à son père, non, il ne pouvait pas accepter cette solution. Il prit une bouteille de vin qu'il but d'un trait pour oublier. Il avait promis au prince Yakouti de ne pas se tuer mais il n'avait pas affirmé qu'il arrêterait de boire, il ne se rappelait plus très bien. Alors il continua jusqu'à se sentir incapable de réfléchir pour oublier sa peine. Plus tard dans la soirée, il n'entendit pas ses parents entrer. Son serviteur les avait avertis qu'il s'enivrait à nouveau. Le prince Makassar comprit qu'il renonçait à passer à l'acte. Donnant des consignes au majordome pour qu'il l'empêche de continuer à se saouler, il fit préparer un attelage. Peu après, il partait rejoindre son fils adoptif. Il lui parlerait de la difficulté de Jonathan à accepter cette proposition si peu conventionnelle.

Maï n'arrêtait pas de tousser au point que Vaudémon s'inquiétait. Ses quintes avaient repris dès leur arrivée, alors que le climat avait semblé depuis plusieurs mois lui convenir. Il était plus pâle et aussi plus fatigué. Le responsable du centre déclara qu'il serait préférable qu'il rentre en Sarye consulter un autre spécialiste car son état de santé se dégradait. Le retour pour le groupe d'anciens prisonniers fut fixé dans un mois. Le prince Makassar exigea un rapport complet du médecin et prépara une lettre pour l'émir Khagne. Il lui faisait part de la dégradation de l'état du prince Yakouti, de son prochain retour dans son pays et de sa grande inquiétude à son sujet.

Dans la deuxième partie de son courrier, il lui annonçait l'élection au poste de sénateur de Jonathan et de la probabilité de sa nomination comme ambassadeur en Sarye dans les mois à venir.

Le prince Yakouti était satisfait des nouvelles que son père adoptif venait de lui apprendre. Il en avait conclu que « l'architecte » avait repris espoir de pouvoir vivre à ses côtés. En commençant enfin une carrière politique, il prouvait à ceux qu'il aimait qu'il ne baissait plus les bras devant un destin qui l'avait anéanti. Son rôle au sein du Sénat était favorisé par son roi et son père qui demeurait un puissant collaborateur de Saint Hugues le Conquérant.

Le prince Makassar favorisait par tous les moyens, le rapprochement de son fils avec lui car sa passion ne s'était jamais éteinte.

Maï comprenait la joie de son père adoptif de voir Jonathan se tourner enfin vers le poste que par sa noble naissance, il aurait dû occuper depuis tant d'années. Il lui apprit qu'il savait, par les hommes qui l'approchaient dans son travail et l'aidaient à édifier divers monuments, que depuis quelques mois, il s'enivrait régulièrement. Le petit prince lui serra la main, lui dit son bonheur de le voir sortir de la tristesse que son entourage lui connaissait, malgré sa dernière ivresse.

Maï avoua au prince Makassar qu'il l'aimait plus qu'il ne pouvait le dire devant Vaudémon mais qu'il éprouvait encore plus d'amour pour celui-ci grâce à ses années de bagne passées à ses côtés. Il était attiré par les hommes depuis son enfance et son homosexualité lui faisait éprouver des amours parfois fugaces. L'amour qu'il avait éprouvé pour ce prince coercien, captif dans le domaine familial était plus fort que tout ce qu'on pouvait imaginer. Les années passant, sa passion s'était transformée en un amour impossible sans jamais disparaître.

Il n'était pas surpris d'apprendre que l'architecte avait d'abord décidé d'accepter les caresses de son amant pour uniquement obtenir le droit de s'unir à lui, puis avait renoncé devant l'immensité des efforts que cela lui demandait. Il lui ferait admettre qu'il ne devait plus se saouler quand il le reverrait. Il posa la question :

- Vais-je le voir bientôt ?

- La lettre de Vaudémon l'en empêche. Nous avons bien compris le sous-entendu qu'elle relatait. Je ne savais pas que tu étais si fatigué.

- Je n'ai plus de force et je me suis évanoui plusieurs fois. Il est préférable que je retourne chez moi. Je demanderai à mon père si je peux aller chez ma femme. Je ne sais pas si je peux dire à nouveau que là-bas c'est chez moi. Depuis ma libération je n'y suis pas allé et j'aimerai le faire, non pas par amour pour cette femme, mais parce qu'elle est la mère de mes deux fils aînés. Je dois le faire car je vais peut-être mourir.

L'homme assis près de lui s'opposa à ses paroles.

Maï continua :

- Je ne sais pas si je réussirai à rester longtemps sans mes amis et surtout sans Vaudémon dont la présence serait inconvenante près d'elle. Je dois essayer pour avoir le temps de lui demander pardon d'avoir été un mauvais mari, la remercier d'être restée une princesse digne, d'avoir élevé nos fils sans dire du mal de moi. J'ai le bonheur de les voir affectueux, non pas agressifs et accepter que je sois toujours leur père. Je n'aurais jamais pu trouver une meilleure mère pour mes enfants qu'elle a su éduquer en respectant les conseils de ma famille. Je ne resterai pas définitivement avec elle, quelques jours ou quelques semaines. Je voudrais voir ton fils, mon père, j'ai peur de partir sans le revoir.

Plus bas, il précisa :

- De partir pour toujours vers un monde inconnu.

Le prince Makassar le trouvait transformé en peu de temps, physiquement mais aussi son moral n'était pas bon. Il le voyait angoissé, il avait peur de mourir, peur de ne plus voir celui qu'il reconnaissait aimer encore. Lui dirait-il qu'il l'aimait plus que ce qu'il lui avait dit ?

Un de ses serviteurs fut envoyé chercher Jonathan avec comme consigne de ne pas revenir sans lui. Était-il ivre au château ou repartit chez lui ? Il s'isolait aussi parfois longtemps et priait quand son désespoir devenait insupportable.

Vaudémon avait laissé les deux hommes en tête-à-tête, comprenant qu'ils avaient besoin d'aborder des sujets très personnels. Lui aussi était effrayé par la rapide progression des symptômes qui provoquaient chez Maï de terribles et interminables épisodes de toux qui le laissaient sans force.

Le groupe aspirait à présent à rentrer dans leur pays, craignant le pire pour leur petit prince.

Maï avait décidé de demander à l'émir Khagne, l'autorisation de conduire ses amis au château familial. Le prince Makassar qui venait de lui rédiger une lettre, l'aida à écrire quelques mots pour son père, il voulait aussi lui dire qu'il l'aimait tant mais il se sentait inquiet et fatigué. Un soldat fut chargé d'apporter le plus rapidement possible, la correspondance à son père qui s'occuperait d'organiser la vie de ces anciens détenus, si précieux aux yeux de cet homme malade.

Jonathan arriva quatre jours après. Il s'était réfugié dans la chapelle du château familial où il restait si interminablement que parfois, il s'endormait. Il avait répondu sans tarder à l'appel de son père, pensant que son rival renonçait à le voir se glisser dans son lit. Délivré de cette contrainte, heureux d'approcher à nouveau son prince, il fit rapidement le trajet. Le revoir était un immense plaisir. Conscient des difficultés de leur situation anormale, il restait plein d'espoir fou, amoureux. Il était seul et le silence pendant le parcours était propice à ses réflexions. Il arriva plutôt joyeux mais éreinté. La garde de son père, à sa grande surprise l'empêcha d'aller le rejoindre immédiatement. Il pressentit que quelque chose s'était passé.

Le prince Makassar ne s'éloignait pas de son fils adoptif, également veillé par Vaudémon qui lui témoignait, il le constatait, un dévouement mêlé d'affection. Le malade avait dormi et il se sentait mieux. Son inquiétude semblait avoir disparue malgré sa toux qui ne cessait pas. Il n'avait pas cherché à dissimuler sa joie lorsqu'il avait appris l'arrivée du prince coercien et Vaudémon avait juste souri. Leur retour en Sarye l'éloignerait encore de cet homme. Il lui demanderait de venir le voir chez lui, certainement qu'il accepterait, mais chez lui, il ne savait plus où c'était.

Jonathan vit arriver son père et constata immédiatement qu'il était préoccupé. Il s'affola en apprenant que Maï était plus mal. Il n'était pas d'accord pour qu'il reparte, il l'avait à peine vu. Jamais il ne supporterait de le voir encore s'éloigner. Lorsqu'il pénétra dans la grande salle, il l'aperçut calé dans un fauteuil, pâle si pâle. Hélas, son rival était toujours là qui lui sourit, alla à sa rencontre et sans aucune gêne pressa ses lèvres contre les siennes. Ce geste ne le surpris pas et même lui fit plaisir. Il était préférable d'essayer de sympathiser mais tout de même, il précipitait un peu trop les choses. Alors lui également, sourit et pressa son épaule de la main. Il n'était pas capable d'en faire plus. Le reste du groupe vint le saluer. Il put s'approcher de celui qu'il aimait et qui avait tourné la tête dans sa direction. Il avait encore maigri, que se passait-il ? D'un regard vers Vaudémon, il lui demanda l'autorisation de l'embrasser. La seule réponse qu'il obtint, c'est qu'il pouvait faire la même chose que lui. C'était peu alors qu'il désirait tant le presser sur son cœur. Il pouvait déjà avoir un geste tendre envers lui sans se cacher mais ça enflammait son corps d'embrasser ses lèvres. Il lui murmura à l'oreille un : je t'aime, que peut-être son rival n'avait pas entendu.

Le malade l'informa de ses projets. Il rentrait en Sarye voir sa femme. Il sentit immédiatement son étonnement et sa jalousie. S'il devait mourir, il voulait avoir eu le temps de lui demander pardon. L'émir Khagne l'emmènerait voir de nouveaux médecins pour avoir une chance de s'en sortir. Il ne le laissa pas protester. Il se sentait faible mais il continuerait à lutter pour s'en sortir. Il était satisfait d'apprendre que le roi Saint Hugues le Conquérant facilitait sa carrière politique. Il lui dit sa joie de le voir s'engager dans cette voie pour laquelle tous les deux ils étaient nés. Il voulait tout savoir de lui et comprendre ses pensées. Il avait bien repris espoir en l'avenir, lui demanda-t-il ? Haïssait-il Vaudémon ou était-il simplement jaloux ? Parle-moi encore. Quels sont tes projets ? Ils doivent coïncider avec les miens car je ne renonce pas aussi facilement, crois-moi.

Il s'arrêta, fatigué par son discours, pressa sa main comme pour l'encourager à se confier.

Jonathan caressa sa main et commença : Sans le serviteur envoyé me chercher, je ne serai pas venu, incapable de satisfaire en tous points ce que ton ami voulait me voir faire. J'étais une nouvelle fois désespéré et je me suis réfugié dans les prières après m'être saoulé. La joie de te revoir m'a permis de reprendre espoir et d'envisager de remplacer mon père dans sa carrière. L'appui royal dont je dispose, a fait que mon élection pour un poste de sénateur n'a posé aucune difficulté, au contraire mon souverain m'a félicité. Il m'a demandé d'envisager d'être ambassadeur en Sarye. Il sait mon désir de me rapprocher de toi et encourage les projets de son ami, mon père, qui travaille depuis de nombreuses années pour la paix entre nos deux états.

Avec la lettre de ton amant qui n'acceptait ma présence qu'à cette terrible exigence, je ne pensais pas te revoir si rapidement. Comment faire dans ses conditions pour survivre ? J'ai haï mon rival mais c'est terminé. En me permettant de venir près de toi, je commence à bien l'estimer et je vais œuvrer pour que mon destin croise sans cesse le tien. Moi non plus, je ne renonce à rien. Tu verras nous vaincrons.

Maï s'approcha et prononça à son oreille des paroles étonnantes et qui lui firent une joie indescriptible :

- J'aimerai faire l'amour avec toi avant de repartir dans mon pays.

Comment pouvait-il imaginer qu'il n'en était pas de même pour lui ?

Vaudémon l'entraîna hors de la pièce. Ils devaient le laisser se reposer. Il lui dit :

- Je sais bien ce que Maï voudrait, nous en avons parlé, et maintenant, toi aussi tu le sais. Tu ne me détestes plus ?

Bien que Jonathan ne se sentait pas prêt à s'unir à lui, il le ferait pour aimer son petit prince. Ce qu'il n'arrivait pas à admettre, c'était leur libre façon de s'exprimer devant tout le monde, même pour ce qui était intime et que la bienséance voudrait qu'on taise. Ils étaient donc tous au courant de ce qu'ils allaient faire malgré qu'il ait parlé tout bas. En plus, il venait d'apprendre qu'ils lisaient fort bien sur les lèvres. Inutile de se mettre en colère, il éclata de rire en entendant leur confession. Il avait été naïf. Leur détention leur avait appris tant de moyens de se protéger et d'apprendre ce qui se passait autour d'eux, qu'il aurait dû s'en douter. En outre, ce qui le gênait, c'est que son père, pas du tout homosexuel, avait bien sûr tout compris. Le plus simple pour éviter son embarras était d'aller le trouver et de lui dire clairement que ce soir, il serait dans le lit des deux hommes.

Son rival avait compris son imprudence lorsque lui et Maï s'étaient endormis dans l'appartement de Jonathan qui aurait pu le supprimer pendant son sommeil. L'ancien bagnard se disait qu'il avait été un parfait idiot. Après sa longue captivité dans leur inhumaine prison où la méfiance était de rigueur, il aurait dû se garder de ce prince coercien. Il avait été à sa merci. Il s'en était rendu compte que lorsqu'il avait ouvert les yeux et qu'il avait constaté que cet homme s'était réveillé le premier alors qu'il s'était couché ivre. Vaudémon à présent pensait qu'il ferait un effort pour être plus conciliant avec Jonathan qui ne l'avait pas assassiné.

Les deux rivaux étaient rarement seuls mais ils purent se confier l'un à l'autre. L'ancien bagnard remercia le prince de ne pas l'avoir tué alors que l'occasion s'était présentée. Puisqu'ils étaient à l'intérieur du château du prince Makassar, cette nuit là, le crime serait passé inaperçu. Tous les deux le savaient.

Jonathan lui rendit grâce de le laisser approcher l'homme qu'ils continuaient à aimer et il reconnut que le petit prince aveugle était encore plus vulnérable que ce qu'il avait imaginé.

Il constatait une fois de plus que sa force morale venait de cet ancien détenu qui l'avait accompagné, aidé, aimé pendant sa détention. Il cria sa jalousie, n'acceptant encore pas de le partager avec quelqu'un d'autre. Grâce à la compréhension de son rival, ses idées de suicide s'estompaient mais sans pouvoir caresser et embrasser l'homme qu'il aimait, il deviendrait fou. Il fallait bien qu'ils abordent le délicat sujet de leur intimité. Lui, élevé en prince, malgré quelques années d'emprisonnement en Sarye et sa période de prostitution, n'avait pas connu cette obligation de s'unir à l'être aimé, comme eux, dans un dortoir où s'isoler était impossible.

Jonathan avoua à Vaudémon, qu'il se trouvait dans un état d'excitation difficilement contrôlable quand son imagination s'envolait et qu'il se retrouvait dans les bras de l'être aimé, en rêve.

L'autre le rassura, il le comprenait, ils ne seraient pas dans un grand dortoir mais uniquement tous les trois dans une chambre où personne ne viendrait les déranger. Il verrait que lui aussi se sentirait apaisé, son esprit serait moins torturé par des rêves sensuels.

Jonathan savait bien qu'il ne serait jamais prêt, il se sentirait moins gêné parce que Maï étant aveugle, il ne le verrait pas. L'ancien bagnard éclata de rire, même sans y voir, il devinerait ce qu'ils feraient. L'architecte acceptait de l'aimer un peu juste pour le petit prince et pas pour lui-même, il avait enfin compris leurs règles de vie toutefois particulières.

- Reconnais que tu es content d'avoir posé tes lèvres sur les siennes comme je te l'ai montré. Tu n'es pas un des nôtres, pas encore et tu l'as approché, tu vois, je ne te déteste pas.

Bien sûr qu'il en était heureux et entendre le prince Yakouti lui avouer qu'il avait envie de lui, le stimulait pour arriver à faire ce qui restait pour lui une terrible et nouvelle expérience. Il serait avec les deux hommes ce soir, sa décision était prise. Il réalisait que parce qu'il était toujours épris de Maï, que celui-ci arrivait, comme à l'accoutumée, à lui faire admettre et faire ce qu'il voulait. Il lui annoncerait à son réveil, qu'il restait avec eux cette nuit. Il pensa un bref instant à sa femme pourtant si belle, svelte et élancée, malgré qu'elle connaissait par ses propos, sans l'avoir vu, l'homme qui le faisait rêver, elle s'était montrée indulgente jusqu'à présent.

Que penserait-elle de son infidélité ?

Il soupira et son rival passa son bras sur ses épaules comme pour lui faire chasser ses sombres pensées. Il ne mentirait pas à son épouse mais il se sentait dès à présent fautif.

Le prince Makassar savait qu'un jour ou l'autre Vaudémon arriverait à ses fins. Il ne fut guère surpris d'entendre son fils lui avouer que cette fois-ci, il était certain d'accepter que son concurrent pose les mains sur lui puisque son petit prince serait là. Quelle situation, pensait le père qui préféra regagner son château, laissant ses deux fils vivrent ce qu'ils avaient décidé, afin qu'ils n'éprouvent aucun embarras devant lui !

Comme toujours, Vaudémon ne restait que très peu de temps éloigné de ses amis. Ils furent enchantés de savoir que le prince coercien consentait à rester avec lui. Ils avaient redouté que les deux prétendants se méprisent. Ils les avaient sans cesse surveillés, restant prêts à les séparer s'ils en étaient arrivés à se battre. Ils les avaient sentis, tour à tour exaspérés, en colère ou abattus et surtout jaloux l'un de l'autre. La situation risquait de se dégrader s'ils n'arrivaient pas à partager leur petit prince. Les anciens bagnards admettaient que l'éducation assez stricte que Jonathan avait reçu soit un obstacle à son consentement et grâce à cette réflexion, ils savaient qu'ils devaient rester patients et cette nuit, ils resteraient prêts à intervenir s'ils entendaient des bruits anormaux venir de leur chambre voisine.

Maï les vit tous arriver avec bonne humeur. Il avait dormi longtemps et se sentait revigoré. À peine les avait-il appelés qu'ils étaient rentrés. Ravis de voir que leur ami allait beaucoup mieux, ils commencèrent à chanter des complaintes que Kadéra, le poète du groupe avait composées pendant leur détention. D'autres de ses compositions étaient des louanges pour leur roi. Maintenant redevenu un bon musicien, il pouvait les accompagner en jouant de divers instruments.

Jonathan tentait de fredonner avec eux certains airs. Il aimait les accompagner car alors leurs chants les unissaient. Il se joignait à eux par l'esprit et en ressentait un immense réconfort. Ainsi, à ce moment, il se sentit moins différent de ce groupe d'hommes cohérents et il avait l'impression qu'alors, ils l'acceptaient sans faire de différence. Ils oubliaient, lui semblait-il, sa nationalité, son titre de noblesse comme il l'avait fait avec leur petit prince et pour le fameux Peter. Lui aussi omettait qu'ils avaient été pour la majorité d'entre eux, des bandits de grands chemins.

Vaudémon également s'apercevait que le prince coercien était moins distant car il se serrait même, en chantant, un peu contre lui et lui bien sûr ne le repoussait pas. Au contraire il était satisfait de voir que la situation évoluait favorablement. Ils encadraient tous les deux Maï qui apercevait le changement malgré tout trop discret et qui les sentait plus détendus. Ils ne rivalisaient plus un court instant, pour être seul en sa compagnie.

Quelle joie de ne plus les voir lutter l'un contre l'autre ! Il s'arrêta de chanter soudain à nouveau las. Ils le faisaient si longuement qu'il se retenait maintenant de tousser. Il leur prit chacun une main qu'il serra avant de les faire se rejoindre. Il sentit leurs doigts se toucher et ne plus se dérober. Il interpréta ce changement comme le signe qu'ils s'acceptaient enfin et uniquement pour continuer à pouvoir l'approcher.

Quelle chance de ne pas avoir à choisir entre ces deux hommes qu'il aimait pareillement ! Un jour viendrait où il leur expliquerait, qu'à cause de leurs différences, il n'aurait pas pu choisir et renoncer à l'un ou à l'autre.

Il sembla à Vaudémon que le moment était venu pour lui et Jonathan, de regagner leur petit prince dans son lit. Leurs mains étaient restées serrées et le reste du groupe d'amis s'était retiré, préférant les laisser seuls dans la chambre du malade. Le rival commença à glisser ses doigts sur la nuque du coercien puis doucement l'attira contre sa poitrine et l'embrassa tendrement pendant que Maï lui effleurait agréablement le torse. Il tentait encore de lui expliquer en murmurant :

- C'est uniquement toi que je veux, mais il ne repoussait pas son adversaire. Il laissa son plaisir l'envahir, s'agrippant au petit prince qui lui parlait tendrement. Avec des gestes sans aucune brusquerie, les deux anciens rivaux s'aimèrent, Vaudémon dirigeait leurs ébats et le guidait, constatant qu'il osait à peine le regarder et qu'il était inexpérimenté. Ayant éjaculé, le bagnard laissa Jonathan en érection, s'écartant légèrement pour laisser au petit prince l'initiative de ses caresses. Avec fougue et sans aucune timidité, Jonathan prononçait, à l'homme qu'il aimait, des mots d'amour et l'autre souriait savourant ses paroles et ses gestes. Lui n'arrivait pas à ne plus avoir envie de le posséder.

L'ancien détenu se rappelait les premières fois où ils s'étaient unis. Comme il y avait longtemps, il lui avait appris à aimer ses caresses puis à faire l'amour ensemble et ainsi l'architecte était jadis, pour la première fois, devenu homosexuel.

Jonathan n'avait plus jamais revécu une telle expérience à cause de leur séparation et s'il la renouvelait aujourd'hui, c'était juste pour ne pas être séparé de Maï.

Ayant tous les trois assouvi leur plaisir, ils restèrent enlacés, prolongeant leur moment d'extase par quelques baisers. Beaucoup plus tard, ils voulurent savoir quelles émotions avaient éprouvé le novice, mais avant qu'il ne réponde, ils imaginaient qu'il recommencerait à venir les rejoindre dans peu de temps.

Jonathan constatait qu'il était urgent que le groupe d'amis retourne dans leur pays mais il redoutait leur départ, qui signifiait pour lui, qu'il allait être une nouvelle fois séparé du prince Yakouti. Il le voyait si las à cause de sa vilaine toux interminable, que malgré son éloignement, il accélèrerait la préparation de son voyage. Maï devait guérir. Il eut soudain peur en pensant qu'il pourrait mourir. Il savait qu'il pouvait compter sur l'émir khagne pour le faire voir aux meilleurs médecins, sur Peter qui restait leur ami et leur souverain et à son rival dans la conquête du cœur du malade.

Jonathan soupira, assurément beaucoup de mois se passeraient avant qu'il puisse rejoindre son père en Sarye.

Les anciens bagnards embarquèrent quelques jours après sur un de leurs navires, amarré dans le port de Botech pour regagner Auriga.

Le prince Makassar venu accompagner son fils adoptif, discernait la tristesse de Jonathan qu'une nouvelle séparation semblait décourager. Il s'aperçut que pour la première fois Maï le consolait et l'embrassait en présence de Vaudémon qui ne paraissait pas l'en empêcher, ni être jaloux.

Ses deux fils se promirent de tout faire pour se revoir, l'un de se soigner et guérir, l'autre d'entamer une carrière qui déjà s'avérait prometteuse.

Son ancien rival jura qu'il continuerait à veiller sur le petit prince et conseilla au prince coercien de se dépêcher de les rejoindre et de ne plus se saouler.

Le bateau s'éloigna rapidement grâce à un vent favorable qui gonflait la voilure ramenant dans leur pays ces hommes demeurés fidèles à leur roi, malgré un lourd passé.

Le trajet ne prit que quelques jours et le port d'Auriga apparut enfin au loin. Une animation peu coutumière se discernait, venant de cette superbe ville. Maintenant tout près, les hommes à bord en comprirent la raison. Un détachement militaire arborait les emblèmes royaux. Leur ami en personne, Peter ou plutôt le roi, les attendait. Le navire à peine immobilisé, relié au quai par ses amarres, il grimpa le premier sur la passerelle. Les anciens bagnards le saluèrent un peu plus longuement qu'à l'ordinaire mais toujours aussi peu soucieux de l'étiquette. L'un d'entre eux, sans attendre, lança un « bonjour Peter », qui fut le déclenchement d'embrassades peu conventionnelles. C'était avant tout leur ami et ils étaient ravis de le revoir. Le roi comprit en les voyant que l'état de santé de quelques-uns, dont Maï, avait empiré. Il jugea que le prince Makassar avait pris les bonnes décisions en les faisant revenir rapidement.

Lui-même avait pensé que l'homme qui les connaissait le mieux, qui s'aidait comme ses ancêtres, par les plantes, c'était le vieux guérisseur qui secondait le médecin du bagne afin de maintenir les détenus le plus en forme possible. Cette tâche ardue s'était compliquée du fait de leur longue captivité, de leur rude travail qui nécessitait un force constante, de leurs privations, de leurs sévères punitions et quelque fois de leurs tortures. Les deux hommes unissaient leurs efforts, le savoir de l'un était complété par la connaissance d'antiques remèdes de l'autre, transmis de génération en génération. Il s'était avéré indispensable que les prisonniers ne soient pas malades afin de rester productifs. Ils auraient risqué sinon d'être éliminés malgré leur obéissance totale pour éviter les coups. Leur repentir sincère, lorsqu'ils étaient un à un dans l'obligation de réciter leur discours d'accusation, exprimait clairement leur vif regret d'avoir commis le crime qui les avait conduit au bagne. Leur détresse morale s'était un peu amenuisée grâce à leur solide complicité devenue une grande amitié. Leur pauvre alimentation s'était considérablement améliorée dès la venue de Peter. Les châtiments corporels, au fil des années, plus rares et moins odieux, n'avaient complètement disparus qu'à ce moment là. La détention du prince Yakouti n'avait pas amélioré les conditions d'emprisonnement les premières années. L'émir khagne, malgré l'immense amour qu'il éprouvait pour son fils aîné, ne l'avait pas privilégié. Cependant, sans jamais venir le voir, il avait eu par différents stratagèmes, de ses nouvelles, veillant toutefois à ce que sa vie ne soit pas en danger. Les problèmes pulmonaires que ce groupe d'amis présentait, étaient le résultat de leur pénible travail de mineur au fond de la galerie où ils avaient extrait pendant des décennies le précieux minerai contenant les diamants et qui faisait la richesse de leur pays.

L'émir et les cinq enfants de Maï rentrés en Sarye bien avant leur père, étaient là pour l'accueillir, inquiets de son état qu'ils savaient moins bon. Ils l'attendaient sur le quai, respectant leurs effusions de tendresse qu'ils imaginaient à juste titre et qui seraient spontanées, voulant aussi respecter leur pudeur et l'attachement incompréhensible de leur souverain pour un ancien bagnard.

Peter les serra dans ses bras à tour de rôle, les embrassant sur la bouche sans se presser. Devant le petit prince, il fut ému, encore plus préoccupé par son allure pâle et amaigrie. Ses gestes furent plus doux, ses baisers interminables, ne cachant pas que lui aussi était amoureux de ce prince que son père avait dû punir impitoyablement et qu'il avait pourtant laissé vivre par amitié pour l'un de ses sujets. Se retournant, il appela ceux qui attendaient de venir l'accueillir et embrasser à leur tour le malade et ses amis.

L'émir Khagne rassura les anciens bagnards, il avait pris les dispositions nécessaires dès qu'il avait eu connaissance de leur problème de santé. Ils ne seraient pas séparés, le roi et lui allaient les emmener voir le guérisseur. Son deuxième fils possédait, vers le village du vieil homme, un château et des terres. Avec Angélina, la femme de Maï, il les attendait. La princesse avait tenu à veiller sur l'installation de celui qui demeurait encore son époux. À cause de la présence de ses amis et surtout de son amant, elle repartirait avec les cinq enfants de celui qu'elle n'avait jamais aimé comme un mari.

Le prince yakouti monta dans une calèche avec le roi, Vaudémon, son père et sa fille Loubna. Le roi se montra un galant homme, aida la jeune demoiselle un peu intimidée à s'installer près de lui. Il constatait avec désolation que la toux ne laissait guère en paix le petit prince et veilla à ce qu'il soit installé confortablement. Le trajet qui dura toute la journée avait épuisé le malade. Peter avait fini par le tenir dans ses bras. Les secousses de la voiture le bousculaient et il voyait qu'il n'avait plus la force de se cramponner. Vaudémon aurait préféré le tenir contre lui mais tout de même Peter était le roi et il n'avait pas d'autre choix que de le laisser faire. Au bout de quelques heures, n'en pouvant plus, il s'approcha, embrassa Maï qu'il installa sur sa banquette. Il était jaloux et n'arrivait plus à le dissimuler. Le « nouveau » le savait, comme il savait tout autant, qu'il n'était pas tout à fait un des leurs. Peter tranquillisa l'homme tourmenté par la crainte d'une infidélité de la part de celui qu'il aimait :

- Regarde, il a besoin de toi, ses mains te cherchent. C'est toi qu'il désire, alors fais taire la jalousie qui t'étouffe car il va avoir besoin de l'amour de tous ses amis pour lutter contre le mal et guérir. Nous sommes presque arrivés et le guérisseur plus puissant que les meilleurs médecins va le sortir de ce mauvais pas.

Vaudémon murmura tristement :

- Je sais, mais j'ai peur Peter.

Le roi continua à bavarder avec Loubna, plus à l'aise en constatant que les trois hommes étaient amis et que leur comportement franc ne tenait pas compte du fait que l'un d'entre eux était l'homme le plus puissant du royaume. Il tenait, lui annonça-t-il, à ce qu'elle, comme ses deux frères Youssoufia et Rachid accompagne la princesse Angélina, qui en parfaite épouse s'occuperait de poursuivre leur éducation. Ils étaient au même titre que les deux aînés de Maï, prince et princesse et auraient à choisir une fonction en rapport à leur noblesse.

Quand leur père irait mieux, le monarque déclara qu'il rejoindrait sa femme pour quelques jours ou quelques semaines. Poursuivant pour celui-ci, il faut que tu reprennes les activités qui auraient été les tiennes.

Peter réconforta Vaudémon lors d'une halte alors qu'ils étaient tous rassemblés :

- Tu ne seras pas exclus de sa vie ni ses autres amis, je te le promets, mais il est à nouveau prince. Je lui réserve une surprise qui le ravira mais pour l'instant le moment n'est pas encore venu.

Les anciens détenus poussèrent tous un « Oh » et déclarèrent :

- Peter reste notre ami et il exerce son rôle de roi pour notre bonheur à tous.

À l'arrivée, le prince Yakouti fut accueilli par sa femme Angélina qu'il avait peu rencontrée depuis sa libération. Discrètement, son amant s'était mêlé à ses amis, trouvant préférable de ne pas lui être présenté pour éviter à tous les deux d'être gênés. Allait-elle devenir une rivale ?

La princesse avait fait aménager un vaste château de style modeste mais confortable qui appartenait à son beau-frère Mohamed.

Le médecin qui les avait soignés au bagne, accompagnait le guérisseur et ils savaient ce que le roi attendait d'eux, sauver ces hommes que leur long emprisonnement avait affaiblis. Les nouveaux venus furent placés dans la grande salle de réception, transformée pour l'occasion en dortoir, conformément aux instructions de sa majesté qui participa à l'installation du petit prince. Pour l'instant, ce qu'ils avaient tous besoin, c'était d'un repas puis de dormir. Le guérisseur leur fit avaler une potion et il se retira pour les laisser se reposer.

Angélina s'était préparée à faire plus ample connaissance avec les amis de son mari. Bien qu'elle connaissait jadis l'homosexualité de celui qu'elle allait épouser, elle avait consenti à se marier, obéissant ainsi à son père. Elle n'avait donc pas été surprise d'apprendre qu'aujourd'hui encore, il avait un amant. Elle ne l'avait jamais rencontré, mais elle en avait parfois entendu parler. À présent, elle était confrontée à ces hommes sortis de prison qu'elle avait seulement aperçus. Elle s'était rapidement retirée dès leur arrivée après les salutations d'usage et elle ne les avait donc que peu côtoyés. Comme beaucoup de nobles, l'amitié du roi vis-à-vis de ces êtres très spéciaux, l'avait surprise. À présent, elle allait les voir vivre ensemble et elle ne se sentait pas à l'aise. Elle avait consenti, à la demande de son souverain, à veiller sur l'aménagement de cette demeure campagnarde. Son beau-père lui avait fait part de l'espérance de son époux, de regagner avec elle son palais. Depuis l'arrestation de Maï, le couple n'avait jamais eu l'occasion d'être seul pour discuter de leur avenir. L'émir Khagne l'avait que récemment informée des épreuves que son mari avait subies pendant sa détention. Il ne lui avait rien caché, ni ses tortures, ni de sa prostitution, ni des drogues qu'on lui avait administrées. Elle savait à présent, combien il avait souffert et le roi avait pu lui expliquer la connivence de ces hommes mêlée d'amitié et de sexualité.

Le souverain avait déclaré à plusieurs reprises être leur ami. La noblesse, trop conservatrice, avait manifesté sa surprise et petit à petit la majorité d'entre eux, sous l'influence de Tonesco Indy, avait admis que les plus grands criminels pouvaient, grâce à leur remord, être à nouveau acceptés dans la société.

Sans l'amitié qu'il leur manifestait, le groupe d'anciens bagnards n'auraient eu qu'une semi-liberté dans un centre agraire. Dès maintenant, les lois s'en trouvaient bouleversées et il était à prévoir que les changements n'étaient pas terminés.

La princesse Angélina avait pris conscience de l'importance de ces hommes qu'il convenait d'aider. Elle ne savait pas qui était l'amant de son époux. Elle n'avait osé jeter que quelques regards furtifs vers eux et ils avaient cherché à être aimable avec elle. Elle s'était attendue à les voir grossiers et au contraire, elle entendait que leur façon de parler était correcte, même polie et courtoise. Elle s'informa pour savoir si elle pouvait leur rendre visite lorsqu'ils furent réveillés. Avertie par le guérisseur qu'ils l'attendaient tous avec impatience, elle pénétra dans la vaste pièce, souriante malgré l'inconfort que cette situation lui occasionnait. Vêtue simplement mais avec élégance, sa longue robe orangée sagement boutonnée, contrastait avec ses cheveux sombres. Ses yeux verts maquillés avec du khôl noir semblaient malicieux. Elle les empêcha de se lever pour la saluer et fit entrer la servante qui déposa les plats fumants et odorants.

Parcourant d'un regard la pièce, elle aperçut son mari assis dans son lit. La tête tournée vers elle, il écoutait. Il parla le premier :

- Je reconnais ta voix, Angélina mais je ne peux voir qu'en touchant. Nous avons apprécié d'être confortablement installés. Je sais que nous te devons ça et je t'en remercie ainsi que mes amis. J'espère aller mieux rapidement et pouvoir te parler, t'expliquer ce que je n'ai jamais pu faire jusqu'à présent. Il tendit la main vers elle qu'elle prit et il y déposa un petit baiser :

- Je comprendrais que tu puisses me considérer comme un être ignoble et j'aimerais pouvoir plus parler des événements qui sont survenus quand nous serons seuls et te dire que j'ai été suffisamment puni pour ce que j'avais fait.

Les servantes, le guérisseur et le médecin étaient là. Elle n'eut pas le temps de répondre, le vieil homme s'approchait. En fin psychologue, il savait que les époux devenus des étrangers l'un pour l'autre, ne se comprenaient plus. Il intervint afin de secourir la princesse qui semblait nerveuse. Il lui demanda de l'assister à distribuer les remèdes qu'il fabriquait toujours lui-même avec les plantes médicinales trouvées dans la campagne et qu'il connaissait mieux que quiconque. Ainsi, il l'éloignait de ce prince, jadis son époux, qui ne pourrait plus jamais prétendre avoir le droit de pouvoir l'aimer un jour et lui imposer sa présence.

Le guérisseur la remercia en la raccompagnant à la porte du dortoir. Elle avait admirablement joué son rôle d'hôtesse en venant prendre de leurs nouvelles et son rôle d'épouse en saluant Maï. Sa présence ici ne serait plus nécessaire. Il aurait été inconvenant qu'elle s'attarde dans le domaine où l'amant de son mari se trouvait aussi. Elle rejoignit l'émir Khagne.

Celui-ci appréciait la conduite irréprochable de sa belle-fille qui avait choisi de rester mariée à son fils aîné. Personne ne lui aurait reproché de vouloir se séparer d'un époux qui affichait, non seulement aux yeux de tous son homosexualité mais qui avait préféré son amant au point de le faire évader, trahissant en outre son pays en assassinant ses propres soldats.

Belle, noble, intelligente et très instruite, elle avait été, après la condamnation de son mari très courtisée. Elle avait choisi de suivre les conseils de son beau-père afin d'élever ses enfants en respectant les valeurs familiales. Elle n'avait d'aucune manière dénigrer leur géniteur, au contraire, elle leur avait dit de l'aimer, que lui devait penser à eux. Quand elle avait su qu'il allait être libéré, elle les avait encouragés à aller le voir pour qu'ils le connaissent.

L'émir Khagne voyait qu'elle n'était pas à l'aise après avoir été saluer le groupe d'amis. Il l'assura que son attitude avait été parfaite, les époux s'étaient salués cordialement. Le premier contact, bien que bref, avait permis à son fils de lui demander l'autorisation de regagner le château qui jadis était à lui. Le prince Yakouti ne possédait plus rien. Dès que le tribunal avait prononcé sa sentence, tous ses droits et ses biens lui avaient été retirés. Il avait conservé son titre de prince qu'il devait à sa naissance mais sa femme était en droit de lui interdire l'entrée de sa demeure.

L'émir Khagne savait qu'elle n'avait pas formulé de réponse car il était resté à l'entrée de la grande pièce afin de ne pas influencer par sa présence leur décision de se parler ou de s'ignorer. Il lui demanda si elle acceptait de recevoir son fils dans son château, pas comme époux bien sûr, mais comme un ami. Tous les enfants de Maï seraient présents. Ils veilleraient au bon respect des traditions qui ne permettaient pas à son fils d'avoir une quelconque autorité. Lui-même pourrait séjourner chez elle, si elle redoutait qu'il s'octroie le droit d'y résider définitivement. Il lui promettait qu'il lui ferait admettre alors qu'il n'était plus le maître ici.

La princesse Angélina accepta que son mari séjourne quelque temps chez elle si son beau-père y demeurait également. Elle savait que l'ancien détenu devait s'expliquer. Elle avait eu tant de peine lorsqu'il avait été emprisonné qu'elle voulait le lui dire.

L'émir alla rapidement donner la réponse d'Angélina à son fils qui fut ravi de savoir que son père serait présent. Maï était si fatigué que son père le lava. C'était la première fois qu'il le baignait et s'occupait ainsi de lui. Le fils en était ému. Les larmes aux yeux, il lui confia qu'il trouvait agréable qu'il s'occupe ainsi de le nettoyer et de le masser. Il lui semblait que le massage lui procurait un bien-être qu'il ne connaissait pas, certainement parce que le masseur était son père. Celui-ci constatait qu'il se détendait et il l'entendit dire simplement :

- Je me sens bien.

Un moment après, il ajouta :

- Père, je voulais te dire que je t'aime et te redemander pardon.

Oh, il lui avait pardonné, il le savait. Était-il si angoissé pour exprimer une nouvelle fois son repentir ?

Lui tapotant l'épaule, l'émir lui répondit :

- Je t'aime, guéris aussi pour moi car tu m'as beaucoup manqué.

Maï pensa qu'enfin il se reposerait sur lui puisqu'il l'aimait. Il lui dirait ce qu'il devait faire car Jonathan lui manquait et Vaudémon était jaloux.

Prêt avant lui, celui-ci venait d'arriver à leurs côtés alors qu'il était encore nu couché sur le dos, souriant pendant que son parent parfumait son corps.

Vaudémon salua à sa façon le masseur qui était aussi son père, ce qui le fit rire et il l'embrassa en lui demandant d'apprendre à masser. Il lui montrait combien le petit prince semblait plus calme. Pourtant la toux du malade l'avait souvent réveillé et du sang avait tâché son lit. Sa bouche en avait d'ailleurs conservé le goût à son réveil, ne le laissant pas ignorant de son état. Aux rêves habituels qui lui faisaient revivre les moments les plus dures de sa captivité, s'ajoutaient maintenant des cauchemars où il entrevoyait le désespoir de son cher prince coercien. Il se réveillait soudainement, trempé de sueur, criant pour l'appeler. Exténué par ses mauvais songes et ses quintes de toux qui continuaient à lui déchirer la poitrine, il avait prononcé cette nuit à son compagnon des paroles funestes. Vaudémon réalisait que le malade perdait l'espoir de guérir. Dès l'arrivée du guérisseur, il était allé à sa rencontre, laissant le prince Yakouti entre les mains paternelles. Le vieil homme ne fut pas surpris de savoir que son patient restait faible. Son mental, perturbé par les difficultés à rassembler les hommes qu'il aimait, lui prenait ses dernières forces. Il l'aiderait avec de nouvelles potions pour le tranquilliser et il n'aurait plus ses horribles visions.

Il parlerait à l'émir de l'urgence à rassembler autour de son fils, les hommes qui lui étaient chers. Il avait besoin de les sentir autour de lui car peu à peu, l'angoisse de mourir l'envahissait. Il arrêterait seulement à ce moment là, de se torturer l'esprit pour trouver une solution qui ne ferait souffrir personne. En attendant, c'était lui qui subissait les revers de cette situation anormale.

Les nouvelles potions élaborées avec des plantes devenues rares, avaient déjà fait leur preuve. Elles guériraient la toux de son patient mais celui-ci devait lutter contre le mal et ne pas préférer fuir les difficultés de sa vie.

Le groupe d'amis s'installa sur la grande terrasse entourée de verdure. La douce chaleur matinale deviendrait vite insupportable dans l'après-midi. Le château était entouré de prairies où l'on pouvait voir les chevaux du prince Mohamed. Suivant la tradition de sa famille, il avait aussi son élevage. Il possédait de magnifiques chevaux de course et grâce à son expérience qu'il avait acquise auprès de son oncle, palefrenier chez son père, il avait vu la naissance de poulains dont il était fier. Sa carrière militaire moins prometteuse, l'avait malgré tout, valu d'être un général apprécié de son roi et un excellent sénateur. Il avait annoncé son arrivée car il s'inquiétait de savoir son frère si fatigué.

En attendant la venue de leur hôte, les anciens captifs appréciaient de se promener dans cette campagne prospère, loin de tout ce qui ressemblait à leur ancienne vie. Le petit prince les accompagnait un moment. Il aimait depuis toujours les pur-sang qu'il avait appris à monter dans l'écurie familiale dès son jeune âge. Il les entendait et pouvait les toucher. Vaudémon les lui décrivait et Maï garantissait que bientôt, il monterait. Il ferait confiance en son cheval qu'il laisserait aller où il voudrait puisqu'il ne pourrait pas le diriger. Faire des projets le faisait rêver en un avenir plus clément. Vite las, il s'asseyait près des jeunes poulains. Bien sûr, son fidèle ami restait en sa compagnie, préférant quitter le reste du groupe. Ils revenaient plus tard, tous ensemble joyeux, gouttant à leur liberté enfin retrouvée qu'ils savaient devoir à leur souverain. Ils entamaient pour leur seul plaisir les chants nouveaux à sa gloire, emplis d'espérance et de joie que leur poète venait d'écrire. Zagra avait repris ses pinceaux et peignait à leur étonnement, des femmes un peu dénudées qui avait la silhouette de la princesse Angélina. Il leur avait avoué, qu'avant son procès, il les aimait même un peu trop et disait sans détour au prince Yakouti, qu'il pouvait le remplacer auprès de sa femme. La bonne humeur était présente en permanence. Seules les quintes de toux d'une dizaine d'entre eux faisaient cesser leurs plaisanteries.

Peter était toujours présent mais s'enfermait longuement avec l'émir Khagne. Les affaires de l'état ne pouvaient pas être délaissées. Il les entendait chanter et souriait en constatant les nouvelles mélodies qui démontraient leur dévotion ainsi que la lente et progressive adaptation à leur existence nouvelle. Il savait leur vulnérabilité, ils ignoraient tout des pièges que son amitié pour eux ne manquerait pas de susciter. Il serait vigilent, il avait choisi de rester ici, par plaisir de leur compagnie, loin des intrigues de la cour. Chaque jour, des sénateurs arrivaient chargés de dossiers et repartaient avec d'autres.

Maï s'était reposé un court instant au retour de leur promenade. Il se fit ensuite accompagner jusqu'à la porte du bureau du roi. Les gardes surveillaient continuellement cet endroit où tout ce qui était en rapport avec les décisions royales devait demeurer secret. Ils s'opposèrent et ne le laissèrent pas entrer. Malgré tout, le petit prince frappa doucement à la porte qui s'ouvrit peu après. Le roi était seul et il travaillait. Ravi de le voir là, il le fit entrer sans plus attendre.

La porte refermée, Peter lui murmura :

- Tu me manques mais j'ai tant de décisions à prendre que je dois travailler sans cesse. Tu sais, j'attendais aussi que tu manifestes l'envie de me voir.

Il l'embrassa tendrement, promenant ses mains sur lui. Il cherchait à le rassurer connaissant son inquiétude et son impossibilité à savoir prendre sa vie en main.

- Tout va bien aller, ne t'inquiète pas. Je te renouvelle la promesse d'utiliser mes pouvoirs royaux pour te favoriser et te permettre de vivre avec tous ceux que tu aimes Jonathan et Vaudémon.

- Et même toi, Peter ?

Oui, même lui. Il avait commencé à donner ses instructions pour ébaucher les trames de ce qui feraient leur avenir. Il s'était entretenu avec le guérisseur. Il ne lui cacha pas qu'après leur discussion, lui et son père voyaient à présent les choses d'une autre façon. La complexité de sa vie sentimentale était néfaste sur sa santé fragile qui s'améliorerait en résolvant ses tourments.

Le petit prince approuva d'un signe de tête, s'installa dans un fauteuil, un petit sourire aux lèvres. Désormais il était rassuré, tous semblaient se rendre compte que sa liberté retrouvée lui apportait aussi bien des complications.

Le roi reprit son travail, heureux de constater que celui qui occupait trop ses pensées était tranquillisé par ses propos et s'installait dans son bureau, peu soucieux de savoir s'il était convenable de rester près du souverain qui comme à l'accoutumée, n'était qu'un ami un peu spécial.

Vaudémon tournait comme un lion en cage en ne voyant pas son amant revenir. Il lui était impossible de se concentrer, pourtant il avait tant de choses à apprendre. Les leçons particulières avaient repris car les professeurs avaient été déplacés dans cette contrée reculée afin que les anciens captifs continuent à se cultiver.

Cet homme faisait partie de ceux qui apprenaient vite, mais sa jalousie le submergeait. Il s'inquiétait de le voir s'attarder si longtemps avec le roi et commençait à trouver qu'il exagérait un peu. Souvent il détournait ses caresses à son profit lorsqu'il voyait que son amant ne repoussait pas le « nouveau » qui commençait à devenir trop tendre avec Maï. Il attendit près de la porte du bureau de Peter mais les gardes qui se relayaient, repoussaient tous ceux qui voulaient sans cesse le déranger. Sa patience fut récompensée car le souverain sortit et l'appela. Il ne sembla pas surpris de le voir. En lui faisant signe de ne pas faire de bruit il l'entraîna à l'intérieur de la pièce. Le jaloux put voir que son petit prince dormait profondément dans un des fauteuils.

Vaudémon s'était une nouvelle fois inquiété pour rien et il ne cacha pas qu'il avait eu peur qu'ils se soient un peu trop enlacés à son goût et qu'ils se soient aimés.

Peter s'approcha et marmonna à son oreille de venir ce soir avec le petit prince. Les quelques caresses qu'ils avaient échangées, l'empêchait de résister à l'envie de l'avoir pour la nuit. Il savait fort bien que l'homme qu'il avait devant lui, ne laisserait pas le prince Yakouti arriver seul jusqu'à sa chambre et il estimait préférable de lui demander de l'accompagner afin de ne pas provoquer davantage son dépit. Il soupira, c'était plus facile au bagne de rester avec eux. Ici, il fallait se méfier des derniers gardes nouvellement arrivés, toujours susceptibles d'être soudoyés pour le surveiller ou l'éliminer. Il envisageait de charger un des anciens bagnards nommé Andrieux, de s'occuper de sa sécurité en menant des enquêtes discrètes sur son entourage. Longtemps, là-bas dans leur prison, il semblait s'être chargé spontanément de s'informer de tout ce qui pouvait leur rendre service ou leur être d'une quelconque utilité afin d'adapter leur comportement en fonction des événements ou tout simplement du caractère de leurs gardes.

Peter aurait volontiers renoncé à ce poste suprême, il n'avait pourtant pas le choix car il se sentait chargé de mission. Il devait continuer à sortir son pays de cette période d'après guerre où tant de villes et de ports devaient être reconstruits. La prospérité définitivement rétablie, peut-être pourrait-il alors envisager de se retirer de cette haute fonction qu'il laisserait à son fils qui n'avait à présent que douze ans. Il fallait oublier ce rêve encore inaccessible et se contenter de quelques moments de plaisir fugaces avec le petit prince qu'il avait voulu connaître pendant sa détention. Sa fragilité, sa beauté, son courage, sa loyauté puis son profond désarroi, faisait tout son charme auquel pourtant rien ne pouvait laisser penser qu'il aurait pu succomber. Grâce à la confiance, que ce prisonnier très spécial, lui avait manifesté, il avait pris la décision de ne pas le supprimer. Bien des jeunes nobles de son entourage, avides de promotion, complotaient. Cet homme, jadis un traître, était redevenu plus loyal que ces pimpants seigneurs dont il devait se méfier continuellement. Tout comme Jonathan qui aurait pu faire assassiner Vaudémon pendant son sommeil, le roi amoureux, avait fait le choix de libérer cet ancien bagnard, qui demeurait également son rival dans la lutte amicale pour la conquête du cœur de ce prince, qui malgré lui, suscitait tant de passion.

Ce soir, lorsqu'ils seraient tous les trois réunis, il leur ferait part du courrier qu'il avait envoyé à Saint Hugues le Conquérant et au prince Makassar. Le roi devait précipiter les événements pour continuer à redonner à Maï la confiance et le sourire, afin que rassuré, il accorde à son esprit le droit de ne plus se torturer.

Le médecin, qui les avait soignés depuis de si nombreuses années, les considérait comme ses enfants. Il avait soigné leur corps et leur âme. Durement éprouvés, les bagnards lui devaient leur survie. Il avait pu obtenir l'autorisation de se faire aider du vieux guérisseur car sa tâche au fur et à mesure des années était de plus en plus pesante pour lui seul. Les prisonniers vieillissaient et son devoir avait été de les guérir de diverses maladies et des mauvais coups qu'ils recevaient. Tous un jour, en venaient à renoncer à lutter et souvent à ce moment là, les détenus se confiaient. Les deux hommes unissant leurs efforts avaient réussi à leur insuffler l'espoir d'une vie meilleure, espoir qui les avait fait survivre. Ils connaissaient leur peine de cœur, des couples s'étaient formés puis parfois désunis avant de rester inchangés. Ils avaient pu renseigner leur souverain de ce qui se passait dans la tête de Maï rendu encore plus fragile par la perte de sa vue. Cet être trop sensible restait vulnérable.

La nuit suivante rassembla donc le roi, Vaudémon et le prince Yakouti dans la joie malgré les quintes de toux ensanglantées de celui-ci, qui trop faible, se contenta de leur accorder juste quelques baisers. Être ensemble, c'est ce qu'ils désiraient mais le malade dit tout de même :

- Il manque Jonathan.

Peter lui fit cette réponse :

- Il sera bientôt là, nous allons avoir de ses nouvelles.

Les deux compagnons de Maï, malgré leur condition totalement opposée, s'entendaient sur un point essentiel qu'ils avaient en commun, ils étaient amoureux de lui. Malgré le respect que Vaudémon éprouvait pour son roi, il l'acceptait dans leur lit en tant qu'ami et non pas comme souverain. Il n'hésitait pas à le rabrouer, lorsqu'il voulait l'exclusivité des attentions de son amant qu'il considérait alors comme un rival amoureux.

Petit à petit, les jours qui s'écoulaient, redonnaient au groupe d'amis, l'équilibre mental troublé par leur libération si attendue. Leur amitié restait intacte.

Le médecin percevait, depuis peu, que leur inquiétude quant à leur sort s'amenuisait et que les remèdes du guérisseur apportaient enfin une réelle amélioration aux détenus. Ils toussaient moins, même Maï reprenait des forces et avait légèrement grossi. Il pourrait, comme il le souhaitait, rejoindre son épouse en compagnie de l'émir qui avait dû siéger au Sénat ces dernières semaines. Le roi était reparti, ne pouvant plus rester si loin de sa capitale, les affaires du pays exigeaient sa présence.

Un matin, comme il était prévu, le prince Yakouti quitta ses amis pour regagner la demeure de la princesse Angélina, sa femme.

Une voiture attelée avec de beaux chevaux, appartenant à son père, vint le chercher car il l'attendait en compagnie de ses cinq enfants dans ce château, jadis le sien et qui ne lui appartenait plus. Le départ attrista ses compagnons qui devaient demeurer éloignés. Vaudémon avait promis à Peter de le laisser partir mais si Zagra ne l'avait pas empoigné, il n'aurait pas pu tenir sa promesse. Kadéra entonna un de ses chants favoris que le petit prince chanta aussi pour chasser sa tristesse. Il leur avait promis de ne jamais les abandonner mais il ignorait qu'il serait absent plus longtemps qu'il pensait. Peter allait agir en roi et lui en sujet à nouveau loyal, il obéirait. Le voyage en compagnie du médecin s'effectua en deux jours afin de ménager ses forces. Il était en sécurité avec cet homme et une escorte militaire envoyée par son frère qu'il n'avait pas revu depuis sa libération.

Sa famille l'attendait et il se sentait heureux d'être parmi eux. Il avait l'impression de rentrer chez lui après une trop longue absence. Il salua son père avec respect, comme il l'avait appris jadis et il présenta ses hommages à sa mère puis à sa femme. Ses enfants l'embrassèrent et ils le serrèrent affectueusement dans leurs bras. Il rejoignait les membres de sa famille qu'il avait dû abandonner par sa faute. Des larmes qu'il aurait aimé retenir, coulèrent sur ses joues. Il leur dit que c'était de la joie et qu'il savait qu'il n'avait pas le droit de dire qu'il était enfin rentré chez lui. C'est un peu ça tout de même, ajouta-t-il.

Ses parents le consolèrent, tout s'arrangerait peu à peu.

Le petit prince les remercia de l'aider et de l'aimer. Se tournant vers la princesse Angélina, il lui parla de sa bonté de l'accepter sous son toit avec ses autres enfants nés au bagne. L'émotion était trop forte, il demanda à se retirer.

Le médecin lui fit avaler un liquide amer qui l'apaisa et fatigué par le voyage, il s'endormit.

L'émir Khagne resta dans la pièce voisine. Il avait déjà entendu ses horribles cauchemars qui le replongeaient dans l'univers carcéral. Il devrait alors le consoler, le rassurer comme le faisait son amant. Maï s'était réveillé, encore ému à l'idée d'être dans son château. Un peu perdu dans l'appartement qu'il ne connaissait pas, il n'avait aucun repère et était incapable de se mouvoir seul. Il appela doucement son père qu'il savait proche. Celui-ci restait aux aguets prêt à intervenir. Un rêve avait sorti du sommeil l'ancien détenu qui était angoissé, perdu au milieu de la chambre.

Le seigneur le raccompagna jusqu'à son lit et s'allongea près de lui. Le fils parla longuement. Dans son sommeil, il s'était égaré et il ne reconnaissait aucune odeur, aucun bruit ne parvenait à ses oreilles. Il ne savait plus où il était et se croyait isolé pour toujours de ses amis.

Sa tunique mouillée lui collait à la peau, il l'enleva et son père le recouvrit. Peu à peu la chaleur de l'épaisse couverture atténua puis arrêta ses tremblements.

Le petit prince était subitement inquiet, ses amis sauraient-ils s'adapter à leur nouvelle existence ?

Peter ne serait-il pas trop exigeant ?

Séparé d'eux depuis peu de jours, ils lui manquaient déjà. L'émir Khagne, avec une infinie patience expliqua à son aîné qu'il devait les laisser un peu seuls afin qu'ils trouvent la direction à donner à leur vie. Leur désir commun d'être à nouveau rassemblé les stimulerait et les amènerait à jouer plus rapidement un rôle dans la société. Se sentir utiles les aiderait à s'armer de courage pour s'intégrer dans leur pays qui avait subi beaucoup de changements depuis leur condamnation. Leur illustre ami serait certainement exigeant en tant que roi. Maï posa la question qui s'imposait :

- Et avec moi sera-t-il exigeant également ?

Son père pouvait commencer à lui révéler quelques traits de caractère qu'il ne connaissait pas de son souverain qui demandait beaucoup à son entourage, ne pardonnant pas la paresse. Très intelligent, il savait moduler ses ordres impératifs en fonction des possibilités intellectuelles de chacun. Il restait leur ami et les aiderait tout en leur réclamant un total dévouement, pas uniquement pour lui mais pour la Sarye.

Il les testerait mais il connaissait la vulnérabilité du prince Yakouti, meurtri dans sa chair et dans son âme. Son but était aussi de l'amener à se réconcilier avec lui-même. Il avait été suffisamment rusé pour s'être dissimulé parmi eux que beaucoup d'autres auraient rejeté à jamais. Il avait choisi de leur laisser une chance de se racheter en les secondant afin qu'ils terminent leur vie honnêtement.

Enfin rasséréné, Maï se rendormit malgré la toux qui secouait par moment sa poitrine. L'émir Khagne resta près de lui, songeur, constatant une nouvelle fois qu'il persistait chez lui, une grande inquiétude quant à leur avenir à tous. Peter avait pourtant cherché à le rassurer en lui annonçant qu'il prendrait des mesures pour favoriser son retour au sein de la noblesse. Le père voyait que cette nouvelle bien que favorable, jetait le trouble dans l'esprit de cet homme repentant qu'il n'avait jamais cessé d'aimer. Celui-ci était tourmenté par sa réhabilitation parmi les grands du royaume que le roi envisageait et qui devrait lui amener le soulagement de son âme et la paix intérieure indispensable à sa survie. Le seigneur réalisait que son aîné ne s'était toujours pas pardonné sa trahison. Il attendrait cette nuit, le temps nécessaire pour qu'il continue à se confier en lui parlant de ses terreurs et peut-être qu'ensuite, il exprimerait clairement à son roi, pourtant attentif et au demeurant un peu trop amical, ce qu'il avait encore tu.

L'émir Khagne accompagné du médecin apporta les remèdes journaliers au petit prince, installé dans un confortable siège. Malgré une pâleur excessive et des yeux cernés, le malade avait l'air d'aller mieux. La tendresse que lui manifestait son père semblait aussi efficace que les potions. Sa présence le rassurait et peut-être que le retour à son domicile n'était pas sans effet favorable. Il n'avait ici pas d'autre majordome ni de serviteur que lui et c'était si bien ainsi qu'il avait l'impression de redevenir un enfant choyé qui constatait avec bonheur l'amour paternel dont il avait été privé. Patiemment, L'émir l'aida pour qu'il se repère et le dirigea vers les bains fumants et parfumés. Comme sa tendresse lui avait manqué lorsqu'il n'était qu'un petit enfant. Sa rigidité et son apparente froideur, l'avait impressionné. Petit à petit, en grandissant, il s'était un peu trop habitué à sa brutalité envers ses nombreux serviteurs qui avait fini par lui paraître normale. Il avait eu le même comportement et il se rappelait, ne se sentant pas à l'aise avec cette pensée, comme il maltraitait son jeune esclave qu'il terrorisait et maltraitait. À lui aussi, il aimerait redemander pardon. La prise de conscience de son manque d'humanité, il le devait à l'influence de Jonathan. Son amour pour ce prince lui avait ouvert les yeux. Il s'était rendu compte de sa violence et de son mépris pour ceux dont la tâche était de le servir.

Dieu lui pardonnerait-il son effroyable conduite ? Avait-il par ses souffrances racheté ses fautes passées ? Sans Jonathan, il se disait à présent, qu'il aurait eu toute une vie faite d'écarts impardonnables, mettant en jeu son avenir céleste.

Il eut envie de chanter une prière. Là-bas, au bagne, si l'un d'entre eux entonnait une mélodie, tous reprenaient en chœur. Il chanta seul en se faisant laver par son père à qui il avait à présent, envie de révéler ses plus intimes pensées.

Il avait tant besoin de lui et de ses enfants dont le bavardage incessant animait ce vaste château. La tendresse, que tous lui manifestait, lui ôtait les doutes qu'il aurait pu avoir qu'en à leur sincérité.

La princesse arriva avec le médecin et servit à son beau-père et à Maï des rafraîchissements. Elle ne voulait pas être seule avec son mari avec qui elle avait très peu vécu et il y avait de si nombreuses années. Elle désira que l'homme qui avait soigné les bagnards et qui connaissait mieux qu'elle son époux, reste, lorsqu'il commença à parler.

Il était calme, ne toussait pas. Il expliqua à Angélina sa vie en prison, qu'elle ne connaissait que par les dires de l'émir Khagne.

Il choisit les termes qui convenaient pour atténuer la violence des plus durs événements en détention. Le médecin commentait alors son récit, relatant avec précision, son état de santé aussi bien physique que mental, parlant avec justesse de la dureté du travail, des humiliations et des violences. Aucun d'eux ne prononça le mot torture mais elle comprit qu'en fait, il s'agissait bien de cela. La violence était encore présente en Sarye, la princesse avait elle-même constaté que tous les prisonniers n'étaient pas délivrés, seuls les coerciens étaient repartis. Les autres captifs restaient des esclaves. Ils étaient mieux traités et il en avait été pareil pour les serviteurs qui devenaient rapidement libres. Le nouveau roi était moins sévère que son défunt père et il avait promulgué des lois qui étaient à l'origine de ces importants changements.

Maï avait expliqué tant d'événements puis il avait écouté sa femme avec attention mais à présent il se taisait. Il promit de reprendre leur conversation dès le lendemain. Il était trop bouleversé de s'être remémoré les moments impitoyables de sa captivité mais il était conscient de ne pas avoir assez insisté sur son homosexualité qu'elle était en droit de ne jamais accepter. Il le ferait, s'excuserait d'être ainsi mais trop épuisé, il demanda à se reposer.

Seul, il pleura doucement, il expliquerait à Vaudémon qu'il voulait tout lui dire de ce qui avait été sa vie de mineur et où souvent malgré le secours de son amant, il n'arrivait pas à fournir le même travail que les autres, subissant alors des sévices ou étant pour une nuit, une nouvelle fois prostitué. Il fallait qu'il arrive à leur révéler son enfer quotidien, que seuls ses amis adoucissaient. Il s'ennuyait d'eux, il appela son père, empreint à trop de tristesse et l'émir arriva. Celui-ci s'était accusé d'avoir trop facilité sa carrière qui l'éloignait de chez lui et dont les lourdes responsabilités avaient changé le caractère. L'émir Khagne avait donc décidé d'être plus aimant avec son deuxième fils Mohamed qui avait gravi les échelons de son armée lentement. Plus choyé par ses parents, il était maintenant très occupé par son poste de général. Il avait annoncé son arrivée mais tout le monde l'attendait toujours.

Le petit prince s'ennuyait donc de Vaudémon, pensait à Jonathan et aurait voulu voir Peter. Tous les trois étaient absents, il décida donc de leur écrire. Les quelques mots qu'il traça furent illisibles. Sans se décourager, il recommença mais sans assistance, il n'aurait réussi qu'à faire de vilaines tâches. Son père l'aidait à placer la plume au bon endroit et il lut avec émotion les mots d'amour qu'il écrivait à son petit ami, souhaitant ardemment être avec lui et lui réclamant d'être fidèle.

La lettre pour Jonathan était pleine de tendresse et lui rappelait qu'il avait fait l'essentiel pour pouvoir rester quelquefois avec lui. Il indiquait, très lucide qu'il ne se sentait pas guéri.

La lettre pour Peter était adressé à l'ami à qui il réclamait quelques caresses et une prompte visite surtout non officielle.

Mal écrites à cause de sa cécité, ses lettres étaient lisibles, courtes et elles réclamaient aux trois hommes de l'amour.

Il fut décidé de faire venir le guérisseur au château d'Angélina, tandis que le médecin apporterait le message de Maï à son amant. Celui-ci fut rassuré de voir qu'il ne l'oubliait pas et qu'il était jaloux.

Le prince Mohamed Yakouti, arrivé dans sa demeure, avait espéré y voir son frère. Il avait été retardé par ses obligations militaires.

Le petit prince ne se douta pas que la présence du thérapeute s'avérait indispensable auprès de ses amis dont plusieurs crachaient du sang. Il fut convenu d'envoyer un soldat portant une dépêche expliquant que la présence du petit prince était préférable, puisque Vaudémon, à son tour, semblait s'épuiser à tousser.

L'émir Khagne reçut le message et choisit de ne pas révéler à son fils que l'homme qu'il aimait, avait à présent les mêmes symptômes que lui. Il fit préparer une voiture confortable afin de le ramener auprès de ses amis. Il parla à son aîné d'une surprise, qu'il pouvait envisager de lui faire, puisque sa santé s'améliorait. Attentif, surpris puis ravi, il ne se douta pas de la supercherie. Son père, l'emmenait tout simplement voir son amant, parce qu'il toussait moins et était sur la voie de la guérison. Il n'imaginait pas que l'homme qu'il aimait puisse le rejoindre puisqu'il était toujours chez sa femme. De toute façon, il était impensable qu'il séjourne près d'elle plus longtemps.

Le guérisseur partit avec l'émir Khagne et le petit prince pour plus de sécurité. Personne ne fut informé du motif réel du départ mais l'entourage de la famille princière fut étonné de la rapide décision du seigneur. Le fils s'étonna également en chemin, qu'il ne soit pas prévu une halte le soir venu. Un rapide repas fut pris pendant que les chevaux de l'attelage furent changés dans un relais et le voyage se poursuivit. Il put s'allonger et s'endormit sans se douter que son père faisait le maximum pour que le trajet prenne le moins de temps possible. L'émir était resté depuis deux mois avec lui, constatant qu'il était incapable de rester seul à cause de ses angoisses. Affectueux et prévenant, il ne s'était absenté qu'à de brèves reprises. Ses enfants le veillaient alors, quand ses fonctions l'appelaient à la cour près du roi.

La princesse Angélina était demeurée chez elle pendant le séjour de son époux mais voyait à présent avec plaisir qu'il partait. Il lui avait longuement parlé en tête-à-tête, à plusieurs reprises et avec beaucoup de sincérité. Il avait imploré son pardon pour l'effroyable outrage qu'elle avait subi par sa faute lorsque sa trahison avait révélé sa préférence pour son amant. Il savait aujourd'hui qu'elle avait été peinée de le voir condamner à une si longue peine qui l'avait éloigné avant la naissance de leur deuxième enfant. Elle n'avait jamais manifesté d'arrogance à son égard mais elle souhaitait être séparée définitivement d'un mari peu respectueux. Elle laisserait ses cinq enfants maintenant s'occuper de Maï. Avec sa libération, elle s'accordait le droit de mettre ainsi fin à leur mariage qu'elle avait, pour ses deux fils, respecté. Elle se préparait à rejoindre sa famille mais elle aimait ce château où désormais elle ne reviendrait que rarement.

Dès qu'ils furent arrivés à destination, le petit prince voulut se précipiter pour voir Vaudémon. Alors avec précaution, l'émir lui annonça qu'il était plus fatigué. Rien de trop grave, cependant se dépêcha-t-il d'ajouter, voyant son fils rester sans voix à l'annonce de cette mauvaise nouvelle.

Le médecin arrêtait avec difficulté sa toux ensanglantée mais la venue du guérisseur laissait entrevoir d'autres thérapies connues de lui seul. L'attente de revoir son ami, qu'il savait en chemin, semblait avoir redonné de l'énergie au malade. Maï pleurait en silence. Son père s'approcha et l'emmena dans la pièce où il se trouvait et sortit.

- Vaudémon appela-t-il maintenant tout près. Il n'ajouta rien, le touchant et le caressant, il sentait sa maigreur inhabituelle. Son amant heureux de le revoir, le rassura en affirmant qu'il se sentait mieux, l'embrassa et lui dit combien il était beau, que sa lettre l'avait comblé de joie. Il ajouta :

- Tu as l'air en pleine forme, puis il l'attira à lui pour l'enlacer en lui recommandant de ne pas pleurer. Ils restèrent longtemps ainsi. Fatigués, ils ne parlaient plus mais leurs doigts étaient mêlés. Heureux d'être réunis, ils étaient à nouveau plein d'espoir et se jurèrent de ne plus jamais laisser qui que ce soit les séparer une nouvelle fois.

Les jours qui suivirent s'écoulèrent lentement, ponctués par les plaintes de Vaudémon qui avait l'impression qu'on lui plantait des couteaux en pleine poitrine. Il avait exigé du petit prince qu'il ne se tienne pas continuellement debout à côté de lui et l'avait obligé à prendre du repos, bien que le petit prince se porte beaucoup mieux. Cependant, celui-ci ne quittait pas la chambre de son amant et le guérisseur ne s'éloignait guère d'eux, selon les consignes de l'émir. L'encens, que ce vieil homme faisait brûler, était chargé d'éloigner les démons et les deux hommes l'entendaient marmonner ses prières qu'il dédiait aux divinités de ses ancêtres. Il avait préparé des extraits à base de digitale et d'eucalyptus qui semblaient efficaces. Il conservait le secret d'autres remèdes qu'il lui administrait dont certains avaient été préparés par lui seul et qui contenaient du venin de serpent qu'il dosait avec d'infimes précautions.

L'état de l'amant du petit prince s'améliora et ses quintes de toux cessèrent de ramener du sang dans sa bouche. Malgré tout, épuisé, il parlait peu et agrippait la main de son cher compagnon qu'il serrait parfois énergiquement lorsque sa douleur devenait trop vive.

L'émir Khagne entendait son fils lui dire des mots d'amour à l'oreille et il lisait l'inquiétude sur son visage. Il voyait qu'ils étaient inséparables. Peu à peu Vaudémon retrouvait son énergie et assurément, il s'en sortait bien. La température douce de l'automne lui permit de se rendre dans le parc. Maï, fatigué par deux semaines consécutives passées près du malade, et à présent rassuré, pu s'accorder le droit de dormir avec ses autres amis.

Le guérisseur, qui avait tant de fois, avec l'aide du médecin, réussi à guérir le groupe d'amis, vieillissait. Le moment était venu de céder ses connaissances à son fils afin de perpétuer l'usage des plantes et de consacrer le reste de sa vie à mettre au point de nouveaux remèdes. Il avait reculé son apprentissage seulement pour s'occuper des anciens détenus qui l'aimaient comme un père, et avait bien des fois intercédé auprès du directeur du bagne pour améliorer leurs conditions de détention.

Le roi s'était aperçu de l'inhumanité des prisons et des nouveaux règlements avaient été votés. Depuis peu, les tribunaux examinaient les dossiers des captifs jugés parfois trop rapidement et des libérations étaient intervenues grâce à la clémence du nouveau souverain. Les prisonniers de guerre regagnaient leurs pays, alliés jadis à la Coercie.

Le nouveau sénateur Jonathan Makassar avait commencé sa carrière politique. Tenu éloigné par la prise de sa nouvelle fonction, il s'était d'abord étonné du silence du prince Yakouti. Malgré les semaines qui passaient, il n'avait eu aucune nouvelle. Enfin, il fut autorisé par son roi Saint Hugues le Conquérant à accompagner prochainement son père en Sarye. Ne comprenant pas pourquoi son ami le délaissait alors qu'il commençait à lui démontrer un peu de tendresse, il s'affola lorsqu'il reçut sa lettre, qui bien que tendre, lui faisait entendre qu'il était toujours souffrant. Inquiets les deux hommes embarquèrent.

Jonathan aurait aimé se précipiter auprès de Maï mais l'émir Khagne lui avait fait savoir qu'il le verrait dès son arrivée dans son pays, à la cour. Il ne put s'empêcher de soupirer lorsqu'en montant à bord d'une calèche, il entendit le prince Makassar indiquer au cocher de se rendre au palais royal. C'était la première visite officielle de son fils qui serait présenté au souverain comme le futur ambassadeur du roi de Coercie.

Le prince Makassar constatait la tristesse de son fils qui restait perdu dans ses pensées et qui lui avait une nouvelle fois parlé de son regret de s'être évadé de ce pays où aujourd'hui il remettait les pieds. Il devrait malgré les difficultés, tenir sa langue devant le souverain car sa venue officielle lui interdisait de le considérer comme l'ami du prince Yakouti mais uniquement comme l'homme le plus puissant du royaume. Son attitude devrait être irréprochable et il lui était défendu d'orienter même habilement la conversation sur son petit prince. En outre, il devrait abandonner son air triste et faire bonne figure. Jonathan avait fait la promesse de tenir à la perfection son rôle d'homme politique. Il savait l'importance que cela avait pour son avenir.

Pendant les deux jours de trajet il resta morose. Arrivant aux abords du palais royal où ils résideraient, le prince Makassar affirma qu'il ne quitterait pas la Sarye sans organiser une rencontre avec le groupe d'anciens bagnards. Alors seulement à ce moment là, une lueur légèrement malicieuse s'alluma dans les yeux du nouveau sénateur coercien. Il lui redonnait ainsi l'espoir indispensable qui l'aiderait dans les prochains jours. Ce fut à son tour de soupirer, comprenant qu'il était toujours amoureux de son prince.

Ils ne virent pas le roi les jours qui suivirent mais les différents ministres qui accueillirent avec bienveillance le jeune politicien. Il découvrit avec plus de précision le gouvernement de ce pays et c'est avec émotion qu'il comprit les différentes réformes qu'avait entrepris le roi. Bien que les fermes disciplinaires, comme celle où il avait séjourné, soient fermées depuis de nombreuses années, les conditions de réclusion des prisonniers de guerre étaient demeurées rudes. En libérant la majorité d'entre eux, il avait rétabli la paix et avait permis aux autres de devenir artisans ou agriculteurs. Des relations diplomatiques durables s'étaient alors instaurées.

Jonathan se souvenait de sa souffrance lorsqu'il était captif, des trop longues journées de travail qui l'anéantissaient et de ses chaînes. À présent, dans des conditions bien différentes, il se retrouvait ici, surtout pour approcher Maï qui aurait pu exiger de lui tout ce qu'il voulait sans qu'il s'y oppose. Il osait à peine se l'avouer à lui-même, il aurait volontiers renoncé à tous les honneurs de son titre princier si l'homme qu'il aimait en éprouvait le désir si cela lui permettait de vivre avec lui.

Pour l'instant, il côtoyait avec son père les hautes personnalités de la Sarye qui le présentait officiellement. Les ministres constataient qu'il évoquait sans haine cette période d'esclavage et qu'il approuvait l'action bienveillante de leur roi vis-à-vis de la Coercie. Ils avaient appris à connaître depuis longtemps et à respecter le prince Makassar et son fils semblait être aussi apte à le remplacer, aucune rancœur ne semblait l'habiter.

Les princes étrangers, lors d'une réunion de travail, entendirent enfin un matin, l'annonce de l'arrivée du souverain. Majestueux, entouré de ses trois conseillers et de son garde du corps, il n'avait plus rien à voir avec le personnage qu'il s'était fabriqué pour pénétrer incognito dans l'univers du bagne. Là, Peter n'existait pas. Tous s'inclinèrent et l'écoutèrent respectueusement. Le petit discours qu'il fit eut pour but de rassurer les princes Makassar sur ses intentions. Il acceptait le seigneur Jonathan comme ambassadeur à la place de son père, déclarant que ce qu'il avait entendu lui convenait. Rusé, il s'était dissimulé mais n'avait rien perdu de leurs entretiens et ne le cachait pas.

Le nouvel ambassadeur pouvait donc résider aussi longtemps qu'il le souhaitait dans la capitale. Jamais, il ne fit allusion au prince

Yakouti et bien qu'il soit arrivé depuis quinze jours au palais royal, il n'avait eu aucune nouvelle de lui. Résigné, fidèle à sa promesse, il prêtait toutefois une oreille attentive aux ragots de la cour, mais il n'entendit rien qui aurait pu le renseigner. Il se disait que plus tard, il demanderait s'il pouvait aller à son ancienne carrière. Pour l'instant, il devait séjourner dans cette grande ville et ses déplacements restaient limités. Avec son père, il examina les dossiers concernant certains coerciens encore détenus. Les situations étaient compliquées, tous n'étaient pas d'honnêtes hommes et ils devaient malgré tout essayer de les ramener dans leur pays. Ils étaient ici pour ça, le travail était énorme. Il fallait veiller à leur défense devant les tribunaux et ils ne seraient pas trop de deux pour parvenir à obtenir leur délivrance.

Leurs journées étaient bien remplies, malgré tout, Jonathan laissait parfois son esprit s'envoler et sans s'en apercevoir, il traçait des esquisses du visage de Maï.

Les semaines passèrent sans qu'ils rencontrent à nouveau le souverain. Jonathan ne cherchait pas à savoir où était l'homme qui hantait ses rêves. Il faisait preuve d'une grande motivation pour sa nouvelle fonction, gardant l'espoir qu'un jour, le prince Yakouti exercerait à son tour des fonctions politiques et qu'ainsi leurs chemins se croiseraient comme son père lui avait laissé espérer. Il ne comprenait pas pourquoi l'émir Khagne le tenait ainsi éloigné de son fils. Il le vit arriver dans leur demeure et même avant qu'il n'ouvre la bouche, il le rassura :

- Ne t'inquiète pas, nous ne t'avons pas oublié. J'ai trouvé de magnifiques portrait de Maï sur ta table de travail, fit-il en souriant et ne dissimulant pas qu'il était surveillé. Tu es un magnifique artiste, tu possèdes beaucoup de talent.

- Tant de jours sans savoir ce qu'il devient.

L'émir le prit dans ses bras :

- Je suis heureux de te voir, mon fils.

Il lui parla interminablement. Maï allait bien mais Vaudémon avait frôlé la mort et restait encore à ce jour faible.

Jonathan comprit que ce seigneur avait eu peur de voir son fils ne pas pouvoir surmonter son chagrin si son rival mourait et qu'il ne voulait pas non plus que le nouvel ambassadeur voit son petit prince affolé et toujours si empli d'amour pour celui qu'il côtoyait depuis vingt ans au bagne.

Il n'était pas autorisé à leur rendre visite mais Maï lui faisait parvenir ce message, il lui promettait qu'ils se verraient prochainement. Il devait s'armer de courage et l'attendre encore. Heureusement son nouveau travail l'occupait la journée entière. Il y avait tant à découvrir, les lois n'étaient pas identiques que dans son pays et ils restaient encore des prisonniers étrangers emprisonnés.

L'émir Khagne ne resta pas avec les deux princes car il était attendu par son roi, Tonesco Indy. Les routes devenues sûres permettaient d'effectuer de courts trajets sans escorte et il repartit pour le palais royal en espérant ne pas y être retenu trop longuement.

Les anciens bagnards ne soupçonnaient pas l'influence qu'ils avaient sur les décisions qui étaient prises dans cette période d'après guerre. Pourtant les bagnes, devenus moins inhumains, se transformaient et devenaient peu à peu des prisons où les juges commencèrent à revoir les dossiers des détenus pour envisager leur avenir sous un autre angle. Le pays avait besoin de bras mais échangeait les prisonniers de guerre avec ses soldats retenus dans les anciens pays ennemis. Certaines peuplades s'installaient définitivement ici, ayant fondé une nouvelle famille. Les enfants nés en Sarye n'étaient plus des étrangers et les récentes décisions royales leur permettaient de s'instruire. Leur avenir s'avérait aussi bon que s'ils étaient allés dans leur pays d'origine que la plupart d'entre eux ne connaissaient pas. Ils n'étaient pas mécontents de leur sort.

Jonathan ne revit pas l'émir qui repartit auprès de son fils, trop inquiet pour perdre un seul instant. Le nouvel ambassadeur apprit son départ lors d'une réunion de travail, écouta attentivement mais ne posa aucune question. Il se demandait ce qu'il se passait et surtout comment allaient ses amis.

Le souverain fit une apparition lors d'une séance avec les sénateurs. Il se retint pour l'aborder et protester contre son éloignement du prince Yakouti où il le maintenait. Il osa juste un : « Majesté » et son air soucieux fit le reste.

Le roi avait fort bien lu sur son visage son inquiétude :

- Tu as envie d'aller le voir, n'est-ce pas ? Il était inutile qu'il précise à qui il faisait allusion.

Se rapprochant :

- Il fallait les laisser seuls, ils avaient juste envie d'être ensemble pour lutter côte à côte. Ta jalousie n'aurait rien arrangé. Puisque je n'ai pas eu de courrier par une ordonnance militaire, c'est qu'il ne se passe plus rien de grave.

Après un silence, il ajouta en murmurant à son oreille, l'air malicieux :

- Que dirais-tu d'accompagner Peter ?

Jonathan le salua respectueusement et précisa qu'il était à sa disposition, un air de satisfaction se lisait sur son visage.

Le lendemain de très bonne heure, un léger coup à la porte de son appartement le réveilla. Quand il ouvrit, il eut la surprise de voir le souverain en personne devant lui. Devant la simplicité de sa tenue vestimentaire, il sut immédiatement qu'il avait à faire qu'à Peter et non à Tonesco Indy. D'ailleurs il n'y eut plus aucun doute possible, il lui déposait un petit baiser sur la joue alors que ses bras s'attardaient sur les siens. Jonathan embarrassé, sentait l'émotion le gagner et il ne s'aperçut pas que le souverain, devenu un homme quelconque, se glissait dans sa chambre. Ils se retrouvèrent enlacés, leurs bouches se rapprochèrent puis leurs lèvres se touchèrent. Le coercien ne bougeait plus et n'osait pas aller plus loin. Il entendit alors, les seuls mots qui pouvaient le libérer du respect qu'il lui devait. Il n'était que Peter et il le laissa faire, cet homme de trente-huit ans, châtain aux yeux verts était très séduisant, il s'étonnait de ne pas avoir, à cet instant, envie de le repousser.

Ce n'est qu'une heure après qu'ils se décidèrent à prendre la route pour aller voir leurs amis. Malgré que l'attelage soit dépourvu de blasons et d'emblèmes royaux, le roi pouvait être reconnu. Ils devaient avoir une attitude irréprochable, pourtant leurs mains se frôlaient. Le prince coercien savait néanmoins que lorsqu'il abandonnerait l'apparence d'un homme ordinaire, et qu'il serait à nouveau Toneco Indy, le souverain de la Sarye, plus aucun geste tendre serait permis. Seuls tous les deux, malgré la présence de son garde du corps, il lui demanda de rester longtemps Peter et même ensuite de ne pas le considérer comme uniquement son ambassadeur. Ils n'étaient pas isolés sur cette piste, une calèche précédait la leur et à une faible distance, une autre les suivait. Les gardes de l'escorte royale se faisaient discrets mais gardaient un œil vigilent sur l'homme le plus important du royaume.

Les quelques brèves haltes se firent en dehors des villages par discrétion. Ils étaient pressés d'arriver et plus ils s'approchaient de leur destination, plus leur inquiétude pour Maï et Vaudémon augmentait. Jonathan n'avait jamais regretté de ne pas avoir supprimé son rival quand ils s'étaient retrouvés tous les trois chez lui, alors que personne ne lui aurait reproché d'éliminer un ancien bagnard. Voilà que maintenant il redoutait que cet homme, toujours un concurrent, ne meure et ne laisse le prince Yakouti désemparé. Il soupira. Peter sourit, il savait ce qu'il se passait dans sa tête. Quand comprendrait-il qu'il devait s'éloigner de ce couple très uni ? Il l'avait vu maintes fois rêver lors des réunions et bien qu'il se reprenait très vite, il avait perçu sa tristesse. Il avait laissé entrevoir sa vulnérabilité et le roi avait découvert la trop grande sensibilité de son nouvel ambassadeur. Le souverain s'était un peu trop attardé à l'observer et ce qu'il voyait lui plaisait. Pourtant, il avait continué à le traiter avec froideur comme l'exigeait sa charge. Mais ici, il pouvait lui dévoiler qu'il le trouvait attachant et très à son goût.

Peter osait renouveler les quelques gestes un peu tendres que son nouvel ambassadeur semblait apprécier. Il fallait qu'il le prépare à voir le tourment de Maï pour son amant, même si cela devait lui briser le cœur. Alors, il commença à parler et Jonathan hocha la tête :

- Je sais mais je l'aime.

À son tour, Peter soupira. Rien n'était facile, pourtant son passager semblait prendre la situation du bon côté, sans pour autant renoncer à celui qu'il aimait.

Le roi n'avait pas annoncé son arrivée ni celle de Jonathan. La surprise de leurs amis, ponctuée de joyeuses exclamations spontanées, témoignaient de leur sincère affection.

Quelques brèves salutations accompagnées de quelques mots, tel que, Majesté, fusèrent et se fut les embrassades bruyantes habituelles. Le vacarme fit sortir Maï et Vaudémon d'un salon où ils se trouvaient. De tous les anciens bagnards, celui qui manifesta à son roi le plus grand respect en présentant ses hommages et en le saluant de façon traditionnelle, se fut le prince Yakouti qui attendit quelques paroles venant de sa part, pour rompre son attitude. Tonesco Indy ne prononça pas les mots attendus. D'un signe de la main, il les fit taire et demanda à Maï de jurer fidélité à son pays. Le prince humblement s'agenouilla, découvrit son épaule droite marquée de l'emblème royal et récita les textes qu'il lui demandait avec émotion. Son souverain le testait et l'ancien bagnard s'était attendu qu'il agisse de cette manière. Il était heureux de pouvoir affirmer son attachement à son pays. Le roi le fit se relever et l'attira à lui, il était à présent le simple ami qui venait s'enquérir de la nouvelle existence du groupe d'anciens détenus.

Jonathan demanda poliment à son rival, l'autorisation d'aller embrasser Maï, qui lui accorda immédiatement. Le coercien trouvait son petit prince beau, mince mais musclé, blond aux yeux bleus et qui n'avait malgré les années aucun cheveu blanc. Son sourire avait illuminé son visage quand ils s'étaient chaleureusement serrés les mains. L'ambassadeur avait déjà prévu de le dessiner. Il en connaissait parfaitement chaque détail et les esquisses qu'il avait réalisées au palais royal, faisaient voir qu'il n'avait rien oublié de l'homme aimé. Il lui dit combien il s'était inquiété de n'avoir aucune nouvelle. Se tournant vers Vaudémon, il le prit par les épaules en le serrant contre sa poitrine. Il était content qu'il aille mieux.

- Vraiment, répondit-il malicieusement.

L'ambassadeur constatait qu'en fait, son rival avait maigri et vieilli. Il se demandait si le petit prince s'en rendait compte.

Peter ne cacha pas à l'assemblée que Jonathan lui plaisait et qu'il n'avait pas été repoussé malgré que les pensées de celui-ci s'envolaient toujours vers celui qu'il aimait. Le roi se demandait s'ils avaient conservé les mêmes façons de dormir. Il fut vite renseigné car la nuit tombait. Après un repas rapide et simple, les deux voyageurs furent entraînés vers leur dortoir. Visiblement, ils aimaient toujours vivre ainsi et il s'avérait encore trop tôt pour qu'ils acceptent de changer leurs habitudes pensa-t-il. Éreinté, il s'installa avec eux alors que le prince coercien avait pris place à côté du petit prince.

La nuit fut calme, leurs cauchemars semblaient ne plus troubler leur sommeil. L'atmosphère parfumée de senteurs nouvelles, que le guérisseur leur faisait respirer, avait atténué leur toux. Il ne définissait pas ni de quels arômes ni de quelles plantes l'homme s'était servi mais il lui avait assuré que cette méthode ancienne lui apporterait également des effets favorables.

Habitué à être debout très tôt, le monarque ne changea pas ses habitudes. Sans faire aucun bruit, il quitta la vaste pièce pour parcourir quelques miles dans la campagne. Sportif, il n'avait pas la chance de toujours pouvoir aller où il le désirait. Sa garde personnelle veillait continuellement à sa sécurité. Jamais seul, même en ce lieu pourtant désert à cette heure, il prit la tête d'une dizaine de soldats et s'élança à petites foulées sur le chemin qui menait aux prairies.

À son retour, il convoqua le médecin et le guérisseur. Il avait besoin d'entendre leurs précieux avis. Plus aucun danger ne subsistait pour aucun d'entre eux. Vaudémon avait été si mal qu'on avait pu craindre le pire mais les deux hommes assurèrent que malgré qu'il le trouvait chétif, il était mieux et reprenait des forces. Maï l'avait veillé avec beaucoup de vigueur pour que jamais il ne perde espoir.

Tous avaient encore besoin de repos mais ils continuaient avec acharnement à s'instruire. Le roi convoqua ensuite les quatre professeurs chargés de donner rapidement les notions indispensables aux anciens bagnards. Ils avaient encore beaucoup de lacunes mais ils étaient très observateurs et dotés d'une exceptionnelle mémoire. Ils seraient capables, d'après eux, d'occuper des emplois de scribes, de commerçants ou des postes en rapport avec la sécurité dans quelques années.

Jonathan qui semblait à l'aise avec Vaudémon, l'entourait et lui disait sa satisfaction de le savoir sorti de ce mauvais pas. Il comprit le signe qu'il fit. Il voulait lui parler sans que leur ami l'entende. Ils arriveraient bien à l'éloigner avec la complicité de leurs compagnons. En attendant, l'ambassadeur lui demanda s'il pouvait avoir la faveur de laver le petit prince. Le malade réclama d'abord l'aide de son amant pour aller aux bains et celui-ci céda à la demande du prince coercien. Il profita ensuite de ce que Maï était entre les mains de son serviteur pour rejoindre son rival. Là, ils pourraient se parler quelques instants sans qu'on les entende. Vaudémon voulait simplement lui demander au cas où il mourrait de veiller sans relâche, chaque jour, chaque nuit, sur l'homme qu'ils aimaient, même au détriment de sa carrière et malgré leur nationalité différente. Un jour, malgré la protection du roi Tonesco Indy, ils auraient peut-être à faire des choix. L'ambassadeur jura qu'il ferait tout pour Maï, même s'il devait renoncer à son poste diplomatique et qu'il deviendrait saryen s'il devait le faire pour rester à ses côtés.

Son rival lui assura en riant, qu'il ne lui laisserait pas si facilement la place, qu'il devait se faire à l'idée qu'il guérirait.

Jonathan retourna vers le petit prince qui ne se douta de rien et se laissa laver et masser par Vaudémon.

Peter arriva parmi eux et à son tour se fit laver et masser aussi simplement que ses amis. Il goûtait seulement en leur compagnie les plaisirs simples dépourvus de tricherie. Il savait que leur amitié, leur manque de flatterie, leur franche spontanéité lui manqueraient quand il repartirait. Il avait déjà pris quelques décisions qui les concernaient et qu'il leur exposa sans entrer dans les détails. Dans quelques mois, ils commenceraient à devoir faire des choix et ils seraient tous réunis dans la capitale. Ceux qui avaient le plus de difficulté pour apprendre s'occuperaient de ses chevaux, d'autre de l'intendance du prince Yakouti. Vaudémon assurerait la fonction de garde du corps, puisqu'il semblait devoir se remettre. Bien sûr les artistes continueraient, l'un à peindre, l'autre à faire de la musique. Maï ferait avec son appui ses premières apparitions au Sénat en vue d'accompagner son père. Il y aurait, à coup sûr, des problèmes, commenta-t-il, mais son amant veillerait sur lui et lui le roi ferait taire ceux qui iraient contre son retour parmi la noblesse.

Le petit prince n'était pas rassuré mais il faisait confiance à son père qui veillerait sur lui. L'ancien bagnard ne pouvait plus prétendre être capable de déjouer les pièges qui ne manqueraient pas d'apparaître. Ils ne leur restaient à tous que trois mois pour se préparer à reprendre une vie plus normale. Ils y arriveraient car leur entraide serait comme avant, l'élément fort de leur réussite. Grâce à Tonesco Indy qui ne les séparait pas, peut-être un jour, pourraient-ils tous prétendre être à nouveau des citoyens comme les autres.

En attendant, le futur garde du corps du petit prince n'était pas capable de les suivre. Une chevauchée à travers la campagne leur donnerait l'occasion de faire de l'exercice et le cheval de Maï n'aurait qu'à suivre les autres. Celui-ci soupira quand retrouverait-il la vue ? Il était difficile pour lui d'évoluer dans des lieux si divers et sa cécité le rendait plus vulnérable. Là-bas à la cour les ennemis qu'il ne manquerait pas d'avoir, en profiteraient. Peter lui demanda de ne pas angoisser, la reine Mathilde serait là ainsi que ses fils aînés, son frère Mohamed et bien sûr l'émir Khâgne accompagné de sa femme pour le soutenir.

Les anciens détenus parlèrent des rêves de liberté qu'ils faisaient jadis en travaillant au fond de la mine. Ici, ils pouvaient aller où ils voulaient et chaque jour les enchantait en découvrant leur pays.

Peter ne s'éloignait pas de Jonathan et ne perdait pas une occasion de le toucher. Excellent cavalier, il donna une petite tape au cheval du coercien qui partit au galop. Il souhaitait rester un peu seul avec lui. Il le rattrapa, toujours suivi par son escorte, et l'intimité qu'il réclamait sembla impossible au souverain. D'un geste, il stoppa ses soldats qui n'osèrent pas enfreindre son ordre malgré leur crainte permanente d'un danger. Enfin seul avec son ambassadeur qui ne le fuyait pas, il se pencha pour l'embrasser mais sans y parvenir puisque le cavalier ne bougeait pas et restait bien droit sur sa monture. Il recommencerait à lui prodiguer quelques furtives caresses qui ne manqueraient pas de susciter de la part de leurs amis, des réflexions que personne d'autre qu'eux, n'oserait exprimer.

Ils décidèrent de faire une halte au bord d'une rivière pour permettre à leurs chevaux de se reposer et se fut l'occasion qui permit à Peter de coincer Jonathan près d'un arbre. Sans plus attendre, il posa ses lèvres doucement contre les siennes. Jonathan murmura « pourquoi » et le « nouveau » l'embrassa en se serrant contre lui. Il lui plaisait, c'est tout. Être en compagnie de ces hommes, qui avaient vécu juste entre eux et avaient tout partagé, le transformait. Il s'accordait pour la première fois de sa vie, le droit de goûter à son tour, lui le roi, à la liberté d'aimer enfin qui il voulait. Jusqu'à présent, son devoir lui avait imposé qui il devait aimer afin d'assurer sa descendance. Bien souvent, il aurait préféré fuir les obligations et les honneurs de sa charge. Il avait compris que c'était aussi ce qui avait poussé, il y avait une vingtaine d'années, le prince Yakouti à commettre des actes insensés. Combien il était dommage de l'obliger à reprendre un rôle diplomatique auquel il n'aspirait plus mais auquel il se consacrerait pleinement pour se racheter de sa faute passée !

Y avait-il une solution pour ce prince félon et pour lui-même ? Il n'en voyait hélas pas.

Le baiser ne laissa pas le coercien indifférent qui voyait bien ce qui se passait dans la tête de son ami, un peu différent des autres. Comme il était dissemblable ici, loin du palais royal. Jonathan avait l'esprit trop préoccupé par Maï pour l'encourager à continuer et préféra s'éloigner. Le groupe avait depuis un moment perçu l'attrait qu'exerçait l'ambassadeur sur le roi et faisait quelques commentaires à voix hautes. Voilà qui arrangerait la situation qui pouvait toujours se transformer en conflit entre les deux rivaux. Maï sourit, pourquoi sentait-il une pointe de jalousie lui troubler l'esprit ? Seuls Vaudémon et le prince Makassar savaient qu'il aimait encore son coercien mais un peu de joie et de tendresse adoucirait la vie de l'ambassadeur qui lui avait été trop fidèle au point de renoncer à vivre et à renoncer exagérément à tout, en souvenir de leur amour de jeunesse. Ce soir, il serait avec lui mais en attendant, ils devaient rentrer les professeurs les attendaient.

Une nouvelle fois, Peter recommença à montrer à Jonathan quelques élans de tendresse qu'il accepta plus volontiers, pour finalement oser promener lui aussi ses mains sur son dos pendant leurs étreintes. Il fallait que cet homme arrête, il devait garder son contrôle et il eut peur de ne pas y parvenir. Seulement « le nouveau » continuait et leurs embrassades plus amoureuses, les troubla tous les deux si fort qu'il s'arracha des bras qui le retenaient pour enfourcher son cheval et s'élança au galop en direction du château. Que se passait-il dans la tête du roi, si peu roi ici ?

L'ambassadeur se précipita vers Maï, installé près de son amant qui écoutait un de ses professeurs et lui murmura à l'oreille qu'il souhaitait discuter avec lui avant le retour du souverain. Intrigué et sentant l'émotion dans sa voix, l'ancien détenu se leva et ils allèrent, sans perdre un instant, sur la grande terrasse ensoleillée d'où le rival, de la salle de cours pourrait les apercevoir. Le coercien ne voulait pas susciter sa jalousie d'autant plus qu'à cet instant il désirait seulement se confier au petit prince, ses plus intimes pensées. Jonathan se rendait compte que les caresses de Peter ne l'avaient pas laissé indifférent. Pourtant, c'était le prince Yakouti qu'il aimait. Il lui dit alors des mots d'amour mais sans le toucher, puis qu'il l'aimait et ce qu'il entendit le ravi. L'homme en face de lui, qu'il adorait lui annonçait qu'il ne l'avait pas oublié, qu'il demeurait plus qu'un simple ami mais que sans Vaudémon sa vie n'aurait plus aucun sens. Ses années passées au bagne étaient très lourdes à porter.

Jonathan put répondre que grâce à Peter, il avait compris et admis, qu'après tant d'années de détention, il s'avérait qu'il ne saurait plus comment faire pour continuer à vivre sans celui qui l'avait soutenu avec beaucoup de ténacité et d'amour sincère. Jonathan savait qu'il deviendrait plus tard ambassadeur en Sarye pour remplacer son père le prince Makassar uniquement pour pouvoir continuer à l'approcher. L'ancien architecte était heureux, que sa carrière politique, comme le roi Saint Hugues le Conquérant et son père lui avait promis, lui permettre d'être en sa compagnie. Il s'étonnait à présent de l'attitude de Peter. Alors Maï lui expliqua la solitude du souverain, bien que très entouré, mais surtout environné de princes se jalousant, incapables de franchise. Ici, il retrouvait la simplicité, la sincérité qui lui faisait défaut parce que son trône l'isolait de tous et l'obligeait à vivre sans beaucoup d'amour. Il avait eu avec la reine trois fils et c'était pour le monarque une grande chance mais il avait certainement envie de vivre pendant quelques jours, autre chose pour trouver l'affection, la tendresse et pourquoi pas, vivre une passion amoureuse avant de se consacrer à nouveau aux lourdes charges d'un État qui se relevait d'une longue guerre.

Maï voyait son ami triste et il comprenait que l'ambassadeur se décevait lui-même en constatant qu'il pouvait être attiré par un autre homme mais il pensa qu'un peu d'amour lui ferait du bien après ces longues années passées dans son pays où il n'avait jamais cessé de penser à lui. Comprendrait-il que ce soir, malgré qu'il l'aimait, qu'il l'encouragerait à vivre une relation sentimentale avec Tonesco Indy ? Lui resterait avec Vaudémon tant qu'il vivrait. Maï, à son tour lui fit des confidences, lui révélant ce qu'il n'avait osé dire à personne, il savait que son amant ne vivrait plus très longtemps, il était bien plus malade que tous ses autres compagnons. Il l'implora alors :

- Tu m'aideras après, malgré que j'ai choisi de demeurer avec lui ? Peux-tu dessiner son visage que je n'ai jamais vu, parce que je ne désespère pas retrouver la vue un jour ?

Maï sanglota et le coercien lui prit seulement les mains dans les siennes en lui rapportant la conversation de Vaudémon :

- Il sait qu'il va devoir te quitter pour gagner le ciel. Il m'a promis de lutter et moi de veiller sur toi avec la même passion qu'il le fait. Ne sois pas triste à ton tour, c'est Dieu qui décide.

Peter était revenu après une longue randonnée solitaire car il avait finalement renvoyé ses soldats. Il avait troqué ses trop luxueux vêtements contre des habits de paysan afin de ne pas risquer d'être reconnu. Il profitait de pouvoir rester seul, ce qui arrivait si rarement. Il était capital pour lui de se rendre compte de ce que pensait la population des campagnes de leur souverain. La paix revenue avait-elle amélioré leur existence ? Il était allé jusqu'au village voisin où il avait demandé à manger dans une ferme. La vieille femme finissait de préparer la soupe qui constituait l'essentiel du repas avec le traditionnel fromage et le pain. Elle lui avait demandé d'attendre que les agriculteurs finissent leur travail. Il était donc allé à la rencontre des deux couples qu'il avait aperçu au loin. En s'approchant, il avait vu qu'ils labouraient leurs champs.

Le travail était pénible et les travailleurs voyaient l'heure de la pause arriver avec joie. Ils l'avaient salué en lui demandant d'où il venait. Comme il avait répondu, de la capitale, il avait su qu'ils n'y étaient jamais allés.

L'hospitalité était quelque chose de normal pour ces gens simples qui malgré leur pauvreté, partageraient leur repas avec le voyageur, sans rien lui demander en échange. Il précisa qu'il avait vu le roi et ajouta :

- C'est un bon roi qui a su ramener la paix.

Ils approuvèrent en déclarant que maintenant ils étaient plus heureux. Ils n'avaient plus peur d'être massacrés dans leur campagne isolée, trop loin du château.

Le roi incognito avait appris ce qu'il désirait entendre d'eux. En les remerciant avant de partir, il leur donna une petite pièce de monnaie qu'il avait préparée au fond de sa poche. Il se dépêcha de rentrer, le peuple l'aimait, il en était certain à présent.

À son retour, Tonesco Indy voulut assister aux leçons que recevaient ses protégés et demanda aux professeurs présents, de ne rien changer à ce qu'ils avaient prévu de leur enseigner. Il constatait que les très particuliers élèves étaient attentifs et qu'ils découvraient avec une saine curiosité, histoire, géographie et diverses matières. Il était satisfait de leur assiduité mais s'adapteraient-ils à la vie de la capitale ?

Il regrettait, à cet instant, de ne pas être seulement un paysan et de les obliger à s'adapter à une existence pour laquelle ils n'étaient pas faits. Il les observait sans parler ni bouger pour ne pas les déranger et eux n'étaient nullement impressionnés. Il voyait que leur motivation était demeurée intacte pour pouvoir prétendre accompagner le prince Yakouti dans sa rentrée officielle parmi la noblesse. Les anciens bagnards aimaient apprendre car leur ami, depuis toujours dans leur geôle, leur avait tenu lieu de maître d'école.

Peter agissait en roi mais il restait leur ami. La nuit venue, il les rejoignit. Comme les autres, il se détourna lorsque Maï et Jonathan s'étreignirent puis s'aimèrent. Il s'était allongé près de Vaudémon dont il sentait la jalousie pour celui qu'il ne considérait pourtant plus comme un rival.

Réussirait-il, lui, le souverain de la Sarye, à leur faire comprendre qu'on ne s'aimait pas ainsi ?

Dès le lendemain, il leur fit quelques remontrances. C'étaient là des façons, que le manque d'intimité au bagne, avaient obligé à leur faire adopter pour pouvoir s'unir et s'aimer. Ils étaient redevenus des hommes libres et ils devaient cesser de s'exhiber de la sorte. Ils rirent mais acceptèrent de changer cette habitude et de s'isoler pour leurs ébats amoureux.

Tout finissait par se savoir à la cour et les ragots ne manqueraient pas. Il était préférable, qu'ils s'en rendent compte dès aujourd'hui. Lui, leur protecteur ne manquerait pas d'obliger les différentes catégories d'employés au palais royal, à leur témoigner de la sympathie ou tout au moins de la courtoisie et il leur promit de faire taire ceux qui seraient irrespectueux ou même agressifs envers eux.

Pour rester avec le prince Yakouti, ils étaient prêts à corriger leur conduite mais ils avaient besoin de directives. Ils allaient, par ignorance, se retrouver immanquablement dans des situations cocasses. Peter pensa qu'il devait y remédier sans perdre de temps et des leçons de savoir-vivre s'avéraient indispensables. Il verrait dans trois mois leurs progrès dans ce nouveau domaine.

Le roi et son ambassadeur restèrent une semaine avec leurs amis. Tous deux devaient retrouver leurs diverses tâches qui ne souffraient aucun retard et organiser la venue des anciens détenus. Ils obligeraient la noblesse à les accepter et à les respecter malgré leur mécontentement qu'ils imaginaient déjà.

Tonesco Indy continua à prodiguer quelques caresses au prince Jonathan Makassar, profitant de leur retour vers la capitale et de leur tête-à-tête. Le garde du corps avait été prié de s'installer près du cocher.

L'ambassadeur se sentait gêné par l'attitude de « Peter » parce qu'il avait passé la nuit avec Maï. Il préféra le lui dire clairement et l'illustre passager le rassura. Il n'y avait plus vraiment de normalité lorsqu'ils étaient avec leurs amis. Le discours qu'il leur avait tenu les avait fait rire car eux avaient bien compris que même si le souverain n'était plus, malgré ses paroles, choqué par leurs manières de s'aimer, d'autres à la cour le seraient et ils devraient se méfier de leur méchanceté. Les deux voyageurs ne firent aucune halte, à part pour prendre une rapide collation, pendant que l'escorte militaire changeait les chevaux de l'attelage. Peter lui demanda de rester avec lui quand ils seraient arrivés :

- Ose, insista-t-il.

C'est à peine s'il put entendre la réponse positive de son ambassadeur. Pourquoi celui-ci n'avait-il pas envie de le quitter ? Peut-être simplement savait-il que Maï, changé par sa détention, ne l'avait pas oublié mais avait besoin de rester aux côtés de Vaudémon et qu'il devrait encore s'armer de patience.

Leur but commun était à présent de préparer la venue du prince Yakouti parmi les sénateurs dans le but de son élection et de faire taire peut-être leur hostilité. Le prince coercien savait aussi, qu'il devrait prochainement rendre compte à son roi, Saint Hugues le Conquérant, de l'évolution du rapprochement entre les deux pays et que son devoir d'époux était d'apparaître à la cour avec sa femme Charlène dont l'influence n'était pas négligeable.

La venue de Jonathan dans la partie privée du palais royal fut discrète. Il s'était dissimulé sous un grand vêtement qui lui recouvrait la tête et descendait jusqu'aux pieds. La reine ne s'aperçut pas que son mari ne resterait pas seul cette nuit. C'était un homme charmant avec elle et lorsqu'il déclara que le voyage l'avait épuisé, elle ne s'étonna pas qu'il abrège sa visite. Il retrouva son ambassadeur, qui devint bien plus qu'un homme politique étranger. Les nuits suivantes, qu'ils passèrent ensemble dans la volupté, n'éveillèrent aucun soupçon puisque le souverain lui fit utiliser le même passage dont il s'était servi pour s'introduire dans son bureau sans être vu afin de se rendre compte de l'avancement de ses travaux et l'espionner.

Le roi avait prié l'émir Khagne d'encadrer, avec ses deux petits-fils, Ménélik et Lomé, ses deux autres petits-fils, Youssoufia et Rachid pour faire immédiatement sentir à la noblesse, l'intérêt qu'il leur portait ainsi que le souverain. Il fit donc son entrée dans l'hémicycle avec les quatre jeunes gens. Impressionnés par la solennité de l'endroit, les nouveaux nobles faisaient ainsi, leur première apparition officielle dans le monde politique. Un murmure d'étonnement parcourut la noble assemblée et le silence se fit instantanément, lorsque Tonesco Indy prit la parole pour leur souhaiter la bienvenue parmi eux. L'annonce de leur noms en avait surpris quelques-uns mais la plupart des courtisans présents avait déjà eu connaissance de l'existence de ces deux princes et de l'intérêt que le monarque leur portait. À partir de ce jour, ces hommes devenaient intouchables et la menace à peine voilée, ne laissa aucun doute possible sur sa bienveillante protection, ils reçurent alors les félicitations de l'assistance.

Il y avait un homme dans l'assemblée qui était venu brièvement saluer Maï à sa sortie du bagne. Le prince soldat Mohamed se souvenait fort bien de ce détenu dont il avait en partie assurer la surveillance et la sécurité pendant quelques semaines. Cousin éloigné du roi, il était, après sa rapide carrière militaire, devenu un homme politique peu influent et restait un sénateur dévoué. Il voyait que le souverain protégeait ainsi l'ancien bagnard Yakouti en présentant personnellement ses plus jeunes fils nés pendant sa détention et il s'attendait à voir réapparaître le prince. Le roi, apparemment, n'oubliait pas qu'il était l'aîné d'une des plus vieilles familles de Sarye et tous ici, interprétaient l'arrivée de ses enfants, comme le signe annonciateur de la future élection de celui que personne ne devrait plus jamais appeler, le « prince félon ».

Mohamed salua les deux jeunes gens qu'il ne connaissait pas, en leur précisant qu'il avait fait connaissance avec leur père à bord d'un bateau et que celui-ci se souvenait très bien de lui.

Il pensait : Nos quelques nuits torrides en prison sont inoubliables.

L'émir Khagne le remercia pour ses paroles aimables et le prince lui assura en retour, qu'il pouvait, en cas de nécessité, compter sur son soutien quelle que soit la situation. Les deux hommes savaient qu'ils auraient à constituer une solide protection autour de l'ancien détenu.

Peu de temps après, l'ambassadeur repartit dans son pays et il ne pouvait prétendre être de retour avant deux mois, peut-être même plus. Charlène ne se faisait aucune illusion, malgré les attentions dont son mari l'entourait, elle se doutait que son long séjour en Sarye s'expliquait surtout par la présence du prince Yakouti. D'ailleurs Jonathan ne chercha pas à rester la nuit avec elle et il ne lui fournit aucune explication, qu'il savait inutile. Toutefois, leur amitié sincère qui l'avait toujours aidé, fit qu'avec les jours, il lui parla, en des termes simples et sans choquer sa candeur des anciens détenus. Ils regagnèrent ensemble la capitale de la Coercie, Saint Hugues le Conquérant avait été prévenu de son arrivée.

Le sénateur Jonathan Makassar resta avec son père beaucoup plus longtemps qu'il ne le pensait dans son pays. Il était à présent un politicien qui participait activement à la gestion des affaires du pays.

Bien qu'il n'avait approché son petit prince que pendant une semaine, son père vit qu'il était plus calme. Il connaissait si bien son fils qu'il avait secouru à maintes reprises alors qu'il s'enfonçait dans le désespoir et l'alcool, qu'il avait compris qu'il n'avait pas tout raconté. Le père alors avait juste dit :

- Garde ton secret, puisqu'il t'aide à vivre.

Jonathan avait seulement confié qu'il espérait retourner là-bas rapidement et avait ajouté très bas, comme un peu honteux :

- Parfois, j'aimerai y rester toujours.

Son pays et son roi avaient besoin de lui, alors il continua à œuvrer pour le bien de tous, respectant la promesse qu'il avait faite quand il avait pris ses fonctions.

Les mois passèrent interminablement et il n'était pas de retour en Sarye quand Maï et ses amis arrivèrent pour s'installer définitivement dans leur capitale où le roi Tonesco Indy les avait appelés.

Comme prévu, deux mois après le départ du prince Jonathan, les anciens bagnards quittèrent le château du prince Mohamed Khagne à la demande de leur souverain. Le vieux guérisseur ne les accompagna pas et il les embrassa les larmes aux yeux. Il avait tant de choses à apprendre à son fils qui entreprendrait d'assurer sa relève. Il confia ces hommes, un peu ses fils, au médecin qui les accompagnait et qui serait très utile à la prison du tribunal de la capitale. La présence du vieillard n'était plus indispensable. Il avait accompli des miracles. Maï et Vaudémon allaient pour le mieux, bien que ce dernier demeurerait fragile le reste de sa vie et ne pourrait pas être le garde du corps du prince. Andrieux, le plus robuste du groupe, assurerait cette fonction.

Les deux amants resteraient ensemble, l'un serait les yeux et les oreilles de l'autre, tout en étant à la fois son secrétaire. Les anciens détenus avaient compris qu'ici aussi, le petit prince aurait besoin de protection et ils y veilleraient avec autant d'acharnement qu'au bagne.

Vaudémon vit tout de suite que Peter regardait trop intensément son amant. Le dîner qui les avait tous rassemblés dans les appartements royaux finit très tard dans la nuit. Ils finirent par s'installer sur les tapis entourant leur ami, une nouvelle fois jaloux, alors que Maï était entraîné par le « nouveau ».

C'était toujours ainsi soupirait-il.

Les anciens détenus n'avaient pas perdu l'habitude de chanter. La vaste demeure bourgeoise où ils étaient logés résonnait de leurs complaintes. C'était encore leur façon de prier qu'ils conservaient et aujourd'hui Maï allait avoir besoin de leur soutien. Il faisait enfin son retour parmi les sénateurs et entrerait dans l'hémicycle au côté du roi et avec de l'autre Vaudémon pour l'aider dans ses déplacements. Il s'attendait à tout, même aux insultes. Il s'installerait près de son père avec le reste de sa famille alors que son amant regagnerait le fond de la pièce. Ses autres compagnons seraient tout près mais à l'extérieur et quoiqu'il arrive, ils avaient reçu la consigne de ne pas intervenir et de rester silencieux.

La présence de ses parents et de ses enfants le rassurait. Il attendait à présent son illustre ami en leur compagnie dans un des couloirs menant de l'appartement royal au Sénat. Sa mère lui avait dit qu'il était magnifique dans sa tenue à la dernière mode. Lui, il avait répondu qu'il pensait qu'elle était encore plus jolie et c'est elle qui lui prit le bras. Il reconnaissait le même parfum qu'elle utilisait depuis qu'il était enfant.

Le roi arriva et tous sans exception se courbèrent mais il fit relever le prince Yakouti rapidement :

- N'aie pas peur, je suis ton ami.

Il est vrai qu'il le voyait un peu nerveux, cette journée était le début d'un nouveau départ.

Sa mère se plaça à côté de l'émir, Vaudémon prit le bras de son petit ami. Le souverain jeta un regard sur les anciens détenus et leur demanda de ne pas oublier ses consignes. Le cortège franchit, dans un silence total, les quelques portes bien gardées et à l'ordinaire réservées au couple royal. C'était déjà là un fait marquant. Ils franchirent la porte de l'hémicycle, laissant le reste du groupe d'amis à l'entrée, sauf Vaudémon qui les accompagna et qui semblait très à l'aise et nullement impressionné de pénétrer en ce lieu prestigieux.

La surprise de l'assemblée fut indescriptible et le silence ne se fit qu'au bout d'une longue minute. Tonesco Indy pria à haute voix le prince Yakouti de se placer près de son père, ce qui amena une nouvelle fois, un murmure général dans la salle comble. Il réclama le silence d'un air agacé et présenta à l'auditoire le prince Maï Yakouti Khagne, ce qui déclencha des rumeurs. Il demanda qu'on lui fasse bon accueil, puis précisa que désormais, il serait présent à toutes les séances. Il les informait brièvement et de manière impérative de ce qu'il avait décidé.

L'ordre du jour fut annoncé comme il l'était à chaque session et les délibérations commencèrent sans que rien ne vienne troubler les discussions.

Une courte pause dans la matinée permit au prince soldat Mohamed, cousin du roi, de venir saluer le nouveau venu. Lors de la libération du groupe d'amis, il avait adressé au petit prince que quelques mots de bienvenue. Là, il le rassura, la majorité des nobles présents ne paraissait pas lui être hostile. L'ancien bagnard le remercia et avec un léger sourire il lui dit qu'il se souvenait très bien de lui. Avant de le quitter, son ancien amant de quelques jours le prévint qu'il lui rapporterait ce qu'il entendrait les jours prochains.

Le prince Yakouti percevait toutefois, les protestations de quelques personnes qui semblaient même tenir des propos menaçants. La séance reprit et les murmures cessèrent pour laisser un orateur présenter un nouveau sujet à débattre. Pourtant il n'avait pas peur, il comprenait qu'il pouvait susciter de la haine. Il était coupable mais repentant, libéré parce que leur souverain l'avait jugé suffisamment puni et trouvé digne d'être à nouveau parmi eux. Il écoutait attentivement, lui aussi avait beaucoup de choses à apprendre. Il était heureux d'être ici et il savait qu'il ne sortirait pas avant que ses ennemis lui fassent prononcer les paroles d'accusation qu'il avait dues tant de fois, là-bas, au bagne prononcer.

Il était d'accord pour le faire et s'humilier ainsi, mais arriverait-il un jour à faire admettre aux princes, qu'il entendait protester à voix basse, que seule la panique l'avait poussé à sacrifier ses propres soldats ?

Les discussions à peine terminées, Vaudémon, malgré sa position éloignée, compris immédiatement que le groupe d'une dizaine d'hommes qui se dirigeait vers son amant, allait l'interpeller. Le roi avait vu également ce qui se tramait et savait que son ami, du fond de la salle, lui demandait, par signe, l'autorisation de lui porter secours. Le petit signe de tête qu'il eut de Tonesco Indy lui donnait la possibilité de s'avancer. Il craignait que leur colère, à peine contenue, leur fasse commettre un acte irréparable. Les poignards dissimulés sous les tuniques pouvaient surgir à tout moment. Malgré la protection royale de l'ancien détenu, ils étaient remplis de hargne et lui par amour n'hésiterait pas à se jeter sur son amant pour recevoir l'arme à sa place, s'il décelait à temps leur geste.

Quand il arriva près du prince Yakouti celui-ci baissait déjà la tête sans rien dire. Un sénateur l'insultait mais se tenait à distance, montrant sa haine, sans chercher malgré tout à saisir sa lame pour la lui planter entre les côtes.

L'émir Khagne avait calmé ses petits-fils et leur avait imposé de ne pas s'interposer. Le retour de son aîné, il l'avait prévu, ne plairait pas à toute l'assemblée. Toutefois, ceux qui iraient contre la volonté du souverain, qui leur avait montré publiquement sa protection, s'exposeraient à des sanctions justifiées.

Le petit prince toujours silencieux, venait d'être prié, un peu rudement, de dévoiler son épaule droite marquée du symbole royal et qui renseignerait même un inconnu sur le fait qu'il avait été lourdement condamné. À cet instant, il se sentait honteux avec sa chemise baissée. Il savait que le souverain laisserait faire ses ennemis pour qu'une fois encore et surtout devant ses pairs, il prononce ces phrases où il s'accusait et regrettait son méfait, tout en demandant pardon.

Le plus virulent de ses ennemis, s'approchant un peu trop près, vit surgir Vaudémon devant lui. L'homme rempli de mépris, demanda sans ménagement, à Maï Yakouti, sans lui donner son titre princier, de s'accuser de sa trahison, tout en reculant légèrement en voyant cet inconnu menaçant et qui semblait prêt à tout pour protéger l'ancien bagnard.

Avec beaucoup d'émotion, le protégé du roi énonça les mots que ses ennemis attendaient de lui et ses épaules nues laissaient apparaître, non seulement la marque indélébile mais aussi les nombreuses cicatrices qui attestaient des sévices qu'il avait subis.

Terminant la dernière phrase, il adopta la position que souvent les gardes leur demandaient et qui indiquait qu'il appartenait définitivement, corps et âme, à la personne la plus importante de la Sarye. Il pleurait en silence, allongé à plat ventre, n'osant plus bouger car seul le monarque pouvait le faire se relever. Les minutes qui suivirent, lui apparurent une éternité. Il entendait à cet instant, des mouvements dans la foule rassemblée. Les sénateurs s'écartaient pour laisser passer le souverain.

Enfin, il put se relever car il venait de lui dire qu'il avait le droit de les rejoindre et qu'il fallait savoir pardonner à ceux qui le méritaient. Il avait, avec ses amis de détention, gagné le droit d'être libre. Son père, entouré du reste de sa famille, l'aida à se remettre debout.

Maï réussit seulement à murmurer :

- Merci mon roi.

Vaudémon sécha affectueusement les larmes qu'il voyait couler sur sa joue, dévoilant ainsi à l'assemblée, les liens amoureux qui les unissaient.

S'adressant brusquement en hurlant à celui qui avait été le plus menaçant :

- Tu veux voir aussi mon épaule ?

En défaisant à son tour sa chemise, menaçant :

- Je peux te montrer encore vingt-huit autres épaules marquées de la même manière, mais fait attention à nous si tu l'offenses encore.

Il était blême de colère. Le souverain lui demanda de rajuster son vêtement et de se calmer. Il appela ses gardes puis leur donna l'ordre de protéger les anciens détenus. Pendant quelques jours ils devraient se faire discrets afin de laisser aux esprits échauffés, le temps de se calmer.

L'émir Khagne et son épouse prirent la décision de ramener leurs deux fils et leurs petits-enfants au château familial pour la sécurité de leur aîné, qui bien entendu entraîna à sa suite son groupe d'amis. Il était préférable de laisser s'écouler quelques semaines avant que le petit prince puisse réapparaître au Sénat sans provoquer d'émeute.

L'ambassadeur Jonathan Makassar n'avait pas encore annoncé son retour en Sarye. Son séjour au palais royal de Saint Hugues le Conquérant se prolongeait et sa femme Charlène l'avait rejoint. Elle calmait son impatience et ne le sentait pas indifférent à ses charmes sans parvenir à retrouver en lui un mari aimant. Elle savait que le médaillon, qu'il portait sous sa chemise, contenait le portrait de l'homme qu'il aimait et qu'il n'oubliait pas. Il désirait le rejoindre le plus rapidement possible.

Les réceptions qu'avaient organisées leurs amis à la cour, avaient été l'occasion de félicitations pour ses premiers résultats. Quelques coerciens venaient d'être libérés et avaient pu rentrer chez eux. Les débuts de sa carrière s'annonçaient très prometteurs.

Le prince Makassar était satisfait de la conduite parfaite de son fils. Il le sentait inquiet pour celui qu'il aimait et qui s'exposait à la médisance de quelques jaloux et des sénateurs intransigeants qui ne lui pardonneraient jamais. L'ancien architecte était redevenu sobre mais plus les semaines passaient moins il pouvait maîtriser sa nervosité et il continuait à se plonger avec énergie dans ses dossiers pour s'empêcher de trop penser.

Enfin, un jour un message de Sarye lui parvint. Vaudémon lui écrivait pour lui rapporter avec précision l'arrivée du petit prince dans l'hémicycle. Tous deux, affirmait-il, ne l'oubliaient pas.

La lettre ne le rassura pas, bien au contraire.

Le retour des anciens bagnards dans la capitale s'effectua trois semaines plus tard. Tous occupèrent un emploi, surtout dans l'écurie de sa majesté, sans pour autant que s'arrêtent leurs leçons.

Maï assista avec son père aux sessions du Sénat. Sa présence soulevait toujours des protestations mais personne ne l'insultait. Ses ennemis n'oubliaient pas qu'il était le protégé de Tonesco Indy. Ses amis le saluaient comme un prince et ses ennemis, constitués du même groupe d'hommes réprobateurs à sa présence, n'hésitaient pas à le bousculer sans qu'il n'ose protester.

La situation n'évoluait pas favorablement pour lui et Vaudémon restait sur ses gardes mais il ne pouvait plus assurer seul sa protection, sa santé était si fragile.

Comme il avait été décidé, Andrieux, un de leurs compagnons devait prendre, à leur côté, son poste officiel de garde du corps. Il excellait jadis dans le maniement des armes et sa robuste corpulence impressionnait alors qu'il était doté d'un agréable caractère. Son entraînement démontrait qu'il n'avait rien perdu de son adresse et il s'avérait, dans ces circonstances, l'homme idéal pour maintenir à distance les éventuels agresseurs du petit prince.

Attentif aux nombreux discours et assis près de son père, le nouveau venu ne pouvait pas prendre la parole, il n'était pas sénateur. Ses idées n'étaient que très peu différentes de celles des hommes de sa famille. Il apprenait peu à peu quel avait été le déroulement de la vie politique de ces vingt dernières années. Il commençait à discerner, qui parmi la noblesse, demeuraient ses amis. Sans cesse le même sénateur qui l'avait déjà à plusieurs reprises durement harcelé, s'en prenait à lui et l'humiliait devant l'assemblée. Il ne se cachait pas pour rire de lui avec ses amis. Il fut si rapide, lorsqu'il passa à proximité du prince Yakouti, que son petit ami ne put l'empêcher de bondir sur lui et de lui enfoncer un poignard dans le torse avant de réussir à s'enfuir. Par chance, la lame heurta une de ses côtes mais il chancela et s'évanouit sous le choc.

Examiné par le vieux médecin, toujours non loin des anciens détenus, il s'avéra que la plaie n'était pas profonde. Transporté avec précaution dans un salon, il reçut les premiers soins. Son fidèle ami s'en voulait de ne pas avoir anticipé le geste de l'agresseur. Même s'il s'était enfui, son identité était bien connue et Vaudémon jura qu'il lui ferait la peau.

Peter vint le voir et lui murmura, un peu trop tendrement, qu'il était juste son ami. Il prit de ses nouvelles, voulut savoir s'il avait besoin de Laudanum et ajouta avant de repartir :

- Ne crains rien, il ne te fera plus de mal.

Les drogues que le blessé avaient absorbées lui donnaient envie de dormir et il laissa son illustre ami parler, incapable de lutter contre la torpeur qui l'envahissait.

Tonesco Indy, en libérant ses nouveaux amis, savait qu'il susciterait la réprobation d'une partie du Sénat. Certains trop haineux pour leurs anciens ennemis, avaient retardé, par leurs votes qui s'opposaient à son désir de réconciliation avec la Coercie, la signature du traité de paix. Incapables de pardonner, ils ne voyaient pas qu'au cours des hostilités, eux aussi, ils avaient commis des atrocités.

Ils gardaient une attitude impitoyable avec tous ceux qui n'avaient pas eu, au cours de la guerre, une attitude exemplaire. Peu à peu, leur dévouement total au roi, avait permis que la majorité des antagonistes, adopte une conduite plus conciliante. Une dizaine de sénateurs, dont le meneur intransigeant qui avait été l'agresseur du petit prince, semblait camper sur leurs positions. Le souverain était courroucé par leur façon de faire qui devenait de plus en plus offensante à son égard. Ces hommes risquaient, un jour, de perturber la paix. Il avait déjà remarqué qu'ils étaient à peine polis avec l'ambassadeur de Coercie.

Seul, devant sa table de travail, il prit la décision qui lui paraissait s'imposer. Il fit appeler le capitaine de sa garde qui se présenta sans tarder.

L'opposant principal à sa politique menaçait son autorité et la tentative de meurtre qu'il venait de commettre contre son protégé, l'amenait à prendre une décision radicale : Il devait être éliminé. Le souverain essaya de se persuader qu'il restait impartial mais au fond de lui-même, il savait qu'il ne l'était pas entièrement. Maï était son ami et en cette circonstance particulière, il allait le lui démontrer.

Il ordonna au militaire qui se tenait respectueusement devant lui :

- Supprime cet homme discrètement.

Le blessé fut rapidement remis sur pied, la plaie était sans gravité. Sa famille, restée dans la totale ignorance de la punition extrême du roi, s'inquiétait pour sa sécurité lorsqu'il referait son apparition dans l'hémicycle. L'émir savait que son aîné devrait s'y montrer rapidement pour témoigner qu'il n'avait pas peur de leur méprisable action. Il avait prévu un petit discours qui ferait comprendre aux opposants du régime qu'ils venaient de s'attaquer à une personne vulnérable. Dans leur lâcheté, avaient-ils oublié que son fils était aveugle donc incapable de se défendre ?

Quelques jours après, la famille Khagne au complet, réapparut sur les bancs de la noble assemblée. Le blessé soigneusement pansé, un peu plus pâle qu'à l'ordinaire, accompagné de son guide et de son garde du corps, reçut de nombreux encouragements pour continuer à persévérer dans, ce que la plupart appelait, sa prodigieuse réinsertion.

Il était très calme et souriant en entrant. Il entendit au bout d'un moment, les conversations à voix basses qui le renseignèrent sur la cause de l'agitation de la salle. Ce personnage insolent, qui l'avait frappé malgré les recommandations de bienveillance de Tonesco Indy, venait d'être retrouvé égorgé.

Maï comprit instantanément que son ami Peter avait agi et avait fait supprimer celui qui risquait un jour de le massacrer. Il demanda pour la première fois la parole en s'inclinant humblement devant le monarque qui lui accorda le droit de s'exprimer si ses propos ne concernaient pas la politique.

Son discours s'adressait à ses ennemis, il comprenait leur attitude envers lui et il reconnaissait une fois de plus, sa culpabilité. Il redemandait pardon d'avoir tué et il promettait de passer sa vie à lutter pour son pays et participer au maintien de la paix. Il avait perçu des rumeurs, étaient-elles exactes ?

Son père s'approcha, il en avait dit assez. Oui, son agresseur était mort, personne n'avait rien vu. L'atmosphère était tendue, les sénateurs savaient que l'homme, qui s'était opposé aux recommandations royales, avait été liquidé.

Le prince Yakouti n'avait plus aucun bien et ses sources de revenus étaient inexistantes. Les deux poètes du groupe, Zagra et Kadéra, connaissaient un vif succès à la cour et étaient conviés pour animer les soirées. Le peintre après avoir réalisé un portrait du roi, s'était vu submergé par les commandes et le musicien composait à présent de gaies ritournelles que ses compagnons interprétaient. Les anciens détenus dépendaient donc financièrement de l'émir Khagne. Toutefois, quelques bénéfices commençaient à rentrer dans leur caisse. Le côté matériel, qui pendant de longs mois, était passé au second plan, les préoccupait. Ils partageaient tout comme à l'accoutumée et leur présence dans la capitale depuis six mois n'avait apparemment rien changé.

L'élection comme sénateur du petit prince était annoncée et une fois encore, le roi avait gratifié l'assemblée d'un discours relatant ses opinions favorables pour l'ancien détenu sincèrement repentant.

Le vote fut sans surprise, quelques voix s'élevèrent contre sa nomination mais il fut élu sans problème. Ses opposants, s'inclinant devant l'approbation quasi générale, lui souhaitèrent la bienvenue publiquement. Nul, de toute façon, ne voulait aller contre son accession au poste de sénateur car l'assemblée avait encore en tête l'assassinat d'un des leurs, trop extrémiste et dont la rébellion contre le souverain était à craindre.

Une année s'écoula pendant laquelle l'ambassadeur de Coercie vint dans la capitale avec son père. Jonathan était triste de voir que le prince Yakouti paraissait l'avoir oublié et sans la présence de son père, malgré ses promesses, il aurait trouvé refuge dans l'alcool.

Le prince Makassar était toujours très heureux de rencontrer celui qu'il nommait son fils adoptif. Il le sermonna, comme on le fait pour un enfant qui a commis une bêtise et que l'on aime. Pourquoi semblait-il manifester peu d'intérêt à Jonathan ? Le prince saryen expliqua son attitude un peu étrange par le fait que son amant était devenu particulièrement jaloux.

Le diplomate coercien chassa son dépit amoureux dans les bras de Peter qui, avec les anciens détenus restait tout simplement leur ami pour redevenir rapidement ensuite le roi.

Il put, grâce à la complicité de l'émir, rencontrer seul Maï qui était en permanence encadré par Vaudémon et Andrieux, sans compter sur sa famille qui paraissait très soucieuse de sa sécurité et ne s'éloignait guère de lui.

L'ancien détenu s'excusa auprès de cet homme si épris et une fois de plus il lui dit que contrairement aux apparences, il ne l'oubliait pas. Il aurait aimé rester souvent seul avec lui mais la vie à la cour transformait ses compagnons. Certains avaient même de plus en plus de succès auprès de la noblesse.

En outre, son agression avait rendu son amant méfiant et il ne lui laissait plus la possibilité de demeurer seul avec qui que ce soit.

Maï ajouta mélancoliquement :

- Nous étions tous plus heureux au bagne. J'ai parfois l'impression d'être plus en prison ici qu'avant.

Jonathan : Rentre avec moi en Coercie.

Maï : J'ai promis d'aider mon pays.

Jonathan : Tu le feras de là-bas, je t'aime.

Maï : Tu vas dans le lit du roi.

Jonathan : C'est bon de voir que tu es jaloux.

Maï sourit, il y aura bien un jour une solution.

L'ambassadeur constatait que l'homme qu'il aimait n'était plus aussi heureux avec son « rival ». Pourquoi donc ne l'avait-il pas tué lorsque l'occasion s'était présentée, s'était-il mille fois demandé ?

Il se promit d'user de son influence auprès de Tonesco Indy, même si pour cela il devait être hypocrite. Il fallait changer le cours des événements.

Les circonstances allaient être favorables à Jonathan et servir son dessein plus qu'il ne l'aurait imaginé. Il ne put échanger, ce jour-là, avec le nouveau sénateur que quelques baisers mais leur intensité lui démontra la sincérité de ses dires. Leurs trop brèves caresses les laissèrent dans un état de frustration mais le prince Makassar arrivait avec Vaudémon, un peu bruyamment pour les avertir. Les deux hommes les trouvèrent installés tranquillement à boire un verre, apparemment calmes et surtout pas enlacés. La supercherie leur avait permis de s'expliquer. Il restait maintenant le plus difficile à faire pour l'homme amoureux, redonner un peu d'indépendance au prince Yakouti que sa nouvelle vie et sa cécité lui ôtaient encore une fois.

L'ambassadeur en dehors de son immense travail à la cour, réalisa de nombreuses esquisses à la demande de Maï qui était persuadé de pouvoir un jour les regarder. L'ancien architecte n'avait rien perdu de son talent pour saisir la personnalité de chacun et pour la faire paraître dans ses œuvres. C'est avec un joyeux empressement qu'il faisait tout ce qu'il lui demandait. Il pensa un bref instant à Charlène et il savait très justement, qu'elle s'inquiétait de le savoir proche de l'homme pour lequel il éprouvait un trop fort attachement. Comme déjà pour se faire pardonner de son élan pour lui, il écrivit à sa femme une lettre affectueuse.

Peter fut d'abord stupéfait d'apprendre par Jonathan, redevenu son petit ami, que le nouveau sénateur n'était pas aussi satisfait de son sort qu'il y paraissait. Que lui manquait-il donc ? Il reconnaissait, que pris par sa haute fonction, il n'avait pas eu assez de temps à consacrer aux anciens détenus ces derniers mois. Son protégé était pourtant redevenu quelqu'un de respectable ainsi que ses deux derniers fils qui accompagnaient l'émir Khagne avec ses deux aînés. Tous grâce à sa protection, étaient admis à la cour.

Lui aussi, malgré son entier dévouement pour son pays, il se sentait plus isolé que n'importe quel prisonnier. Il s'était rendu compte du changement de Vaudémon. Pourtant son amant avait un comportement exemplaire, si exemplaire d'ailleurs que sa vie était rythmée uniquement par les séances de travail du Sénat. Il fallait reconnaître une chose, Maï s'ennuyait mais respectait ce qu'il avait promis de faire, servir son pays.

Jonathan était venu, non seulement accompagné par son père pour le seconder dans sa tâche mais aussi par son fils Josué qui voulait à tout prix revoir Lomé. Quand le père avait posé la question, pourquoi était-il si important qu'il le revoie, il n'avait pas été étonné d'apprendre sa réponse : Il lui plaisait et il pensait à lui comme on pense à une jeune fille. Les deux jeunes gens avaient disparu ensemble dès leur arrivée au palais royal. Lomé demanda à son grand-père, l'autorisation d'accompagner dans son pays, l'homme qu'il aimait. L'émir Khagne ne voulait pas s'opposer à leur décision et Maï fut ravi de leur amour, surtout qu'il s'agissait d'un fils de Jonathan. Les amoureux s'empressèrent de disparaître sans perdre de temps.

Le drame éclata sans que rien ne puisse prévoir ce qui allait arriver. Les opposants au régime semblaient être moins virulents mais ils agissaient dans l'ombre. Ils avaient d'abord craint que le nouveau sénateur s'oppose systématiquement à leur politique plutôt conservatrice mais moins stricte que son père il aimait parlementer et finalement ils trouvaient tout de même avec lui un terrain d'entente. Ils avaient donc abandonné l'idée de le supprimer, d'autant plus qu'il faisait l'objet d'attentions particulières de la part du roi.

Les sénateurs avaient peu à peu réalisé l'étrange influence qu'avaient eue sur leur souverain, les anciens bagnards. S'ils ne pouvaient pas s'en prendre au prince Yakouti dont le père était trop influent, ils étaient en mesure de menacer ces hommes qui semblaient s'introduire à la cour malgré leur passé et les jugeaient ignobles. Ils les supprimeraient, mais avant il s'avérait urgent d'éliminer ce roi corrompu à leurs yeux au point qu'il était devenu homosexuel pour placer l'un d'eux sur le trône.

Ils avaient passé plusieurs mois à espionner Tonesco Indy et ils avaient réalisé qu'il rendait visite de temps en temps à ses amis si particuliers. Malgré son escorte habituelle, ils s'apercevaient que les soldats ne l'accompagnaient pas dans ses déplacements à l'intérieur de la vaste maison. Ils avaient trouvé sa vulnérabilité qui leur permettrait de le poignarder. L'assassin avait peu de chance de s'en sortir vivant mais ils étaient déterminés à tuer le roi. Ils commencèrent à guetter le moment opportun pour exécuter leur forfait.

Peter avait à peine quarante ans et il appréciait la compagnie de ses nouveaux amis mais il trouvait parmi eux aussi de l'amour. Il ne prévenait jamais de son arrivée et eux l'accueillaient avec une tendresse infinie dont il ne pouvait plus se passer. Il ne remarqua rien d'anormal ce soir-là. L'agresseur, tapi dans l'ombre espérait sa venue. À plusieurs reprises, l'homme s'était introduit dans la demeure et avait attendu sans bouger de longues heures. Il se méfiait de l'ouïe très fine du nouveau sénateur qui l'obligeait pour ne pas être repéré à une immobilité totale derrière une tenture.

Enfin, l'assaillant un soir sut que le moment était venu. De sa cache, il avait entendu l'arrivée du roi et il guettait à présent le moment venu où il passerait à proximité de la fenêtre où il se tenait.

Peter eut beaucoup de chance car Vaudémon perçut le rideau qui bougeait et il compris en un clin d'œil que le roi était en danger. Sans une hésitation, il se jeta sur la silhouette pour recevoir l'épée qui se brandissait. Il fut transpercé, hurla de douleur et mourut quelques instants après alors que Maï essayait d'arriver jusqu'à eux le plus rapidement possible.

L'assassin n'alla pas loin, il croisa Andrieux qui voyant la lame ensanglantée de l'inconnu, et entendant les cris du roi appelant sa garde, comprit qu'il venait de se passer quelque chose de grave, il l'attrapa et le balança par une fenêtre du deuxième étage, ne lui laissant aucune possibilité de survivre au choc brutal.

Tout était allé très vite. Le reste du groupe arriva et ils aperçurent leur ami à terre ensanglanté mais il n'y avait plus rien à faire pour lui.

Peter, agenouillé, tenait celui qui venait de le sauver dans ses bras et qui n'était déjà plus qu'un corps sans vie.

Comment répondre à la demande angoissée du petit prince :

- Que se passe-t-il ?
Il s'énervait en renouvelant sa question :
- Répondez-moi.
Alors avec douceur le roi lui demanda :
- Viens près de moi et agenouille-toi.

Maï s'inclina respectueusement devant lui.
Peter : - Non, c'est Vaudémon. Maï, il est mort.
L'ancien détenu touchait à présent son amant, pour le voir à sa façon.
Il parcourait son corps de ses mains qui plongeaient dans le sang chaud. Il ne sentait plus son cœur battre dans sa poitrine. Il essaya de le secouer mais son illustre ami l'en empêcha.
Peter : - C'est inutile, crois-moi. Il a plongé vers la draperie avant que je comprenne qu'un misérable s'y cachait. Il a reçu en pleine poitrine l'épée qui m'était destinée pour me sauver.
Maï, dont les larmes coulaient, dit seulement :
- Nous étions plus heureux au bagne.

Le souverain était bouleversé de le voir si anéanti et d'entendre de sa bouche ce qu'il savait. En voulant trop aider ses nouveaux amis, il avait involontairement déclenché une catastrophe. Il pensa brusquement qu'il s'avérait dangereux de lui laisser son poignard qu'il dissimulait sous sa tunique. Il le lui ôta.
Maï : - Ce serait plus simple si tu me laissais mon arme.
Il avait eu raison de lui enlever, il l'aurait volontiers retourné contre lui-même. Le seul homme capable d'aider son ami envahi par le chagrin était Jonathan mais il savait parfaitement qu'il aurait été préférable, pour conserver l'ambassadeur comme amant, d'éloigner le diplomate.
Il appela le capitaine de sa garde :
- Va chercher d'abord le médecin puis l'ambassadeur. Qu'ils viennent le plus vite possible.

Maï ne voulait pas que le médecin lui administre un calmant qui le ferait dormir. C'était à lui de s'occuper de Vaudémon, alors il demanda à ce qu'on l'aide. Il lava le corps sans vie avec délicatesse, les mains du coercien le guidaient. Un pansement dissimulait l'ouverture béante du thorax et ils purent l'habiller tout en priant.

Plus tard, au milieu de la nuit, les chants tristes des anciens bagnards emplirent la demeure. La mort était venue les séparer mais tous, avec une foie inébranlable, croyaient que dans les cieux, après leur trépas, ils le reverraient.

Ils s'étaient recueillis devant la dépouille et le plus accablé de tous était bien le petit prince. Il pleurait silencieusement, caressant le corps froid et n'arrivant à s'en détacher que lorsque Jonathan le suppliait de lutter contre son chagrin. Il serait toujours là pour lui, il l'avait promis à Vaudémon pendant sa maladie.

Le roi resta avec ses amis accablés par le décès d'un des leurs. Il avait, depuis le moment où il avait voulu les approcher, connaissance de tout leur passé. Le défunt avait peut-être encore dans son lointain village, où il n'était jamais retourné, de la famille qu'il fallait prévenir. Ses soldats ramenèrent, deux jours plus tard, deux hommes dont un très vieux, c'était son père et l'autre son frère.

Le vieil homme n'avait jamais eu de nouvelle de ce fils qu'il n'avait jamais réussi à contrôler. Les deux paysans n'avaient non plus jamais vu le roi qui les reçut dans la maison où Vaudémon était mort. Il leur expliqua que c'est en lui sauvant la vie qu'il s'était fait tué. Il insista en disant que son fils était son ami ainsi que les autres hommes qu'ils voyaient. Maï avait beaucoup à leur raconter mais il le ferait plus tard, il n'en avait pas la force pour l'instant. Il dit juste :

- Au bagne, nous sommes tous devenus homosexuels et c'était l'homme que j'aimais.

L'émotion étranglait sa voix.

Jonathan savait bien qu'il ne devait pas quitter des yeux le petit prince et pendant qu'on mettait son compagnon en terre, il se serait écroulé s'il ne l'avait pas soutenu. Il entendit son cher ami lui demander :

- Reste avec moi.

Il savait qu'il respecterait la promesse faite à son rival mais il se demandait comment il ferait pour mener sa carrière politique.

L'ambassadeur demanda une audience à Tonesco Indy car ce qu'il allait solliciter, c'était au roi qu'il devait le faire et pas seulement à l'ami.

Le souverain avait un petit sourire quand il l'admit dans son cabinet de travail. Ils avaient passé tant de nuits ensemble que c'était un peu risible de le voir se comporter avec autant de respect. Jonathan avait laissé le prince Yakouti sous la surveillance des gardes du roi qui protégeaient l'accès menant à l'appartement royal.

Sa requête était tout à fait officielle, il l'avait rédigée selon les règles et il désirait lui remettre.

Il avait beau se comporter en diplomate, le monarque se conduisait en ami et même comme son petit ami car celui-ci se leva, alla à sa rencontre et l'embrassa alors qu'il courbait le dos. Sans lui laisser dire les formules habituelles de respect, il parla le premier, tout en commençant à caresser ses fesses.

Le roi : - Que voulais-tu me demander, mon ambassadeur ?

Jonathan : - Majesté, je désire devenir saryen avec votre accord.

Le roi : - Je voudrais que tu sois juste mon amant.

Jonathan : - Majesté, quelle est votre réponse ?

Le roi : - Et la tienne ?

Le souverain continuait ses caresses qui ne laissaient pas son amant indifférent.

Jonathan, cessant d'avoir une attitude rigide :

- Aide-moi à tenir ma promesse.

Le roi : - Tu as besoin de moi ?

Jonathan : - Oui.

Le roi : - Moi aussi, viens par ici Jonathan, dit-il tendrement.

Jonathan : - Maï m'attend.

Le roi : - Il est déjà entre nous. Il s'agit de lui, n'est-ce pas, ajouta-t-il en l'embrassant sur la bouche pour ne pas qu'il en dise plus.

Peter ! réussit à dire l'ambassadeur.

Le roi : - J'aime mieux que tu me parles comme ça.

Jonathan : - Aide-moi.

Le roi : - À le mettre dans ton lit ? Non.

Jonathan : - À être saryen, au moins. Il le laissait faire maintenant, il aimait être avec lui.

Quelques minutes après, il but une rasade d'alcool, s'en aspergea avant de retrouver Maï. Il connaissait son odorat et son ouïe fine qui le rendait redoutable.

Il le voyait si triste qu'il lui faisait de la peine. C'est le petit prince qui parla le premier du roi :

- Il t'aime un peu trop Peter, il va être jaloux.

Jonathan ne voulait pas lui mentir :

- Comment allons-nous faire ?

Maï : - Partir, tout abandonner sauf nos amis, si tu en as le courage.

Jonathan : - Je ne veux pas partir comme un voleur.

Maï : - Tu dois le faire par amour pour moi mais tu aimes aussi Peter.

Jonathan honteusement répondit par un faible oui.

Maï : - Alors dis-lui de venir avec nous.

Jonathan pensa : il devient fou, il ne sait plus ce qu'il raconte.

- Mais c'est le roi.

Maï : - Il aime être avec nous et il n'a plus envie d'être roi.

Jonathan : - Bon, je lui demanderai.

Le pas ferme de Tonesco Indy arrivant dans l'hémicycle, indiqua aux sénateurs qu'il était furieux. Tous avaient été avertis de la tentative d'assassinat de la nuit dont il était ressorti indemne grâce au courage de celui qui accompagnait en permanence le prince Yakouti et qui s'était sacrifié. Le ton de son discours leur démontra qu'il avait pris des décisions draconiennes pour sa sécurité. Les divergences d'opinion pouvaient être admises sous son règne mais il ne voulait pas de traître parmi eux. Sa garde personnelle avait été doublée et personne ne pouvait l'approcher. L'enquête menée par ses soldats permettrait d'apprendre quelle était l'origine du complot et les coupables pouvaient s'attendre à aller au bagne. Tous n'étaient pas fermés et même si les conditions de travail s'étaient améliorées, ils devaient s'attendre à mener là-bas, une vie très dure. Il les menaça, on les remettrait dans le droit chemin et ils devraient alors reconnaître leur faute.

Aucun des sénateurs ne vint le renseigner sur des actions louches qu'il aurait constaté mais à présent, l'atmosphère pesante de la salle, laissait voir qu'ils se soupçonnaient mutuellement.

Le roi n'ignorait pas qui étaient les élus qui ne l'aimaient pas. Il s'approcha d'eux, les toisa, ne cherchant pas à dissimuler sa colère. J'aurai celui qui m'a trahi. Mes nouveaux amis que j'ai libérés sont sincères et l'un d'eux a donné sa vie sans hésiter pour me protéger. Vous m'espionniez ? Maintenant, vous pouvez trembler et me craindre.

Se retournant vers le reste du Sénat :

- La plupart de mes partisans vont m'accompagner pour honorer cet homme, jadis banni de notre société.

Le souverain demanda à l'émir Kagne et à sa famille de l'accompagner. C'était un ordre ferme, prononcé d'une voix courroucée. Les anciens bagnards étaient restés dans le palais royal et le monarque les amena voir celui qui semblait anéanti.

Le père du petit prince vit que son aîné avait besoin d'être secouru. Encore une fois, il constatait la fragilité psychologique de son fils. Il remercia du regard Jonathan en lui posant une main sur l'épaule. Il vit immédiatement qu'il ne l'abandonnerait pas dans ce moment tragique. La femme de l'émir berçait tendrement son fils.

Tous lui témoignèrent de l'affection pour qu'il ne se sente pas seul car il n'avait prononcé que quelques mots depuis la mort de son amant.

Ses enfants étaient là et ils lui disaient qu'ils l'aimaient. Enfin, un petit sourire rassura l'assemblée et il les remercia de leur soutien. Il appela Peter. Il était là, lui aussi, en ami fidèle, triste devant sa détresse qu'il partageait.

Le prince Yakouti voulait lui dire de venir avec eux, mais comment lui expliquer ? Il avait envie de rentrer chez lui, d'avoir une vie simple avec ses compagnons. Vaudémon lui manquerait toujours, ils avaient tant partagé. Il l'aidait à finir son travail à la mine afin qu'il ne soit pas puni de ne pas avoir assez extrait de minerai. Il travaillait donc plus que tous les autres par amour pour lui et il lui devait ainsi sa survie.

Ensuite, il s'adressa à Jonathan :

- Il savait que je t'aimais encore mais je ne pouvais pas te le dire. Aujourd'hui, j'ai le droit de le faire mais tu veux aussi Peter. Comment ferons-nous ?

Peter le rassura. Il y avait une chose importante et urgente à faire.

Surpris, tout le monde attendait qu'il poursuive.

- Mais, voyons, dit-il en s'efforçant à paraître plus joyeux, Maï doit retourner en Coercie se faire opérer. Cette fois-ci, je suis persuadé que l'intervention apportera le succès qu'on attend. Pour votre sécurité, ses compagnons, Youssoufia, Rachid et Loubna, l'accompagneront. Le prince Mohamed Khagne assurera votre protection avec un petit détachement militaire.

Perplexe, il ajouta :

- Cela me donnera le temps d'élucider cette sale affaire. Nous avons des ennemis qu'il faut démasquer.

Avec un air mystérieux :

- Je verrai ce que je fais de mon ambassadeur.

Il ne cachait pas devant tous, son attrait pour lui.

Tout bas à l'oreille de Maï :

- Tu es jaloux quand il est avec moi.

Le petit prince ne répondit pas, le roi était très lucide.

Loubna déclara qu'elle était ravie d'aller en Coercie et Jonathan en riant ajouta :

- Je suis sûre qu'un de mes fils le sera aussi.

La vie continuait tout de même, l'homme disparu resterait à jamais dans leur pensée. Il avait été le meneur du groupe pendant plus de vingt ans, assurément, leur existence allait changer une fois de plus.

Le départ pour l'étranger s'effectua deux jours après. Il s'avérait inutile de les exposer plus longtemps à un quelconque danger. Peter avait demandé au petit prince, la permission de garder, pour leur dernière nuit ici, Jonathan avec lui. Il se pliait ainsi à leurs anciennes règles de vie et il ne voulait surtout pas, dans cet instant proche de leur séparation, se comporter en souverain mais être juste un membre de leur groupe qui entourerait Maï de toutes leurs attentions pour faire taire sa jalousie.

Son travail de roi le retenait ici, sa noble charge était parfois bien lourde à porter. Souvent il enviait l'insouciance des anciens détenus et leur absence de contrainte. Trop vulnérables pour rester en Sarye, il n'était pas certain de les faire revenir dans la capitale où les ennemis du royaume pourraient s'en prendre à eux pour l'influencer ou le faire chanter.

Tonesco Indy devait-il renoncer à les revoir pour gouverner son pays sans montrer de faiblesse ?

Il dissimula sa tristesse en se séparant de ses amis.

L'émir Khagne voyait combien ce moment était difficile pour lui. Il s'inclina respectueusement devant son roi et osa ce qu'aucun sénateur ne pouvait s'autoriser :

- Courage, ils sont encore en danger ici, ils reviendront, Majesté.

Jonathan ne pouvait pas emmener les anciens bagnards et surtout pas Maï chez lui. Il expliquerait à Charlène, son épouse qu'il s'installait à nouveau chez son père pour une longue période.

C'est donc à nouveau chez le prince Makassar qu'ils furent hébergés. Là, pour la première fois, ils eurent de petites chambres et ils se résignèrent à les occuper. Cependant, pas question de fermer les portes. Ils avaient été assez enfermés. Impossible également de laisser le petit prince seul avec son coercien. Celui-ci essaya de protester mais il renonça devant leur insistance à occuper les lieux.

Il pensa que finalement, le principal était qu'ils soient tous réunis. Il voyait que son ami avait encore tant de peine, qu'il était préférable que ses compagnons restent même un peu dans son appartement s'ils le désiraient. Il renverrait malgré tout ses serviteurs. Il était trop tôt pour lui redonner son arme, il n'avait pas réussi à obtenir de lui qu'il ne mettrait pas fin à ses jours. Tous semblaient ne pas se remettre du décès de Vaudémon et seule leur religion leur était un immense réconfort.

Le prince Makassar restait en Sarye pour continuer son rôle d'ambassadeur. Il savait qu'à présent, son fils ne penserait plus qu'au prince Yakouti. Il se souvenait, qu'il y a peu de temps, Jonathan avait souhaité s'installer définitivement dans ce pays. Certainement, maintenant que la situation avait changé, qu'il n'y renoncerait pas. Cela ne serait pas sans conséquence mais il aurait la chance de pouvoir vivre avec celui qu'il aimait. Il devait toutefois se rappeler la promesse qu'il avait faite à Saint Hugues le Conquérant.

Le père pensa, que lui resterait longtemps ici et continuerait à libérer ses compatriotes encore retenus dans ce pays. Pour le moment, il était préférable de ne pas compter sur son aide.

Tonesco Indy commença à comprendre que dès qu'il aurait rétabli définitivement la paix, qu'il pourrait enfin s'accorder la possibilité de renoncer à ce rôle suprême. Il était las de toutes ces intrigues de la cour, de ces lâches qui voulaient saboter le rapprochement de leur pays et de la Coercie. Il s'était demandé, quel était leur but pour agir ainsi ? C'était comme toujours par intérêt qu'ils souhaitaient voir les conflits armés se poursuivre. La main-d'œuvre gratuite que constituaient les prisonniers, avait permis à certains de s'enrichir. C'était là une injustice, il continuerait à les libérer et d'autres saryens encore retenus à l'étranger rentreraient. Il se rappelait le chaleureux accueil que ces pauvres agriculteurs lui avaient fait, n'hésitant pas à partager avec un inconnu, leur maigre soupe et leur pain. Il se le promettait, il veillerait à l'amélioration de l'existence des paysans. Ils aimaient leur terre, bien que leur travail soit épuisant.

À quoi rêvait Maï, que voulait-il maintenant ? Nul doute, il le saurait bientôt.

L'enquête fut difficile pour mettre à jour le complot qui avait failli lui être fatal. Toutefois, les sénateurs les plus dévoués à sa cause, ne voulant pas lui déplaire, rapportèrent ce qu'ils avaient parfois entendu. Peut-être cela n'avait-il aucun rapport avec cet assassinat ? Peu à peu la vérité se fit jour.

Le frère d'un soldat tué par Maï lors de l'évasion du prince Jonathan Makassar, se vengeait. Cet homme l'avait déjà approché en occupant un poste de gardien au bagne où il était enfermé. Ce garde nommé Morson avait été ensuite déplacé à cause des trop nombreux sévices qu'il infligeait aux captifs. Un rapport du médecin pour le directeur du bagne, indiquait que la santé des prisonniers se dégradait rapidement depuis plusieurs semaines à cause de nombreuses tortures qu'ils subissaient.

Morson avait fouillé dans la vie du prince Yakouti et avait alors contacté un religieux qui était devenu l'un de ses complices. Cet homme haïssait la famille Khagne et l'avait aidé à constituer un réseau afin de pouvoir éliminer tous ceux que le prince félon aimait. C'était en fait l'ancien petit esclave donné en cadeau pour l'un de ses anniversaires avant son départ pour l'armée et qu'il avait tant battu et violé. Jamais l'adolescent n'avait oublié ni pardonné ce qu'il lui avait fait subir. L'homme qu'Andrieux avait défénestré, c'était lui.

L'ancien gardien du bagne qui s'était enfui, fut trahi par ses acolytes qui ne cherchèrent qu'à sauver leur vie et redoutaient la colère du roi. Il lutta jusqu'au dernier moment, préférant être tué en combattant plutôt que d'être arrêté et jugé. Cette triste affaire était terminée mais Vaudémon était mort, rendant une fois de plus le prince Yakouti vulnérable.

Aucun sénateur ne parut être impliqué dans cette tentative d'assassinat contre Tonesco Indy.

Six mois avaient été nécessaires pour démasquer le complot contre le roi pendant lesquels les anciens détenus demeurèrent à l'étranger. Le prince Makassar toujours présent en Sarye, au palais royal avait de nouveau, en bon ambassadeur, permis la libération de prisonniers détenus en Coercie et au Sanal. Les timides relations commerciales prenaient de l'essor, les populations devenaient moins méfiantes avec leurs anciens ennemis.

Le courrier que l'émir Khagne faisait parvenir à Maï, bien sûr, il ne pouvait pas le lire, mais son amant était là, toujours à ses côtés, bien qu'il ait repris son travail de sénateur. Jonathan s'attendait à la demande qu'un jour le père ne manquerait pas de faire à son fils. Il espérait son retour avec impatience afin qu'il reprenne son rôle de prince saryen. Il lui disait clairement dans cette lettre affectueuse, qu'il lui donnait l'ordre impératif de rentrer et qu'il l'attendait sans tarder.

Le long séjour du prince Yakouti lui avait permis de reprendre goût à la vie, sans pour autant oublier celui avec qui il avait lutté pour survivre. Il s'était rappelé la promesse qu'il avait exigée de lui quand très malade, il avait vu sa fin proche. Vaudémon voulait qu'il retrouve Jonathan et le petit prince lui avait promis de le faire. À présent, il voyait que l'ancien architecte l'aimait, sans lui tenir rigueur d'avoir choisi de rester avec celui qui l'avait aidé en permanence pendant sa détention. En plus, son amant était satisfait de l'avoir connu et de l'avoir respecté, bien qu'il était son rival. Ils pouvaient parler de lui avec tendresse en compagnie des autres. Même si le coercien ne pourrait jamais prétendre comprendre totalement leur façon de s'aimer, il ne se sentait pas exclu de ce groupe, très certainement parce qu'il avait de rares fois accepté ses caresses.

Maï avait été reçu en tant que sénateur par le roi Saint Hugues le Conquérant. Même si sa venue n'était pas officielle, le souverain avait tenu à le remercier de séjourner dans son pays. Le prince Yakouti avait affirmé qu'il continuerait à participer au maintien de la paix retrouvée avec le prince Jonathan Makassar, si celui-ci avait son autorisation pour séjourner et vivre avec lui en Sarye.

Les deux amants en avaient longuement parlé ensemble et avec leurs amis, ils rentreraient tous pour vivre dans le château de Maï que Peter venait de lui redonner pour l'encourager à continuer à participer aux travaux du Sénat. En fait, le petit prince n'y avait que peu vécu avec sa femme dont il était séparé définitivement. L'un resterait sénateur et l'autre en tant qu'ambassadeur coercien, accomplirait son devoir dû à son rang, en respectant ses promesses. L'architecte s'était, il ne l'oubliait pas, engagé auprès du défunt, à rester avec le petit prince pour l'aider et le protéger et avait également juré à son roi et à son père d'accomplir son rôle de prince.

Toutefois, les deux hommes savaient que rapidement, ils laisseraient leur noble tâche à leurs fils. Leurs aînés poursuivraient le long travail menant au maintien de la paix, en respectant leurs traditions millénaires.

La venue de Tonesco Indy reçu officiellement par Saint Hugues le Conquérant, était l'événement le plus important qui marquait la nouvelle amitié entre les deux hommes mais surtout entre les deux pays. L'arrivée du monarque traduisait aussi son envie de s'enquérir des décisions qu'il avait laissé prendre à ses deux amis. Le prince Makassar, qui à cette occasion l'accompagnait, savait qu'il redeviendrait en leur compagnie Peter. Il avait la nostalgie de l'amitié du groupe d'anciens bagnards et il les ramènerait avec lui, sachant pertinemment que son ambassadeur n'était pas pressé de rentrer, trop accaparé par son bonheur retrouvé.

La princesse Anne Makassar avait fort à faire avec tous ses invités mais elle en était ravie. Le groupe restait discret et la politesse exquise dont ces hommes faisaient preuve, l'avait étonné agréablement depuis leur première rencontre. Ils s'éloignaient peu de leur petit prince mais à présent, ils connaissaient très bien la région et ils commençaient à prendre des contacts pour faire du commerce d'objets d'art. Ils avaient séjourné depuis leur libération dans des lieux divers mais toujours luxueux et magnifiquement décorés. Peu à peu, ils s'étaient rendu compte qu'ils appréciaient les tableaux, les sculptures et mille objets précieux dont les nobles aimaient s'entourer. Ils avaient peut-être trouvé là un moyen pour subvenir à leurs besoins. Il était à prévoir que les princes Maï et Jonathan feraient souvent des allers et retours entre leurs pays. Eux, les accompagneraient pour acheter de belles œuvres, qu'ils revendraient tout en s'éloignant peu des uns des autres. Ils admettaient que leur nouvelle existence ne pouvait être réussie qu'en travaillant, ce qui impliquait quelques brèves séparations. Les couples étaient restés les mêmes et aucune présence féminine ne les avait jusqu'à présent séparés.

La seule jeune personne qui avait profité de leur voyage en Coercie était Loubna, la fille du petit prince. Elle détournait son regard quand elle surprenait quelques gestes trop affectueux qu'ils se procuraient malgré qu'ils souhaitaient devenir plus décents mais leur trop vive spontanéité les faisaient s'embrasser, oubliant alors que cela était inconvenant.

La princesse Anne s'était immédiatement chargée de l'éloigner d'eux et elle l'avait installée dans son appartement. Son fils Auguste, qui habitait la capitale était accouru en apprenant qu'elle séjournait dans son pays. Les jeunes gens étaient heureux de se revoir. Son deuxième fils lui avait fait depuis longtemps ses confidences, il était amoureux. Voilà qu'à présent, il ne voulait pas qu'elle quitte le château de ses parents.

Un soir, Auguste se décida à parler à son père. Jonathan sourit, il savait de quoi il désirait lui parler. Il serra la main de Maï qu'il laissa avec ses compagnons. Son fils était sûr de l'aimer tout le reste de sa vie. Était-il possible qu'elle ne reparte pas ? Il voulait l'épouser. Bien sûr que le père était d'accord, les deux familles s'uniraient avec ces deux êtres. Tout d'abord, il devait obtenir le consentement du prince Yakouti.

Lors du repas qui rassemblait comme à l'accoutumée tout le monde, Auguste, un genou à terre devant Maï, bien que celui-ci ne le voyait pas, lui demanda l'autorisation d'épouser Loubna. Le petit prince était consentant mais c'était surtout à l'émir Khagne qu'il devait faire sa demande en mariage. La parole d'un ancien bagnard n'était pas suffisante mais il affirma qu'il était ravi de les voir s'adorer.

Lomé avait refait son apparition avec Josué. Des tensions entre les deux hommes se faisaient sentir, le jeune saryen ne semblait pas être accepté à la cour de Saint Hugues le Conquérant. Il était musulman et dans ce pays catholique il affichait en outre son homosexualité, il n'était pas compris. Maï devant sa tristesse lui demanda s'il ne pouvait pas envisager de se convertir. Il devait apprendre à ne pas choquer les gens de ce pays et devenir plus prudent pour ne pas se faire remarquer.

Lomé acquiesça, il deviendrait par amour catholique. La cérémonie de mariage de Loubna et Auguste serait l'occasion idéale pour célébrer son baptême.

Maï se décida enfin à aller voir le chirurgien pour ses yeux puisque l'émir Khagne souhaitait le voir rentrer en Sarye. Il devait subir cette ultime intervention. Depuis six mois, il repoussait le moment où il aurait à retourner dans l'établissement de soins du port de Botech. C'était sa dernière chance de recouvrer la vue et c'est pourquoi il avait peur, peur de l'échec.

Sans la pression de ses amis, il aurait abandonné. Maintenant, il se trouvait dans la calèche qui le menait auprès de ce fameux médecin et s'il avait pu, il se serait enfui. Mais les autres avaient fortement insisté et c'était surtout pour eux qu'il se laissait emmener.

Le spécialiste fut rassurant, il était satisfait de ce qu'il constatait et il lui promit de soulager toutes ses douleurs. Il le faisait bien sûr pour tous ses patients mais le prince Yakouti avait besoin d'entendre qu'il ne souffrirait pas. Il était si angoissé depuis plusieurs semaines que ses cauchemars étaient réapparus. Jonathan le cajolait et apprenait en entendant ses hurlements quelles avaient pu être ses souffrances et ses terreurs pendant sa détention.

Il était inutile de repousser l'échéance, ses amis le convainquirent de ne pas retourner au château du prince Makassar. Ils avaient enfin réussi à l'amener ici, ils n'allaient pas le laisser se dérober à cette ultime intervention si indispensable. Il resta donc, cédant aux arguments qu'ils avançaient, l'intervention aurait lieu dès le lendemain pour qu'il n'ait pas le temps de changer d'avis.

Le chirurgien comprit, en entendant les discussions, que plus jamais son patient, toujours différent de tous ceux qu'il avait soignés, n'accepterait d'autres opérations. Sa décision fut rapidement prise, il interviendrait sur les deux yeux en même temps. Le risque de ne pas obtenir d'amélioration était minime. Il n'informa pas le prince Yakouti qui avait consciencieusement utilisé chaque jour les remèdes qu'il lui avait prescrits, mais seulement le prince Jonathan Makassar, pour qu'il lui donne son accord.

Lorsque Maï s'endormit, confiant et rassuré par les propos de son amant, il ne savait pas que les soins sous anesthésie, toucheraient ses deux yeux en même temps.

L'ambassadeur devait expliquer la prolongation de leur séjour. Il envoya alors deux dépêches, l'une à son père toujours en Sarye, l'autre à l'émir Khagne pour les informer de l'ultime intervention que subissait le petit prince. Il leur faisait part de ses frayeurs qui le réveillaient à nouveau chaque nuit le laissant trempé de sueur, tremblant et également de la très grande difficulté qu'il avait eue à lui faire rencontrer l'homme le plus compétent de Coercie.

Les heures qui suivirent parurent interminables aux anciens bagnards, trop agités à cause de leur inquiétude pour prier longuement. Quelques chants s'élevèrent et leur apportèrent un peu de détente mais ils attendaient le retour du petit prince avec impatience.

Quand les portes s'ouvrirent pour laisser passer le brancard sur lequel il dormait calmement, ils virent que deux gros pansements obstruaient chaque œil. Le chirurgien accourut pour leur fournir les renseignements qu'ils attendaient. Aucune complication n'était survenue car les poumons du malade étaient en bien meilleur état et il avait pu opérer ses yeux. Tous les espoirs pour qu'il revoie un peu étaient permis, bien que sa vue serait faible et qu'il devrait certainement conserver sa canne.

Le patient se réveilla lentement, les mains de ses amis qu'il sentait sur lui le rassuraient et il ne lutta pas contre la somnolence bienfaisante qui l'empêchait de souffrir.

Les douces drogues qu'on lui administrait, étaient efficaces et la brûlure fut supportable.

Comme c'était différent la première fois qu'il était venu ici, il se tordait de douleur et ses gardiens ne semblaient pas y prêter attention. Là, il n'avait même pas besoin d'appeler, tous ses compagnons guettaient la moindre de ses réactions. Il savait que cette fois encore, il devrait patienter un mois pour ôter son bandeau et savoir enfin, si sa vue s'était améliorée. Voilà maintenant que tout le monde lui disait qu'on ne pouvait pas être absolument certain qu'il y reverrait.

Il leur cria :

- Mais vous m'aviez dit que je ne serai plus aveugle.

Jonathan : - Nous devions te convaincre de tenter ta chance, tu le sais bien.

Tous éclatèrent de rire. Ils en avaient parlé tant de fois au bagne, qu'eux aussi attendaient de connaître le résultat avec autant de hâte que lui. Il était inutile que le prince Yakouti reste plus longtemps en cet endroit qui lui rappelait les longues semaines où il était resté enchaîné sur son lit, privé de tous ses droits parce que bagnard.

Ils regagnèrent la demeure de la famille Makassar où la princesse Anne, en hôte délicieuse et prévenante fut enchantée de revoir l'opéré qu'elle voyait rayonnant et peu affaibli par ce qu'il venait de subir.

Le départ eut lieu deux semaines après. Le sénateur avait siégé à quelques reprises avec ses congénères et Saint Hugues le Conquérant. Le chirurgien était venu prendre des nouvelles de son patient qui repartait dans son pays. Le médecin du bagne, toujours à la capitale de la Sarye continuerait à lui prodiguer les soins indispensables. Comme le spécialiste ne pouvait rien tenter d'autre, il le salua et lui souhaita bonne chance.

Le bateau qui les ramena était coercien ainsi que l'équipage, la destination, le port d'Auriga. La mer d'huile ralentit leur voyage et le soleil de plomb les obligea à se cantonner dans la salle des officiers pendant les heures les plus chaudes. Si leur voilier avait transporté des prisonniers, il n'y avait plus trace des cellules. L'intérieur avait certainement été transformé car les cabines étaient récentes et confortables. Les anciens détenus avaient rempli une partie de la cale avec de grosses malles qui contenaient leurs trouvailles. Le commerce d'objets d'art commençait.

Ils étaient attendus à l'arrivée par le prince Makassar qui vit immédiatement que l'entente régnait entre ses deux fils. Le bonheur se lisait sur leur visage. Enfin, pensa-t-il. Jonathan et Maï lui réservaient-ils encore des surprises ?

Pour le moment, Tonesco Indy était impatient de les recevoir dans la partie privée de son palais. Assurément, les deux hommes ne le laissaient pas indifférent et leur longue séparation prenait fin. Toutes les mesures pour assurer leur sécurité avaient été prises. Une nouvelle construction, à l'extrémité du terrain d'entraînement des soldats, avait été construite. Vaste, élégante et confortable, elle contrastait avec les bâtiments qui formaient l'ensemble du camp militaire. Personne ne pourrait s'infiltrer jusque là et les quelques exécutions des complices de l'attentat perpétré contre sa personne, maintenaient ses opposants dans la crainte et le respect qu'ils lui devaient.

Le roi avait des projets pour leur avenir commun. Les biens qu'il redonnait à son protégé, favoriseraient un jour les plans qu'il projetait.

Sans faire escale, pour ne pas faire attendre le souverain, ils arrivèrent rapidement au palais royal. Le prince Makassar se retira quand les portes menant à l'appartement royal s'ouvrirent, la garde particulière de Tonesco Indy les laissait franchir cet accès infranchissable pour la plupart des courtisans. Personne ne pouvait s'autoriser à être présent quand le roi ou plutôt Peter arriverait. La nuit les rassemblerait et ils s'aimeraient, le prince coercien n'en doutait pas. Il quittait ses fils pour qu'ils vivent ces instants d'amour si peu conventionnels auxquels ils avaient enfin droit après tant de souffrance.

Le monarque ne les fit guère attendre et les anciens bagnards envahirent son bureau, le saluèrent rapidement. Seul Jonathan demeurait en retrait mais celui-ci avait vu son hésitation à pénétrer dans la pièce.

- Où est mon ambassadeur ? dit-il en se rapprochant de lui.

Le prince étranger s'inclina respectueusement et ce fut seulement lorsqu'il entendit :

- Venez mes amis, qu'il put avoir un comportement moins révérencieux.

Poussiéreux et las, ils étaient venus directement mais ils ne pouvaient pas rester aussi sales plus longtemps. Avec un petit sourire Peter les emmena dans un endroit où ils n'étaient jamais entrés.

Aucun serviteur n'était là et les bains où ils se dirigeaient, fumants et parfumés paraissaient les attendre. L'unique garde du corps était resté et n'accepta pas de se retirer. Les vêtements furent vite ôtés. Sans s'éloigner de son amant mais tout près de Peter, Jonathan avec une grande politesse commença à parler au roi puis il posa ses mains sur le bras de Maï. Il venait de demander tout bas à l'oreille du petit prince s'il était d'accord pour lui accorder la liberté de l'aimer. Ils se pliaient, eux qui n'étaient pas des anciens détenus, à leurs règles établies depuis si longtemps pendant leur captivité. Maï s'était, bien entendu à ce que les choses se passent ainsi. L'ambassadeur plaisait à son roi et lui-même savait qu'il ne le laissait pas indifférent. Il les laissa s'unir. Par les gestes emplis de tendresse et les mots tendres qu'ils se disaient, il remarquait leur bonheur de se retrouver. Il était un peu jaloux mais leurs mains glissaient sur son corps pour le retenir vers eux et qu'il participe avec la même frénésie à leur acte d'amour. Il se laissa aimer à son tour. Dans l'effusion générale, peu à peu l'excitation empêcha les hommes de savoir qui était qui, à qui était ce bras, ces fesses ou ce torse ? Nulle importance, la jouissance des corps et le bien-être mental, faisaient de leur union la plus merveilleuse des extases où l'amitié mêlée de profonds sentiments d'attachement semblait éternelle. Il ne semblait plus possible au prince Yakouti d'avoir l'exclusivité des caresses de l'ambassadeur mais il ne s'en sentait pas attristé. Vaudémon avait lui aussi accepté qu'il prodigue à Peter des caresses puis qu'ils s'unissent sans que pour autant ils cessent tous les deux de s'aimer. Tonesco Indy avait un peu précipité leur retour de Coercie mais sans beaucoup d'autorité, juste pour leur faire comprendre que leur absence lui devenait trop pesante.

Épuisés par leurs nuits d'orgies qui marquaient leurs retrouvailles alors que les premières lueurs de l'aube perçaient par les fenêtres, à nouveau propres et vêtus légèrement, ils regagnèrent un vaste salon pour s'installer confortablement sur les sofas. Ils dormaient encore tous ensemble à chaque fois qu'ils le pouvaient, ne trouvant dans cette vieille habitude aucune anomalie.

Tonesco Indy se leva très tôt, beaucoup de dossiers l'occuperaient toute la journée. La vie à la cour reprit avec les longues cessions du Sénat où l'émir Khagne était accompagné par ses deux fils mais aussi par ses trois petits-fils. Seul Lomé manquait et cela ne plaisait pas du tout au chef de famille qui se décida de lui donner l'ordre de rentrer.

Aujourd'hui, le groupe se pressait autour de Maï et du médecin. Le moment tant attendu était venu. Le petit prince déclara qu'il se sentait prêt à affronter la vérité même si son opération s'avérait être un échec. Avec précaution, Jonathan détacha le bandeau puis ôta les gros tampons qui masquaient ses yeux. Longtemps, l'aveugle resta les paupières baissées. L'assistance attendait en silence puis enfin il souleva celle de droite. La lumière vive lui fit porter la main à son œil qu'il avait tenté d'ouvrir. Il refit la même chose pour l'autre et à nouveau la clarté trop intense fut insupportable. Progressivement et avec d'infinies précautions, il commença à pouvoir entrouvrir les yeux légèrement mais il était si ébloui que pour lui cela était pareil que de fixer un soleil. Il devait en premier s'habituer à la luminosité. Au bout d'un moment qui parut à tous une éternité, il lui sembla distinguer des formes aux vagues contours, puis lentement il s'accoutuma à ces flashs qui parurent s'atténuer. Il voyait un peu mais il avait mal et il préféra remettre son bandeau. Oui, il avait récupéré une vue faible et médiocre que trop de brûlure pour l'instant, obligeait à demeurer momentanément dans l'obscurité.

Il n'avait encore pas pu distinguer un visage mais il avait le temps pour essayer encore. Il n'était plus inquiet et il se serra dans les bras de Jonathan qui paraissait plus mécontent que lui. Il était malgré tout heureux du résultat.

Le prince Yakouti s'inquiétait du silence de son deuxième fils qui aurait dû être de retour au palais royal de Sarye. L'émir khagne était furieux et il craignait qu'il soit l'objet de représailles de la part du roi, même si le jeune homme avait pour père le protégé de Tonesco Indy.

Il se décida d'aller en personne le chercher pour le ramener. Il savait bien où le trouver, s'il découvrait Josué, son fils ne serait pas loin. Il ne faisait pas de doute que c'est l'amour pour l'aîné de Jonathan qui était la cause de cette trop longue absence. Bien qu'il ait reçu l'autorisation de suivre quelques mois son prince coercien, cet accord n'était en rien définitif. Personne d'autre que lui ne pouvait mieux le comprendre car c'est d'avoir trop aimé un ennemi qu'il avait trahi. Il ne trouvait pas encore facile de concilier leur nationalité différente malgré la protection royale dont il jouissait pour envisager leur avenir commun.

Il voyait que Lomé connaîtrait des difficultés identiques, certes amoindries grâce à la paix revenue. Il faudrait qu'il reconnaisse qu'il devait continuer à s'occuper de sa carrière malgré qu'ils seraient séparés. Il était prince, son pays avait besoin de lui et hélas Josué avait son poste de sénateur qui le retiendrait souvent près de

Saint Hugues le Conquérant. Cependant leur amour survivrait puisqu'ils étaient sincères l'un envers l'autre. Ils pouvaient compter sur leur famille respective pour les aider afin que dans leur vie, ils puissent souvent faire coïncider leur destin et que leurs chemins se croisent sans cesse.

Jamais l'émir ne s'opposerait contre eux s'ils agissaient comme la tradition le voulait : servir leur pays et leur souverain.

Maï, pour la première fois, quitta ses amis pour accomplir son devoir de père. Le prince Makassar qui était depuis longtemps en Sarye laissait Jonathan, désormais le véritable ambassadeur qui assurerait seul le poste. Il ne s'inquiétait plus pour lui puisqu'il avait retrouvé l'homme qu'il aimait. Bien sûr à cet instant, l'ancien architecte était un peu amer à cause de cette séparation mais il fallait amener le jeune homme à réfléchir sur sa conduite pour qu'il prenne les bonnes décisions.

Le petit prince savait que son amant irait se consoler dans les bras de Peter qui serait trop heureux de ne l'avoir rien que pour lui. Même si cela lui faisait comme un pincement au cœur, il n'avait pas le choix, son devoir le contraignait à partir.

La princesse Anne Makassar, ravie de voir enfin son mari, donna de précieuses informations aux deux voyageurs. Josué avait regagné le château de ses parents où Charlène, sa mère, renonçait peu à peu à voir son mari quitter son prince. Lasse de l'attitude de Jonathan, un peu isolée dans cette demeure loin de la capitale, elle avait accueilli avec joie son fils et son petit ami. Elle s'inquiétait également pour Lomé qui aurait dû repartir. Quand, enfin elle vit le prince Makassar et le prince Yakouti, seul sans ses amis, elle comprit immédiatement que la situation était grave. Un peu de patience à présent s'avérait nécessaire. Les deux jeunes hommes allaient réapparaître avant la nuit. Elle n'avait pas tort, lorsque Lomé aperçut son père, il aurait bien fait demi-tour mais cela n'aurait été guère respectueux pour un prince. Il s'approcha de lui et posa un genou à terre, il le saluait comme il devait le faire. Maï, sans le voir, avait cependant compris son attitude. Il le fit se relever en déclarant joyeusement :

- Je n'ai pas l'habitude que ce soit moi qu'on salue, tu sais. Je suis venu te chercher, nous rentrons.

Lomé : - Je sais que j'aurai dû le faire mais je n'en n'avais pas le courage. Quitter Josué pour sûrement de longs mois m'était impossible.

Maï : Comme je te comprends. Fais ça pour moi Lomé, pour ne pas risquer un jour de devenir comme moi, un prince félon. Tu le reverras, je t'aiderai, je te le promets. Viens dans mes bras.

Il le berça comme un petit enfant, sécha ses larmes en lui disant qu'il était encore son bébé :

- Tu te rappelles que je t'ai appris que je t'appelais toujours ainsi. Ne risque pas le déshonneur, c'est une souffrance continuelle.

Moi, je commence seulement à me pardonner mon méfait. Si Josué t'aime, il ne t'oubliera pas et viendra te rendre visite puis le temps arrangera les choses, sois en certain.

Le prince Yakouti enleva son bandeau et prit son temps avant d'ouvrir un peu les yeux, juste un peu pour ne pas être trop ébloui. Il lui sembla voir le visage de son fils qu'il tenait entre ses mains, trop flou pour en distinguer les traits avec précision. Il l'embrassa et précisa :

- Je ne te vois pas distinctement.

Lomé souriait, comme c'était bon d'être avec son père. Ses paroles étaient douces à ses oreilles car voilà qu'il entendait : Je t'aime mon fils. Il avait tant attendu son retour. Il fallait qu'il lui redise :

- J'ai beaucoup prié pour que vous soyez libre et pouvoir vous connaître. Pour vous, mon père, qui m'avez tant manqué, j'accepte de rentrer. Je vous promets de vous rejoindre sur votre bateau. Pouvez-vous m'accorder encore deux jours avec Josué ?

C'est le prince Makassar qui répondit et accorda ce court délai. Il pensait : Lomé est comme son père, il lui ressemble physiquement mais suit pareillement ses impulsions.

Maï resta en compagnie de Loubna qu'il avait confiée aux soins de la princesse Anne. Il était heureux de la voir accepter par ses futurs beaux-parents. Le destin était ainsi, son père adoptif serait le beau-père de sa fille. Elle le supplia de fixer une date pour leurs fiançailles. Bien qu'il manquait Jonathan, le prince et la princesse Makassar décidèrent que l'évènement serait célébré le jour de la fête des moissons, jour de réjouissance en Coercie.

Il resterait encore une chose essentielle à faire, demander à Tonesco Indy d'accorder à la jeune personne le droit d'épouser un prince coercien, Auguste Makassar.

Lomé, fidèle à sa promesse, regagna le navire comme prévu. Il se sentait prêt à devenir catholique et accepta de se faire baptiser lorsque sa sœur se marierait.

Le prince Yakouti serra dans ses bras Josué et lui demanda tout bas s'il pouvait le considérer comme son fils. Il n'était pas permis de douter de leur profond et sincère attachement l'un pour l'autre. Il réclama d'eux une attitude courageuse pour accepter leur séparation, pour affronter le regard des autres souvent moqueur et pour subir les injures de ceux qui ne comprendraient jamais que deux hommes pouvaient s'aimer d'un amour véritable. Ici, en Coercie l'homosexualité était moins bien tolérée et très certainement ils en souffriraient. Les jeunes gens s'embrassèrent longuement et Maï posa ses mains sur leurs épaules. Le moment du départ était venu.

Les quelques jours de voyage furent l'occasion pour les deux princes de continuer à se révéler tout ce qu'ils n'avaient encore jamais osé se dire. Ils se promirent de se consacrer plus de temps à l'avenir. Le père avoua qu'il se reconnaissait en lui et que de tous ses enfants, il était celui qu'il préférait. Il avait lutté en pensant à lui pendant plus de vingt ans au bagne. Le connaître un jour avait été un stimulant précieux. Il se rappelait ce garde qui lui avait appris sa naissance et qui l'avait tant aidé à la prison du tribunal puis encore lorsqu'il l'avait rencontré par hasard alors qu'il se faisait soigner pendant sa détention. Son soutien avait été inestimable. Grâce à cet homme, il avait conservé l'espoir qui souvent lui faisait défaut. Il irait le remercier dès son retour et il lui présenterait Lomé. Mais avant toute chose, le jeune prince devait solliciter une audience auprès du roi et s'excuser de sa trop longue absence.

À peine arrivé Maï se précipita dans le bureau de Jonathan. Il avait espéré le trouver en train de travailler. Pourquoi n'était-il pas là à l'attendre ? Déçu, il accompagna son fils qui déposa sa demande d'audience à la garde royale. Le capitaine lui annonça qu'il était attendu par le souverain et le pria de le suivre. Un sourire aux lèvres, il pénétra seul dans l'endroit le plus privé et le plus protégé du palais, satisfait de penser qu'on ne l'avait pas oublié.

Tous ses amis étaient là avec Peter. Les exclamations de joie accompagnées d'un peu de bousculade, interrompirent sa révérence. Qu'il était agréable de les retrouver !

Peter et Jonathan l'embrassèrent chacun sur une joue puis tout naturellement, il se retrouva enlacé par l'ancien architecte. Leur merveilleuse histoire d'amour ne se terminait pas là. Il pouvait distinguer, un peu, bien trop peu ses traits et c'était un merveilleux plaisir. Il ne le reconnaissait pas vraiment, maintenant il voyait mieux avec ses mains. Il ne serait plus jamais dans le noir.

Vaudémon lui manquerait toujours et il n'avait jamais eu la chance d'entrevoir son visage.

Tonesco Indy reçu dès le lendemain, en audience publique Lomé qui s'amenda humblement d'avoir trop tardé à répondre à l'ordre de l'émir khagne. Il crut bon d'ajouter que seul l'amour l'avait tenu éloigné de la Sarye. Il accepta sans la moindre hésitation de rejoindre un poste dans l'armée et remercia le souverain de sa clémence. Il aurait une carrière militaire car malgré la paix instaurée depuis plusieurs années, le roi continuait à enrôler de jeunes princes afin que son pays conserve une puissante armée qui aurait essentiellement une action dissuasive sur les pays voisins. Marquant devant l'assemblée son attention particulière pour le prince Lomé Yakouti Khagne, il le convia à se joindre à son père et à son grand-père pour la réception qu'il avait organisée.

Lomé voyait que le monarque lui avait pardonné son erreur et qu'il le mettait à l'épreuve en l'affectant à un poste militaire digne de son titre de prince en lui démontrant que l'amitié pour les anciens bagnards s'étendait jusqu'à lui.

Lors du repas, il se retrouva près de Jonathan qui ne quittait pas Maï et il était heureux de voir qu'ils s'aimaient toujours malgré leurs longues années d'éloignement. Il gardait l'espoir qu'il en serait de même pour lui et il dit à l'ambassadeur combien il était difficile de vivre éloigné de son fils aîné. Celui-ci le serra dans ses bras, tout irait bien.

Le roi qui assistait à la scène, rassura le jeune amoureux, ses permissions lui laisseraient le temps d'aller en Coercie.

CONCLUSION

Les fiançailles de Loubna eurent lieu six mois après, rassemblant de hautes personnalités des deux pays réconciliés. Puis vint son mariage avec Auguste Makassar, célébré avec beaucoup de faste dans la capitale coercienne. Elle s'installait définitivement en Coercie.

Lomé fut baptisé pendant la cérémonie nuptiale. Il était devenu catholique grâce à l'amour de Josué. La protection de Tonesco Indy était connue par toute la noblesse et joua en la faveur du jeune prince saryen qui fut accueilli avec respect à la cour de Saint Hugues le Conquérant. Il était un des représentants de la plus vieille famille de Sarye et l'appui dont il bénéficiait ne permettait plus de le rejeter.

Mais que devenait le prince Yakouti alors que le destin de ses enfants semblait se lier à celui des petits-enfants du prince Makassar ?

Il était pardonné de sa trahison parce que le roi l'avait jugé et méritait de vivre en paix. La loi dans son pays ressentait le devoir de protéger la liberté de tous les individus et défendait le caractère sacré de la vie humaine grâce à Tonesco Indy qui avait œuvré pour faire évoluer les mentalités et pour stopper les conflits avec leurs pays voisins.

Imprimé en France - N° 25182